JAGD VOR AFRIKA

PETER BRENDT

JAGD VOR AFRIKA

Weltbild

Besuchen Sie uns im Internet:
www.weltbild.de

Der Autor

Peter Brendt, gebürtiger Westfale halbamerikanischer Abstammung, wuchs im Badischen auf. Nach dem Abitur ging er zur Marine und diente dort zunächst als Navigator, bevor er zu den Tauchern wechselte. In dieser Eigenschaft arbeitete er auch immer wieder im Rahmen der NATO mit der US Navy zusammen. Nach einigen Jahren als Waffentaucher und in Sonderkommandos nahm er seinen Abschied und wandte sich der Informatik zu, der er fast zwanzig Jahre treu blieb, bevor er sich endgültig auf das Schreiben und verschiedene Forschungen konzentrierte. So hat er unter anderem an (Tief-)Tauchexpeditionen zu U-Boot-Wracks des Ersten und Zweiten Weltkriegs teilgenommen, nach versunkenen Templer-Schiffen des Mittelalters gesucht und die ägyptische Wüste auf dem Rücken eines Kamels (das mehr vom Reiten verstand) nach Priestergräbern durchkämmt. Peter Brendt ist Mitglied der *ITW*, der *International Thriller Writers*. Er lebt derzeit abwechselnd in Deutschland und den USA.

Mehr als siebenhundert U-Boote und mehr als fünftausend Handelsschiffe blieben in sechs Jahren Krieg für immer draußen. Fünfunddreißigtausend alliierte Seeleute und dreißigtausend deutsche U-Boot-Fahrer kehrten nicht in ihre Heimathäfen zurück. Und diejenigen, die zurückkehrten, waren für ihr Leben gezeichnet. Dies ist die Geschichte einiger von ihnen …

Prolog

Die Männer der Emerald starben. Sie starben, weil Krieg war, und sie starben ohne Würde, weil der Krieg auf See nur wenig Raum für Würde lässt. Die beiden Torpedos trafen das Schiff ziemlich genau um Mitternacht, als viele der Männer für den Wachwechsel auf ihren Stationen waren. Doch was normalerweise eine bessere Überlebenschance bedeutet hätte, kam auf einem Tanker nur einem noch schrecklicheren Tod gleich.

Das Maschinenpersonal starb als Erstes. Der große Maschinenraum mit seinem Geruch nach Öldämpfen, erfüllt vom Stampfen der schweren Kolbenmaschinen und der Hitze, die sie ausstrahlten, verwandelte sich nach dem Treffer von einem metallblitzenden Wunderland der Ingenieurskunst in ein tödliches Inferno. Die Ladung im Gefechtskopf des Torpedos riss ein Loch von mehreren Metern in die knapp halbzölligen Stahlplatten, durch das die See hineinstürzte wie eine glasig grüne Wand.

Der Albtraum aller Schiffsmaschinisten wurde Wirklichkeit, als sie versuchten, von den unteren Plattformen nach oben zu flüchten, verfolgt von dem lauwarmen Wasser des Südatlantiks. Panik brach aus. Jeder wollte der Erste auf dem schmalen Niedergang sein. Mit Schraubenschlüsseln und bloßen Fäusten wurde um das Recht gekämpft, zu überleben, denn in diesem Augenblick wurden Männer zu Tieren, die nur ihrem Urinstinkt folgten. Doch die meisten der Maschinisten auf der unteren Plattform starben. Das Wasser holte sie ein, bevor die ineinander verkeilten Körper der Kämpfenden nach oben gelangen konnten.

Als das Wasser schließlich die heißen Dampfrohre erreichte, verwandelte es sich in Dampf. Nicht in etwas Dampf, sondern in sehr viel und sehr heißen Dampf, der mit Druck nach oben hin entwich. Viele der Maschinisten, die im Leitstand auf der oberen Plattform Dienst getan hatten, wurden bei lebendigem Leib gekocht wie Hummer. Nur für kurze Zeit gellten die grellen, verzweifelten Schreie durch die Dampfschwaden, Schreie, die nicht zu beschreiben waren, weil sie all die Leiden der gequälten Kreaturen beinhalteten, die in diesem Augenblick schon nichts Menschliches mehr an sich hatten.

Dann erreichte das Wasser die heißen Kessel. In einer Reihe von Explosionen platzten die unter Druck stehenden Metallbehälter. Trümmer schossen durch den Raum, aber hier lebte ohnehin niemand mehr, der davon hätte verletzt werden können. Allerdings rissen die Kesselexplosionen den bereits geschwächten Rumpf nach unten hin auf, und noch mehr Wasser strömte mit triumphierendem Brausen in das tödlich getroffene Schiff.

Der zweite Torpedo traf einen der Tanks, und beinahe sofort entzündete sich das darin befindliche Öl. Wo vorher noch ein Geleitzug in der Dunkelheit ruhig durch das Wasser geglitten war, stand von einem Augenblick zum anderen ein loderndes Fanal am Nachthimmel. Dreihundert, vierhundert Meter hoch schlug die Tankerfackel in die umgebende Schwärze. Das rote Licht riss die anderen Schiffe aus dem schützenden Mantel der Dunkelheit. Hektisch wechselten sie den Kurs, um diesem Leuchtfeuer zu entrinnen, dieser tödlichen Bedrohung, die einen Augenblick zuvor noch ein Kamerad in diesem Geleitzug gewesen war. Jeder Kapitän wusste, dass sie in diesem Licht sichtbar waren. Und sichtbar bedeutete verwundbar. Noch verwundbarer als ohnehin schon.

Die Reihen schließen, Geschwindigkeit halten und vor allem nie zurückblicken! Das waren die Regeln des Fahrens im Geleit. Eine Sloop der Eskorte musste einen Frachter mit einem Warnschuss bedrohen, als dieser stoppen wollte, um Überlebende aufzunehmen, wie es das ungeschriebene Gesetz der See befahl. Wie es das Gesetz in Friedenszeiten befahl! Im Krieg galten neue Regeln.

Das zweite Geleitboot, ebenfalls eine Vorkriegskorvette, tastete sich vorsichtig an das brennende Wrack heran, das Minuten zuvor noch ein stolzes Schiff gewesen war. Zwei Bewacher, das war alles, was die größte Seemacht der Welt übrig hatte, um diesen Konvoi zu schützen, der von Südafrika mit einem Zwischenhalt in Sierra Leone nach England fuhr. Neunzehn Frachter und ein Tanker waren ausgelaufen. Aber nun kam das schwierigste Stück. Wenn fünfzehn der Frachter London erreichten, dann wäre das ein großer Erfolg. Und selbst wenn nur zehn der tief im Wasser liegenden Schiffe London erreichen sollten, würde man das in der Admiralität immer noch als Erfolg verbuchen.

Aber weder die überlebenden Männer der Emerald noch der Sloop Sorceress, die versuchte, sich einen Weg an das brennende Schiff zu ertasten, sahen das aus diesem Blickwinkel. Die Seeleute der Emerald, ein kleines Häufchen Übriggebliebener, wurden von der Flammenwand immer weiter zum Heck hin abgedrängt, wo unbeachtet und völlig nutzlos das alte Geschütz stand, mit dem man das Schiff ausgerüstet hatte. Die Sorceress hingegen konnte ihnen nicht zu Hilfe eilen. Brennendes Öl lief aus den aufgerissenen Tanks und verwandelte die See in ein Flammenmeer. Immer wieder wurde das kleine Geleitboot von der Hitze zurückgetrieben.

Die Männer der Emerald sprangen am Heck ins Wasser, dort, wo der Flammenteppich sich noch nicht völlig geschlossen hatte, und versuchten, schwimmend das Geleitboot zu erreichen. Sie konnten das brennende Öl hinter sich hören, sein Knacken und Fauchen. Und sie spürten die tödliche Hitze hinter sich näher kommen, immer näher. Das Öl war schneller. Zuerst erwischte es die schlechteren Schwimmer, aber am Ende war es auch zu schnell für die besten. Nicht einer der Männer erreichte die Sorceress. Sie verbrannten oder erstickten, wenn das Feuer allen Sauerstoff an der Wasseroberfläche in sich aufsaugte. Den Männern auf dem Geleitboot blieb nichts anderes übrig, als ihnen beim Sterben zuzusehen.

Ein Stück entfernt in der Dunkelheit, außerhalb des brennenden Infernos, lag das U-Boot. Der deutsche Kommandant war stur an der Oberfläche geblieben, und zwar so, dass ihn das ASDIC des eifrig suchenden Geleitbootes nicht finden konnte. Mit regungslosem Gesicht beobachtete der Kommandant den sterbenden Tanker. Für Augenblicke dachte niemand daran, den Geleitzug zu verfolgen, aber in spätestens einer Stunde würden sie trotzdem wieder hinter den Handelsschiffen her sein.

Im Augenblick warteten sie darauf, dass der Tanker sank, denn der BdU-Befehl lautete, das Sinken des Schiffes zu beobachten. Zweitausend Meter Abstand waren nicht viel, aber genug. Doch die starken Nachtsichtgläser oder gar die Vergrößerung der UZO zeigten ihnen immer noch Details. Und was sie nicht sahen, ergänzte die Vorstellungskraft. Schweigen hing über dem Turm, nur unterbrochen vom Plätschern der Wellen gegen den Rumpf. Es war Krieg, und sie hatten nur ihre Pflicht getan. Aber trotzdem war jeder im Stillen froh, dass der Kommandant nicht auch noch das Geleitboot angriff.

Hinter der Stirn des Kommandanten rasten die Gedanken, aber sein Gesicht zeigte nicht die geringste Spur davon. Das war nicht das erste Schiff, das er versenkte, und es würde auch nicht das letzte bleiben. Vorausgesetzt, sie blieben selbst lange genug am Leben. Er wusste, dass seine Männer beeindruckt und entsetzt waren. Vielleicht würden sie diese Bilder nie wieder loswerden. Er jedenfalls konnte sich noch an jedes Schiff erinnern. An diejenigen, die leise sanken, manchmal von der eigenen schweren Ladung und der Kraft der immer noch drehenden Schrauben innerhalb von Augenblicken in die Tiefe geschoben wurden, ohne dass die Besatzung auch nur eine Chance hatte, Boote auszusetzen, und an diejenigen, die wie dieser Tanker lautstark explodierten und sich in ein Inferno aus brennendem Stahl verwandelten.

Nur, korrigierte er sich, wenn er nicht aufpasste, würde das Schicksal auch ihn und seine Männer einholen. Denn was das Sterben anging, waren der Atlantik und der Krieg völlig unparteiisch. Heute du und morgen ich.

Doch in seinem Inneren fühlte er die Furcht, die Furcht, die ihn nicht mehr verlassen hatte, seit der Sturm losgebrochen war. Die Furcht war sein ständiger Begleiter geworden. Sie hielt ihn wachsam und am Leben. Und eines Tages würde sie ihn vielleicht vernichten.

Die Männer

Aufmerksam beobachtete der kräftige Mann, wie sein Gegner wieder taumelnd auf die Füße kam. Um ihn herum begannen die Männer laut zu grölen, denn nicht wenige hatten Wetten abgeschlossen. Er wusste, der andere war geschlagen, aber man sollte ja immer auf Nummer sicher gehen. Tief atmete er die Mischung aus schalem Biergeruch, Zigarettenrauch und fettigem Bulettenaroma ein, die man hier als Luft bezeichnete. Er dachte sich nichts dabei, er war Schlimmeres gewöhnt.

Rudolf Braunert wartete geduldig ab, bis der andere wieder aufrecht stand. Dann beendete er den Kampf endgültig mit einem seiner linken Haken an das Kinn seines unglücklichen Gegners. Der Treffer saß mit der Präzision langjähriger Übung. Der getroffene Mann, obwohl er nicht wesentlich kleiner und leichter war als der baumlange Braunert, wurde auf die Zehenspitzen gerissen und segelte dann zusammen mit halb geleerten Biergläsern gegen die Rückwand der Kneipe.

Einen Augenblick hing Stille im Raum, dann brach erneut lautes Gegröle aus. Hände schlugen dem Matrosenhauptgefreiten auf die Schultern, und er musste einige freundschaftliche Seitenhiebe einstecken.

Braunert grinste träge und nickte den Kameraden zu, die begannen, die Wetteinsätze auszuzahlen. Er wusste, er würde seinen Anteil erhalten.

Für einen Augenblick sah er dabei zu, wie die Stoppelhopser ihren Kameraden aus den Resten des Tisches befreiten. Der Mann sah nicht gut aus. Ein Auge begann bereits zuzuschwellen, und aus der aufgeplatzten Lippe lief Blut.

Trotzdem! Braunert zuckte mit den Schultern. Wie konnte so ein Spatenpauli auch nur auf die Idee kommen, ausgerechnet hier in Bremen eine Schlägerei mit der Marine vom Zaum zu brechen? Der Seemann schüttelte den Kopf und betrachtete seine erste Geige etwas trübsinnig. Ein paar Blutspritzer verunzierten den blauen Stoff. Na ja, in der Dunkelheit würde man es wohl kaum sehen. Und ab morgen hieß es eh wieder: U-Boot-Päckchen!

Daniel Peters, Maschinengefreiter und der Jüngste aus der Gruppe, lehnte sich in seinem Stuhl zurück und nahm einen Schluck von seinem Bier. Irgendwie schmeckte es schal. Spöttisch verzog er das Gesicht. Die Annehmlichkeiten des Hafenlebens!

Na ja, immerhin war Bremen nicht Hamburg. Aber wie jede Hafenstadt hatte Bremen auch seine dunklen Ecken voller Amüsierschuppen, Bordelle und Seemannskneipen. Das, was eine Stadt, die ihre Seeleute liebte, eben den Männern nach wochenlanger Fahrt zu bieten hatte. Mochten die braven Bürger nur ihre Miene verziehen – auch das war ein Teil der Seefahrt. Der junge Mann machte ein mürrisches Gesicht. Es war auch für ihn ein Teil der Seefahrt, ob er es mochte oder nicht.

Wilhelm Hochhuth, der Elektro-Willi, wie er von der Crew genannt wurde, legte ihm die Hand auf die Schulter: »Beruhig dich, Daniel. Dat hier iss nich dat Revier der Kettenhunde. Bis hierher trauen se sich dann doch nich.«

Wieder erschien das spöttische Funkeln in Peters' Augen. »Ich glaube nicht, dass die Kettenhunde überhaupt wissen, wo dieser Laden ist.« Sein Grinsen wurde breiter. »Kontrolliert ist er ja wohl kaum!« Entspannt lehnte er sich zurück. Seine Angst vor den Feldjägern, den Kettenhunden, war jedenfalls nicht sehr groß. Dann machte er sich schon eher Gedanken über andere Gefahren.

Auch der Elektro-Willi grinste wissend. »Falls de noch einen wegstecken willst, dann nich hier.«

»Und eine Perle klar wie Gold aus des Seemanns Pfeife rollt!« Peters nahm noch einen Schluck von seinem Bier und schmunzelte zufrieden: »Nee, Mann, alles zivil erledigt.«

»Haste ’ne Freundin hier in Bremen?« Interessiert spitzte Hochhuth die Ohren. »Wo haste denn die aufgegabelt?«

Peters schob seine Mütze etwas tiefer in die Stirn: »War nicht so schwer. Eine Schreibkraft aus der Werft. Kommt aus Franken und ist die Klapphose noch nicht gewöhnt.«

Braunert kam an den Tisch und ließ sich auf einen Stuhl sinken. Suchend sah er sich um. »Na, und was treibt ihr so?«

»Zuschauen, wie du den Stoppelhopser vermöbelt hast.« Peters winkte der Bedienung. »War nicht schlecht, Rudi!«

»Danke für die Blumen, Dani!« Missmutig betrachtete er seine zerschundenen Knöchel. »War aber völlig unnötig! Möchte wissen, was den geritten hat.«

Die anderen zuckten mit den Schultern. Stoppelhopser, Spatenpaulis! Wer dachte darüber schon groß nach? Das war eine andere Welt.

»Also, was nu?« Gelangweilt musterte Braunert einige Damen des offensichtlich ältesten Gewerbes der Welt. Auf jeden Fall sahen die Damen so aus, als seien sie schon sehr lange in diesem Gewerbe tätig.

Nicht, dass er wirklich wählerisch gewesen wäre. Niemand ist sehr wählerisch, wenn er demnächst wieder Wochen zusammen mit knapp fünfzig Männern auf engstem Raum in einer stinkenden, schimmligen Stahlröhre zubringen musste.

Aber das hier war dann doch nicht das, wofür er seinen hart verdienten Sold springen lassen würde. Und viel war ja ohnehin nicht übrig, das wenige wollte weise investiert werden. Doch es war Krieg, da sollte man sich schon mal etwas gönnen; man wusste ja nie, ob es nicht das letzte Mal war. Er nahm eines der Gläser vom Tisch und kippte sich erst mal einen hinter die Binde. Dann blinzelte er unternehmungslustig in die Runde: »Na, dann! Wohin nu?«

»Hast du auch alles?« Seine Mutter sah ihn besorgt an. Für Augenblicke erinnerte sie ihn mehr denn je an eine Glucke, die aufgeregt herumflatterte. »Willst du nicht doch noch einen Pullover mehr mitnehmen? Vielleicht etwas zu lesen?«

Jens Lauer unterdrückte den Impuls, das Gesicht zu verziehen. »Nein, Mutter! Und außerdem haben wir nicht viel Platz.« Seine Stimme klang geduldig. Der Junge war knapp achtzehn und überragte seine zierliche Mutter wie ein Baum. Für einen Augenblick bedauerte er, nicht schon am Mittag in die Kaserne zurückgekehrt zu sein. Dann wäre er jetzt irgendwo mit den Kameraden auf Tour. Doch er verdrängte die Idee wieder.

Nachdenklich blickte er auf seine Tasche und ging im Geist noch mal alles durch. Tagebuch, denn obwohl es verboten war, wollte er Tagebuch führen. Unterwäsche, aber nicht allzu viel. Nach ein paar Tagen im Boot würde sie ohnehin die Masern bekommen. Hemden, Bordmesser, ein Buch, einen dicken Pullover, der bis über den Hintern hinunterreichte. Der Rest war sowieso in der Kaserne. Wenn sie ausliefen, würde der größte Teil von seinem Kram dort zurückbleiben, sicher verstaut in großen Seesäcken, bis sie zurückkamen. Falls sie nicht zurückkamen, würde sich jemand darum kümmern, dass man nicht gerade die Bilder aus seinem Seesack an seine Mutter schickte. Ein ernüchternder Gedanke, der Lauer mehr schreckte als die abstrakte Vorstellung zu sterben. Das war irgendwie etwas, das immer nur anderen passierte, obwohl er wie jeder andere in der U-Boot-Waffe wusste, dass es bereits mehrere Boote erwischt hatte. Es war Krieg, aber irgendwie war er für ihn immer noch sehr weit entfernt. Es war etwas, mit dem sich der Verstand befasste, aber nicht das Gefühl. Nur wenn er ein paar der anderen sah … er verdrängte den Gedanken.

Mit etwas Mühe konzentrierte er sich wieder auf seine aufgeregte Mutter. »Ich habe alles, was ich brauche, Mutter.« Mühsam zwang er sich zu einem Lächeln. »Trinken wir noch einen Tee, und dann lege ich mich hin. Morgen geht es schon früh raus.«

Frau Lauer blickte überrascht auf. Etwas in der ruhigen Stimme ihres Sohnes war neu. Nichts Großes, bis jetzt, aber sie begriff, dass er anfing, ein Mann zu werden. Was auch immer man bei der Marine darunter verstand.

Verstört musterte sie Jens. Er trug Zivil, aber hinter ihm auf dem Stuhl lag schon seine Uniform, und auf der kleinen Tasche thronte keck die Mütze. Er war bereit, er war es schon seit einiger Zeit, aber sie begriff es erst jetzt.

Müde und etwas lustlos blätterte der Kommandant durch die Unterlagen auf seinem winzigen Schreibtisch. Nicht, dass in den Papieren etwas stand, das er nicht schon wusste. Personalakten, Kriegstagebuch, Maschinenspezifikationen, alles das lag in einem wüsten Durcheinander auf dem Tisch. Er hatte alles durchgearbeitet, und das nicht zum ersten Mal. Was er jetzt noch nicht erkannt hatte, würde er bei nochmaligem Lesen auch nicht finden. Dennoch ...

Kapitänleutnant Heinz-Georg von Hassel zuckte unwillkürlich zusammen, als schwere Hammerschläge durch den Rumpf dröhnten. Anscheinend war sein LI zusammen mit ein paar Leuten auch noch am Arbeiten. Ein nachdenkliches Lächeln spielte um seine Lippen, als er an den morgigen Tag dachte. Es war so weit, morgen würde er U-68 in Dienst stellen. Seine grauen Augen blickten über die Dokumente auf dem Schreibtisch. Seit der Krieg ausgebrochen war, hatte man nicht mehr so viel Zeit wie früher. Morgens war die Indienststellung, und ab dem Nachmittag sollten bereits drüben im Arsenal Vorräte eingeladen werden. Zwei Tage, das war alles, was man ihm gegeben hatte. Nicht viel, aber es würde reichen müssen.

Er erinnerte sich noch gut an die Worte des BdU, als er zum Befehlsempfang angetreten war. »Ich brauche Sie draußen, von Hassel. Nicht an Land, nicht im Stab und nicht an der

Agru-Front, sondern draußen, von Hassel!« Der energische Admiral hatte ihm keinen Spielraum für Einwände gelassen. Jedes Boot wurde gebraucht, und immerhin hatte er das neueste Boot bekommen, auch wenn der Typ noch unerprobt war. Es gab zwar bereits mit U-64 ein Boot dieses Typs, das sich in der Ausbildung befand, aber was er bisher gehört hatte, war nicht durchweg ermutigend.

Von Hassel zuckte mit den Schultern. Das meiste würde er wohl selbst herausfinden müssen, ob er wollte oder nicht. Und wenn es nach dem Willen des »Löwen« – wie Admiral Dönitz von seinen U-Boot-Fahrern genannt wurde – ging, dann würde er das wohl in See tun müssen.

Mit einer müden Geste nahm er seinen Kaffeebecher. Vielleicht war in der Kombüse noch ein Schluck von dem heißen Gebräu zu bekommen. Es könnte ihm zumindest dabei helfen, noch einmal alles durchzugehen. Hatte er wirklich nichts übersehen?

Sein Blick blieb an einem Foto hängen, das er an der Wand befestigt hatte. Obwohl er das Bild nicht brauchte, um sich zu erinnern. Sein altes Boot war immer gegenwärtig. Für einen Augenblick sah er sich erschrocken um, aber er war allein. Dann riss er sich zusammen. Das war vorbei. Nur noch eine ständige Mahnung zur Wachsamkeit. Zur immerwährenden Wachsamkeit.

Achtern im Maschinenraum kratzte sich Oberleutnant Wegemann am Kopf. Die unwillkürliche Geste hinterließ einen schwarzen, fettigen Streifen auf seiner Stirn. Er kümmerte sich nicht darum, es war sowieso nicht der erste.

Die Kesselanzüge der Männer waren verschmiert und durchgeschwitzt. Morgen sollte das Boot offiziell in Dienst gestellt werden, aber wie üblich gab es auch hier die Arbeiten in letzter Minute. Nur, dass sie auf U-68 immer noch das gewöhnliche Ausmaß an Zustand, wie Seeleute das Durcheinander so treffend bezeichnen, überschritten.

»Sie wollen mir also sagen, die Lager seien möglicherweise zu knapp bemessen?«

Der Werftingenieur sah ihn ratlos an. »Ja, ich glaube, da stimmt etwas nicht. Ich habe mit dem LI von U-64 gesprochen. Die hatten zwei Lagerschäden in vier Wochen.«

Harald Wegemann musterte den Backborddiesel. Er war ein erfahrener Mann, nicht nur, was Maschinen anging. Sein schütteres Haar und sein für U-Boot-Verhältnisse beinahe schon ehrwürdiges Alter von dreißig Jahren hatten ihm den Spitznamen »Methusalem« eingebracht, der von seinen Heizern aber nur hinter vorgehaltener Hand verwendet wurde. Im Augenblick wurde Methusalem seinem Namen gerecht. Er wirkte älter als er war und vor allem sehr müde.

Resigniert winkte er ab. »Wir haben zwei Tage, die Sauerei wieder hinzukriegen. Herr Hartmann ...«, wandte er sich an den Werftingenieur, »... ich will Ersatzteile. Es interessiert mich nicht, wie viele mir zustehen und wie knapp die Dinger sind, ich will Ersatzteile und Material!«

»Aber ...«, der Ingenieur öffnete den Mund zum Widerspruch.

»Nichts aber!« Wegemann schnitt den Einwand mit einer entschiedenen Handbewegung ab. »Setzen Sie Ihren Hintern in Bewegung, und besorgen Sie, was wir brauchen, und zwar pronto!« Er wandte sich an die anderen Männer, die gedrängt in dem engen Maschinenraum standen: »Also, Männer, der Steuerborddiesel tut's ja noch. Damit können wir morgen ins Arsenal tuckern. Dann seh'n wir weiter.« Er lächelte schmal. »Wäre doch gelacht, wenn wir dieses Wunderwerk nicht kaputt kriegen würden!«

Seine Heizer sahen sich an. Es war nicht die vollständige technische Crew, die hätte auch kaum hier reingepasst. Aber es waren die Älteren, die Harten. Einige wenige von ihnen kannten den LI noch vom alten Boot. Die anderen waren unsicher, schließlich wusste man bei einem Offizier nie so recht, woran man war.

Wegemann grinste bei dem Gedanken, obwohl er sich alles andere als heiter fühlte. »Wegtreten, Männer, wir sehen uns auf der Bootsstube, ich geb 'n Bier aus!«

Der Wachposten an der Pier ließ den Blick ziellos schweifen. Es war kalt, und der Schneeregen begann langsam, aber sicher, die Ölhaut zu durchdringen. Wie eine schleichende Krankheit kroch die eisige Kälte an seinen Beinen empor.

Er musste nicht mehr lange hier stehen. Nach einer Stunde wechselte der Posten auf der Pier, und er würde einen heißen Kaffee in der Wachbaracke bekommen. Der würde ihn hoffentlich wieder aufwärmen. Aber er hütete sich, seinen Posten zu verlassen und sich eine etwas geschütztere Ecke zu suchen. Selbst wenn er sicher war, dass niemand das nagelneue U-Boot sabotieren würde, denn wer sollte schon bis hierhin kommen, so wusste er doch, dass trotz der späten Stunde immer noch Leute an Bord waren. Mit Sicherheit auch der Kommandant. Und er würde dem Alten nicht erklären wollen, warum er nicht auf dem Posten war. Vor allem dem Alten nicht!

Nachdenklich glitt sein Blick über das Boot. U-68! Was für ein Durcheinander! Die Boote, die auf den nahen Helligen emporwuchsen, trugen die Baunummern U-122 und U-123. Nur dieses Boot hatte noch eine zweistellige Nummer. Dabei war es nagelneu, die Inbetriebnahme hatte sich nur ein bisschen verzögert. Aber wenn dies das einzige Problem blieb, konnte er zufrieden sein. Wenn es nur nicht so schweinekalt gewesen wäre!

Die beiden Männer saßen in der Ecke und beobachteten die anderen Feldwebel. Oberbootsmänner, Bootsmänner und Steuerleute, alles drängte sich in die Puffz-Messe. Am Tisch von Oberbootsmann Volkert saßen Obersteuermann Franke, ein paar Feldwebel von anderen Booten und Hauptbootsmann Gerster vom Stützpunktstab.

Die U-Boot-Waffe war wie eine Familie. Jeder kannte jeden oder hatte zumindest schon von ihm gehört. Die Feldwebel kannten einander ebenfalls schon lange. Von Lehrgängen in Glücksburg, aus Zeiten, in denen sie gemeinsam auf anderen Booten gewesen waren, und von Abenden wie diesem, an denen sie nach einem langen Tag keine Lust mehr zu einem ausgedehnten Landgang hatten und nur noch auf ein paar Bier zusammensaßen.

Gerster nickte und meinte gedehnt: »Na, dann seid ihr also morgen dran, mit allem Brimborium. Schon 'ne Ahnung, was dann kommt?«

»Zuerst mal Arsenal, dann wahrscheinlich Agru. Wenn wir Glück haben, kriegen wir vielleicht vorher noch 'ne Probefahrt genehmigt.« Volkert zuckte mit den Schultern, beobachtete aber aus den Augenwinkeln seinen Kameraden, der neben ihm saß.

Walter Franke, der Obersteuermann von U-68, spielte gedankenverloren mit einem Bierfilz. Was immer ihn bewegte, es schien ihn gefangen zu nehmen. Schweigend saß er am Tisch.

Gerster und Volkert wechselten einen Blick, dann nickte der Hauptbootsmann und sagte: »Agru soll übel sein, nachdem Sobe dort sein Unwesen treibt.«

»Sobe? Kaleun Sobe?«

Gerster antwortete: »Nee, der ist jetzt Korvettenkapitän!« Der Haubo verzog angewidert das Gesicht. »Soll angeblich vor Wichtigkeit platzen!«

»Erzähl mir was Neues! Na ja, die Ausbildung war immer schon übel. Vor allem die taktische Übung.« Volkert wirkte träge. »Das ist was für unsere hellen Köpfe, wie die Steuerleute und Funker. Für einen harmlosen Seemann ist alles nur Augen aufhalten, und das müssen wir ja sowieso ständig, nicht wahr?« Er schlug Franke auf die Schulter.

Der Steuermann blickte überrascht auf. »Was ...?« Dann traf sein Blick auf die blauen Augen von Volkert, und er begriff die Warnung. Was vorbei war, war vorbei. Niemals zurückblicken. Franke schluckte. Er kannte die Regeln, aber manchmal war es nicht so einfach. Nun würde es wieder losgehen. Nicht sofort, aber bald. Der Kommandant hatte nichts gesagt, aber Franke spürte es trotzdem. Doch niemand hatte sie gefragt, ob sie dazu schon wieder bereit waren. Und es würde sie auch niemand fragen.

Ein neues Boot, ein neues Spiel, das waren die Regeln. Andere hatten weniger Glück gehabt. Er griff zu seinem Glas: »Na dann, Kameraden ... auf U-68!«

»Oberdeck ... Aaaaaachtung!«, klang die Stimme des Bootsmannes laut durch den kalten Schneeregen, »Augen ... geraaaaaadeaus!« Zackig machte Oberbootsmann Volkert kehrt und meldete dem IWO: »Besatzung U-68 vollständig angetreten zur Musterung!«

Das militärische Ritual nahm seinen Gang. Der IWO meldete dem Kommandanten und der Kommandant seinerseits dem Flottillenchef.

Gemeinsam schritten Fregattenkapitän Kohler und Kapitänleutnant von Hassel die Front ab, bevor sie wieder vor die Männer traten. Kohler begann zu sprechen: »Männer von U-68 ...«

Der Kommandant, der leicht versetzt hinter seinem Vorgesetzten stand, blendete sich beinahe augenblicklich aus. Er wusste, was kommen würde. Der Chef der Bauflottille hielt bekanntermaßen immer ähnliche Ansprachen, seit der Krieg begonnen hatte. Von einer schweren Aufgabe, von Schicksalsstunden und Bewährungsproben des deutschen Volkes würde er sprechen und natürlich von der soldatischen Pflicht, die in einer Zeit wie dieser verlangte, notfalls auch das Äußerste zu geben. Es hätte aus einer Propagandazeitschrift sein können, und wahrscheinlich stammte es auch aus einer.

Von Hassel sah sich unauffällig um. Die Besatzung war auf dem Vorschiff vor der Deckskanone in zwei Reihen angetreten. Auch wenn U-68 größer war, viel größer als sein altes Boot, so war das Deck doch nur ein schmaler Streifen Gräting über dem gerundeten Rumpf, nicht sehr weit über der Wasseroberfläche. Sogar jetzt, obwohl das Boot noch gar nicht einsatzbereit getrimmt war und deswegen noch immer relativ hoch aus dem Wasser ragte. Die kurze Fahrt zum Arsenal hinüber würde allein schon deshalb etwas unruhig werden.

Sein Blick blieb an der Deckskanone hängen. Zehn Komma Fünf, was für ein Brocken! Auf seinem alten Boot hatte es nicht einmal eine Kanone gegeben! Von Hassel unterdrückte den Reflex, das Gesicht zu verziehen. Die Kanone mochte beeindruckend aussehen und auch viel Lärm machen, aber sie würden mit ihr wohl kaum viel ausrichten. Soweit er gehört hatte, hatte inzwischen fast jeder britische Frachter ein oder zwei Geschütze ähnlichen Kalibers an Bord. Mal ganz abgesehen von den britischen Zerstörern. Es würde sich also wenig Gelegenheit ergeben, das Ding zu benutzen, es sei denn, um vielleicht einen Fangschuss mit dem Torpedo zu sparen. Aber mit vier Bugrohren und zwei Heckrohren war U-68 besser bewaffnet als alle anderen U-Boot-Typen, und mit zweiundzwanzig Torpedos konnte man schon etwas anfangen.

Wieder musterte der Kommandant sein Boot, soweit er das von seinem Standpunkt aus tun konnte. Er war durch jeden Winkel gekrochen, aber trotzdem hatte das Boot für ihn immer noch etwas Neues, etwas Erregendes.

Der Flottillenchef war gerade erst bei dem Teil seiner Rede angekommen, in dem er von der Opferbereitschaft deutscher Soldaten sprach. Na ja, soweit es seine Männer betraf, hatten die auch längst abgeschaltet – oder er müsste sich schon schwer täuschen. Jeder Soldat und besonders jeder Marineangehörige lernte die Kunst, unbewegten Gesichts und ohne unnötige Aufnahme von Geräusch Vorgesetztenreden über sich ergehen zu lassen, bereits in der Grundausbildung. Einer der Gründe, warum viele Vorgesetztenreden in der Marine erstaunlich kurz waren. Aber der Chef der Bauflottille hatte eben nicht viel zu tun, und so hielt er Reden. Er war im letzten Krieg Kommandant gewesen, vielleicht bedauerte er es nur, zu alt zu sein. Bei dem Gedanken musste von Hassel ein schmales Lächeln unterdrücken, denn dieser Krieg würde anders sein als der letzte. Noch härter, noch brutaler. Die alten Regeln galten nicht mehr. Doch der Chef der Bauflottille konnte das nicht wissen, er saß hier sicher und warm in der Etappe.

Von Hassel spürte die leichten Bewegungen des vertäuten Bootes unter seinen Füßen und blickte unwillkürlich zum Turm. Verglichen mit seinem alten Boot erschien ihm alles unwirklich groß und stabil, und tatsächlich war dieser Bootstyp erheblich größer als die meisten anderen Boote. Selbst die beinahe gleich großen Vorgänger vom Typ IXA waren etwas kleiner und leichter, wenn auch nicht viel. Aber die IXB-Boote wirkten größer, einfach, weil sie etwas breiter waren und der Turm noch einmal ein Stück höher. Doch das alles hatte einen Preis. Soweit er vom Kommandanten des ersten IXB-Bootes, Kaleun Schulz von U-64, hatte erfahren können, war das Boot weniger wendig und brauchte vor allem länger zum Tauchen.

Nicht viel länger. Aber manchmal machten schon ein paar Sekunden einen Unterschied. Er würde vorsichtig sein müssen.

Wieder blickte er zum Turm. Nein, entschied er, U-68 wirkte nicht wie ein angriffsbereiter Jäger. Eher schon etwas behäbig, verglichen mit seinen kleineren Geschwistern, die weiter hinten an der Pier lagen. Aber zwölftausend Seemeilen Reichweite würden es zu einem Jäger machen. Damit konnte es weit entfernt von Küsten (und damit Flugzeugen) den feindlichen Geleitzügen auflauern. Solange er es schaffte, den Zerstörern aus dem Weg zu gehen.

Wieder spürte er die leichten Bewegungen des Bootes im Schwell. Als könne es nicht erwarten, endlich hier wegzukommen.

Vielleicht träumte es davon, Tod und Zerstörung auf die Weltmeere zu tragen, vielleicht wollte es auch nur überleben, wie sie alle. Wer wollte das schon wissen? Von Hassel atmete tief durch. Die kurze Pause vom Krieg war vorbei.

Es hatte scheinbar eine Ewigkeit gedauert, bis der Flottillenchef endlich den entscheidenden Befehl gegeben hatte: »Heiß Flagge und Wimpel!« Beinahe sofort waren der Kommandantenwimpel und die Kriegsflagge an einem Sehrohr emporgefahren worden. Ein U-Boot hatte nun einmal keinen Mast, aber ein Sehrohr tat es ja auch.

Eine kleine Blaskapelle hatte zu Ehren des jüngsten Mitgliedes der Kriegsmarine ein kleines Ständchen gespielt, und es hatte zur Feier des Tages für jeden Mann eine Flasche Bier gegeben. Keine große Feier, aber darauf war in Anbetracht des Wetters auch keiner scharf gewesen. Bereits nach zwei Schnäpsen in der Kommandantenkammer waren auch der Flottillenchef und sein Adju wieder verschwunden. U-68 war in Dienst gestellt. Nicht mit dem Pomp, mit dem große Einheiten in Dienst gestellt wurden, aber für das Boot war es trotzdem ein genauso entscheidender Schritt.

Von Hassel dachte an das Wappen am Turm. Es war das gleiche Wappen wie auf seinem alten Boot, auch wenn der Mann, der es beim ersten Mal gemalt hatte, immer noch mit dem alten Boot auf dem Grund der Nordsee lag. Unwillkürlich fühlte er einen Schauer, wie immer, wenn er an sein altes Boot dachte. Die Erinnerung war nie weit entfernt. Er hielt einen Augenblick inne und lauschte in sich hinein. War er schon so weit, wieder hinauszufahren? Die Ärzte hatten es behauptet. Er müsse vergessen, hatten sie gesagt. Als ob das so einfach wäre.

Sein altes Boot war verloren, er selbst war körperlich wiederhergestellt. Nur – welchem Weg sein Geist folgen wollte, war noch unklar.

Er spürte, wie sich das Boot bewegte. Mit einem donnernden Husten erwachte der Steuerbord-Diesel zum Leben. Selbst von hier vorne in seiner Kammer waren die Vibrationen zu spüren. Sie waren plötzlich allgegenwärtig. Ein Teil ihres Daseins, als sei das Boot zum Leben erwacht und als würde es nun sein Scherflein beitragen wollen zu dem Stimmengewirr der Männer und der Grammophonmusik, die der Funkmaat in die Räume des vollgepferchten Rumpfes übertrug.

Was auch immer geschah, sie waren jetzt eine Einheit. Als habe das Boot sie einfach alle verschluckt.

Jemand klopfte an den Rahmen neben der Tür und schob den Vorhang zur Seite. Oberleutnant Hentrich, sein IWO, trat ein und grüßte zackig: »Herr Kaleun, ich melde das Boot klar zum Ablegen!«

Von Hassel erwiderte den Gruß beiläufig und sagte: »Ich nehme an, nur ein Diesel?«

»Leider ja!« Bedauernd zuckte Dieter Hentrich mit den Schultern, als fürchte er, für diesen Umstand persönlich verantwortlich gemacht zu werden. »Ich habe den LI angewiesen, sich so schnell wie möglich darum zu kümmern, Herr Kaleun!«

Von Hassel, der sich bereits erhoben hatte und gerade die Mütze aufsetzen wollte, erstarrte für einen winzigen Augenblick und sah seinen IWO mit einem Ausdruck komischen Entsetzens an: »Sie haben den LI angewiesen?«

Hentrich senkte vorsichtshalber die Stimme: »Nun ja, Herr Kaleun, prinzipiell bin ich bei gleichem Rang doch sein Vorgesetzter, als Ihr Stellvertreter und daher ...«

Der Kaleun winkte ab. »Ersparen wir uns das, IWO. Der LI ist ein fähiger Mann, war schon LI auf meinem letzten Boot.« Er wunderte sich selber, dass er so leichthin darüber sprechen konnte. Aber er fuhr fort: »Der tut, was möglich ist. Da nützen Anweisungen auch nicht so viel. Wenn ich Ihnen einen Tipp geben darf, Herr Hentrich, dann zeigen Sie Anteil, fragen Sie ihn, wie es vorangeht, aber lassen Sie ihn in Frieden seine Arbeit tun. Wenn er eine Entscheidung braucht, dann kommt er schon von alleine«. Er lächelte und musterte das abgenutzte Lederpäckchen des IWO. »Und tun Sie sich selbst einen Gefallen, und fragen Sie ihn nicht nach Brennstoff!«

Verdutzt sah der IWO ihn an. »Herr Kaleun, ich habe zwar nicht unter Ihnen gedient, aber ich habe auch ...«

Von Hassel unterbrach ihn: »Nein, ich stelle Ihre Kompetenz nicht in Abrede. Sie waren ein guter IIWO auf einem anderen Boot, und Sie werden sicher ein guter IWO auf diesem Boot sein.« Er hielt kurz inne, bevor er fortfuhr: »Nur versuchen Sie nicht, zu hart zu werden. Was zu hart ist, kann leicht zerbrechen, IWO.« Mit einer beiläufigen Bewegung strich seine Hand über den Schreibtisch: »Vielleicht, wenn ich Pech habe, müssen Sie eines Tages dieses Boot kommandieren. Vielleicht nur bis zur nächsten Granate oder bis zum nächsten Wabo-Angriff. Vielleicht aber auch einige tausend Meilen und über Wochen, bis Sie wieder daheim sind.« Seine Stimme wurde etwas härter: »Bis dahin werden Sie dann auch gelernt haben, Ihren Leuten zu vertrauen ... und natürlich auch die zu kennen, denen Sie nicht vertrauen können, Herr Hentrich!«

Der Oberleutnant sagte: »So habe ich das noch nie betrachtet, Herr Kaleun!«

»Na, dann denken Sie mal drüber nach, IWO!« Von Hassel stülpte sich die Mütze auf. »So, dann wollen wir mal! Kommen Sie!«

Die beiden Männer durchquerten die Zentrale, wo der LI schon wartete. Wegemann grüßte eher beiläufig. »Nur der Steuerborddiesel, Herr Kaleun! Tut mir leid!«

Der Kommandant erwiderte: »Es ist nicht ganz eine Meile bis zum Arsenal. Das schaffen wir auch auf einem Bein, LI! Ansonsten alles klar?«

»Ruder geprüft, Verschlüsse geprüft, wir sind so weit klar, bis auf den Diesel. Aber die Werft hat mir versprochen, die Ersatzteile ins Arsenal zu schicken. Wir kriegen das hin.«

»Sehr gut!« Von Hassel griente. »Dann also los. Je schneller wir uns von dieser Wuling befreit haben, desto besser.« Er stieg die schmale Leiter zum Turm empor, gefolgt von seinem IWO. Der Schneeregen hatte aufgehört und einem grauen Februartag Platz gemacht.

Doch von Hassel hatte nur Augen für sein Boot. Von hier oben konnte man die lang gestreckte Form besser beurteilen. Vielleicht steckte doch etwas mehr in dem Zossen, als man zuerst sah.

Er legte die Hand auf den Wellenabweiser und spürte die etwas unregelmäßigen Vibrationen. Möglicherweise brauchte das Boot nur noch etwas Zeit, so wie sie alle. Aber Zeit war knapp geworden, wie so vieles.

Er wandte sich um. Der IWO hatte eine volle Seewache aufziehen lassen und zusätzlich einen der Funker heraufbefohlen. Anscheinend wollte er kein Risiko mit der Seemannschaft seines neuen Alten eingehen. Auf dem Vor- und auf dem Achterschiff standen die Seeleute fröstelnd in ihren Lederpäckchen bereit, die Leinen einzuholen. Ansonsten war die Pier weitgehend leer.

Nach dem ganzen Aufwand am Morgen ein seltsamer Anblick.

»Signal an Signalstelle, klar zum Ablegen!«

Er lauschte dem Klappern der Varta-Lampe. Bremen war nicht gerade der typische U-Boot-Stützpunkt. Besser, man hielt sich an die Spielregeln.

Die Antwort kam sofort. Von Hassel sah das Aufblitzen des Signalscheinwerfers, noch bevor der Funker meldete: »Bestätigt, Herr Kaleun, ablegen nach Belieben.«

Oberleutnant Hentrich machte eine unwillkürliche Bewegung, aber von Hassel hob die Hand. »Nein, dieses Mal nicht. Den Spaß müssen Sie mir schon gönnen, IWO!« Er beugte sich über den Abweiser. »Alle Leinen ein bis auf Vorspring!«

In die Gestalten kam Bewegung. In Windeseile verschwanden alle Leinen, und er spürte sofort, wie sich die Bootsbewegungen veränderten. Noch einmal wartete er ein paar Sekunden. Es machte keinen Sinn, eine Leine in der Schraube zu riskieren. Dann beugte er sich zum Sprachrohr: »Steuerbord kleine Fahrt zurück! Ruder Backbord zwanzig!« Die Bestätigungen aus dem Sprachrohr nahm er nur mit halbem Ohr wahr. Unten in der Zentrale befanden sich der LI und sein IIWO, Leutnant Schneider. Die beiden würden schon aufpassen.

Das Wasser am Heck schäumte auf, und die Vorspring begann sich zu spannen. Unter dem Zug der Leine und dem Druck des Ruders drückte sich das Heck knirschend gegen die Fender, während der lange Bug zögernd von der Pier wegdriftete.

Von Hassel zählte im Geiste die Sekunden. Hinter sich spürte er die Bewegung des Sehrohrs. Wahrscheinlich nahm der Steuermann vorsichtshalber schon mal eine Peilung.

»Steuerbord stopp, Ruder mittschiffs.« Für einen Augenblick drehte das Boot noch weiter von der Pier weg. »Kleine Fahrt voraus!« Er peilte über das Vorschiff hinweg. »Ruder Steuerbord zehn!«

Langsam nahm das Boot Fahrt auf. Verglichen mit seinem alten Einbaum vom Typ II reagierte das Boot träge. Aber es hätte schlimmer sein können. Er entspannte sich etwas. »Seekühe« nannten die Seeleute die großen Boote vom Typ IX. Sehr treffend!

Oberleutnant Hentrich hatte das Manöver des Kommandanten sorgfältig beobachtet. Keine Schnörkel und nicht unbedingt elegant, aber wirksam. Er beobachtete, wie der Kommandant versonnen mit der Hand auf den Wellenabweiser klopfte. Als wolle er das Boot tätscheln. Aber vielleicht war es auch nur eine Geste der Unruhe. Nicht, dass Hentrich wusste, was in seinem Kommandanten vorging, aber der IIWO wusste es offensichtlich auch nie so richtig, und die beiden waren immerhin schon vor dem Krieg zusammen gefahren.

Die Stimme des Kommandanten drang in seine Überlegungen: »Wollen Sie das Anlegen übernehmen, IWO?«

»Gerne, Herr Kaleun!«

Befreit von seinen Leinen überquerte U-68 die Weser. Es war noch nicht der Atlantik, für den es ja gebaut war. Trotzdem wirkte das Boot wie befreit. Es war noch viel zu tun, aber zusammen würden sie es schaffen. Und zum ersten Mal spürte von Hassel, wie das neue Boot begann, ihn zu vereinnahmen, so, wie es sie alle vereinnahmen würde. Waffe und Heim zugleich und von nun an nach dem Willen ihrer Vorgesetzten ihr Daseinszweck.

Agru-Front

Die Agru-Front, die Ausbildungsflottille in der Ostsee, hatte einen Ruf, der so manchem gestandenen U-Boot-Fahrer einen Schauer über den Rücken gleiten ließ. Die Ausbildung war hart und unfair. Es war bekannt, dass Ernst Sobe, Kommandeur der taktischen Übungen, die Positionen der U-Boote, die er als Feind jagte, kannte. Allen Gerüchten nach hatte er einen Funker überredet, ihm diese Positionen zu geben.

Andererseits war es auch nur richtig, so zu handeln. Schließlich würde der Feind auch keine Gnade kennen oder sich an Spielregeln halten. Und die Besatzungen mussten sich daran gewöhnen, das durchzustehen.

Es gab viele neue Boote und viele neue Besatzungen. Die alten Hasen der Vorkriegsmarine wurden mehr oder weniger weit gestreut auf die neuen Boote verteilt. Doch gab es einfach zu wenige erfahrene Leute. Als der Krieg begann, hatte Deutschland siebenundfünfzig U-Boote besessen, von denen nicht einmal die Hälfte atlantiktauglich war. Nun drängten die neuen Boote in die Ausbildung, und damit stieg auch der Stress.

Es kam zu Kollisionen, und ein Boot ging gar bei einem Tauchunfall verloren. Es waren Dinge, über die man nur selten sprach, und wenn, dann hinter vorgehaltener Hand. Die Alten meistens gar nicht. Dinge, die auf und mit U-Booten auch in Friedenszeiten passieren konnten. Nur jetzt ging es eben noch wesentlich hektischer zu, und das erhöhte das Risiko.

Für U-68 und seine Besatzung wurde es eine unruhige Zeit. Andere U-Boote blieben normalerweise drei Monate an der Agru-Front, und die noch unerfahrenen Besatzungen lernten hier ihr Handwerk. Aber von Hassel hatte immerhin noch den harten Kern seiner alten Crew. Doch auch diese alten Hasen waren manchmal nahe am Verzweifeln, denn immer wieder machte das neue Boot Schwierigkeiten. Die Befehle des »Löwen« ließen jedoch keinen Spielraum.

Wenn es jemanden gab, den sie alle hassten, dann war es Ernst Sobe. Nie waren sie sich ganz sicher, ob der Chef der Ausbildungsgruppe nicht vielleicht doch aus ihnen unbekannten Gründen einen Pick auf U-68 hatte. Nur waren die Besatzungen der anderen Boote sich auch nicht sicher, ob er nicht vielleicht auf sie einen Pick hatte. Der Dompteur, wie sie ihn hinter vorgehaltener Hand nannten, schliff sie gnadenlos und ohne Pause. Ob das Boot Schwierigkeiten machte oder nicht schien ihn nicht zu interessieren, sie mussten damit eben fertig werden. Und so liefen sie immer und immer wieder zu neuen Übungen aus, während der Termin für das große Finale immer näher rückte: Die taktische Übung stand vor der Tür.

Die Luft im Boot war zum Schneiden dick. Es roch muffig und nach ungewaschenen Männerkörpern. Dabei waren sie erst seit drei Tagen auf See. Drei Tage, in denen sie immer wieder die verschiedenen Übungen durchgegangen waren. Sie hatten alte Dinge vergessen und neue Dinge lernen müssen. Manchmal zeigte es sich, dass die neuen Leute im Vorteil waren, weil sie sich nicht erst von alten Vorstellungen lösen mussten. Zuweilen waren es die alten Hasen, die mit ihrer Erfahrung einen Vorsprung hatten.

Nun sollte der krönende Abschluss der Übung kommen, bevor sie wieder zurück in den Stützpunkt liefen. Im Boot herrschte Stille. Befehle wurden nur geflüstert. Niemand bewegte sich, wenn es nicht unbedingt notwendig war. Schleichfahrt! Die Nerven waren angespannt.

»Vierzig Meter, Herr Kaleun!«, flüsterte der LI seine Meldung.

Von Hassel nickte. Vierzig Meter waren hier schon das Äußerste. Die Ostsee war eben flach. Aber das brachte wiederum andere Vorteile mit sich.

Er beugte sich durch das Schott und sah fragend zum Funker, der konzentriert in das Horchgerät lauschte: »Wie sieht es aus?«

Willi Rückert, der Funkmaat von U-68, nahm sich einen Augenblick Zeit. »Hört sich an wie zwei Zerstörer und etwas anderes. Dicker Brocken, Herr Kaleun!«

Von Hassel schmunzelte wissend. »Merken Sie sich das Geräusch. Das ist ein schwerer Kreuzer, die Hipper. Der Brocken übt hier.«

Wieder lauschte der Funkmaat in das Horchgerät. »Na, den erkennen wir jedenfalls wieder, wenn er uns mal begegnen sollte.« Unbewegten Gesichts sah er den Kommandanten an und sagte bestimmt: »Zwei Zerstörer und ein schwerer Kreuzer in Zwo-Acht-Fünnef, Herr Kaleun!«

Von Hassel nickte: »Schön, aber wo ist jetzt unser Ziel?«

Rückert drehte das Handrad schrittweise herum und machte ein langes Gesicht: »Ich kann es nicht hören, bei all dem Lärm!«

»Dann suchen Sie, Funkmaat! Suchen Sie.« Der Kommandant richtete sich wieder auf und wechselte einen Blick mit Rudi Schneider. Der IIWO stand wie üblich neben dem Kartentisch und behielt alles im Auge. Im Augenblick konnte er nicht viel tun.

Von Hassel zuckte mit den Schultern. »Wir haben unseren Geleitzug verloren! So eine Sauerei!« Für den Augenblick wirkte er hilflos. Dann gab er sich selbst einen Ruck: »Also schön! Werfen wir doch mal einen Blick auf die Karte!« Er trat an den Kartentisch.

Die Kurslinie des Geleitzuges, den sie zur Übung angreifen sollten, war pedantisch genau eingezeichnet. Der Steuermann hatte von der letzten gemeldeten Position ab alles sauber vorgekoppelt. Nachdenklich betrachtete der Kaleun die sauber geschriebenen Zahlen. »Also, Franke, wir sind zur richtigen Zeit am richtigen Ort!?«

»Sehe ich auch so, Herr Kaleun!« Der Steuermann deutete flüsternd auf ihre Position.

»Na, und die Funkerei hört ihn nicht! Ist ja toll!« Von Hassel nickte. »Also schön, auf Sehrohrtiefe gehen. Vielleicht kann ich die Vögel ja sehen.«

Befehle wurden geflüstert. Der LI beugte sich zu den Tiefenrudergängern: »Vorne unten zehn, hinten unten zehn!«

Langsam glitt das Boot in die Höhe. Der LI wartete einen Augenblick ab, bevor er das Boot eine kleine Nickbewegung ausführen ließ. Dann flüsterte er: »Boot ist auf Sehrohrtiefe und durchgependelt, Herr Kaleun.«

»Danke!« Von Hassel schob sich die Mütze tiefer ins Genick. Er hatte drei Sehrohre zur Auswahl. Ein Luftzielsehrohr und ein Seezielsehrohr hier in der Zentrale und das eigentliche Angriffssehrohr im Turm. Für den Augenblick entschied er sich für das Seezielperiskop. Vorsichtig fuhr er den Spargel aus. Oben war es heller Tag, und die Ostsee zeigte nicht den geringsten Seegang. Eine derartige Windstille konnte nur eines bedeuten: Schnee! Hoffentlich hatten sie den Mist hier hinter sich, bevor es wieder zu schneien anfing! Der Kommandant konzentrierte sich erneut.

Weit voraus war irgendwo der schwere Kreuzer mit seinen Übungen beschäftigt, aber er konnte ihn nicht sehen. Langsam drehte er das Sehrohr im Kreis, dann wieder zurück. Seine Stimme klang fast gelangweilt: »Die Funkerei soll mal in Null-Fünnef-Null lauschen!«

Einen Augenblick herrschte Stille, während das Boot mit nicht einmal einem Knoten Geschwindigkeit durch die ruhige Ostsee glitt.

»Nichts zu hören, Herr Kaleun!«, flüsterte Rückert.

Mit einem lauten Geräusch klappte von Hassel die Handgriffe nach oben und fuhr das Sehrohr ein: »Schön, Funker, dann kochen Sie sich Ihr GHG sauer ein!« Er wandte sich an den IWO: »Sie übernehmen die Zentrale, und IIWO: Sie achten auf die Schüsse! Jetzt bloß keinen Mist bauen.« Er grinste. »Und ich gehe hoch in den Turm.« Er wandte sich zur Leiter und stutzte dann: »Ach so, der Geleitzug steht nicht einmal sechs Meilen an Steuerbord voraus! Klar zum Angriff!«

Dicht unter der Wasseroberfläche schob sich das Boot näher an den Geleitzug heran. Es war eine Übung, aber trotzdem wusste jeder, was davon abhing. Denn wenn sie die verbockten, würde das nur weitere Wochen Drill an der Agru-Front bedeuten.

Von Hassel hockte im Turm auf dem kleinen Hocker des Angriffssehrohres und kontrollierte immer wieder die Peilungen. Erst nach einer Weile kam von unten die Meldung: »Von GHG! Geleit in Null-Eins-Fünnef! Abstand unklar.«

Von Hassel fuhr das Sehrohr erneut aus und presste sein Gesicht gegen den Gummiwulst. Zuerst konnte er nur Schwärze sehen, dann wurde es plötzlich heller und er sah glasig grünes Wasser, bevor das Sehrohr die Oberfläche durchbrach. Routinemäßig drehte er die Handgriffe und beschrieb einen vollen Kreis, doch der Himmel war leer. Er wandte sich wieder der Wasseroberfläche zu. Lautlos zogen die drei Frachter, die den Geleitzug bildeten, dahin, während zwei Torpedoboote aufgeregt hin- und herkreuzten. Von Hassel konnte ihre Aufregung beinahe körperlich spüren, obwohl vor ihm alles wie ein Stummfilm ablief.

Der Kaleun kochte vor Zorn: »Abstand zweitausend! Gegnerfahrt sieben, Bug links!« Er hörte von unten das leise Klicken, als die Werte eingestellt wurden. Der Schusswinkel würde automatisch übernommen werden. Er musste nur das Sehrohr auf das Ziel halten.

Zweitausend Meter waren zu viel, obwohl es laut Lehrbuch für einen Unterwasserangriff schon eine gute Schussentfernung darstellte. Aber von Hassel beschloss, auf Nummer sicher zu gehen. »Bugklappen öffnen. Rohr eins und zwei klar!« Wütend schnappte er: »Und der Funkmaat soll sich nach der Übung bei mir melden!«

»Schusswerte sind eingestellt!« Die Stimme des IIWO brachte den Kommandanten dazu, sich wieder zu konzentrieren. Nur am Rande wurde ihm klar, dass er das Periskop viel zu lange oben ließ. Trotzdem riskierte er einen zweiten Blick. »Zweites Ziel: Gegnerfahrt sieben, Bug links, Abstand zweitausendzweihundert.« Ein letztes Mal kontrollierte er den Winkel. »Rohr drei und vier auf zweites Ziel klar!« Dann fuhr er das Sehrohr ein.

Er wartete eine Minute. Eine Minute bei einem Knoten waren dreißig Meter. Der Geleitzug würde in dieser Zeit mehr als zweihundert Meter zurücklegen. Das würde ihn auf insgesamt etwas mehr als achtzehnhundert Meter an den vordersten Frachter heranbringen.

Blieb nur die Frage offen, was die Torpedoboote dazu meinten.

Er fuhr den Spargel wieder aus. »Abstand zum ersten Schiff achtzehnhundert! Abstand zum zweiten zwotausend!« Wieder zögerte er kurz, aber die beiden Geleite standen weit ab. Günstiger konnte die Gelegenheit kaum sein. Entschlossen richtete er das Sehrohr auf den vordersten Frachter. »Rohr eins, Rohr zwei, Torpedo los!«

Er wartete nicht auf die Bestätigung. Das Boot bockte kurz, und mit einem Zischen verließen die Aale die Rohre. Es waren nur Übungstorpedos, die die Ziele unterlaufen würden.

Von Hassel strich sie aus seinen Gedanken und drehte das Periskop um ein paar Grad.

Wie eine Fliege im Netz, so hing der zweite Frachter im Fadenkreuz. Eine merkwürdige Hilflosigkeit ging von ihm aus. Der Kommandant verdrängte das seltsame Gefühl. »Rohr drei, Rohr vier, Torpedo los!«

Wieder ertönte ein Zischen, während er bereits kommandierte: »Ruder Steuerbord zwanzig, beide AK voraus!«

Vorne im Bugraum kauerten die Seeleute. Die Maate hatten ein wachsames Auge darauf, dass keiner der Männer sich an die Bordwand lehnte. Das war nur eine Übung, aber später, wenn es ernst wurde, konnte eine Wasserbombe, die in der Nähe krepierte, einem Mann das Kreuz brechen, nur aufgrund der übertragenen Vibrationen. Trotzdem gab es immer einen, der es vergaß.

Rudolf Braunert sah sich um. Die meisten der Männer starrten einfach stumm ins Leere. Selbst als die Torpedos abgefeuert wurden, geschah das von der Zentrale aus. Die Männer im Bugraum hörten nur die Geräusche – das Surren, als die Bugklappen geöffnet wurden und dann das Zischen der Pressluft, mit der die Aale aus den Rohren geblasen wurden.

Ungerührt beobachtete der Hauptgefreite das blasse Gesicht von Jens Lauer. Der Moses war anscheinend schwer beeindruckt. Aber das hier zerrte an ihrer aller Nerven, auch wenn die Älteren es nicht zeigten. Der Weg in die Zentrale war von hier aus verdammt weit. Die meiste Zeit wusste im Bugraum niemand, was vor sich ging.

Aber auch das war U-Boot-Leben. Außerhalb der Zentrale wussten die wenigsten Männer, was vor sich ging, und hinten in der Maschine war es noch schlimmer. Bisher hatte nur der Kommandant überhaupt den Feind zu sehen bekommen, und so würde es auch draußen sein, wenn sie auf Feindfahrt waren. Wenn sie hier vorne etwas vom Gegner mitbekommen würden, dann nur, weil der mit schweren Koffern nach ihnen warf. Sie alle wussten es, aber es zerrte trotzdem an den Nerven.

Das Zischen der beiden letzten Schüsse verklang. Doch plötzlich begann sich der Raum zu heben. Zuerst war es mehr ein Gefühl wie in einem Riesenrad, aber dann polterten auch schon die ersten der überraschten Männer gegen das Schott. Das Letzte, was Braunert sah, bevor auch er den Halt verlor, war das entsetzte Gesicht des jungen Lauer.

Gebrüllte Meldungen zerrissen die Stille in der Zentrale: »Ventil Trimmzelle zwo klemmt! ... Bug bricht durch!«

Der LI klopfte den Tiefenrudergängern auf die Schultern. »Los! Vorne oben zwanzig, hinten unten fünf!« Dann drehte er sich um. »IWO, ich muss nach vorne!«

»Ich übernehme!«. Oberleutnant Hentrich klammerte sich an einem Rohr fest und hangelte sich etwas nach vorne, während sich das lange Vorschiff weiter aufrichtete. Nach vorne bedeutete jetzt eine Klettertour.

Einer der Männer hatte eine Brechstange in das Handrad des Ventils geklemmt und zerrte mit aller Kraft daran. Endlich, mit einem lauten Knirschen, löste sich das Handrad, und Luft entwich irgendwo zischend. Aber der Schaden war bereits angerichtet.

Der Bug des Bootes durchbrach plötzlich wie ein riesiger schwarzer Finger die glatte See und stand deutlich sichtbar in der blassen Mittagssonne. Doch unter Wasser rutschte das Achterschiff durch die plötzliche Belastung immer mehr in die Tiefe.

Die Ostsee ist nicht tief. An den meisten Stellen nicht einmal fünfzig Meter. Mit einem gedämpften Schlag landete das Achterschiff, und damit die immer noch auf AK drehenden Schrauben, im Schlamm. Die Männer im E-Maschinenraum verloren endgültig den Halt und rollten fluchend gegen die Heckrohre. Endlich gelang es einem von ihnen, sich wieder aufwärtszuhangeln und die E-Maschinen abzustellen.

Zuerst wie in Zeitlupe, dann immer schneller, sackte der aufgerichtete Bug zurück ins Wasser. Die Trimmzelle, die sich vorher nicht hatte öffnen lassen, nahm nun zu viel Wasser auf, und so folgte der Bug dem Heck in die Tiefe. Ein weiterer Ruck ging durch das Boot.

Rudi Schneider ließ probeweise das Kugelschott los und streckte beide Hände von sich. »Angekommen!«, kommentierte er lakonisch.

Um ihn herum sahen sich die Männer blass und verdattert an. Der Kommandant kletterte langsam die Leiter hinunter. Schweigend sah er sich um, als wisse er nicht, was er sagen sollte. Wahrscheinlich war es auch so.

Der LI kam durch das Mannloch gejumpt. »Verdammte ..., T'schuldigung, Herr Kaleun!«

Von Hassel nahm die Mütze ab und strich sich erschöpft über die Stirn. »LI, sagen Sie mir, was ist passiert? Oder noch besser, sagen Sie mir zuerst, ob ich das überhaupt wissen will!«

Oberleutnant Wegemann zuckte mit den Schultern. »Das Ventil für eine der vorderen Trimmzellen klemmte. Ich weiß noch nicht, warum, Herr Kaleun!« Er verzog missmutig das Gesicht und ergänzte: »Dafür klemmt jetzt das achtere Tiefenruder an Backbord.«

Von Hassel schüttelte den Kopf und stülpte sich die Mütze wieder auf den Schädel. »Sehen Sie, LI, ich hatte recht. Ich wollte es gar nicht wissen.« Resigniert fragte er: »Also gut, wie lange?«

Der LI sah sich um. »Inklusive Aufräumen – 'ne halbe Stunde!«

»Na, dann machen Sie mal hinne, Herr Oberleutnant! Ich bin in meinem Kabuff. Haben wir noch Kaffee?«

Der Smut schüttelte den Kopf. »Leider nein, Herr Kaleun, aber wenn ich Strom verbrauchen darf?«

Der LI nickte. »Die Batterien sind voll! Machen Sie Kaffee, wir anderen machen uns an die Arbeit!«

Resigniert ließ von Hassel sich in seinen Stuhl sinken und starrte die Wand an. Es war nur eine Winzigkeit schiefgelaufen. Aber wären sie jetzt schon draußen im Atlantik gewesen, dann wären sie nun alle tot. Verlust aus ungeklärter Ursache!

Das Boot hatte seine Macken, und diese Geschichte war nicht die erste dieser Art gewesen. Soweit er es sehen konnte, hatten seine Leute richtig reagiert. Es war nur alles zu schnell gegangen.

Wütend hämmerte er mit der Faust auf den Schreibtisch. Immer wenn sie glaubten, sie hätten die Probleme im Griff, tauchte etwas Neues auf. Es war zum Mäusemelken!

Ein Klopfen am Schott unterbrach seine Gedanken. Müde blickte er auf. »Ja bitte?«

Leutnant Schneider schob sich durch den Vorhang. »Ich fürchte, wir haben da was vergessen, Herr Kaleun!«

»Und das wäre, IIWO?« Von Hassel beugte sich interessiert vor. Schneider würde nicht ohne Grund kommen.

Der Leutnant schob sich die Mütze etwas weiter ins Genick. »Was machen wohl die Torpedoboote?«

Von Hassel rieb sich das Kinn. »Da es unsere eigenen Leute sind, werden sie wohl eher erschrocken kreuzen und hoffen, eine Spur von uns zu entdecken. Wenn es Tommies wären, dann ...«

»Schon klar, Herr Kaleun.« Rudi Schneider lehnte sich gegen den Türrahmen und betrachtete angelegentlich den gerundeten Druckkörper. »Aber warum hören wir sie nicht?«

»Das ...«, meinte von Hassel, »... ist eine wirklich gute Frage!« Er streckte die Beine von sich. »Sie meinen, die haben von der ganzen Sache gar nichts mitgekriegt? Kann doch eigentlich gar nicht sein, bei dem ganzen Tohuwabohu?«

»Aber wenn doch, Herr Kaleun, dann würde die Übung zählen. Richtig?«

Von Hassel sah seinen IIWO voll plötzlichen Misstrauens an. »Sind Sie so scharf darauf, an die Front zu kommen? Mit dem Schlitten hier?«

Der IIWO warf einen deutschen Blick hinaus auf den Gang, aber offensichtlich war niemand in der Nähe, der zuhören konnte. »Angenommen, wir sind Frontboot und haben einen Schaden am Boot, wie wäre dann das Verfahren?«

Von Hassel zog scharf die Luft ein. »Das, was Sie hier andeuten, möchte ich nicht gehört haben, Herr Leutnant.«

Rudi Schneider zuckte ungerührt mit den Schultern. »Sie wissen, ich bin nicht feige und drücke mich nicht. Aber unser Boot ist noch nicht frontreif, Herr Kaleun!«

»Also?«

Der Leutnant nickte ernsthaft. »Also, wenn wir als Ausbildungsboot zurück in die Werft müssen, wird irgendein schlauer Kopf beschließen, dass die erfahrenen Leute auf andere Boote verteilt werden. Sind wir aber Frontboot ...«

Der Kapitänleutnant begriff, was sein IIWO andeutete. Es war alles eine Auslegung der Vorschriften, wie immer. Er sagte nachdenklich: »Ich glaube, ich muss mich bei Ihnen entschuldigen, Herr Schneider. Also alles nur, um die Besatzung beieinanderzuhalten?«

Der Leutnant grinste unbehaglich: »Ich habe da kurz vor dem Auslaufen was gehört ...«

»Was haben Sie gehört?« Von Hassel blickte auf. Die Begabung seines IIWO, etwas zu hören, war manchmal geradezu unheimlich.

»Die Leitstelle ruft seit Tagen nach U-33. Und gestern haben sie auch angefangen, vergeblich nach U-54 zu rufen.« Der Leutnant sah ihn abwartend an.

Von Hassel nickte, obwohl er sich wunderte, warum es so einfach war, mit seinem IIWO zu reden, selbst wenn Dinge politisch gefährlich waren. Aber sie fuhren ja nun schon eine Weile zusammen. »U-33 ist von Dreskys neues Boot?« Sie schwiegen einen Augenblick, dann meinte von Hassel: »Ich war kurz als IWO auf U-4, seinem alten Boot.«

Unwillkürlich nahm Schneider die Mütze ab, wie um den Toten die Referenz zu erweisen. »Ich kannte seinen IIWO auf U-33. Eine zusammengewürfelte Besatzung, größtenteils Frischlinge.«

Von Hassel dachte nach. Natürlich lag es nicht immer an der Besatzung. Es gab viele Möglichkeiten, wie ein Boot verloren gehen konnte. Sie lagen ja gerade selbst wegen eines technischen Problems hier auf Grund. Nicht immer lag es an der Besatzung. Minen, Flugzeuge, es gab viele Gefahren. Trotzdem, eine gute Besatzung erhöhte die Chancen. Nun hatte es also seinen alten Kommandanten erwischt.

»Ist die Dreisternemeldung schon raus?«

Schneider schüttelte den Kopf. »Nicht dass ich wüsste. Aber sie wird wohl nicht mehr lange auf sich warten lassen, Herr Kaleun.« Er zögerte, dann zwang er sich zu einem Grinsen. »Mit einer guten Besatzung sind die Chancen besser, denke ich. Selbst mit einem angeschlagenen Boot.«

Von Hassel guckte etwas gequält und sagte: »Also gut, ich werde daran denken, wenn sich die Frage stellt, Leutnant. Nun gehen Sie mal zum Rückert und lassen ihn rumhorchen, ob er die Torpedoboote irgendwo hört.«

Nachdem sein IIWO gegangen war, blieb von Hassel allein in seiner Kammer zurück. Nun also von Dresky, davor Mugler, und wenn sein IIWO recht behielt, dann jetzt auch noch Grosse von U-54. Sie waren zusammen auf dem Kommandantenlehrgang gewesen, bevor er sein altes Boot übernommen hatte. Verdammt, und dabei standen sie erst am Anfang!

Wieder steckte Schneider den Kopf durch den Vorhang. »Ich hatte recht, das Geleit entfernt sich nach Westen. Die T-Boote werfen Übungsladungen weit an Backbord, Herr Kaleun!«

Von Hassel erhob sich. »Das möchte ich mir selber anhören.« Verblüfft schüttelte er den Kopf. »Na, da hatten wir ja mal wieder mehr Glück als Verstand!«

Die Übung wurde gezählt. Es war pures Glück. Zwei andere Boote hatten ungefähr zur selben Zeit von der anderen Seite angegriffen, und alle Augen im Geleitzug waren nach Steuerbord gerichtet gewesen. Erst im Nachhinein hatte man festgestellt, dass einige Torpedos, die unter den Zielschiffen durchgelaufen waren, von der anderen Seite gekommen waren. Aber zu diesem Zeitpunkt hatte U-68 bereits auf dem

Grund der Ostsee gelegen und Kapitänleutnant von Hassel mit dem Schicksal gehadert.

Der Krieg war neu, und so konnten sie alle es nicht ganz fassen. Später würde man das als eine der vielen Geschichten abtun, die sich eben im Krieg ereigneten. Andere Boote sollten noch viel wildere Geschichten erleben und überleben. Und andere Boote würden noch wildere Geschichten erleben, aber nicht überleben. Noch war der Krieg allerdings neu, und sie wussten es eben nicht besser.

So gut die Übungen taktisch für U-68 liefen, so sehr hatten sie immer wieder mit der Technik zu kämpfen. Ventile klemmten, auch wenn es nicht wieder so kritisch wurde wie beim Angriff auf das Übungsgeleit. Ein Torpedo ließ sich nicht abfeuern. Eine E-Maschine gab den Geist auf. Nach und nach hatten alle an Bord das Gefühl, als sei U-68 der Prototyp aller Montagsboote. Aber nichtsdestotrotz lernten sie, damit zu leben. Sie begriffen, was man besser nicht tat, obwohl es in den vielfältigen Bedienungsanleitungen gefordert wurde, und was man besser regelmäßig tat, auch wenn kein Handbuch davon etwas erwähnte.

Sie wurden Meister darin, etwas »mal schnell« zu reparieren, oder etwas anderes zu tun, als sie geplant hatten, weil das Boot mal wieder »zickig« war, und sie lernten, es trotzdem als Waffe zu gebrauchen. Aber die Nerven lagen blank. Weder der Ausbildungsbetrieb noch die Übungen, die der Kommandant ständig zusätzlich ansetzte, waren dazu angetan, die Männer irgendwann einmal zur Ruhe kommen zu lassen. So litten sie. Sie litten Tag und Nacht.

Die Männer litten auf verschiedene Art. Seeleute wie Braunert oder der junge Lauer würden die Agru als eine endlose Aneinanderreihung von Wachen im Schneetreiben in Erinnerung behalten. Stunden, in denen die Zeit nie zu vergehen schien, während die eisige, feuchte Kälte sich immer weiter durch die Lagen der Kleidung tastete. Trotz dicker Handschuhe drohten die Finger abzusterben. Und jedes Fernglas beschlug in Windeseile. Sie lernten trotzdem, sich nicht ablenken zu lassen, denn Wachsamkeit war ihre beste Waffe. Aber wenn sie nach der Wache steif gefroren an der schmalen Leiter hinunter in die Zentrale rutschten und die Kameraden ihnen helfen mussten, die starren Glieder wieder aus dem Ölzeug zu befreien, dann lernten sie auch das Gefühl kennen, dass wieder einmal für die Zeit einer Wache alles gut gegangen war. Und meistens dachte sowieso keiner von ihnen weiter als bis zur nächsten Wache.

Heizer, wie das technische Personal genannt wurde, obwohl es wenig zu heizen gab, litten anders. Männer wie der Motorenmaat Peters, der Maschinengefreite Berger oder auch der Elektro-Willi, Wilhelm Hochhuth, kämpften nicht mit der Kälte. Sie trugen ihren Kampf mit der Hitze aus, mit Öldämpfen, Lärm und den ständigen technischen Pannen. Achtern im Boot kam zuerst der Dieselraum. Die beiden schweren MAN-Aggregate leisteten einige Tausend PS. Wie große geduckte Tiere waren sie links und rechts des schmalen Laufganges montiert, so, dass die Maschinenleute jederzeit an die Ventile kommen konnten. Die schmalen Eisenplatten reichten aus, dass ein Mann sich hier noch gerade eben frei bewegen konnte. Aber wenn etwas repariert wurde, dann wurde es eng. Wenn ein Diesel ausfiel, lief der andere weiter. Der schmale Raum hinter dem Schott wurde zu einer Höhle aus stickiger Luft, Ölgeruch und dem unablässigen Donnern der schweren Maschinen, die jedes Gespräch unmöglich machten. Wenn Daniel Berger nach seiner Wache in seine Koje fiel, die noch warm von seinem Vorgänger war, der die Wache übernommen hatte, war er manches Mal allein von dem ständigen Lärm völlig erschöpft, und nach wie vor donnerten die Diesel in seinem Schädel nach, als verfolgten sie ihn.

Für Wilhelm Hochhuth war es nicht der Lärm. Selbst wenn das Boot getaucht lief, machten die beiden E-Maschinen nie Lärm. Es wäre andernfalls auch tödlich für das Boot gewesen. Selbst bei AK voraus summten sie mehr oder weniger leise vor sich hin und waren bei Schleichfahrt kaum zu hören. Aber natürlich konnte sich auf U-68 niemand darauf verlassen, dass alles funktionierte, und so wurde auch im E-Maschinenraum immer von einem Heizer aufmerksam Wache gegangen. Ganz hinten, noch hinter dem Dieselmaschinenraum. Hier hinten gab es keine Stehhöhe, und selbst der Laufgang zwischen den beiden Maschinen erlaubte den Männern kaum, sich zu drehen. Gegen den Dieselmaschinenraum war der E-Maschinenraum mit einem Schott verschlossen.

Wilhelm Hochhuth kämpfte mit der Angst und der Einsamkeit. Niemand war so weit von der Zentrale entfernt wie ein E-Heizer im E-Maschinenraum. Was immer dort vor sich ging, er würde es als Letzter erfahren. Für ihn war es jedes Mal so, als sei er der letzte Mensch an Bord. Soweit es ihn betraf, konnte das Boot auch schon genauso gut auf dem Weg zum Grund sein. Stunde um Stunde saß er hier und starrte die gerundeten Bordwände an. Viel zu tun gab es meistens nicht, aber der E-Maschinenraum war auch kein Ort für jemanden mit zu viel Zeit oder Fantasie. Die Männer, die sich hier hinten abwechselten, sprachen nicht darüber, aber jeder von ihnen hatte eine genaue Vorstellung davon, wie es sein würde, wenn ihre dünne Eierschale einen Knacks bekam und die eiskalte See, die draußen jenseits der Stahlröhre lauerte, in ihr kleines Reich einbrach. Für Hochhuth, der bereits den Untergang des alten Bootes von Hassels überlebt hatte, bedeutete es, weiter auf das Unvermeidliche zu warten. Als ob das Schicksal ihn für etwas anderes, etwas noch Heimtückischeres aufgespart hätte! Trotzdem ging er seine Wachen, denn etwas anderes hatte er nicht gelernt.

U-68 trug sie alle, über wie unter Wasser. Nach und nach – je mehr Seetage sie hinter sich hatten – begann das Boot, sich zu setzen. Die schweren Pannen wurden etwas weniger, die leichten blieben. Die Besatzung lebte sich ein in diesem engen Stahlkörper, der nie groß wirkte, aber nach ein paar Tagen weiter zu schrumpfen schien. Luxus war ein Begriff, der bei der Besatzung verbunden wurde mit anderen Begriffen wie Langstreckenduschen, nicht vor der Toilette anstehen und Essen, das nicht muffig und nach Diesel schmeckte. Ob es die Brote waren, die zusätzlich zu den Dosen frisch an Bord kamen, Obst, Gemüse oder die Dauerwürste über den Rohren für die Trimmzellen – alles schimmelte. In der Stahlröhre begann es nach Moder, Muff und ungewaschenen Männern zu riechen. Dazu kamen Kohl und Öl, immer wieder Dieselöl. U-68 begann, nach U-Boot zu riechen.

Die taktische Übung entschädigte die Besatzung für vieles. In einem eher ungewöhnlichen Angriff, der allerdings mal wieder durch einen ausgefallenen Funkempfänger begründet war, »versenkten« sie übungsmäßig drei Schiffe und konnten sich absetzen, ohne dass die Bewacher ihre Spur aufzunehmen vermochten. Alles lief wie am Schnürchen, wenn auch, wie auf U-68 üblich, etwas anders als geplant, aber der ausgefallene Funkempfänger hatte verhindert, dass sie zusammen mit den anderen Booten von der gleichen Seite des Geleits angriffen.

Selbst als sie für eine Weile den Fühlungshalter am Geleitzug spielen mussten, in Gewässern, die eigentlich für das große Boot viel zu flach waren, lief alles reibungslos ab. Als wüsste das Boot um die Wichtigkeit.

Dann, nach all der Hektik der vergangenen Wochen, herrschte plötzlich Ruhe. U-68 lief zurück in den Stützpunkt, und die Besatzung begann umgehend, sich für die Aufregung der letzten Wochen selbst zu entschädigen.

Nach zwei Tagen und einer endlos erscheinenden Abschlussbesprechung fällte Korvettenkapitän Ernst Sobe, der Dompteur der Agru-Front, sein abschließendes Urteil: U-68 war frontklar.

Einzig Heinz-Georg von Hassel kam nicht dazu, das Ende der Übung zu genießen. Er wurde zum Befehlsempfang nach Berlin befohlen. Ein etwas ungewöhnliches Verfahren, denn die anderen Boote erhielten ihre Befehle vor Ort. So war es kein Wunder, dass die Gerüchteküche zu brodeln anfing. Aber noch wusste niemand etwas Genaues, auch wenn die Latrinenparolen einander überholten und eine Geschichte wilder als die nächste klang.

Auch als von Hassel ein paar Tage später zurückkehrte, konnte ihm niemand das Geheimnis entlocken. Und die Befehle, die er gab, enthielten auch nur wenige Hinweise. Zurück ins Marinearsenal nach Kiel, Beseitigung einiger gemeldeter Probleme, danach Ausrüstung und seeklar am Zehnten des Monats. Egal, in welchem Zustand sich das Boot befand. So zog U-68 in den Krieg, mehr oder weniger in der Hoffnung, der Gegner werde genauso schlecht darauf vorbereitet sein.

Seetag 1 – Auslaufen Kiel

Am frühen Morgen des Zehnten warfen sie die Leinen los und verschwanden ohne großes Aufsehen aus dem Marinearsenal. Kaum, dass der kalte Märztag begonnen hatte. Es regnete, aber nicht allzu stark.

Heinz-Georg von Hassel stand am Wellenabweiser und beobachtete den Verkehr auf der Förde, der trotz der frühen Morgenstunde schon stark war. Sie würden den halben Tag durch den Nord-Ostsee-Kanal brauchen, bevor sie bei Cuxhaven in die Deutsche Bucht kamen. Dann erst würde der haarige Teil der Passage beginnen.

Die Männer der Brückenwache waren warm in Ölzeug eingemummelt und konzentrierten sich auf ihre Sektoren. Von Hassel wechselte einen amüsierten Blick mit Rudi Schneider.

Natürlich würde keiner der Männer annehmen, dass ihnen hier in der Kieler Förde eine Gefahr drohe. Der Feind war weit weg.

Nur konnte man wohl kaum schwätzend auf der Brücke stehen, solange der Kommandant dabei war.

Von Hassel zuckte mit den Schultern. Der IIWO war ein guter Wachoffizier, der wusste, wo es langging. Er würde schon dafür sorgen, dass seine Männer auf dem Posten waren, wenn es darauf ankam. Mit einem leichten Grinsen tippte er an die Mütze: »Rudi, Sie übernehmen, ich gehe runter.«

»Jawoll, Herr Kaleun!« Der IIWO erwiderte den Gruß kurz, konzentrierte sich dann aber wieder auf einen Fischdampfer, der sich augenscheinlich noch nicht ganz entschieden hatte, ob er in den Kanal oder lieber in die Ostsee wollte.

Mit zusammengekniffenen Augen beobachtete der Leutnant das andere Boot: »Was fährt denn der zusammen?«

Von Hassel drehte sich um und warf einen prüfenden Blick auf das Fischerboot. Für Rudi Schneider hatte der Stress schon begonnen. Er hatte sich oft gefragt, wie sein Zweiter den Verlust ihres alten Bootes weggesteckt hatte. Äußerlich anzumerken war ihm kaum etwas. Aber natürlich würde von Hassel diese Frage nie stellen. Stattdessen zog der Kommandant eine Braue in die Höhe. »Gehen Sie hinter ihm durch und fertig. Ich glaube, das Arsenal will uns heute nicht wiedersehen.«

Schneider sah ihn an, und seine Augen funkelten belustigt. »Also gut, dann will ich das mal vermeiden, Herr Kaleun!« Er warf wieder einen Blick auf den Fischdampfer, der bereits unangenehm dicht vor ihnen herdampfte und immer wieder leicht nach Backbord ausscherte. Dann beugte er sich über das Sprachrohr. »Ruder Backbord zehn!«

Die Bestätigung kam sofort, und der Bug begann, nach links auszuschwenken. Von Hassel entspannte sich etwas. »Also, ich bin dann unten!« Er beugte sich über das offene Turmluk und rief hinunter: »Ein Mann Zentrale!« Dann schwang er sich hinein und rutschte an den Leiterholmen nach unten. Mit einem lauten Knall trafen seine klobigen Seestiefel auf das Metalldeck, und er tauchte wieder ein in die wimmelnde Welt der Röhre.

Adolf Schott, der Smut, steckte den Kopf aus seiner engen Kombüse: »Bis zum Frühstück dauert's aber noch, Herr Kaleun, oder soll ich schnell etwas außen vor machen?«

Belustigt schüttelte der Kommandant den Kopf. »Nein, nur Kaffee, wenn Sie haben, Schott!«

»Kaffee! Kommt sofort!« Er reichte von Hassel einen Metallbecher und zog sich in seine Kombüse zurück. In den Öldunst der Luft mischte sich noch mehr Kaffeearoma.

Von Hassel zog sich in die Offiziersmesse zurück. Noch immer beschäftigte er sich mit Adolf Schott. Er war einer der neuen Männer und einer der wenigen Reservisten an Bord. Aber es würden mehr werden. Ohne Frage. In Friedenszeiten hatte er in einem Restaurant in Köln gekocht, einem ziemlich noblen Schuppen, wenn es stimmte, was er unter seinen Kameraden im Bugraum erzählte. In seinen Personalunterlagen stand sogar der Name des Restaurants, aber der hatte von Hassel nichts gesagt. Nun, immerhin war der Mann gut, ja manchmal sogar übertrieben gut in dem, was er tat. Und auf einer langen Fahrt mochte ein guter Smut sein Gewicht in Gold wert sein.

Allerdings war Schott ein Kriegsfreiwilliger, und von Hassel fragte sich, was einen Mann dazu brachte, sich schneller für einen Krieg zu melden, als er musste.

Sollte man etwa in Zukunft besser aufpassen müssen, was man sprach? So etwas konnte in der Enge eines U-Bootes Folgen haben.

Nachdenklich blickte er in seinen Kaffee. Er war nicht blind gegenüber dem, was sich in Deutschland abspielte. Es gab vieles, was ihm nicht gefiel. Aber genau wie viele Deutsche hatte er gelernt, den Mund zu halten und weiterzumachen. Politik war nicht sein Geschäft, er war Seeoffizier und hatte einen Krieg zu kämpfen. Alles andere hatte nun bis später zu warten, und immerhin waren die Braunen nun die Obrigkeit – mochte man dazu stehen, wie man wollte. In diesem Punkt dachte von Hassel sicherlich wie viele andere Deutsche auch.

Oberleutnant Hentrich, der sich in die Ecke der Koje des IIWO geklemmt und in einem Buch gelesen hatte, beobachtete seinen Kommandanten nachdenklich. Das schmale Gesicht wirkte etwas verschlossen, und die grauen Augen starrten in den Metallbecher, als entdeckten sie dort etwas Wichtiges.

Hentrich rausperte sich, um den Kommandanten auf seine Anwesenheit aufmerksam zu machen. Er wusste, dass es vieles gab, was den Alten beschäftigte. Er hatte einiges darüber gehört, was mit dem alten Boot passiert war. Für ihn war es immer noch unverständlich, dass diese Männer danach wieder auf ein U-Boot geschickt wurden. Seit er zur Baubelehrung für U-68 kommandiert worden war, hatte er sich manches Mal gefragt, ob er das auch gekonnt hätte. Aber um ehrlich zu sein, er wusste es nicht.

Der Alte blickte auf. »Wer? Oh, hallo, Herr Hentrich! Ich hatte Sie gar nicht gesehen in Ihrer Ecke.«

»Deswegen bin ich ja hier ...« Der Oberleutnant grinste. »... Hoch und trocken und allem aus dem Wege.« Er schwang die langen Beine aus der Koje. »Aber in der Zwischenzeit hat wohl endlich jeder alles verstaut.«

»Na ja, Sie wissen ja, wie es nach dem Auslaufen ist. Da steht stets dieses und jenes noch im Weg. Mir erschien es dieses Mal weniger schlimm.« Von Hassel strich sich durch die blonden Haare, die bereits begannen, vom Schweiß und der ölgetränkten Luft zu verkleben. Aber der Kommandant hatte recht. Nachdem sie schon wochenlang an der Agru-Front gewesen waren und nur ein paar Tage im Arsenal zugebracht hatten, war das Boot ja praktisch schon eingeräumt gewesen. So hatte das übliche Durcheinander nur kurz angedauert.

Beide Männer wussten, auch ohne sich von ihren Plätzen zu erheben, wie es überall im Boot aussah. Viele der Männer hatten nicht einmal eigene Kojen, sondern stiegen in den noch warmen Mief der Vorgänger. An den Fußenden der schmalen Kojen lagen zusammengerollt jeweils ein bis zwei Tauchretter.

Dazu kamen die Spinde. Drei Männer teilten sich jeweils einen Spind. Das ließ jedem so viel Platz, wie ein dicker Pullover, vielleicht ein Buch und die unumgänglich lebensnotwendigen Skatkarten einnahmen. Dazu kamen dann noch ein paar Briefe, die sie bekommen hatten oder gerade selber schrieben, und damit endete auch schon die Privatsphäre der Männer, selbst auf einem so großen Boot wie diesem. Wie der Schmadding, Oberbootsmann Volkert, in seiner trockenen Art richtig festgestellt hat: »Wir haben zwei Toiletten. In einer haben wir Dosen gestapelt, die andere teilen wir uns mit fünfzig Mann. Aber auf 'nem kleinen Boot hätten wir sie auch noch mit den Dosen teilen müssen.« Oberleutnant Hentrich erinnerte sich immer noch mit Vergnügen an das fassungslose Gesicht des jungen Lauer, dem diese Erklärung gegolten hatte.

Von Hassel lehnte sich etwas zurück. »Und wie haben sich die Männer aufgeführt, während ich in Berlin war?«

Hentrich winkte ab. »Ein paar Fälle von Trunkenheit, eine Schlägerei, aber nichts Großes. Ich denke, die Feldjäger wollten sich in erster Linie wichtigmachen.«

»Freikorps Dönitz, da kommen die nicht dran, und das wurmt sie ganz gewaltig.« Der Alte griente. »Nur der Vollständigkeit halber, wer war es?«

Nun wurde das Grinsen des IWO wirklich breit: »Der junge Lauer!«

»Oh, ...« Der Kaleun dachte einen Augenblick über die Neuigkeit nach. »Na, jetzt bin ich wirklich beeindruckt. Hat er wenigstens gewonnen?«

Hentrich verzog das Gesicht. »Sagen wir nach Punkten. Braunert und seine Kumpels haben ihn zurückgebracht. Aber nichts Ernstes.« Er blickte den Kommandanten fragend an. »Es ist Ihnen doch recht, dass ich die Sache nicht zum Rapport gestellt habe?«

»Sehr recht, Herr Hentrich!« Von Hassel schob sich die Mütze etwas schiefer nach links. »Ein Mann im Bunker nützt mir nichts.«

»Gut!« Der IWO nickte. Dann sah er den Kommandanten neugierig an. »Sie haben bisher kein Wort über unsere Befehle verlauten lassen, Herr Kaleun.«

»Richtig, Herr Oberleutnant ...«, von Hassels Augen funkelten amüsiert, »... das ist mir nicht entgangen. Und jetzt platzen Sie vor Neugier.«

»Äh, nun ja, ich wollte wirklich nicht aufdringlich sein, Herr Kaleun, aber ...«

»... aber Sie würden schon gerne wissen, wo es hingeht.« Von Hassel schüttelte den Kopf. »Sie werden sich noch etwas gedulden müssen, bis wir richtig in See sind.«

»Na gut, Herr Kaleun, dann warte ich eben ...« Oberleutnant Hentrich unterbrach sich, als Obermaat Rückert, der Funker, an den Türrahmen klopfte. »Was ist denn, Rückert?«

»Verzeihung ...«, wandte Rückert sich dem Kommandanten zu, »Funkspruch offen an alle. Es hat einen Luftangriff auf Wilhelmshaven gegeben. War wohl nicht viel, aber sie wissen noch nicht, ob der Tommy nicht vielleicht auch ein paar Minen ins Revier geworfen hat. Deswegen steht an der Kanalausfahrt vorsichtshalber ein Sperrbrecher bereit.«

»Ein Sperrbrecher? So so!« Von Hassel nickte ruhig. »Dann sollte ja eigentlich nichts schiefgehen, nicht wahr?« Doch tief in sich spürte er die Unruhe. Minen im Revier Cuxhaven und Wilhelmshaven stellten eine tödliche Bedrohung dar. Selbst wenn ein fetter Sperrbrecher vor ihnen herdampfte, so etwas konnte trotzdem ins Auge gehen. Er sah seinen IWO an: »Na, dann mal willkommen an der Front. Ich wollte nur, der Dicke und seine Gelatinebubis würden es wenigstens schaffen, die Tommies davon abzuhalten.«

Vorne im Bugraum herrschte drängende Enge, aber das würde sich bis zum Ende der Unternehmung auch nicht mehr ändern. Aus den Lautsprechern seufzte Lale Anderson, aber kaum einer der Männer achtete darauf. Stimmen erfüllten den höhlenartigen Raum. An der Back hatte sich die erste Skatrunde des Tages gebildet.

Heute, so kurz nach dem Auslaufen, waren die Männer noch bei Kräften. Später würden sie jeden Augenblick nutzen, um etwas Ruhe zu finden, aber im Augenblick war Skat das Thema der Stunde. Skat und die amourösen Abenteuer des letzten Landgangs.

Jens Lauer blickte aus seiner Koje hinunter auf die Back und folgte dem Geschehen, ohne viel zu sagen. Es gab auch wenig, was er zu den Gesprächen hätte beitragen können. Ein unschuldiger Kuss im Garten während des letzten Urlaubes, das war auch schon alles. So lauschte er mit aufgerissenen Augen den Erzählungen der anderen.

»... na ja, des damische Luader hat's nach Länge abg'rechnet, i kann euch sag'n, des hat a Loch in'd Tasch'n g'riss'n.« Grinsend sah sich der Gefreite Dörfler um. Der stämmige Bayer wirkte zufrieden, es war immerhin eine gute Geschichte gewesen.

Der Elektro-Willi trommelte einen kleinen Wirbel auf der fettigen Tischplatte. »Bamm, bamm, bamm. Nu trommelt's im Bayerischen Wald wieder!«

Gelächter brach aus, während Dörflers Gesicht sich zornig verfärbte: »Glaubst, i lüag euch die Huck'n voll?«

Hochhuth grinste mutwillig. »Na, dann, Beweise auf den Tisch!«

Für einen Augenblick starrte der Bayer den Elektro-Willi verdutzt an und wusste nicht, was er sagen sollte. Rudolf Braunert, als Messeältester mit gewissen Privilegien gesegnet, streckte seine Beine etwas weiter aus und schüttelte langsam den Kopf: »Nee Jungs, lasst das mal lieber bleiben ...« Er fixierte Dörfler. »... Auch kleine Fische stinken!«

Nun verloren auch die Letzten die Fassung und lachten, bis ihnen das Wasser in den Augen stand. Nur Jens Lauer schaute verblüfft auf das Durcheinander.

Im Feldwebelraum hoben Volkert und Franke ihre Köpfe und lauschten dem Heiterkeitsausbruch. Wenigstens war die Stimmung gut. Das war doch schon mal ein Anfang.

Der Steuermann, der die Zeit bis zum Frühstück nutzte, noch ein paar letzte Berichtigungen in seinen Handbüchern vorzunehmen, bemerkte: »Die Kerle sauigeln wieder.«

»Dann geht es ihnen gut.« Volkert wirkte zufrieden. Er sah

seinen Kameraden an. Im Augenblick waren sie so allein, wie man auf einem U-Boot nur sein konnte. »Wie geht's dir?«

Franke streckte die Hand aus und beobachtete sie: »Kein Zittern, ich bin also noch nicht völlig am Ende.«

»Du grübelst zu viel, Walter.«

Walter Franke nickte. »Ich weiß.« Er zögerte. »Nun, vielleicht wird es ja jetzt besser, wenn wir wieder draußen sind. Obwohl es ein komisches Rezept ist, ich weiß.«

»Na toll!« Volkert zog die Brauen zusammen. »Sag mir, wenn du reden willst.« Er ließ einen Augenblick verstreichen, bevor er das Thema wechselte. »Was sagt das Wetter?«

Franke blinzelte. Niemals zurückschauen. Er griff nach seinen Notizen und las vor: »Deutsche Bucht, Seegang drei, Wind etwas auffrischend. Nichts besonders Aufregendes.« Er zog die Brauen zusammen. »Weiter im Norden wird's aber ungemütlich.«

»Wie weit im Norden?«

Der Steuermann sagte: »Gar nicht mal so weit. Dänemarkstraße bis mindestens runter zu den Orkneys, und da müssen wir ja auf alle Fälle durch.«

Volkert kniff ein Auge zusammen. »Gute Gelegenheit für die Neuen, sich ihre Seebeine zu verdienen, nicht wahr?«

»Könnte sein, dass es etwas wüster wird«, unkte Franke. »Da oben geht's ganz schön zur Sache, aber der Alte hat mir noch nicht gesagt, wie weit er nach Norden ausholen will.«

Der Schmadding verzog das Gesicht. »Ist so seine Art. Die Befehle teilt er erst mit, wenn wir außer Landsicht sind. Nicht dass noch einer zu desertieren versucht. Du kennst ihn ja.«

Langsam tuckerte das Boot den Nord-Ostsee-Kanal entlang. Die Schleusen wurden mit ruhiger Routine passiert. Zu beiden Seiten des Kanals erstreckten sich die meiste Zeit grüne Weiden und ab und zu eine kleinere Ortschaft.

Viele der Männer kamen zwischendurch nach oben, um eine Zigarette im Wintergarten zu rauchen oder auch, um einfach nur etwas frische Luft zu schnappen. Die Wachen wechselten mit ermüdender Gleichmäßigkeit, und diejenigen, die das große, grau gepönte Boot vorbeiziehen sahen, ahnten nichts von dem wimmelnden Leben in seinem Rumpf. Ab und zu musste sich das Boot in eine der Ausweichstellen verdrücken, um entgegenkommende Schiffe passieren zu lassen, aber im Großen und Ganzen war der Kanal wie leer gefegt. Am frühen Nachmittag erreichte U-68 endlich die Schleuse in Brunsbüttel und wurde wie angekündigt durch einen Sperrbrecher aufgenommen. Zur Abwechslung schien einmal alles zu funktionieren. Zusammen mit einem Torpedoboot, einem bewaffneten Fischdampfer und zwei Minensuchern dackelten sie hinter dem großen grauen Dampfer her.

Der Steuermann, der gleichzeitig WO der Mittelwache war, betrachtete den Sperrbrecher missmutig. »Das ist so ein richtiger Scheißjob!«

Rückert, der Funkmaat, der neben ihm stand, musterte das Schiff, dessen Linien unverkennbar den Frachter der Friedenszeit verrieten. »Na, aber wenigstens müssen die nicht weit fahren.«

»Klasse!« Der Steuermann griente, fuhr dann aber herum und starrte den jungen Lauer an, der dem Gespräch lauschte. »Augen in Ihren Sektor, Mann!« Etwas ruhiger fügte er für alle hinzu: »Auf Minen achten!« Dann wandte er sich wieder dem Funker zu: »Na, mein Traum wäre das nicht, die ganze Zeit hin- und herzudackeln und darauf zu warten, dass mir eine Mine den Arsch wegbläst.« Er nickte zu dem Sperrbrecher hinüber. »Ich habe gehört, die Burschen stehen da drüben auf Trampolinen. Das soll verhindern, dass es sie bei einer Minenexplosion umhaut.«

Mit neu erwachtem Interesse betrachtete Willi Rückert ihren Geleitschutz. »Das klingt wirklich traumhaft. Dann schon lieber großdeutsche Tauchröhre.« Er spähte zwischen den Ausgucks hindurch nach achtern, wo der Fischdampfer im Schwell der Nordsee unruhig tanzte. »Und was will der draußen?«

Der Steuermann folgte seinem Blick: »Noch einer, mit dem ich nicht so gerne tauschen möchte. Vorpostenboot. Die Jungs hängen draußen vor den Minenfeldern rum und funken regelmäßig.« Er spuckte nach der Leeseite. »Wenn sie nicht mehr funken, weiß die Leitstelle, der Feind war da.«

Der Funker, der bereits seine ganze Dienstzeit bei den U-Booten verbracht hatte, zwinkerte. »Trotzdem, ich glaube, die wollen auch nicht unbedingt mit uns tauschen.« Trotzdem streifte sein Blick noch einmal den Fischdampfer. »Vorpostenboot? Au Backe!«

Seetag 4 – Durchbruch

Das Boot stampfte und rollte, dass es eine Pracht war. Immer wieder schien es im Inneren der engen Röhre, als wolle sich U-68 auf den Kopf stellen, doch in Wirklichkeit rutschte das Boot nur am Rücken eines der vielen Brecher herunter.

Es war schneidend kalt geworden, aber immerhin waren sie auch drei Tage nach Norden gedampft und schickten sich nun an, die Nordspitze Englands zu umrunden. Denn natürlich konnten sie nicht einfach so durch die Straße von Dover fahren, um den Atlantik zu erreichen. Die Royal Air Force hätte wahrscheinlich schnell Mittel und Wege gefunden, ihrem Missfallen über eine derartige Frechheit Ausdruck zu verleihen. Also ging es eben oben herum.

Größere Einheiten mussten noch weiter nach Norden ausholen und die Dänemarkstraße benutzen, die Meerenge zwischen Island und den Färöern. Aber Kapitänleutnant von Hassel hatte beschlossen, zwischen den Shetlands und Schottland hindurchzufahren, nachdem er den Wetterbericht gesehen hatte. Das sparte etliche hundert Meilen, und bei diesem Sauwetter würden die Tommies sowieso keine Maschine in die Luft bringen.

Während er versuchte, sich etwas fester in seiner Koje zu verkeilen, haderte er mit sich selbst. Was auf der Karte gut ausgesehen hatte, mochte nun ins Auge gehen. Der Atlantik erwies sich wieder einmal als unberechenbar. Als er vor einer Stunde das letzte Mal oben gewesen war, waren die Brecher einer nach dem anderen wie weißköpfige Riesen auf sie zumarschiert. Dabei waren sie noch im äußeren Bereich des ausgedehnten Sturmtiefs.

Der Steuermann hatte berechnet, dass sie noch etwa drei

Knoten Fahrt über Grund machten, obwohl die Maschinen mit Umdrehungen für zehn Knoten liefen. In Anbetracht der etwas wackeligen Maschinenanlage konnte es heikel werden, sollte einer der beiden starken Diesel ausfallen, denn dann würden sie gar nicht mehr vorankommen. Und auch wenn die Tommies keine Flugzeuge in die Luft brachten, so hingen hier doch immerhin ihre Kreuzer herum, die versuchten, Ausbrüche schwerer deutscher Einheiten zu verhindern. Bei diesem Wetter und mit nur einem Diesel konnte so etwas ins Auge gehen.

Wieder legte sich das Boot schwer über und setzte zum nächsten Kopfstand an. Der Vorhang, der sein Kabuff vom Rest des Bootes abschirmte, stand in einem grotesken Winkel steif in den Raum, bis das Boot es sich wieder anders überlegte und auf die andere Seite rollte. So ging es nun schon einen ganzen Tag, und wenn sie Pech hatten, würde es noch ein paar Tage so weitergehen.

Von Hassel spürte es am eigenen Leib. Bei diesem Teufelstanz kamen die Männer kaum zur Ruhe. Alles im Boot war feucht. Dazu kam, dass viele der neuen Männer seekrank waren. Aber selbst die erfahrenen Männer würden bei diesem Sturm kaum Ruhe finden. Wer konnte schon schlafen bei diesem Tohuwabohu?

Mit einem Fluch schälte er sich aus der muffigen Decke und schwang die Beine aus der Koje. Er jedenfalls fand keine Ruhe. Unentschlossen sah er sich um. Er konnte nicht schon wieder in die Zentrale gehen und einen Blick auf die Karte werfen. Sie konnten ja in der vergangenen Stunde kaum weitergekommen sein. Also würde er den Männern damit nur zeigen, wie unruhig er wirklich war. Aber irgendetwas musste er sich einfallen lassen.

In der Zentrale klammerte sich Walter Franke mit einer Hand an den Rand des Kartentisches und versuchte, mit der anderen Hand einen Schiffsort in der Karte abzustecken. Irgendwie bekam er es hin, während das Boot für Sekunden auf dem Kamm eines Brechers tanzte. Bevor es wieder abwärtsging, klammerte er sich schon wieder an seinen Kartentisch. Seine Navigation konnte er sowieso vergessen. Seit gestern hatte keiner mehr die Sonne gesehen, geschweige denn einen Stern in der Nacht, und alles beruhte nur auf Koppelnavigation. Ein Verfahren, das von Navigatoren als »Schätzung mit Gottes Hilfe« bezeichnet wurde, auch wenn erfahrene Steuerleute damit überraschend gute Positionen errechneten. Aber bei diesem Sturm wusste nur Gott allein, wohin sie versetzt wurden. Wenn alles stimmte, dann mochten sie etwa hundert Seemeilen nördlich von den Orkneys stehen. Es konnten nach Lage der Dinge achtzig oder hundertzwanzig sein. Er wusste es nicht, und wenn es plötzlich aufklaren würde, dann machte es für Flugzeuge auch keinen großen Unterschied.

Er fuhr erschrocken herum, als mit lautem Poltern etwas umfiel. Sofort verlor er den Halt und segelte durch die Zentrale, um auf der anderen Seite schmerzhaft vom Sehrohr gebremst zu werden, bevor er endgültig zwischen einigen Äpfeln an den Ventilkontrollen zum Stillstand kam. Stöhnend rieb er sich den angeschlagenen Schädel.

»Autsch, Herr Steuermann, alles in Ordnung?« Das besorgte Gesicht des Zentralemaats tauchte in seinem Sichtfeld auf. Der Maat hangelte anscheinend wie ein Affe an den Druckrohren an der Decke. Nur seine Beine reichten auf den Boden. Ein irrer Anblick, der Franke seine Schmerzen etwas vergessen ließ.

»Weiß nicht, ist das Sehrohr noch ganz?«

Bootsmann Volkert nutzte die Bootsbewegungen aus, um elegant durch das Mannloch zu jumpen. Er hatte den Trick raus, die Schiffsbewegungen für sich zu nutzen. Das brachte ihm zwar auch ab und zu ein paar Beulen ein, aber immerhin seltener als den meisten anderen von der Besatzung.

Sicher an den Schottrahmen verankert, sah er sich die Bescherung an. »Na, da hast du dir aber ein Horn gezogen, das wächst Weihnachten noch.« Er hangelte sich an den Rohren entlang zu Franke. »Das blutet etwas zu heftig! Scheint 'ne Platzwunde zu sein. Schau mal beim Rückert vorbei, Walter!«

»Wie schlimm ist es?« Vorsichtig betastete Franke die Wunde und spürte etwas Feuchtigkeit. »Verdammte Scheiße! Ich blute ja wirklich!«

Volkert nickte grinsend. »Bist nicht der Erste bei dem Wetter. Der Funker hat alle Hände voll zu tun! Da wirst du dich hinten anstellen müssen.«

»Wo ist er denn?«, fragte Franke und spähte suchend am Schmadding vorbei zum Funkschapp. Aber dort saß nur einer der Funkgasten und lauschte gelangweilt in den Äther.

Volkert antwortete: »Ich hab ihm gesagt, er soll in der Feldwebelmesse die Leute versorgen. Ich nehme an, da findste ihn.«

»Danke Fremder ...«, Walter Franke verzog das Gesicht zu einer Grimasse, »... aber da wohne ich.« Mit einem leichten Stöhnen richtete er sich auf und zog sich mit der nächsten Bootsbewegung empor. Einen Augenblick lang kämpfte er unsicher um Halt, während das Boot sich hart auf die Steuerbordseite legte und das Vorschiff sich gleichzeitig anhob. Dann nutzte er die nächste Talfahrt, um durch das Mannloch nach vorne zu verschwinden. Volkert sah ihm nach, sicher an einem Rohr vertäut, und schüttelte den Kopf. »Manchmal erwischt es einfach jeden.« Mit einer geschickten Bewegung fischte er einen Apfel vom Stahldeck, der an ihm vorbeirollen wollte, und deutete auf die Reste der Apfelkiste, die irgendwo am Fuß des Christbaumes zerschellt war: »Nu klart das mal auf, bevor die guten Äppel alle in der Bilge verschwinden.«

Der Zentralemaat nickte ergeben, während die Rudergänger sich eins grienten. Natürlich durften sie nicht von ihren Plätzen weg, also musste der Maat die Äpfel aufsammeln, die überall herumkollerten. Das würde nicht ganz einfach werden, wenn er selbst keinen sicheren Stand hatte. Sie wussten das, und er wusste das. Trotzdem antwortete er: »Jawoll, Herr Oberbootsmann!«

Irgendjemand musste die Äpfel ja wegräumen.

Willi Rückert kämpfte mit dem Seegang, mit Selbstzweifeln und vor allem mangelndem Wissen. Da es an Bord von U-68 keinen Arzt gab, wie auf den meisten U-Booten, war er sozusagen im Nebenberuf der Sanitäter des Bootes, unterstützt vom Smut. Man hatte ihn zu diesem Zweck sogar einen Lehrgang machen lassen, aber der war auch kurz genug gewesen. Nun hatte er bereits eine ganze Reihe von Blessuren versorgt. Die meisten davon waren Prellungen, Schnitte und Quetschungen gewesen. Was eben bei solch einem Sturm zu erwarten war.

Doch das, was er jetzt vor sich hatte, versetzte ihn, gelinde gesagt, in Erstaunen. Fassungslos sah er den Mann an, der vor ihm stand. »Fischer, Sie waren also noch nicht ein einziges Mal auf'm Lokus, seit wir ausgelaufen sind?«

»Nee, Herr Maat, und et drückt nu janz jewaltich! Aber jehn tut nischt!«

Rückert schüttelte den Kopf. »Na toll, du musst ja innerlich schon ganz versteinert sein.« Er nickte dem Smut zu. »Also, einen Esslöffel Rizinus, aber einen großen.« Er wandte sich wieder dem unglücklich schauenden Matrosen zu. »Und morgen will ich 'ne Erfolgsmeldung, Fischer, is das klar?«

»Na, ick bemüh mir redlich, Herr Maat!«

Der Funker griente freudlos, während er sich an der Koje, auf der er saß, festklammerte: »Na, das hoffe ich nu wirklich! Also, ab dafür!« Er wandte sich Richtung Schott zum Bugraum: »Der Nächste bitte!«

Aber es kam kein Nächster. Stattdessen kam von der anderen Seite der blutende Steuermann reingetaumelt. »Wo ist hier die Schlange?« Er klammerte sich an den Kojen fest, während das Boot es sich wieder mal überlegte.

Willi Rückert betrachtete den Mann mit einer Grimasse. »Heilige Scheiße, Herr Steuermann, was haben Sie denn angestellt?«

»Hab mir den Kopf am Seezielsehrohr angehauen.« Er ließ sich Rückert gegenüber auf die Koje sinken und suchte Halt.

Der Funker zwinkerte. »Na, ich glaube nicht, dass es besser gegangen wäre, wenn's das Luftzielsehrohr gewesen wäre, Herr Steuermann.«

»Wie?«

»Vergessen Sie's einfach wieder. Lassen Sie mal sehen.« Im etwas trüben Lampenlicht tupfte Rückert die Wunde sauber und sah sich die Bescherung an. »Tja, das muss wohl genäht werden.«

»Nähen?« Franke sah ihn mit unverhohlenem Entsetzen an. »Bei dem Seegang? Wo geht denn dann womöglich die Nadel hin?«

»Das ...«, sagte Rückert und kratzte sich am fettigen Kopf, »... das ist eine wirklich gute Frage!«

Jens Lauer versuchte, die Übelkeit zu unterdrücken. Hier oben ging es besser als unten im Boot. Aber besser bedeutete noch lange nicht gut. Genauer gesagt, ihm war sterbenselend zumute. Immerhin hatte Braunert durch ein Wort zum Bootsmann zur rechten Zeit dafür gesorgt, dass er den Ausguck nach Steuerbord voraus hatte. Wenn er jetzt die ganze Zeit nach achtern gestarrt hätte, wäre es alles vielleicht noch viel schlimmer gewesen, auch wenn er sich irgendwie nicht vorstellen konnte, wie das ausgesehen hätte. Er war seekrank, und mit der Seekrankheit hatte ihn eine seltsame Teilnahmslosigkeit befallen. Alles, was er wollte, war fester Boden unter den Füßen. Nur gab es nirgendwo festen Boden. Im Boot war immer alles in Bewegung, es gab nicht einmal einen Fixpunkt, an dem er sich hätte orientieren können. Aber vorne im Bugraum ging es zu wie auf einer Luftschaukel ... er unterdrückte den Gedanken.

Unter seinem Ölzeug war er klatschnass, aber das würde wieder trocknen. Immer wieder schwappten die Brecher über den Wellenabweiser oder fluteten von hinten durch den Wintergarten in den Turm. Für Augenblicke standen sie dann bis zur Brust im eiskalten Wasser. Zu Beginn der Wache hatten diese kalten Güsse ihm sogar geholfen, seine Lebensgeister wiederzufinden. Das und die kalte Luft hatten ihn aus der Lethargie gerissen, nachdem er sich mühsam hier hochgekämpft hatte, um seine Wache zu gehen. Aber am Ende der Wache war es anders. Dann zeigte sich die Heimtücke dieser vermeintlichen Helfer. Dann, wenn die Kälte begann, auch das letzte bisschen Kraft aus dem Körper zu ziehen, wenn das Fernglas Zentner zu wiegen schien, wenn die Glieder steif zu werden schienen. Dann, wenn ein Ausguck müde wurde und nicht mehr genug auf seinen Sektor achtete, dann, wenn sich das Schicksal eines Bootes entscheiden konnte.

Das Licht wirkte nur wie ein winziges Flackern. Es war pures Glück, dass Lauer es überhaupt sah. Nach ein paar kurzen Zuckungen schien es wieder zu verlöschen oder vom allgegenwärtigen Grau der See verschluckt zu werden. Lauer zwinkerte und starrte in die graue Wüstenei aus Brechern. Alles war diesig, und obwohl es auf Mittag zuging, konnte man kaum die Grenze zwischen Wasser und Luft erkennen. Aber irgendwo in dieser grauen Waschküche hatte ein Licht geblinkt. Als er begriff, fühlte er eine Kälte in sich aufsteigen, die kälter war als das Seewasser. Er riss sich zusammen und räusperte sich: »Herr Oberleutnant, Licht an Steuerbord voraus!« Er musste brüllen, um gegen den lauten Sturm anzukommen.

In die vermummte Gestalt Hentrichs kam Bewegung, und der IWO spähte in die angegebene Richtung. Er zwang sich zur Ruhe. Es wäre so einfach gewesen, Alarm zu geben. Aber dann wäre das Boot mit voller Fahrt in die Tiefe gerauscht.

Dort wären sie langsamer als hier an der Oberfläche. Er versuchte, die diesige Luft mit den Augen zu durchdringen, bis er glaubte, sie würden ihm aus dem Kopf fallen. Aber er sah nichts. Er legte die Hand auf die Schulter des jungen Seemannes und brüllte: »Ich seh's nicht!«

Ein Brecher schwappte wieder von hinten in den Wintergarten und umspülte ihre Beine, sodass sie um Halt ringen mussten. Dann deutete Lauer wieder auf die graue See hinaus. »Dort, Herr Oberleutnant!«, brüllte er. Und dieses Mal sah auch der IWO, was der junge Lauer meinte. Wie ein Irrlicht blinkte etwas an Steuerbord auf, und zur Antwort erschien weiter an Steuerbord ein zweites Licht. Es war kaum sichtbar.

Gedanken rasten durch Hentrichs Kopf. Offensichtlich waren es Signalscheinwerfer. Das war keine Frage. Mindestens zwei Schiffe. Wenn er Alarm gab, konnten sie im Keller verschwinden. Aber andererseits waren die Tommies, und nur die konnten es hier draußen sein, noch ein ganzes Stück entfernt. Es sollte mit dem Teufel zugehen, wenn die das dunkelgraue Boot gegen den tobenden Ozean erkannt hätten. Unter diesen Umständen machten sie sich wohl besser über Wasser von dannen. Doch das musste der Alte entscheiden. Er beugte sich vor und brüllte ins Sprachrohr: »Kommandant bitte auf die Brücke, Kriegsschiffe in Nordwest!«

Von Hassel hatte gerade entschieden, dass er doch in die Zentrale gehen würde, um noch einen Blick auf die Karte zu werfen, als der Ruf des IWO aus dem Sprachrohr hallte. Ohne darauf zu warten, dass der Zentralemaat ihm das Ölzeug reichte, raste er die schmale Leiter empor, immer bereit, sich sofort wieder nach unten rutschen zu lassen, sollte oben jemand Alarm geben. Aber es gab keinen Alarm. Stattdessen hob er das stählerne Luk an, und er wurde von einem kräftigen Wasserguss begrüßt, der ihn einfach wieder die Leiter hinunterzuschwemmen drohte. Mit einem Fluch schlug er den Deckel zu und wartete, bis der Bug sich wieder aufrichtete, bevor er nach oben auf den Turm schlüpfte.

Ohne Ölzeug war es noch unangenehmer. Die Gischt hatte ihn in Sekundenschnelle durchnässt, aber das war im Moment alles uninteressant. Er wandte sich an Hentrich und brüllte: »Kriegsschiffe, IWO?«

Der Oberleutnant deutete in die Richtung und erwiderte ebenso laut: »Im Nordwesten, Herr Kaleun, mindestens zwei. Sie haben Signale gegeben.«

Der Kommandant spähte angestrengt in die angegebene Richtung. »Signale? Ich sehe nichts.« Er rieb sich über die Bartstoppeln. »Scheint so, als hätten die Gentlemen ihr Schwätzchen beendet. Das macht's schwierig, sie zu erkennen. Bei der Suppe laufen wir glatt in sie hinein.«

Wieder flutete ein Brecher den Turm, während unter ihnen das Boot rollte, als sei es betrunken. Fluchend klammerten sich die Männer fest und erinnerten mehr denn ja an Seehunde auf einem überspülten Felsen.

Von Hassel wartete, bis das Wasser abgelaufen war, und brüllte dann den IWO an: »Haben Sie eine Ahnung, in welche Richtung die Burschen laufen?«

»Nein, Herr Kaleun!«

»Herr Kaleun!« Jens Lauer musste brüllen, um sich verständlich zu machen. Aus großen, rot geränderten Augen starrte er auf die See, bevor er den Arm ausstreckte und schrie: »Dort drüben!«

Tatsächlich flimmerte wieder ein Licht durch das Grau, ohne dass das Schiff selbst zu erkennen gewesen wäre. Trotzdem machte es keine Mühe, sich die großen Kriegsschiffe vorzustellen, die dort draußen unterwegs waren. Kreuzer, mindestens leichte Kreuzer, die von Kirkwall aus operierten. U-68 hatte die britische Blockade erreicht!

Von Hassel wischte sich über das nasse Gesicht. Drei Knoten über Grund, hatte der Steuermann gemeint. Das ließ ihm nicht gerade viel Spielraum, aber mit ein bisschen Glück genug. Er beugte sich zum Sprachrohr: »Backbord zehn, neuer Kurs wird Zwo-Sieben-Null Grad!« Dann richtete er sich wieder auf und versuchte, einen Blick auf die See zu erhaschen, bevor der nächste Brecher wieder gegen den Turm schlug und die Gischtwolke jede Sicht unmöglich machte. Sie liefen im Augenblick zehn Knoten, also das, was die Werft ihnen als ökonomischste Marschfahrt genannt hatte. Nun, da das Boot die Wellen etwas besser schnitt, konnte er theoretisch mit der Fahrt hochgehen. Theoretisch ... aber auf der anderen Seite war das immer noch besser, als den Tommies in die Arme zu laufen.

Wieder beugte er sich zum Sprachrohr und brüllte hinein: »Beide Maschinen große Fahrt!« Er wartete die Bestätigung ab und spürte, wie das Boot mit stärkerer Kraft in den nächsten Brecher rannte.

Halb schoben es die Schrauben hinauf, halb lief der Brocken unter ihm hindurch. Auf dem Gipfel des Wellenberges verharrte das Boot einen winzigen Augenblick, während ein Teil des langen Vorschiffes bereits frei in die Luft ragte und zu beiden Seiten der Tiefenruder lange Gischtfahnen hingen. Dann senkte sich der Netzabweiser, und hinunter ging die Rutschpartie, während die Schrauben sekundenlang in die Luft schlugen, bevor sie wieder Wasser griffen.

Verblüfft hielt sich von Hassel am Schanzkleid fest. Das hatte er nicht erwartet! Mit weit aufgerissenen Augen sah er den nächsten Wellenberg auf sie zukommen. Der Bug würde sich doch nie wieder rechtzeitig aufrichten können!? Nicht dieses scheinbar endlos lange Vorschiff! Instinktiv tasteten seine Finger nach der Sicherheitsleine, doch er hatte in der Eile vergessen, sein Geschirr anzulegen. Aber noch bevor er etwas rufen konnte, sei es ein Hilfeschrei oder ein Fluch, bohrte sich der Netzabweiser in die steile Flanke des nächsten Brechers.

»Festhalten!« In der Stimme des IWO klang Panik mit, als er begriff, was da auf sie zuraste.

Der Monsterbrecher, eines jener Ungeheuer, die in jedem Sturm vorkommen können, rollte über den noch immer abwärts gerichteten Bug und drückte ihn noch tiefer. Dann schlug die Wasserwand über den Turm. Die Männer waren überall umgeben von grünlich schaumigem Wasser, und mit beängstigender Geschwindigkeit wurde es dunkel und auch wieder hell. Männer verloren den Halt und wurden aufgetrieben von der Luft in ihrer Kleidung ... bis das U-Boot sie auf dem Weg nach oben wieder einholte. Der Ausguck Backbord achtern fand sich plötzlich im Wintergarten bei der Flak wieder. Braunert, sein Kamerad auf der Steuerbordseite, konnte es gerade noch vermeiden, auf die fasche Seite des Turmes zu geraten, als sich seine Sicherungsleine irgendwo verhakte.

Oberleutnant Hentrich und der Posten Steuerbord voraus hatten Glück und konnten sich am Wellenabweiser festklammern. Für sie ging es nur darum, die Luft anzuhalten, bis das Boot wieder nach oben kam.

Der Kommandant hatte ohne Sicherungsleine keine Chance. Die Wucht der Wassermasse wischte ihn einfach vom Sockel der UZO weg. Jemand griff nach seinen Beinen, aber dann wurden sie beide weggewaschen. Von Hassel glaubte, sein Bein würde ausreißen, als eine Sicherheitsleine die rasende Rutschpartie stoppte.

Tausende von Tonnen Wasser brachen hinter dem Turm auf das schlanke Achterdeck nieder und drückten es in die Tiefe. Die Abgasklappen und die Zuluftklappen schlossen sich sofort, als sie unterschnitten, und die immer noch laufenden Diesel begannen hungrig die Luft aus dem Inneren des Bootes anzusaugen.

Die plötzliche Druckveränderung schlug schmerzhaft auf die Ohren der Männer, während Dieselabgase in den Innenraum gelangten, bevor der wachhabende Maschinist die Maschinen einfach abstellte.

In der Zentrale sah Leutnant Rudi Schneider erschrocken, wie der Papenberg plötzlich mehr als zwanzig Meter Tiefe anzeigte. Natürlich über dem Kiel, aber das hieß, der Turm stand auch schon beinahe zehn Meter tief unter Wasser. Er fuhr herum zu den Tiefenrudergängern. »Vorne unten fünfzehn, hinten unten fünfzehn! Hoch mit dem Zossen!« Er sprang selbst an die Ventile und begann Trimmzellen auszublasen, noch während der LI durch das Mannloch in die Zentrale jumpte.

Im Bugraum, dieser Höhle mit einer Geruchsmischung, die einen eiszeitlichen Höhlenbären schwer beeindruckt hätte, hatte man sich daran gewöhnt, dass es ständig auf und ab ging. Wobei »gewöhnt« der falsche Ausdruck war, man nahm es eher hin, da es ja ohnehin nichts gab, was man dagegen tun konnte. Es war so normal wie die vielen Kleinigkeiten, die überall herumrollten und -rutschten, die Dauerwürste, die von der Decke hingen und in den Bootsbewegungen einen nicht enden wollenden Tanz aufführten, und so normal wie das Aroma aus Schweiß, Erbrochenem, Dieseldampf und Moder. Sturmfahrt war die Zeit der Wetterfesten, die genüsslich schaurige Geschichten aller Art verbreiteten, mit dem Ziel, es den Opfern der Seekrankheit noch schlechter gehen zu lassen. Mitfühlende Seelen waren hier eher selten.

Zuerst bemerkte deshalb auch niemand, dass etwas anders war. Es ging runter, aber das hatte es schon die ganze Zeit getan. Hoch und runter, hin und her. Erst als die Zuluftklappen der Diesel zuschlugen und die Aggregate die Luft aus dem Boot saugten und verbrannten, begriffen die Männer, dass etwas nicht stimmte. Aber in diesem Moment drückte auch schon die Masse des Brechers auf das Achterschiff, und der Druck auf das Vorschiff ließ nach. Mit brutaler Gewalt wurde das Vorschiff und damit der Bugraum nach oben gerissen. Männer fielen fluchend und nach Luft ringend übereinander. Beulen und Prellungen hatten mal wieder Hochkonjunktur.

Das Boot kam wieder nach oben, das war aber auch schon alles. Ein U-Boot ist das seetüchtigste Schiff von allen. Die See allein kann es nicht versenken. Für U-68 bedeutete das, es trieb einfach antriebslos in der See und wurde von Wind und Seegang in die strömungstechnisch günstigste Lage geschoben. Und die war für diesen U-Boot-Typ aus Gründen, die der Mathematik allerdings verborgen bleiben würden, knapp mit dem Bug gegen die Wellen. U-68 hing ein kleines bisschen nach Backbord.

Oberleutnant Hentrich schüttelte sich wie ein nasser Hund und versuchte, seine Fassung wiederzugewinnen. Um ihn herum begannen die Männer seiner Wache, wieder auf die Beine zu kommen.

Der Kommandant! Die Erkenntnis schoss siedend heiß durch seinen Kopf. Der Kommandant hatte keine Sicherheitsleine getragen! Er sah sich um. Der nächste Brecher war kleiner und rollte mehr unter dem Boot durch. Auf dem Vordeck flutete das Wasser sprudelnd um die Deckskanone herum.

Eine Sicherheitsleinc hing straff gespannt über die Turmbrüstung zur Seite. Das musste der junge Lauer sein! Hentrich griff zu, noch während er brüllte: »Hier! Anfassen!« Hände griffen zu und begannen, die Leine einzuholen. Der IWO spähte über die Brüstung. Es war Lauer, ganz offensichtlich. Er erkannte ihn an dem Ölzeug. Aber der Kommandant war auch dabei. So wie es aussah, hielt von Hassel den Kopf des Jungen über Wasser, während er sich selbst an dessen Geschirr festklammerte.

Hentrich griff wieder in die Leine. Die Kreuzer waren für einen Augenblick vergessen.

Von Hassel musste noch zwei weitere Brecher überstehen und dachte, die Arme würden ihm ausreißen. Das schwere Lederzeug saugte sich in Windeseile voll und wollte ihn unter Wasser ziehen, während im Ölzeug des Jungen offensichtlich noch viel Luft gefangen war. Aber Lauer hatte sich irgendwo den Kopf angeschlagen, als er nach seinem Kommandanten gegriffen hatte, statt für seinen eigenen Halt zu sorgen. Mit kräftigen Beinschlägen hielt von Hassel sich und den bewusstlosen Seemann oben.

Endlich, nach einer Zeit, die ihm wie eine Ewigkeit erschien, griffen Hände nach ihm, und er wurde über das Geländer des Wintergartens gehievt. Das besorgte Gesicht des IWO erschien in seinem Blickfeld. Der IWO brüllte: »Alles in Ordnung, Herr Kaleun?«

Der Kommandant rang nach Luft und erbrach erst mal Seewasser. Dann versuchte er sich aufzurichten. »Was ist mit dem Jungen?«

»Schon nach unten, Herr Kaleun.«

»Gut ...«, von Hassel steckte die Hand mit dem Bordmesser in die Tasche, »... helfen Sie mir auf. Wir tauchen und verschwinden unter Wasser.«

»Man lernt ja nie aus!« Der Kommandant lehnte sich in der Offiziersmesse zurück und genoss das Gefühl des heißen Kaffees in seiner Hand.

Der LI, der ihm gegenüber saß, sagte: »Na ja, in der Theorie ist das ja bekannt, aber eben eigentlich nur für ein getauchtes Boot. Die Längsstabilität ist gleich der Querstabilität.«

»Na, das hammse aber schön jesacht!« Oberleutnant Hentrich schüttelte den Kopf, kehrte aber wieder zu seinem gewohnten Hochdeutsch zurück. »Sie haben recht, LI. Wenn ich es nicht gesehen hätte, würde ich es nicht glauben. Aber der Bug stand aus dem Wasser, und dann ging's natürlich rasant bergab.«

Oberleutnant Wegemann, der Methusalem, dachte nach und schüttelte den Kopf. »Die schweren Maschinen achtern machen natürlich was aus, und der Drehpunkt liegt ja unter dem Turm, das kommt also hin. Aber ganz fassen kann ich es nicht.«

»Was wollen Sie mir mit diesem kryptischen Gerede sagen, LI?« Von Hassel fixierte den Ingenieur. Alles in ihm schrie danach, die Zeit der Tauchfahrt für eine kurze Ruhepause zu nutzen, aber er musste bereit bleiben. Der IIWO hatte Wache, und im Augenblick schlichen sie sich langsam, aber sicher an den Kreuzern vorbei. Sogar das Horchgerät funktionierte heute zur Abwechslung einmal problemlos, und Funkmaat Rückert behielt die beiden Tommies im Ohr. Es war äußerst unwahrscheinlich, dass die Besatzung der Kreuzer sie wahrnahm. Und wenn schon, bei diesem Wetter wäre es sowieso schwierig gewesen, ein U-Boot zu jagen. Mit Schaudern dachte von Hassel daran, dass sie sechzig Meter tief hatten tauchen müssen, bevor die Bewegungen des Bootes nachließen. Doch man wusste ja nie.

Er konzentrierte sich wieder auf den LI, der mit langem Gesicht irgendwelche Zahlen auf ein schmieriges Stück Papier warf. »Ich kann also bei schwerem Seegang nicht mit der Fahrt hochgehen?«

»Moment, Herr Kaleun! Ich rechne noch.« Der Oberleutnant betrachtete missmutig seine Zahlen. »Ich denke, wir können bei schwerem Seegang das Boot etwas kopflastiger trimmen. Dann hebt sich der Bug nicht so leicht. Aber dafür reißt es uns schneller den Allerwertesten aus dem Wasser. Wir müssen halt aufpassen, dass uns nicht eine Welle zerreißt. Aber das müssen wir sowieso.«

»Na, dann probieren wir das einfach mal aus. Ich nehme an, das stand mal wieder in keiner Bedienungsanleitung?«

»Nein, selbstverständlich nicht, Herr Kaleun. Außerdem hat natürlich niemand diesen Bootstyp im Atlantik ausprobieren können.«

Der LI runzelte die Stirn. »Ich habe ein paar Sachen vom Typ IA gehört. Der ist ja auch so lang. Aber so extrem, das ist was Neues.«

Am Schottrahmen klopfte es, und Willi Rückert steckte den Kopf rein. »Verzeihung, Herr Kaleun, aber ich habe das

GHG an Henke abgegeben. Er behält die Tommies im Ohr. Und ich hab mal nach Lauer gesehen. Er ist jetzt wach.«

»Gut!«, sagte der Kommandant und sah ihn fragend an. »Wie geht's ihm?«

»Er hat 'nen ziemlich dicken Schädel, aber das vergeht. Wenn es sich machen lässt, würde ich ihn gerne noch etwas in der Koje lassen, aber andererseits, wenn es mit der Seekrankheit wieder losgeht, dann ist das auch nicht viel besser.«

Von Hassel erhob sich und quetschte sich an dem Tisch vorbei nach vorne. »Na, dann gehe ich da mal vorbei ...«

Seetag 6 – Der Befehl

»M-Offizier, Herr Leutnant!« Der Funkgefreite Henke, einer der beiden Funkgasten Rückerts, wedelte mit dem Papier.

Rudi Schneider seufzte und blickte von seinem Buch auf. Er war bereits nahezu durch. Bis sie wieder daheim waren, würde er es wahrscheinlich fünf Mal gelesen haben. Sehr langsam und sorgfältig, beinahe Wort für Wort. Doch das konnte warten.

Das Boot bewegte sich immer noch unruhig, aber das war nur noch Dünung. Der Sturm hatte am Vortag nachgelassen. U-68 hatte die beiden Kreuzer weit hinter sich gelassen und steuerte nun den offenen Atlantik an. Noch immer wusste niemand außer dem Kommandanten, wohin die Fahrt ging. Es wurden immer neue Wetten abgeschlossen. Aber nun wurde es so langsam Zeit. Es schien, als warte der Kommandant noch auf etwas. Vielleicht brachte ja dieser Funkspruch endlich Klarheit. Beinahe enthusiastisch erhob sich der Leutnant aus seiner Koje und nahm den Funkspruch.

Der Zettel war voller sinnloser Buchstaben. Nur das erste Wort war lesbar: »Offizier«! Also hatte Henke den ganzen Spruch aus sinnlosem Buchstabensalat durch die Enigma-Maschine getippt und das hier rausbekommen.

»Na schön!« Der IIWO deutete auf den Koffer in Henkes anderer Hand. »Sie haben den Wunderkasten bereits mitgebracht? Dann wollen wir mal!« Er stellte die Enigma auf den schmalen Tisch und öffnete eines der Stahlschapps. Eine schmale Mappe enthielt die Einstellungen für die Schlüsselmaschine für jeden Tag. Natürlich auf Rotdruck. Sollten die Dinger nass werden, würde sie niemand mehr lesen können. Das sollte verhindern, dass etwas in die falschen Hände fiel.

Man musste nur aufpassen, dass man die Blätter nicht versehentlich mit nassen Händen anfasste.

Schneider verzog spöttisch das Gesicht. Der ganze Geheimhaltungsfirlefanz war seiner Meinung nach ziemlich witzlos. Schließlich konnte ohnehin keiner der Männer das Boot verlassen und den Tommies etwas erzählen. Und wenn die Engländer einen einfach verschlüsselten Code lesen konnten, dann würden sie auch einen doppelt oder dreifach verschlüsselten rausbekommen.

Er stellte die Maschine ein und begann. Im Adlerstoßsuchverfahren tippte er den ersten Buchstaben. Ein K leuchtete auf. Schneiders Spannung stieg. Endlich hatte er das erste Wort: »Kommandant«! Also war der Spruch dreifach verschlüsselt. Nun würde er das Ganze also auch noch einmal durch die Maschine drücken müssen und wieder Buchstabensalat bekommen, den der Kommandant dann ein drittes Mal entschlüsseln musste. Irgendeiner von den Muftis in der Leitstelle hielt das Ding offenbar für sehr wichtig. Doch ihm blieb nichts anderes übrig, als das ganze Funkschreiben durchzutippen, ohne daraus schlau zu werden. Eine anstrengende Tätigkeit, denn natürlich musste dabei entsprechend sorgfältig vorgegangen werden, da die Entschlüsselung jedes Zeichens auf der Entschlüsselung der vorangegangenen Zeichen beruhte. Für Schneider, der ohnehin mit der Schreibmaschine nicht vertraut war, war es eine lange und mühevolle Arbeit.

Endlich war er fertig. Er erhob sich und steckte die beiden Zettel in die Tasche. Der Kommandant war oben. Schnell kletterte der IIWO die Sprossen empor und öffnete den Turmdeckel.

Die Luft war immer noch kühl, aber nicht mehr so unangenehm. Tief sog er die klare Seeluft in seine Lungen, bevor er sich zum Kommandanten umwandte, der an der vorderen Turmkante lehnte. »Funkspruch, Herr Kaleun!«

»Dann geben Sie mal her, Herr Leutnant!« Von Hassel

schmunzelte. »Muss ja wichtig sein, wenn Sie sich hier heraufbemühen, statt das Sprachrohr zu benutzen.

»Scheint so, Herr Kaleun!« Schneider kramte das Schreiben mit dem Buchstabensalat aus der Tasche und reichte es dem Kommandanten.

Von Hassel warf einen Blick darauf. »Oh, Kommandantenspruch. Na, das scheint ja wirklich wichtig zu sein.« Er wandte sich zum IWO, der die Szene neugierig verfolgte. Auch die anderen Männer lauschten, aber sie ließen sich nichts anmerken.

Der Kommandant steckte den Zettel ein und sagte: »Sie übernehmen, IWO. Ich werde mir das hier mal vornehmen. Wenn ich daraus schlau geworden bin, sehen wir weiter.«

»Jawoll, Herr Kaleun!« Oberleutnant Hentrich tippte grüßend an die Mütze.

Von Hassel bemerkte: »Na, und passen Sie auf, dass die Männer ihre Sektoren im Auge behalten. Wir sind noch nicht außer Reichweite von Flugzeugen.« Er beugte sich über das Turmluk. »Ein Mann Zentrale!« Ohne ein weiteres Wort verschwand er nach unten.

Die beiden Offiziere sahen sich nachdenklich an. Dann schmunzelte der IWO. »Also, jetzt wissen wir bald, wo es langgeht.« Er überlegte angestrengt. »Ich setze zehn Mark auf Westen!«

Rudi Schneider, der sich schon zum Turmluk umdrehen wollte, entgegnete: »Gehalten, Herr Oberleutnant! Ich sage Süden!« Die beiden Männer schlugen ein. Dann grüßten sie kurz, und Schneider rutschte nach einer kurzen Vorwarnung ebenfalls hinunter ins Boot. In der Offiziersmesse griff er sein Buch und las weiter, als sei nichts geschehen. Soweit es ihn betraf, würde auch erst etwas geschehen, wenn der Kommandant den Spruch entschlüsselt hatte. Und egal, was es auch war, es würde seinen Lauf nehmen. So viel hatte Leutnant Rudi Schneider, dreiundzwanzig Jahre, im Laufe seiner Dienstzeit bei der Marine gelernt.

Ruhig glitt das Boot unter Wasser dahin. Kurz bevor es Zeit für das Abendessen wurde, hatte der Kommandant tauchen lassen.

Nun herrschte Grabesstille in der sonst so unruhigen Stahlröhre, während jeder der Männer den Worten des Kommandanten lauschte, welche aus den Lautsprechern drangen, die in jedem einzelnen Raum installiert waren: »... laut diesem Befehl sollen wir nach Süden fahren. Unser Operationsgebiet erstreckt sich vor der gesamten Küste Sierra Leones. Für diejenigen, die nicht wissen, wo das ist: Wir sprechen von Westafrika. Also, Männer, packt die Sommerklamotten aus, es geht in die Sonne!«

Rudi Schneider, Harald Wegemann, der Methusalem, und Dieter Hentrich, der IWO, saßen in der Offiziersmesse und lauschten den Mitteilungen. Mit einem Seufzen registrierte Hentrich: »Rudi, sieht so aus, als schulde ich Ihnen zehn Mark. Wie zum Teufel haben Sie das gewusst?«

Der LI blickte auf und runzelte die Stirn. »Wahrscheinlich kennt er eine junge Dame bei der Befehlsstelle!« Er grinste trocken. »Jedenfalls ist das normalerweise das Geheimnis unseres IIWO. Er kennt überall junge Damen.«

Oberleutnant Hentrich machte runde Augen. »Na Donnerwetter! Herr Leutnant, jetzt sind Sie aber in meiner Achtung gestiegen!«

Schneider zuckte mit den Schultern: »Na ja, Sie kennen ja den Ruf der Marine, und auch ein schlechter Ruf will verteidigt werden, nicht wahr?«

»Allerdings!«, meinte Hentrich beinahe bedauernd. »Aber nur von den ledigen Männern, sonst gibt's daheim Ärger!«

»Wäre ja auch nicht nett, was einzuschleppen, nicht wahr?«, fragte Schneider harmlos.

Wegemann, der LI, hatte dem Gefrotzel gemütlich zugehört. Nun verzog er das Gesicht. »Meine Güte, Sierra Leone. Da wird's die nächsten Wochen sowieso nichts mit Einschleppen. Ich frag mich nur, wer sich das ausgedacht hat.

Denn unser Brennstoff reicht ja gar nicht runter und wieder zurück, geschweige denn für ’ne größere Operation.«

»Oh ...«, betroffen sahen die beiden Wachoffiziere den Leitenden an, »... wie soll denn das klappen?«

»Keine Ahnung«, sagte Hentrich. »Da müssen Sie schon den Alten fragen, meine Herren!«

Schneider und Hentrich wechselten einen Blick. Dann nickte der IWO. »Das werde ich tun. Segeln können wir ja nun nicht!«

Vorn im Bugraum waren die Gefühle gemischt. Nun ging es also doch nicht in den Nordatlantik. Insbesondere die Seeleute konnten der Ankündigung, in wärmere Gewässer zu fahren, einiges abgewinnen.

Anders hingegen sahen es die Maschinisten. Für sie bedeuteten wärmere Gewässer brütende Hitze im Inneren der Stahlröhre, vor allem im höhlenartigen Maschinenraum, in dem sich die Abwärme der Motoren mit den Außentemperaturen zu einem ständigen Schwitzbad vereinen würde. Wenn es auch für die Seeleute ganz nett sein mochte, in kurzen Hemden und Shorts Wache zu gehen, so bedeutete Süden für die Männer im Boot nur Hitze, Hitze und nochmals Hitze. Man müsste fortwährend Wasser trinken, um den Verlust durch Schweiß auszugleichen. Und das wiederum bedeutete, zu beten, dass der Frischwassererzeuger keine Probleme machte. Es hieß, ein noch wachsameres Auge und vor allem Ohr auf die empfindlichen Maschinen zu haben, denn wie alle Motoren konnten auch die Dieselaggregate überhitzen. In dem engen Motorenraum gab es bekanntermaßen kaum Möglichkeiten, die Abwärme wieder loszuwerden. Nein, für die Maschinisten bedeutete Süden nicht Sonne, sondern zunächst einmal einen Haufen Scherereien.

Einige Männer sahen die Sache von beiden Seiten. Vor allem die Funker. Sie würden auch im Süden ihre Wachen im Boot gehen, aber wenigstens nicht im heißen Maschinenraum. Was, wie es der Funker Henke so treffend ausdrückte, sie nur zu »Halbgegarten« machen würde.

Aber es gab auch andere Gesichtspunkte, unter denen man die Sache betrachten konnte. Süden bedeutete: weg von den Hauptgeleitzug-Routen des Nordatlantiks. Sicher, die deutschen U-Boote hatten dort Erfolg um Erfolg zu verbuchen. Der Atlantik wurde mehr und mehr ihr Jagdrevier, auch wenn sich die Tommies noch so bemühten, ihre Abwehr zu verstärken. Aber immerhin zeigten sich diese Bemühungen darin, dass sie ein paar Boote erwischt hatten. Und die Abwehrtaktik des »Löwen«, die Rudelangriffe, die er bereits vor dem Krieg hatte üben lassen, hatten sich bisher noch nicht als der große Erfolg erwiesen.

Im Süden würden sie aller Voraussicht nach noch nicht auf eine organisierte Abwehr stoßen. Wahrscheinlich würden sie dort auch immer noch auf Einzelfahrer treffen. Sie könnten also ihre Aale anbringen und wieder nach Hause fahren. Süden war gut, denn Süden bedeutete weniger Risiko. Selbst wenn die U-Boote am Gewinnen waren, wer wollte schon gerne bei den Booten sein, die den Preis dafür zahlten?

Und manche, wie zum Beispiel der junge Jens Lauer, dachten auch an ganz andere Dinge. Äußerlich aufmerksam wie immer, saß er auf einer der unteren Kojen und lauschte der aufgeregten Diskussion, ohne selbst etwas dazu beizutragen. Süden! Er war von daheim nie weiter weg gewesen als bis zum Bayerischen Wald, und das war auch schon Jahre her. Immerhin eine ganz schöne Strecke für jemanden, der in Bremen aufgewachsen war. Nun würde er also demnächst Afrika an Steuerbord haben. Ein seltsamer Gedanke. Wahrscheinlich würde er von Afrika auch gar nichts zu sehen bekommen.

Rudolf Braunert betrachtete nachdenklich den jungen Lauer. Der Bursche war nicht verkehrt, aber Braunert, dem Seemann, der auch nichts anderes kannte als Seefahrt und vor allem U-Boote, war der Junge manchmal nicht ganz geheuer. Er dachte zuviel, das konnte nicht gut sein. So wie in diesem Augenblick zum Beispiel. Mochte der Teufel wissen, was dem Burschen im Hirn rumspukte.

Braunert räusperte sich. »Na, Jens, und du sitzt da ganz still? Was hältst du vom Süden oder vom Norden?«

»Da ich Turmwache gehe, klingt Süden für mich besser, es ist nur ...« Lauer biss sich auf die Lippen.

Dörfler, der stämmige Bayer, sah ihn neugierig an und brummte: »Wos nur?«

Lauer zuckte mit den Schultern. »Na ja, das sind, wenn ich mich richtig an Erdkunde erinnere, so um die fünfeinhalbtausend Meilen einfacher Weg.«

»Wos moanst denn damit?« Dörfler sah den Jungen verständnislos an.

Daniel Berger, der Maschinengefreite, beugte sich vor, umklammerte die Mug mit dem Kujambelwasser fester und sagte: »Ich verstehe, was er meint. Elftausend Meilen. Wir schaffen zwölftausend bei sparsamer Fahrt. Aber egal, selbst wenn wir unterwegs irgendwoher Sprit kriegen, elftausend Meilen sind elfhundert Fahrtstunden ...« Er zögerte, obwohl er das Ergebnis schon kannte. Er hatte selbst schon ausgerechnet, was Lauer meinte. »Das sind so rund und bummelig fünfundvierzig Seetage! Ohne Jagd und Umwege!«

Fünfundvierzig Tage, wahrscheinlich mehr! Schweigen machte sich im Bugraum breit. Viele der Älteren hatten, auch wenn sie es nicht ausgerechnet hatten, mit einer langen Feindfahrt gerechnet. Sie nahmen es mit einem gewissen Fatalismus hin, der dem einfachen Seemann zu eigen ist. Abgesehen vom Wetter und den Gefahren, die in dem einen oder anderen Seegebiet größer oder kleiner sein mochten, war es ihnen herzlich egal, wo sie rumschipperten. Seefahrt auf einem U-Boot im Krieg hieß, sie würden ohnehin nur Wasser, Wasser und nochmals Wasser sehen, während sie in einem scheinbar unendlichen Rhythmus ihre Wachen gingen. Alles andere würde sie schwer wundern. Also, was machte es aus? Ein paar Tage mehr oder weniger, sie würden es überstehen. Weil sie es überstehen mussten.

Für die Jüngeren unter ihnen war es ein neuer Gedanke. Während der Ausbildung oder an der Agru-Front waren sie vielleicht mal eine Woche draußen gewesen. Nun wurde ihnen klar, dass die Zeit eher nach Monaten gerechnet werden musste. Es war die plötzliche Erkenntnis, dass sie weit weg von zu Hause sein würden. Ihnen fehlte noch der Fatalismus der älteren Seeleute.

Aber für einen kurzen Moment schwiegen alle. Sie dachten an Freundinnen oder Mütter, an den letzten Landgang oder in einigen wenigen Fällen auch an Verlobte oder Ehefrauen. Und um ehrlich zu sein, sie dachten auch an die lange Zeit in der engen stinkenden Stahlröhre, in der sie nicht einmal eine Frau zu sehen bekommen würden. Oder, wie es Dörfler ausdrückte: »Saxendi! I hätt doch no amal ins Puff gehn soll'n!«

Gelächter zerriss die Stille, bevor sie zu lastend werden konnte. Es war vorbei, für dieses Mal. Grinsend schlug Henke dem Bayern auf die Schulter: »Hättste wohl gern gekonnt, alter Angeber!«

Dörfler erwiderte das Grinsen: »G'konnt scho, aber I woar pleite!« Das nun einsetzende brüllende Gelächter fegte endgültig die schweren Gedanken beiseite.

Im Feldwebelraum saßen Volkert, der Schmadding, Franke, der Steuermann, und Rückert, der Funker, beisammen. Da es hier vier Kojen gab, aber weiter vorne der Platz eng war, hauste der Funker, obwohl eigentlich noch kein Funkmeister, im Feldwebelraum. Es war eine gute Lösung, da er hier auch einen Spind hatte, in dem er verschiedene Sachen verstauen konnte. Nicht alles an Geheimmaterial lag im Funkraum, denn da hatte ja zumindest jeder Funker ebenfalls Zugang. Nicht, dass Rückert ein allzu misstrauischer Mensch gewesen wäre, aber der Kommandant war es, jedenfalls was den Umgang mit Geheiminformationen anging. Als ob auf einem U-Boot etwas lange geheim bleiben konnte!

Aber so waren Offiziere nun einmal. Rückert wusste, dass er sich auf seine Funkenpuster verlassen konnte, auf Henke genauso wie auf Olm, den jüngeren, der gerade Funkwache ging. Nein, seine Funkerei funktionierte, so weit jedenfalls, wie die Technik mitspielte. Da machte ihm seine Nebenaufgabe als Sanitäter schon mehr Sorgen. Er runzelte die Stirn. »Afrika? Ich hoffe nur, ich hab genügend Salbe für Sonnenbrände dabei!«

Der Schmadding schüttelte den Kopf. »Ist das deine einzige Sorge, Willi?«

»Na ja, was den Rest angeht, werde ich das unterwegs rauskriegen, oder?«

Walter Franke, der Steuermann, sah ihn an. »Was für ein Rest?«

»Bisher wissen wir nicht einmal, ob wir mit unserer Funkenpuste von Afrika aus bis in die Heimat durchkommen. Theoretisch ja, aber die Praxis wird noch spannend. Und umgekehrt ist's natürlich das gleiche Problem.« Rückert zuckte mit den Schultern.

Volkert griente. »Na, dann gibt's demnächst wieder Ärger mit dem Alten.«

»Seeoffiziere und Funk! Zwei Welten begegnen sich!« Rückert erwiderte das Grinsen trocken. Dann wurde er ernst: »Ich glaube, wir funken zu viel. Auch wenn es nur Kurzfunksprüche sind und wir dauernd die Frequenz wechseln, irgendwann werden die Tommies Glück haben und unsere Boote einpeilen.«

Volkert, der einen Kaffeebecher halb zum Mund gehoben hatte, verhielt in der Bewegung. »Du meinst, die Tommies können unseren Funk lesen?«

»Nein, lesen wohl nicht. Aber sie können hören, dass wir funken, und damit können sie rauskriegen, wo wir stecken.«

Der Schmadding sah den Funker misstrauisch an. »Du willst mich verarschen?«

»Nein, Schmadding, ich denke, die Tommies können das. Sie brauchen Glück, und sie kriegen nicht alles mit, aber mit jedem Spruch, den wir rausjagen, wächst die Gefahr.«

Franke, der der Unterhaltung gelauscht hatte, verzog das Gesicht. »Das sollte aber wirklich jemand dem Kommandanten sagen.«

Rückert schüttelte den Kopf. »Vergiss es, ich hab's versucht. Aber wir geben nach wie vor alle sechs Stunden 'ne Wettermeldung raus!«

»Na ja, aber die Wettermeldungen brauchen sie ja in der Heimat, um sich ein Bild von der Lage zu machen, nicht wahr?« Volkert wandte sich an den Steuermann, denn Wetter fiel ganz klar in dessen Fachgebiet.

Franke nickte. »Richtig, das Wetter wird für den Krieg immer entscheidender. Nicht nur auf See, sondern vor allem auch an Land. Panzer und Schlamm scheinen sich nicht so zu vertragen.«

»Schlamm! Also nee ...«, Rückert schüttelte sich bei dem Gedanken, »... dann schon lieber in 'ner großdeutschen Tauchröhre zur See fahren. Wir sind wie 'ne Schnecke, nicht allzu schnell, aber wenigstens haben wir unser Häuschen immer dabei.«

Volkert schnüffelte geräuschvoll. »Also, dann sollten wir mal lüften ... und wegen der Wohngegend müssten wir echt mal reden, Willi.« Dann lachte er. »Na, wenigstens hast du dein anderes Problem gelöst gekriegt. Der Fischer ist regelrecht explodiert.«

Willi Rückert, Funker und Behelfssani, verdrehte die Augen. »Der Kerl hat das Rizinusöl geschluckt, als sei es Wasser. Gott sei Dank, dass es jetzt funktioniert hat. 'Ne Feindfahrt abbrechen wegen chronischer Verstopfung, das muss man sich mal vorstellen! Der Alte wäre wahnsinnig geworden.«

»Aber es wäre ja zumindest mal was Neues gewesen«, ergänzte Franke schmunzelnd.

Auch in der Offiziersmesse wurde über technische Fragen gesprochen. Der Kommandant hatte sich nach seiner Ansprache zu den Offizieren gesetzt. Der LI sah ihn fragend an. »Also Sierra Leone?«

Von Hassel nickte gelassen. »Ja, und ich weiß, was Sie mir sagen wollen, Herr Wegemann. Schließlich kann ich ja auch rechnen.«

Der Leitende sagte: »Na, dann werden Sie wohl etwas wissen, was ich nicht weiß, Herr Kaleun.«

»Richtig ...«, der Kommandant grinste, »... da gibt es ein paar Details mehr.« Er beugte sich vor und griff nach der zerbeulten Kaffeekanne, während er anfing, zu erklären: »Wie wir alle wissen, hat sich das Panzerschiff Graf Spee kurz vor Weihnachten vor dem Hafen von Montevideo selbst versenkt. Die Spee war auf einer Kreuzerunternehmung gegen die feindliche Handelsschifffahrt.« Er hob abwehrend die Hand, als er sah, dass Oberleutnant Hentrich etwas sagen wollte. »Nein, wir werden jetzt nicht über die Frage reden, ob die Spee besser kämpfend untergegangen wäre. Obwohl ich weiß, dass dieses Thema immer noch die Gemüter erhitzt.«

Oberleutnant Hentrich nickte. »Wie Sie wünschen, Herr Kaleun! Aber was haben wir mit der Spee zu tun?«

»Sagen wir es so, wir beerben das Panzerschiff ein bisschen!«, sagte der Kommandant. »Nachdem sich die Spee selbst versenkt hat, haben die Briten Jagd auf ihre Versorger gemacht. Nicht sehr erfolgreich, denn die Altmark kam bis Norwegen. Während wir an der Agru-Front waren, haben die Tommies sie unter völliger Missachtung der norwegischen Neutralität im Jössingfjord überfallen.«

»Nun ja, die Tommies sind da nicht zimperlich, Herr Kaleun!« Der Oberleutnant ließ ihn nicht aus den Augen. »Aber was hat das alles mit uns zu tun?«

Von Hassels graue Augen blitzten amüsiert. »Glauben Sie, die Altmark war der einzige Versorger für die Spee?« Er nahm einen Schluck Kaffee und fuhr fort: »Die Kurland, ein Schwesterschiff der Altmark, ist bereits im letzten Sommer ausgelaufen. Als der Krieg ausbrach, lief sie Vigo an, da der Kapitän keine Möglichkeit sah, durch die Blockade zu kommen. Eigentlich eine Fehlentscheidung, denn andere Dampfer haben das ja geschafft. Aber für uns ein Glücksfall, meine Herren.«

»Also werden wir uns mit einem Versorger treffen? Zur Brennstoffergänzung?«

Von Hassel nickte. »Brennstoff, Proviant, alles, was das Herz begehrt. Nur mit Aalen wird's nichts, die hat man wohl wirklich nicht durch Spanien bis nach Vigo bringen können, ohne dass es auffiel.«

»Na ja ...«, der IIWO seufzte, »... hört sich alles gut an. Jedenfalls, solange die Tommies den Dampfer nicht erwischen, bevor wir unseren Brennstoff haben.«

Oberleutnant Hentrich sah den Leutnant an. »Sie sind eine alte Unke, Schneider!«

»Nur, dass Unken für ein bisschen Weisheit bekannt sind, Herr Oberleutnant!«, entgegnete Schneider. »Aber ich nehme an, wir haben ohnehin keine Wahl?«

Seetag 9 – Geleitzug

U-68 machte sich auf den Weg nach Westen und dann weiter nach Süden. England und Irland lagen weit östlich von ihnen an Backbord hinter dem Horizont. Mit zehn Knoten Marschfahrt kamen sie nicht gerade schnell voran – pro Tag nicht ganz zweihundertvierzig Seemeilen. Aber es reichte. Das Wetter beruhigte sich endgültig. Um sie herum erstreckte sich nach allen Seiten der graue Atlantik, und das Boot wiegte sich nur noch sachte in der flachen Dünung. Nicht einmal Seevögel zogen hier draußen ihre Runden, denn selbst dazu waren sie zu weit von der Küste entfernt. Es schien, als seien sie allein.

Die Turmwachen wechselten in ständig gleichbleibendem Rhythmus. Es war nicht mehr notwendig, sich anzuleinen, und nach und nach wuchsen den neuen Besatzungsmitgliedern Seebeine. Und obwohl sie die beeindruckenden Bilder eines Sonnenaufganges auf See in sich aufnahmen, lernten sie, sich nicht ablenken zu lassen. Denn die Stunde des Sonnenaufganges war die gefährlichste von allen. In einem Zeitalter, als Radar noch eine ferne Möglichkeit war, bot die Nacht noch Schutz, aber genauso wie der Atlantik war sie unparteiisch.

Wenn der erste Lichtschimmer am Horizont erschien und nach und nach immer mehr Details erkennbar wurden, wenn man die müden bärtigen Gesichter sehen konnte und nicht mehr nur anhand der Stimme erkannte, mit wem man sprach, dann verschwand auch der schützende schwarze Mantel über der See. Er machte einem beinahe wolkenlosen Himmel Platz, der sich mehr und mehr orange färbte, bevor die Sonne selbst wie ein feuriger Ball aus dem Meer zu steigen schien ... und alles grell beleuchtete, was kurze Zeit zuvor noch versteckt gewesen war, ganz gleich ob Freund oder Feind.

Leutnant Rudi Schneider hatte die Morgenwache. Als er sie um vier Uhr morgens mit seinen Männern angetreten hatte, war es noch stockfinster gewesen. Nun beobachtete er das stets neue Schauspiel des Sonnenaufganges, und es nahm ihn wie immer gefangen, trotz Krieg und trotz aller Unbequemlichkeiten der unchristlichen Seefahrt. Es war diese Liebe zur See, zu ihrem salzigen Geruch, zu diesen Eindrücken und zu jenem schwer erklärbaren Leben, das man hier draußen führte.

So verrückt es sich auch anhörte, aber draußen auf See, ungeachtet der spartanischen Lebensverhältnisse in dem U-Boot, fühlte Leutnant Schneider sich irgendwie frei.

Er war zu sehr Spötter, um sich nicht selbst ab und zu dafür auf die Schippe zu nehmen. Aber das änderte nichts daran, und so hatte er es aufgegeben, darüber zu reden. Es war einfach etwas, das da war, und es war müßig, es erklären zu wollen.

Doch trotz aller Liebe zur See, es war auch die Stunde, in der sichtbar wurde, was die Nacht bisher verborgen hatte. Als das erste Morgenlicht schien, beugte er sich vor zum Sprachrohr: »Zentrale? Morgenalarm!«

Unten im Boot rasten wie jeden Morgen die Alarmklingeln und rissen die Freiwächter aus ihrem Schlaf. Es war eine einfache Vorsichtsmaßnahme. Besser man war bereit. Fünf Minuten nach dem Alarm waren alle Männer auf ihren Gefechtsstationen. In der Zentrale hielt sich der LI bereit, das Boot im Schnelltauchmanöver in die schützende Tiefe zu drücken, sollte von oben Alarm gegeben werden.

Der Kommandant erschien auf der Brücke. Schneider nickte ihm kurz zu. »Guten Morgen, Herr Kaleun!« Dann konzentrierte er sich wieder auf die Umgebung. Nur ein kleiner Teil seines Gehirns registrierte beiläufig, dass der Kommandant müde aussah. Aber das war auf U-Booten normal. Von Hassel war wirklich müde. Schlaf war eine Mangelware, für den Kommandanten genauso wie für alle an Bord. Das war nur natürlich, genauso, wie es natürlich war, dass der Schlaf in einer vor Leben wimmelnden Stahlröhre nicht so erholsam war wie daheim in einem kuscheligen Bett. Auch von Hassel versuchte immer wieder zwischendurch eine Stunde zu ergattern, in der er sich in die schmierigen Decken wickelte, versuchte, den muffigen schweißigen Geruch zu ignorieren und zu schlafen.

Ein ohnehin schon schwieriges Unterfangen, wenn man nicht gerade völlig erschöpft war.

Aber der Kommandant hatte andere Probleme als die Unbequemlichkeit, den Schmutz und den allgegenwärtigen Schimmel. Immer noch verfolgten ihn die Albträume. Nicht jede Nacht, aber oft genug. Es würde eine Weile dauern, bis er es verarbeitet hatte. Es war wie eine Wunde, die erst verheilen musste. Das hatten ihm die Ärzte auch gesagt. Aber so etwas brauchte Zeit, Zeit, die man im Krieg nicht mehr hatte. Männer wurden gebraucht, um den Menschenhunger der wachsenden U-Boot-Flotte zu stillen. Vor allem erfahrene Männer. Also hatte man ihn wieder hinausgeschickt, und er haderte mit sich selber, dass er sich nicht dagegen gewehrt hatte.

Er konnte sich später nie genau daran erinnern, was er geträumt hatte. Wenn er schweißgebadet aufwachte, dann waren ein paar Bilder und Eindrücke alles, was zurückblieb. Der Nebel, der große schwarze Bug, der plötzlich aus dem weißen Gewaber auftauchte. Gebrüllte Befehle und der verzweifelte Versuch, das Boot herumzureißen, obwohl es schon zu spät war. Das Reißen des Stahls, als der Bug des anderen Schiffes hinter dem Turm den Druckkörper aufriss und dann unter Wasser drückte. Alles nur Eindrücke, wie auch die Schreie aus dem Sprachrohr. Als das Boot dann unter seinen Füßen wegsackte und die See die Schreie erstickte, hatte er sich selbst im kalten Wasser wiedergefunden. Später hatte man festgestellt, dass eigentlich eine erstaunlich hohe Anzahl von Männern während des Unterganges – aus der vorderen Abteilung sogar später noch durch den Notaufstieg – aus dem Boot herausgekommen waren. Den Kommandanten hatte keine Schuld getroffen, es war ein Unfall gewesen. Und trotzdem verfolgten die Albträume ihn immer noch.

Von Hassel fragte sich oft, wie die anderen es wegsteckten. Aber darüber wurde nicht gesprochen. Vielleicht war es auch besser so. Na, wenigstens schrie er im Schlaf nicht. Einmal mehr riss er sich zusammen und konzentrierte sich auf die Umgebung. Viel zu sehen gab es ohnehin nicht.

Rudi Schneider senkte das Fernglas und mahnte seine Wache: »Nach Osten besonders aufpassen. Wenn hier eine Biene rumschwirrt, dann von da.«

Zustimmend nickte der Kommandant. Schneider war ein guter Mann. Er war bereits auf seinem alten Boot IIWO gewesen und hatte damals die Turmwache gehabt. Ein weiterer Überlebender, dem man nichts ansah. Er war leider vom Dienstalter her zu jung gewesen, um schon als IWO zu fahren.

Für einen Augenblick standen die beiden Männer einfach auf dem Turm und genossen die klare Seeluft und den Sonnenaufgang. Dann sagte der Kommandant: »Noch zwei Tage und wir brauchen uns um die Bienen vorerst keine Gedanken mehr zu machen. Klingt doch gut, Herr Leutnant!«

Schneider gab ein Glucksen von sich. »Ich traue gar nichts, was fliegt. Die Gelatinebubis kennen nicht Freund und nicht Feind, nur lohnende Ziele.«

Wie die meisten Marineangehörigen wusste von Hassel, worauf der Leutnant anspielte. Auch wenn man die Ursachen geheim halten wollte, aber was ließ sich innerhalb der Marine schon wirklich geheim halten? Gerade nachdem sie die taktische Übung beendet hatten, wurde der Verlust zweier deutscher Zerstörer bekannt gegeben, der Leberecht

Maas und der Max Schultz. Was die Sache pikant gemacht hatte, war, dass die beiden Schiffe einem versehentlichen Angriff der deutschen Luftwaffe zum Opfer gefallen waren, die sich damit bisher in diesem Krieg als effektiver erwiesen hatte als die R.A.F.

Nun, es war nicht das erste Mal gewesen, es war nur das erste Mal, dass die Flieger getroffen hatten.

Für die Seeleute war die Sache klar: »Da haben die Flieger vom Dicken mal wieder Scheiße gebaut!« Aber in Wirklichkeit lagen die Dinge wie immer komplizierter. Für die U-Boote bedeutete es, zu tauchen, sowie ein Flieger auftauchte, denn ob deutsch oder englisch, ein Freund war es bestimmt nicht.

»Na ja, es soll da eine Unklarheit mit dem ES gegeben haben, und unsere Flieger wissen ja bekanntlich nicht einmal, wie ein deutscher Zerstörer aussieht!« Von Hassel verzog angewidert das Gesicht. Die Luftwaffe hatte bei der Marine noch nie einen besonderen Ruf genossen.

Schneider grinste trocken. »Na toll! Dann kann man ja von Glück sagen, dass wir es hier nur mit Tommies zu tun haben. Die haben ja wenigstens eine gewisse Berechtigung, mit Bomben nach uns zu schmeißen!«

Der Kommandant stutzte und lachte auf. »Na, dann ist ja alles in Ordnung, IIWO. Nur sagen Sie das den Burschen nicht, die machen das womöglich.«

Aus dem Turmluk klang ein Ruf herauf: »Frage: Zwei Mann nach oben?«

Schneider sah den Kommandanten an.

Von Hassel blickte sich um. Die Sicht war gut. Langsam nickte er. »Meinetwegen!«

Es war das übliche Ritual. Die Männer kamen nach oben, um im Wintergarten auszutreten. Kein Wunder, bei einer Toilette für fast fünfzig Männer. Trotzdem war es natürlich nicht gut, den ganzen Wintergarten voller pinkelnder Männer zu haben, wenn man mal schnell in den Keller musste. Also kamen sie nacheinander. Auch frische Luft war ein Luxus, der auf einem U-Boot streng rationiert war.

Die Morgenwache zog sich etwas hin, aber es geschah gar nichts. Um acht Uhr wechselte die Wache, und der Steuermann übernahm mit der Mittelwache, während Schneider und seine Männer hinuntergingen zum Frühstück. Auch der Kommandant schloss sich an.

In der O-Messe gab es Spiegeleier, leicht angeschimmeltes Brot und vor allem starken Kaffee. Die Unterhaltung war etwas stockend, weil alle drei Männer vor allem mit dem Essen beschäftigt waren. Salz war groß in Mode und natürlich Pfeffer und Paprika. Alles, was die Geschmacksnerven, die halb betäubt vom ständigen Ölgeschmack waren, zu einer Reaktion verleiten konnte. Nach mehr als einer Woche in der Stahlröhre schmeckte einfach alles nach Öl und Schimmel.

Von Hassel schnitt gerade das letzte Stück von seinem Spiegeleibrot ab, bevor er sich das Eigelb zu Gemüte führen würde. Am Stück. Jedenfalls war das seine Absicht, aber das Schicksal hatte andere Pläne.

»Alaaaaaaaarm!«

Füße donnerten auf das Stahldeck in der Zentrale, als die Turmwache die Leiter heruntergerutscht kam, inklusive eines Mannes, der offenbar gerade im Wintergarten gewesen war, und nun mit blanker Waffe in der Zentrale ankam. Doch in diesem Moment hatte keiner Zeit für spöttische Bemerkungen.

Von Hassel sprintete in die Zentrale, während von oben schon Steuermann Franke rief: »Turmluk ist dicht!«

Das Boot kippte steil ab. Der LI kam aus der Messe und blickte schnell um sich, um ein Bild von der Lage zu bekommen, bevor er einen Strom von Befehlen ausspie: »Trimmzellen zwo und vier fluten! Alle Mann voraus!«

Von Hassel nickte ihm zu und versuchte seiner Stimme einen ruhigen Klang zu geben: »Runter auf sechzig Meter,

LI!«, und dann, für den Rudergänger: »Backbord zwanzig, beide E-Maschinen AK!«

Männer hasteten durch die Zentrale und verschwanden mit artistischer Geschicklichkeit durch das Mannloch nach vorne. Ganz vorne im Bugraum würden sie wie lebender Ballast das Gewicht erhöhen und die empfindliche Trimmlage des Bootes verändern. Es würde vielleicht nur eine Sekunde bringen, aber eine Sekunde war eben eine Sekunde. Vielleicht die, die über Leben und Tod entscheiden würde, und das machte eine Sekunde manchmal so wertvoll wie eine Ewigkeit. Denn U-68 war größer als die meisten anderen deutschen U-Boote, es war größer und schwerer ... und es war deutlich träger. Aber der Druck der Tiefenruder, die rasenden Schrauben und das zusätzliche Gewicht taten ihre vereinte Wirkung. Steiler und steiler senkte sich der Bug nach unten. Aus der Offiziersmesse ertönte das Klirren fallenden Geschirrs.

»Na, Herr Steuermann, dann erzählen Sie mal, was los ist!« Von Hassel griff nach einem Rohr, als das Boot sich immer stärker nach Backbord legte und in einer Schraubenzieherkurve in die Tiefe rauschte.

»Zwanzig Meter gehen durch!«

»Zwo-Drei-Null gehen durch!«

Von Hassel fuhr herum. »Rudergänger, Ruder mittschiffs. Neuer Kurs wird Zwo-Eins-Fünnef!«

Der Steuermann nahm die Mütze ab. »'Ne Biene! Kam fast aus der Sonne!« Er grinste schmal: »Eher 'ne Hummel, eine fette Viermotorige. Glaub nicht, dass er uns gesehen hat, Herr Kaleun.«

»Danke, Steuermann.« Der Kommandant lauschte. Aber außer den Geräuschen im Boot war nichts zu hören. Er entspannte sich etwas: »Wie Sie hören, hören Sie nichts! Scheint's, der Gentleman war noch etwas müde.«

Er drehte sich um und grinste in die Runde »Also, beide E-Maschinen kleine Fahrt. Wir bleiben erst mal eine Stunde unter Wasser, für den Fall, dass er doch was gesehen hat und auf uns wartet.« Er wandte sich zu Franke um: »Na, es geht doch nichts über etwas Aufregung am Morgen! Gehen Sie auf den alten Kurs zurück, Steuermann!«

»Jawoll, Herr Kaleun! Ist der Alarm beendet?«

Wie zur Bestätigung meldete der Zentralemaat: »Vierzig Meter gehen durch!«

Der Leitende begann das Boot abzufangen.

Von Hassel nickte. »Alarm beendet! Zurück zum Frühstück!« Nachlässig zuckte er mit den Schultern. »Oder dem, was davon übrig ist!«

Willi Rückert drehte vorsichtig das Handrad des GHG, des Gruppenhorchgerätes. Draußen, auf dem Druckkörper, drehte sich der Rahmen des Horchgerätes mit den Druckdosen entsprechend mit. Ein scharfes und empfindliches Ohr, mit dem das U-Boot jeden Gegner auf große Entfernung erlauschen konnte. Oder auch jedes Opfer. Und natürlich immer unter der Voraussetzung, dass alles funktionierte, wie es sollte, die Druckdosen nicht abgesoffen waren und der Rahmen sich ordnungsgemäß drehte. Alles Faktoren, mit denen man auf U-68 schon ein paar besondere Erfahrungen gemacht hatte.

Doch momentan schien alles zu funktionieren. Vorsichtig drehte Rückert weiter. Die Wasserwelt war nie ganz still. Es gab immer irgendwo eine Druckveränderung, die sich als Geräusch in seinen Kopfhörern bemerkbar machte. Als hinge man frei schwebend in einem großen Raum voller leiser gluckernder Geräusche. Genauso wie der Kommandant, der ja bei Tauchfahrt als Einziger durch das Sehrohr etwas sehen konnte und dabei gewissermaßen geistig das Boot verließ, so verließ auch Rückert mit seinem GHG die Enge des U-Bootes und lauschte draußen umher.

Es gab viele natürliche Geräusche dort draußen. Willi Rückert runzelte die Stirn. Nur dieses eine Geräusch – das war nicht natürlich. Ein tiefes Brummen, nicht laut, sondern im Gegenteil sehr leise. Aber ein gleichmäßiges Brummen. Oder Summen. Nein, das traf es auch nicht!

Probeweise drehte der Funker das Handrad leicht hin und her. Aber das Geräusch kam eindeutig aus einer Richtung. Beinahe schon unheimlich genau konnte er das Geräusch an Steuerbord wiederfinden. Es war doch eher wie ein Brummen. Irgendwie, so schwach es auch war, es hörte sich mehrstimmig an. Vielstimmig. Nicht ganz homogen, aber gut gemischt.

»Ach du dickes Ei!« Verwundert riss Rückert die Augen auf.

Gustav Henke, der im engen Funkschapp versuchte, aus verschiedenen Frequenzschemata schlau zu werden, um besser die englischen Wetterberichte abhören zu können, wenn sie wieder aufgetaucht fuhren, drehte sich erstaunt herum: »Was …?«

Rückert machte eine abwehrende Handbewegung, während seine Augen schon nach der Uhr an der Wand suchten. Die Stunde, die der Kommandant unter Wasser abwarten wollte, war nahezu verstrichen. Noch einmal lauschte er prüfend in die Richtung. Das Geräusch war noch immer fast in der gleichen Peilung, und es hatte sich nicht verändert. Es war kein Brummen, es war ein gleichmäßiges Mahlen. Das Mahlen vieler großer Schrauben. Rückert hatte so ein Geräusch noch nie vernommen. In den flachen Gewässern der Ostsee gab es viele Echos, und bei den Übungen waren es in Wirklichkeit nie mehr als zwei oder drei Schiffe gewesen, die den Geleitzug darstellten. Und ihre erste und einzige Kriegsfahrt mit dem alten Boot hatte sie in Englands Küstengewässer geführt, wo sie nur Einzelfahrer erwischt hatten.

Das hier war etwas anders. Das hier waren viele Schrauben. Zu weit entfernt, als dass er sie hätte trennen können. Aber es war eine ganze Malhalla, und selbst wenn er es auf die Entfernung und übertönt von dem dumpfen Mahlen der

Frachterschrauben noch nicht hörte, aber zu so einem Monstrum gehörten mit Sicherheit auch Bewacher. Es machte Rückert nicht viel Mühe, sich den Geleitzug vorzustellen. Schiff um Schiff, in scheinbar endlosen Reihen. Selbst wenn die Tommies die Abstände so eng hielten wie möglich, eine halbe Meile würde zwischen den Schiffen liegen, und mindestens drei oder vier Kabellängen zwischen den Kolonnen. Und außen herum würden die Bewacher kreisen. Es würde einige geben, oder? Der Funkmaat konnte sich nicht vorstellen, dass die Engländer eine solche Anzahl Schiffe ohne ausreichenden Geleitschutz losschicken würden. Aber bei so vielen Schiffen würde auch der Geleitzug auf ein weites Gebiet auseinandergezogen sein. Nur wegen der großen Entfernung wirkte es so, als sei es ein Geräusch, das aus genau einer Richtung kam. Es musste einfach so sein. Auch wenn er es zum ersten Mal wirklich hörte. Er wandte sich um zu Henke und sagte: »Los, hol den Alten!« Er zögerte einen Augenblick, dann setzte er entschlossen hinzu: »Geleitzug im Westen!«

»Boot ist auf Sehrohrtiefe und durchgependelt!« Die Stimme des LI klang teilnahmslos und formal, aber dahinter verbarg sich nur die Spannung, die ihn wie jeden anderen Mann an Bord befallen hatte.

Im Boot herrschte Stille, obwohl noch gar keine Schleichfahrt befohlen war. Jetzt, da das Boot wieder näher der Oberfläche operierte, war es für Rückert schwerer, den Geleitzug nicht aus dem Ohr zu verlieren. Die Entfernung musste immer noch beachtlich sein, aber der Funkmaat konnte sich nicht festlegen. Aber mindestens dreißig Meilen.

Von Hassel stieg hinauf in den Turm. Das Angriffssehrohr hatte eine stärkere Vergrößerung, und die würde er jetzt brauchen. Auch wenn das bedeutete, dass man am Himmel leicht etwas übersehen konnte. Einen Augenblick lang spielte er mit dem Gedanken, den IWO das Luftzielrohr ausfahren zu lassen, aber zwei Sehrohre produzierten mehr Gischt und konnten einem Flieger viel leichter auffallen als eines. Auch wenn diese Überlegung bloß theoretischer Natur war, denn bei ruhiger See würde sich für einen Flieger die Walform des Bootes dicht unter der Wasseroberfläche sowieso abzeichnen. Also gut! Er lächelte und wandte sich um: »Oberleutnant Hentrich, Sie nehmen das Luftzielsehrohr und halten Ausschau nach Fliegern.«

»Jawoll, Herr Kaleun!«

Er ignorierte die erwartungsvollen Gesichter und stieg endgültig empor. Das große Sehrohr schien eine Ewigkeit zu brauchen, bis es ausfuhr. Wieder sah er das vertraute Bild der Schwärze, dann wurde das Wasser grün, und endlich durchbrach der Sehrohrkopf das Wasser. Er nahm einen schnellen Rundblick und zuckte instinktiv zurück, als das zweite Sehrohr überlebensgroß in seinem Blickfeld auftauchte. Es war etwas, an das er sich erst gewöhnen musste. Ein Instinkt, der ihn zusammenzucken ließ, wenn etwas plötzlich zu dicht herankam an das Boot. Er holte tief Luft. »Zeit, sich seinen Sold zu verdienen, Schorsch!« Er sprach leise zu sich selber und grinste bei dem Gedanken an die Männer, die unten versuchen würden, jede seiner gemurmelten Bemerkungen zu verstehen.

Die See war leer. Nirgendwo konnte er etwas erkennen. Auch von unten kam die Bestätigung: »Himmel ist frei, Herr Kaleun!«

»An GHG: Steht die Peilung?«

Von unten erklang die Stimme des Zentralemaats, der Rückerts Antwort weitergab: »Geleitzug in Null-Neun-Neun!« Als ob ein Grad einen Unterschied machen würde!

Von Hassel kontrollierte noch einmal die angegebene Richtung. Er zwinkerte. Es konnte eine Wolke sein, die dort fern im Westen stand. Es musste keine sein.

Für einen Augenblick kamen ihm Zweifel. Die meiste Zeit hatten sie das GHG sauer einkochen können, und wie bei den meisten Seeoffizieren war sein Zutrauen zu den letzten

Errungenschaften der Technik ohnehin etwas begrenzt. Wusste der Teufel, was Rückert da hörte!

Von Hassel versuchte sich einen Geleitzug vorzustellen. Prinzipiell kam er fast schon aus der falschen Richtung, denn ein Geleitzug würde ja die Irische See anlaufen und dann nach Liverpool gehen, oder nicht? Dann stünde dieser hier etwas zu weit südlich, es sei denn, er wollte nach London. Nach und nach formte sich ein Bild in seinem Kopf. Ein mögliches Bild. Vielleicht, aber nur vielleicht, hatte Rückert tatsächlich etwas. Von Hassel warf einen letzten Blick auf den strahlenden Vormittag dort oben. Aber er würde den Teufel tun und das bei Tageslicht angreifen, was es auch immer war. Mit einer entschlossenen Handbewegung klappte er die Griffe ein und ließ den Spargel wieder in seinem Schacht verschwinden. Es würde ein langer Tag werden.

Die Stunden zogen sich. Es war nicht Schleichfahrt befohlen, aber jeder bemühte sich trotzdem, so wenig Lärm wie möglich zu machen. Die Spannung lag über dem Boot. Sie hatten gelernt, mit Krisen umzugehen, schnell zu reagieren und unter Druck ihre Angst im Griff zu behalten. Aber das Warten war das Schlimmste. Sie lasen, spielten leise Skat und gingen ihren Arbeiten nach, aber das war ja auch nicht allzu viel. Das Boot war halt getaucht. Es wurde keine Turmwache gegangen und die Motorenmaschinisten saßen auch nur auf Wachestation neben ihren schweigenden Dieseln. Selbst die E-Maschinen wurden zwischendurch immer wieder abgestellt, um Strom zu sparen. Der Geleitzug kam ganz von alleine näher. Alles, was sie tun mussten, war warten. Und dabei wünschten sie sich nur, etwas tun zu können, um ihren eigenen Befürchtungen zu entgehen.

Nach und nach wurde das Geräusch lauter. Am Nachmittag konnte von Hassel bereits Rauchfahnen im Sehrohr erkennen, bevor er das Boot wieder in der Tiefe verschwinden ließ. Der Einzige, der wenigstens etwas mitbekam, war Funkmaat Rückert, der die ganze Zeit am Horchgerät saß. Am späten Nachmittag war es endlich so weit. Einzelne Schiffe ließen sich unterscheiden. Der Konvoi hatte sich inzwischen auf einen ganzen Sektor seiner Horchweite verteilt, und es wurde immer klarer, dass sie es mit mindestens dreißig Frachtern zu tun hatten. Aber bisher hatte Rückert nur ein einziges Kriegsschiff entdeckt, dessen schneller schlagende Schrauben und das hohe Singen der Turbinen es vor dem dumpfen Mahlen der Dampferschrauben deutlich abhoben. Nur ein Zerstörer! Sollte das alles sein? Glauben mochte das keiner.

Gegen sieben Uhr abends passierte der Geleitzug das getauchte Boot. Bei nur gerade fünf Knoten und dem ständigen Zacken schien es, als würde er gar nicht vorankommen. Von Hassel ließ sich Zeit. Pünktlich zum Sonnenuntergang tauchte das Boot fünf Meilen nördlich des Geleites auf und begann, sich mit den starken Dieseln vorzusetzen. Nun, nachdem es ausgeschlossen war, dass ihnen eine Biene in die Quere kam, konnten sie auf die Jagd gehen.

Nachtangriff

In Rudi Schneiders Ohren klangen die Diesel unheimlich laut, obwohl er wusste, dass das Geräusch der mit kleiner Fahrt laufenden Aggregate für die Engländer im Stampfen der eigenen Maschinen untergehen würde. Sie würden sich auf ihre Horchgeräte verlassen und auf ihr ASDIC, jenen laut pingenden Blindenstock, der es einem englischen Kriegsschiff ermöglichte, die Tiefen nach einem getauchten U-Boot zu durchsuchen.

Natürlich nur, wenn die Bedingungen stimmten und sich das U-Boot vor ihnen befand, denn nach hinten waren sie blind und taub.

Aber das war bedeutungslos, zumindest im Augenblick. Denn das Boot befand sich an der Oberfläche. Viel Zeit blieb ihnen nicht, denn kurz nach elf war Mondaufgang, und es war bereits kurz nach zehn. Aber für eine knappe Stunde war es finster wie im Kohlenkeller.

Die Stimme des Kommandanten klang gedämpft: »Steuerbord zehn!«

Aus dem Sprachrohr klang blechern die Bestätigung: »Ruder liegt Steuerbord zehn!«

Schneider meinte, trotz der Verzerrung die Stimme des IWO erkannt zu haben. Also hatte Hentrich ein wachsames Auge auf die Dinge dort unten. Ein gutes Gefühl. Natürlich war ihm klar, warum er hier oben beim Kommandanten war und Hentrich unten in der Zentrale.

Ganz einfach! Sollte etwas schiefgehen und das Boot würde noch tauchen können, aber ohne sie, weil sie vielleicht von einer Granate erwischt worden waren, dann musste Hentrich das Boot nach Hause bringen. Eigentlich ein ernüchternder Gedanke. Andererseits ... er war hier oben und sah wenigstens, was vor sich ging.

Langsam drehte das Boot nach Steuerbord. Schneider blickte nach vorne. Der Geleitzug war kaum zu erkennen. Als steckte in der Schwärze der Nacht noch etwas Schwärzeres. Es war mehr etwas, das sie fühlten, als wirklich sahen. Es würde hoffentlich etwas besser werden, wenn sie näher heran waren.

Der Kommandant schien die Tommies auch mehr zu ahnen, als zu sehen. Leise gab er weitere Befehle: »Stützruder, auf Eins-Sechs-Null gehen!«

Einer der Männer schnüffelte und grinste. Seine Zähne schienen in der Dunkelheit zu leuchten. »Sehen können wir die Burschen nicht, aber riechen!«

Verblüfft schnüffelte Schneider. Der Mann hatte recht. Er war so an den ständigen Geruch von Dieselöl gewohnt, dass es ihm nicht aufgefallen war, aber der Geruch, der in der Luft hing, war deutlich beißender. Der Leutnant runzelte die Stirn. »Sollten die Kohlenbrenner dabeihaben?«

Der Kommandant wandte sich nicht um und meinte nur geistesabwesend: »Kann gut sein. Die Tommies kratzen jetzt alles zusammen, was sie haben.«

Schneider stutzte: »Wie meinen Sie das, Herr Kaleun? Ich meine, es ist schließlich Krieg.«

»Krieg?« Von Hassel schien in der Dunkelheit leise zu lachen, aber Schneider war sich nicht sicher. »Ja, wir haben uns Polen geschnappt, richtig? Aber bisher ist im Westen noch nicht viel passiert, außer, dass wir und die Tommies uns auf See beharkt haben. Meinen Sie, das geht ewig so weiter?«

Schneider dachte nach: »Wohl kaum, aber ...«

»Lassen wir das für den Augenblick.« Der Kommandant schüttelte den Kopf. »Sagen Sie mir lieber, was Sie von dem Schatten dort weiter an Steuerbord halten.«

Schneider spähte in die Dunkelheit, bis er glaubte, ihm würden die Augen aus dem Kopf fallen. Da war etwas, ein

Schatten, der seltsamerweise heller aussah. Er verzog das Gesicht. »Könnte ein Bewacher sein.«

»Denke ich auch. Also sind wir näher dran als gedacht.« Der Alte schien einen Moment nachzudenken, dann beugte er sich über das Sprachrohr. »An GHG, Frage: Gibt es etwas in ungefähr Null-Zwo-Null, das sich nicht nach Frachter anhört?«

Die Antwort ließ einen Augenblick auf sich warten. Dann klang es blechern aus dem Sprachrohr: »Rückert meint, da läuft etwas, das sich so ein bisschen wie ein Fischdampfer anhört. Jedenfalls keine Turbine!«

Wieder leuchteten die Zähne des Kommandanten im Dunkeln. »Schön! Er soll sich das Geräusch merken. Von hier oben sieht es nämlich aus wie ein kleiner Bewacher. Wie viel Abstand bis zum Geleit? Und hat Rückert schon was Nettes rausgepickt?«

Aus dem Sprachrohr drangen ein paar unverständliche Gesprächsfetzen. Hentrich meldete sich wieder: »Er meint, eine Meile bis zu dieser Korvette und dann noch mal eine Meile bis zu den ersten Dampfern, Herr Kaleun! Ne halbe Meile weiter scheint die zweite Kolonne zu laufen. Da drinnen läuft ein großes Schiff mit Turbinenantrieb und ein zweiter Dampfer mit 'ner schweren Kolbenmaschine, aber nur einer ziemlich fetten Schraube.«

»Genauer geht's wohl nicht?«

Wieder ein paar Sprachfetzen, dann gluckste Hentrich: »Der Dampfer mit der Turbine läuft in Null-Eins-Fünnef. Rückert meint, er könne nicht sagen, welche Farbe die Unterhose des Skippers hat!«

Für einen Augenblick herrschte verblüffte Stille. Schneider, der den hellen Schatten an Steuerbord beobachtete, biss sich auf die Lippen.

Sah so aus, als wäre der Funker genervt, aber das war dann doch zu frech! Mit gespitzten Ohren wartete er auf den Ausbruch des Alten.

Aber von Hassel lachte nur leise auf. »Wenn der Alte da drüben wüsste, dass wir hier rumhängen, würde ich sagen, braun ... also, Null-Eins-Fünnef und rund eineinhalb Meilen?«

»Jawoll, Herr Kaleun!«

»Sehr schön, IWO! Also Bugrohre fluten, Klappen erst auf meinen Befehl öffnen!« Von Hassel wartete, bis der Oberleutnant aus der Zentrale bestätigt hatte, bevor er fortfuhr: »Umschalten auf E-Maschinen, kleine Fahrt voraus!«

Die Diesel verstummten. Plötzlich schien das Plätschern des Wassers gegen den Rumpf das einzige Geräusch zu sein. Alles war unnatürlich laut.

Aber dann hörte der Leutnant ein anderes Geräusch. Sehr leise, wie ein unterschwelliges Grollen. Das Stampfen von schweren Maschinen in der Nacht. Unauffällig blickte er auf seine Uhr. Der Alte ließ sich viel Zeit. Nicht mehr lange, und der Mond würde aufgehen. Nachdenklich musterte er den Himmel. Ein paar Sterne waren zu sehen, aber mehr und mehr zogen sich wieder Wolken zusammen. Wartete der Kommandant etwa auf den Mond, um einen sichereren Schuss anbringen zu können?

»Herr Kaleun! Bewacher drei Dez an Backbord!«

Einer der Ausgucks deutete in die Richtung. Der Kommandant hob sein Glas. Eine Ewigkeit schien er hindurchzustarren, bevor er sich wieder entspannte. »Der läuft ab. Im Auge behalten!« Er ließ das Glas wieder sinken, aber klopfte unruhig auf die Turmbrüstung. »Verdammt, verdammt, verdammt. Dunkel ist ja ganz nett, aber das hier ist dann doch des Guten zu viel!« Er straffte sich etwas und beugte sich wieder über das Sprachrohr: »UZO auf die Brücke!«

Wieder verstrichen Minuten. Das beinahe fahrtlose U-Boot bewegte sich unruhig in der leichten Dünung. Rudi Schneider kam sich vor wie ein Passagier. Ein Seemann brachte die UZO, die U-Boot-Zieloptik, nach oben, und er steckte das schwere druckfeste Gerät auf den Sockel. Nun konnte der Kommandant von hier oben aus schießen, und alle Schusswerte würden direkt in den Vorhalterechner gehen. Das beschäftigte ihn für einen Augenblick, dann wartete er wieder. Er konnte wenig tun, außer sich die Augen aus dem Kopf zu starren. Aber wie viel schlimmer musste es für die Männer unten im Boot sein, die gar nichts mitbekamen? Doch mit jeder Minute kamen sich das U-Boot und der Geleitzug auf ihren rechtwinkligen Kursen näher. Abgesehen von der Dunkelheit schien es ein Angriff wie aus dem Lehrbuch zu werden. Doch was danach kam, war eine andere Frage.

Für einen Augenblick brach die Wolkendecke ein kleines Stück auf. Es wäre zu viel gewesen, es heller zu nennen, aber für die inzwischen nachtgewohnten Augen der Männer reichte es. Der IIWO zog scharf die Luft ein, als er den ersten großen Schatten sah. Da! Und da! Noch einer, an Steuerbord voraus, und dahinter schien noch einer zu sein. Die beiden sich überlappenden Schiffe sahen für einen kurzen Augenblick aus wie ein einziger gewaltiger missgestalteter Riesendampfer.

Schneider bemühte sich, seiner Stimme einen ruhigen Klang zu geben, obwohl ihm das Herz bis zum Halse zu schlagen schien: »Dampfer voraus! Zwei weitere an Steuerbord voraus, Herr Kaleun!«

»Danke IIWO, hab sie!« Der Kommandant hob sein Glas und beobachtete die dunklen Gebilde. »Der in der zweiten Kolonne könnte ein Tanker sein.« Die Stimme des Alten klang beiläufig. Aber Schneider kannte ihn lange genug, um zu wissen, was er plante. Er musste auch nicht lange auf die Bestätigung warten: »Anlauf beginnt, Rudi, Sie übernehmen, ich schieße! Bringen Sie uns ran!«

Schneider schob sich etwas nach vorne, während der Kommandant sich hinter die Zieloptik stellte und durch das Visier peilte. Noch waren es etwa eineinhalb Meilen. Der Geleitzug lief im Augenblick mit fünf Knoten vor ihrem Bug durch, aber jeden Augenblick konnte er wieder zacken. Er war schon zu lange auf diesem Kurs gelaufen. Der Leutnant wusste das alles. Es war nicht das erste Mal, dass der Kommandant so einen Angriff fuhr, wenn auch zum ersten Mal gegen einen ganzen Konvoi statt gegen einen Einzelfahrer. Nur hatte früher immer ... Schneider biss sich auf die Lippen und verdrängte den Gedanken an das alte Boot. Hier und jetzt, das zählte! Er wunderte sich selber, wie ruhig seine Stimme klang: »Anlauf mit großer Fahrt und E-Maschine, Herr Kaleun?«

Der Kommandant schien einen Augenblick zu lauschen. Schneider konnte in der Dunkelheit nicht genau erkennen, wohin von Hassel blickte. Dann bewegte sich die dunkle Gestalt. Die hellere Mütze war der einzige Orientierungspunkt, doch trotzdem glaubte Schneider, der Alte sähe ihn nachdenklich an.

Nur so ein Gefühl, wie so vieles in dieser Nacht, in der alles so unwirklich real erschien. Aber er hatte recht. Er sah es, als die Zähne hell aufleuchteten. Der Kommandant befahl: »Bei dem Lärm, den die machen, nehmen Sie halbe Fahrt und die Diesel! Ran an den Speck!«

»Jawoll, Herr Kaleun!« Schneider wandte sich um zum Sprachrohr: »Zentrale? Diesel Achtung! Halbe Fahrt!«

Es dauerte einen Augenblick, dann erwachten die beiden MAN-Diesel hustend zum Leben. Nach der Stille erschien es ohrenbetäubend, aber das täuschte. Sogar jetzt noch war das Stampfen der Frachtermaschinen deutlich zu hören. Verdammt, die standen anderthalb Meilen ab. Bei denen musste der Lärm noch viel stärker sein.

»Diesel laufen halbe Fahrt!«

Er grinste. Komme was wolle, der Anlauf hatte begonnen. »Steuerbord fünnef, neuer Kurs wird Eins-Acht-Null! GHG, auf Bewacher achten, egal ob die sich wie Fischer anhören!«

Hinter sich hörte er den Kommandanten: »Zielansprache: Ziel eins in Null-Null-Fünnef, Abstand zwotausendfünfhundert, fünf Knoten, Bug links!« Der Alte wartete, bis Schneider die Angaben nach unten durchgegeben hatte. Dann fuhr er fort: »Zweites Ziel in Null-Eins-Fünnef, Abstand zwotausendsiebenhundert, Fahrt fünnef, Bug links!«

Aus dem Sprachrohr klang blechern die Bestätigung.

Das Boot beschleunigte immer weiter. Der Bug hob sich etwas, während sich das Heck tiefer ins Wasser grub. Schneider spürte den Fahrtwind in seinem Gesicht. Die Schiffe schienen rasend schnell näher zu kommen, dabei liefen sie gerade mal zehn Knoten.

Zehn Knoten, das war eine Meile in sechs Minuten. Für den Zerstörer, der vorne immer noch ahnungslos vor dem Geleit kreuzte, war das gar nichts.

Die dunklen Silhouetten vor ihnen schienen kürzer zu werden. Schneider straffte sich, bevor er sagte: »Geleit zackt, Herr Kaleun!« Er spähte verzweifelt in die Dunkelheit. Drehten sie weg von ihnen oder zu ihnen hin? Der Abstand wurde immer geringer. Er räusperte sich. Unter diesen Bedingungen war alles eine Schätzung. »Er zackt auf uns zu, Herr Kaleun!«

»Ich sehe es!« Die Stimme des Alten klang konzentriert. »Auf Bewacher achten, ruhig, Männer!« Es klang, als wolle er ein aufgeregtes Pferd beruhigen. Wieder wartete er einen Augenblick, bevor er neue Zielangaben heraussprudelte: »Ziel eins ...«

Schneider gab alles weiter, während er gleichzeitig nach den Ausgucks sah. Nach der Mahnung des Kommandanten konzentrierte sich jeder wieder auf den ihm zugewiesenen Sektor. Als ob es so einfach wäre, auf die dunkle See zu starren, während sich vor ihnen das Drama abspielte.

»... Bugklappen öffnen!«

Der IIWO gab den Befehl weiter. Unsichtbar für sie öffneten sich vorne die Klappen der vier Bugrohre. In jedem Rohr lag ein schussbereiter ATo – bereit, seine Sprengladung von zweihundertachtzig Kilogramm ins Ziel zu bringen. Gezündet wurden die Torpedos durch verschiedene Systeme. Schneider runzelte die Stirn. In Rohr vier lag noch ein Torpedo mit einem Aufschlagzünder bereit, während die drei anderen Torpedos Magnetzünder hatten. Eine nicht ganz ungewöhnliche Kombination, denn die älteren Torpedos mussten natürlich auch »verbraucht« werden, sei es bei Angriffen oder für Fangschüsse.

Aber der Kommandant wollte wohl alle vier Bugrohre einsetzen. Der Abstand schrumpfte weiter.

»Bewacher an Backbord zehn Dez, Herr Leutnant!«

Zehn Dez? Hundert Grad? Das war ja schon ein bisschen hinter ihnen. Verdutzt starrte Schneider in die angegebene Richtung und sah eine etwas hellere Silhouette. Aber kein großes Kielwasser. Der Tommy schien noch nichts zu ahnen, sonst hätte er es eiliger.

»Beide AK voraus!« Die Stimme des Kommandanten schnitt hart in seine Gedanken. Der Leutnant begriff. Es würde nicht mehr lange dauern, bis der Bewacher sie spitzkriegte. Bis dahin wollte der Alte die Aale abgeliefert haben! Er fuhr zum Sprachrohr herum: »Beide Diesel dreimal Wahnsinnige voraus!«

Noch bevor die Bestätigung kam, spürte er, wie das Heck sich noch tiefer eingrub. Das Boot schien einen Sprung nach vorne zu machen. Er warf einen kurzen Blick nach vorne. Verdammt, vielleicht noch etwas mehr als eine dreiviertel Meile! Wollte der Alte die Dinger an Bord *tragen?*

Der Kommandant drückte den Knopf an der UZO und brüllte: »Eins los! Zwo los!« Das Boot ruckte leicht.

Hinter ihnen ertönte ein dumpfer Knall, und vom Vordeck des kleinen Bewachers stieß eine grelle Flammenzunge in die Nacht. Das war kein U-Boot-Angriff, das war ein verdammter Schnellboot-Angriff, den der Alte hier abzog. Schneider zog den Kopf ein und riss das Turmluk auf: »Wache einsteigen! Hurtig Männer!«

Hinter ihm hatte der Alte die nächste Peilung genommen:

»Drei los! Vier los!« Wieder fühlte es sich an, als seien sie über eine Bodenwelle gefahren.

Schneider spähte über die Turmbrüstung. Bei den Frachtern herrschte noch Ruhe, aber der Bewacher schoss schon wieder. Erneut beleuchtete das Mündungsfeuer das kleine Kriegsschiff und hob für Sekundenbruchteile die Form aus der Dunkelheit hervor. Eine hohe Back, dahinter ein kantiger Aufbau. Und irgendwo auf dem Vorschiff ein einzelnes Geschütz, kein großes Kaliber, aber das brauchte es auch gar nicht zu sein. Ein einziger Glückstreffer konnte reichen, das Boot tauchunklar zu machen. Wobei aber bisher das Feuer nicht einmal in der Nähe des Bootes lag.

»Steuerbord zwanzig!« Der Kommandant sprang ans Sprachrohr. Beinahe sofort schien sich das Boot in eine harte Kurve zu legen.

Der IIWO wartete auf den dritten Schuss der Korvette, denn eine solche war es. Aber er wartete vergeblich. Stattdessen ertönte laut und heulend ein Horn, um den Geleitzug zu warnen. In Schneiders Vorstellung rasten die Torpedos durch das schwarze Wasser. Die Blasenbahnen der ATos würde man bei dieser Finsternis sowieso nicht sehen. Aber sie mussten jetzt schon vierzig Knoten erreicht haben, ihre Endgeschwindigkeit. Herrgott! Warum tauchte der Alte nicht endlich?

Das Boot schwang immer weiter herum, während der Kommandant nach dem Bewacher Ausschau hielt. Schneider blickte ebenfalls nach achtern. Sie hinterließen eine breite weiße Schleppe aus Kielwasser. Das musste man doch sehen!

Aber das Boot bog in einem engen Bogen wieder hinaus auf die freie See, während der Bewacher näher an den Geleitzug herankam. Offensichtlich ahnte er, dass ein U-Boot da war, aber nicht, wo.

Ein weiterer hellerer Schatten hob sich vor einem der Frachter ab, und der Leutnant bemerkte verblüfft, dass die ganze Wasseroberfläche begann, silbrig zu glänzen. Der Mond! Den hatte er ganz vergessen!

Wieder knallte es! Das war der andere Bewacher. Von Hassel fuhr herum: »Rein mit Ihnen, Rudi! Ich ...« Er kam nicht mehr dazu, seinem IIWO zu sagen, was er vorhatte.

Hinter ihnen im Geleitzug schien ein Vulkan auszubrechen. Ein gewaltiges Krachen ertönte und eine Flammensäule stieg senkrecht in die Höhe. Dann fuhr eine Druckwelle über das Wasser, schob das U-Boot etwas an und traf die beiden Offiziere auf dem Turm wie ein heftiger Stoß. Bereits Sekunden nach der Eruption war alles vorbei und die Flammen erloschen so plötzlich, wie sie gekommen waren. Aber das kurze grelle Licht hatte gereicht, sie nachtblind werden zu lassen. Alles, was sie für Momente sahen, waren dunkle Schatten, obwohl der Mond inzwischen langsam höher am Himmel stand.

Unbeachtet und verstohlen wie ein ertappter Mörder schlich sich U-68 von dannen. Es war Krieg.

Auch der Geleitzug setzte seine Fahrt fort. Weg, nur weg von der Stelle, an der ein Schiff sein Ende gefunden hatte. Alles, was zurückblieb, war ein schwerbeschädigtes Rettungsboot, das kieloben trieb. Es gab keine Jagd auf das U-Boot, denn es gab keine Spur von dem unsichtbaren Feind. Sosehr die herbeigeeilten Bewacher auch die Tiefe mit ihrem ASDIC durchsuchten, kein verräterisches Echo wollte ertönen. Auf dem Frachter Leicester Express, in dessen Laderäumen der Torpedo die dort gelagerte Munition gezündet hatte, gab es keine Überlebenden.

Es war bereits beinahe Mitternacht, aber an Bord des Bootes dachte niemand ans Schlafen. Die Aufregung über die Versenkung knapp eine Stunde zuvor hatte sich noch immer nicht gelegt. Vorne im Bugraum wurden die Ereignisse wieder und wieder beredet. Als der Tommy hochging, hatte es sich im Inneren des Bootes angehört, als würde ein Schmiedehammer gegen den Druckkörper schlagen. Noch immer mischte sich die Begeisterung über den Erfolg mit der ausgestandenen Furcht. Nicht wenige hatten zuerst geglaubt, es wäre eine Granate gewesen, die das Boot getroffen hatte. Andere wiederum waren immer noch geschockt darüber, wie schnell alles gegangen war.

In einem Augenblick ein großes Schiff, das inmitten des Geleits fuhr, im nächsten Augenblick eine Feuerwand, und dann nichts mehr. Das große Vergessen. Das Schiff – und die Männer von U-68 kannten zu diesem Zeitpunkt nicht einmal den Namen ihres Opfers – hatte aufgehört zu existieren. Als hätte es diesen Frachter nie gegeben.

»Na, wenigstens hams net vuil g'merkt!«, meinte Dörfler. Er zuckte hilflos mit den Schultern. »Es is halt Krieg!«

»Schöner Krieg!« Daniel Berger hob den Krug mit dem Kujambelwasser prüfend an. »Die armen Kerle hatten keine Chance!«

Dörfler lief rot an. »Na was moanst denn? Ob die Tommies mit uns a Mitleid ham, wenn's uns beim Schlafittchen kriag'n?«

»Nein, glaube ich nicht, ...«, Berger zögerte, » ... aber die Männer auf den Frachtern sind doch alles Zivilisten.«

»Tolle Zivilist'n, Dani! Wo doch ezt jeder Frachter a Kanona rumsteh'n hat!«, höhnte Dörfler.

Jens Lauer hörte dem Hin und Her zu und wandte sich dann an Braunert: »Wie viel Mann fahren auf so 'nem Dampfer?«

»Kommt drauf an.« Braunert runzelte die Stirn. »Vielleicht so vierzig bis fünfzig Mann mit Heizern und allem Drum und Dran.«

»Vierzig bis fünfzig?« Lauer schluckte. Nun, es war ein Erfolg, nicht wahr? Dazu fuhren sie hier draußen herum. Aber mögen musste er den Gedanken trotzdem nicht.

Kapitänleutnant von Hassel war trotz der Versenkung nicht ganz zufrieden. Hart stellte er seinen Kaffeebecher auf die zerkratzte Platte der Back. »Na ja, sechstausend Tonnen, schätze ich. Das ist ja nicht schlecht. Aber den Tanker ... den verdammten Tanker, den hätte ich gerne erwischt.«

»Tja, 'n Tanker, das ist Edelwild. Hat eben nicht sein sollen, Herr Kaleun!« Oberleutnant Hentrich zuckte mit den Schultern. Wie alle anderen durchlebte auch er immer wieder den Angriff. Nun, nachdem das Adrenalin langsam nachgelassen hatte, fühlte er sich seltsam leer. Obwohl er bereits auf einem anderen Boot gefahren war, war das die erste Versenkung gewesen, die er erlebt hatte. Ein schöner fetter Munitionsfrachter. Als das Schiff explodierte, hatte es sich angefühlt, als würde eine Bombe in der Nähe hochgehen. Dabei war das Schiff eine Meile entfernt gewesen. Es musste eine gewaltige Explosion gewesen sein, auch wenn er davon nichts gesehen hatte. Im Grunde beneidete er den IIWO dafür, dass er oben gewesen war. Aber er wusste, dass die Entscheidung des Kommandanten richtig gewesen war, ihn unten in der Zentrale zu lassen. Man sollte eben nicht alle Eier in einen Korb legen.

»Was machen wir, Herr Kaleun? Nachsetzen?« Rudi Schneider sah den Kommandanten fragend an.

Von Hassel schüttelte den Kopf. »Nein, bis zur nächsten Nacht ist der eh längst daheim. Wir setzen einen Funkspruch ab und gehen zurück auf unseren alten Kurs. Vielleicht können die Flieger noch was erwischen.« Immer noch ärgerlich klopfte er auf die Tischplatte. »Der verdammte Tanker! Ich hatte ihn so genau im Fadenkreuz. Er muss im letzten Augenblick weggezackt haben. Verdammt schnell für so einen dicken Pott. Ärgerlich, aber wahr, ich habe danebengeschossen.«

»Kann ja mal passieren, Herr Kaleun!« Schneider sah von Hassel verständnisvoll an. »Wie auch immer, den einen haben wir unter Deck geschoben.«

Oberleutnant Hentrich erhob sich. »Wie auch immer, ich muss den Steuermann ablösen.«

»Sie?« Der Kommandant ließ den Blick fragend zwischen

seinen beiden Wachoffizieren hin- und herwandern. »Ich dachte, die Backbordwache und unser IIWO sind jetzt dran?«

»Wir haben für diese Nacht getauscht. Ich nehme an, Sie wollen nach dem Frühstück die Rohre nachladen?«

»Äh ja, richtig, aber wieso ...« Der Kommandant brach ab. »Ich habe es nicht so gerne, wenn meine Offiziere einfach Wachen tauschen.«

Der IWO nickte gelassen. »Ja, aber so kann ich mich zur Frühstückszeit um die Torpedos kümmern, Herr Kaleun!«

»Na, in Ordnung! Aber beim nächsten Mal sagen Sie mir Bescheid, Oberleutnant!« Von Hassel tippte an die schmutzige Mütze. »Dann mal eine ruhige Wache, IWO!«

Gammelfahrt

Das Boot verschwand mit südwestlichem Kurs aus der Reichweite der Royal Air Force. Ihr befohlenes Operationsgebiet lag vor Sierra Leone, und bis dorthin brauchten sie bei der sparsamsten Fahrtstufe noch rund zwei Wochen.

Wie angekündigt wurde ein Funkspruch abgesendet, aber ob daraufhin der Geleitzug angegriffen wurde oder nicht, sollten sie nie erfahren. Es war auch unwichtig für sie. Sie luden die Bugrohre nach und setzten ihre Fahrt fort. Die Routine hatte sie wieder fest im Griff, und nach ein paar Tagen schien auch der Geleitzug in den Köpfen der Männer langsam zu verblassen.

In ständig gleichbleibendem Rhythmus wechselten die Wachen. Im Inneren des Bootes spielte der Funkmaat ständig die gleichen Lieder, ganz einfach weil er nur ein paar Platten dabei hatte. Und die Männer, die sich ein oder gar zwei Bücher mitgenommen hatten, waren durch das erste Buch durch.

Zeitungen waren der Renner der Saison. Genauer gesagt, die beiden Zeitungen, die am Tag des Auslaufens noch an Bord gekommen waren. Sie waren inzwischen natürlich alt, aber das hinderte niemanden daran, sie noch einmal zu lesen. Es konnte ja vielleicht noch ein Wort darin stehen, das man beim letzten Mal übersehen hatte. Und wenn nicht, nun, dann hatte die Suche danach wenigstens etwas die Zeit vertrieben.

Das Leben begann, sich auf ein Minimum zu beschränken. Im Boot stank es noch etwas mehr. Das Vierpfundbrot hatte noch ein bisschen mehr Schimmel angesetzt, sodass noch etwas weniger Genießbares übrig blieb. Der Gesprächsstoff war verbraucht, alle Geschichten der letzten Landgänge erzählt, und selbst die Skatspiele im Bugraum wurden, abgesehen vom Reizen und gelegentlichen Einwürfen, in verbissenem Schweigen gespielt. Ab und zu gab es einen Übungsalarm, aber der war eigentlich auch schon Routine. Essen, schlafen, Wache gehen und zwischendurch mal für die Toilette anstehen, das war das Leben an Bord.

Es waren immer die gleichen Gesichter. Es gab keine Abwechslungen. Wenn es den Funkern gelang, mal einen englischen Sender abzuhören, dann waren sie die beliebtesten Männer an Bord, denn sie hatten Neuigkeiten. Auch von anderen U-Booten hörten sie manchmal etwas, wenn sie es schafften, den Funkverkehr im Nordatlantik abzuhören. Aber es war auch dort eine ruhige Zeit. Vereinzelt meldeten Boote Erfolge, doch der Atlantik schien leer zu sein. Natürlich kamen in dieser Zeit ständig Geleitzüge durch, aber Deutschland hatte einfach immer noch zu wenig U-Boote. Ein Geleitzug, wenn man ihn denn sah, war gewaltig. Aber in der weiten Wasserfläche des Atlantiks war er nur ein Mückenschiss. Es war genauso schwer, einzelne Schiffe zu finden wie einen ganzen Konvoi. Und so patrouillierten die wenigen Boote im Atlantik, während nur hundert Meilen weiter dreißig oder mehr Schiffe unbehelligt den Weg nach England fanden.

Draußen, in einer scheinbar anderen Welt, bewegten sich die Dinge. Aus einer englischen Radiosendung erfuhren sie, dass Finnland und Russland einen Friedensvertrag unterzeichnet hatten, in dem Finnland Teile Kareliens und eine Halbinsel namens Kalastaransaarento an Russland abtrat. Doch es war den Russen nicht gelungen, ganz Finnland zu besetzen, wie es offensichtlich der ursprüngliche Plan gewesen war. Dazu hatten sich die Finnen als zu zäh erwiesen. Aber immerhin, wie Oberbootsmann Volkert mit einem Schulterzucken meinte, hatte es ihn einen halben Tag beschäftigt, bis er den Namen der Insel aussprechen konnte.

Ebenfalls aus britischen Radiosendungen erfuhren sie, dass es kleinere Zusammenstöße zwischen deutschen und englischen Überwassereinheiten in der Nordsee und vor Norwegens Küste gegeben hatte. Natürlich berichtete der britische Sender nur darüber, dass sich die englischen Schiffe gut gehalten hatten. Aber auf U-68 maß man dem natürlich wenig Bedeutung bei, denn die Wahrheit würden die Tommies wohl kaum erzählen. Trotzdem sah es im Großen und Ganzen so aus, als würde der Krieg den Atem anhalten. Trotz Kriegserklärung schienen die Franzosen im Westen nicht angreifen zu wollen, und im Osten hatte das Heer Polen vollständig besetzt. Nun warteten alle. Niemand wusste, worauf, aber alle warteten. Außer zur See fanden keine Kriegshandlungen statt. Manche glaubten, England und Frankreich, die ja ohnehin nur wegen ihrer Sicherheitsgarantien für Polen den Krieg erklärt hatten, würden es sich jetzt vielleicht doch anders überlegen. Andere glaubten, der wahre Sturm würde erst noch losbrechen. Aber niemand wusste etwas, und so blieb alles auf Vermutungen beschränkt. Doch mit einer ganz knappen Mehrheit glaubte man, es würde erst noch richtig losgehen.

Zur Gruppe derer, die an den kommenden Sturm glaubten, gehörten der Kommandant und bis zu einem gewissen Grad auch der IIWO, Rudi Schneider. Sein Vater hatte den letzten Krieg miterlebt und es immerhin selbst bis zum U-Boot-Kommandanten gebracht. U-Boote lagen also gewissermaßen in der Familie. Die Bemerkungen des Kommandanten hatten ihn nachdenklich gemacht. Natürlich sprachen alle darüber, dass man Frankreich und auch England besiegen könnte, und im Augenblick sah es ja auch so aus, als würde den deutschen Streitkräften einfach alles gelingen. Aber andererseits ... England war eine Insel, und wie jeder Seeoffizier, so wusste auch Rudi Schneider, der Krieg war erst gewonnen, wenn die eigene Fahne auf den feindlichen Zinnen wehte.

Nur waren die Engländer zäh, furchtbar zäh. Genauso wie die Deutschen. Schon im letzten Krieg hatten beide Seiten das gezeigt. Und sollte aus dem Sitzkrieg ein richtiger Krieg werden, dann würde der noch viel schrecklicher werden als der letzte. Schneider brauchte sich nur in diesem Boot umzusehen. Es stank, es sah aus wie eine Höhle, und seine Bewohner verwandelten sich auch zusehends zurück in Höhlenmenschen. Aber es war eine Waffe, wie es sie im letzten Krieg so noch nicht gegeben hatte. Genauso wie große Bomber, schwere Panzer und viele andere Waffen. Die Kunst, sich gegenseitig umzubringen, war weiterentwickelt worden, ohne Frage. Nur wenn der junge IIWO an seinen Vater dachte, an die Kameraden vom alten Boot und an andere, dann fragte er sich, ob so ein Krieg einen Platz für Sieger lassen würde.

Aber natürlich wurde das nicht offen diskutiert. Das war Politik, und die war in der Marine ohnehin verpönt, noch mehr als im Rest Deutschlands. In diesen Zeiten noch mehr als früher, und schließlich waren die Nazis nicht erst seit Kriegsausbruch, sondern bereits seit sieben Jahren an der Macht. Und natürlich hatte man sich in typisch deutscher Manier schon lange daran gewöhnt, nicht zu reden. Vor allem auf einem U-Boot, in dem es ja nirgendwo einen Platz gab, an dem man unbeobachtet war. Politik war nie ein Thema für die Deutschen gewesen und würde auch nie eines werden. Vor allem dann nicht, wenn es mit einem gewissen Risiko verbunden war. So zog man lieber in den Krieg, als darüber nachzudenken, ob der Krieg richtig war. Denn Deutsche folgten Befehlen, sie diskutierten sie nicht. Und Rudi Schneider, auch wenn er insgeheim seine Zweifel hatte, wusste das. Er kannte die Deutschen, schließlich war er selber einer.

»I frag' mi, wo mer grad san …« Dörfler sah niemanden gezielt an. Es war einfach nur ein Einwurf. Etwas, das gesagt wurde, um überhaupt etwas zu sagen.

Braunert hielt damit inne, aus einem verschimmelten Brot die noch brauchbaren Stücke herauszuschnitzen, und blickte den Bayern an. Gedehnt meinte er: »In einem U-Boot, alter Bazi!«

»Oh, ...«, der Seemann runzelte die Stirn, »... oh ja!«

Minuten verstrichen. Daniel Berger blätterte geräuschvoll eine Seite um. In einer der oberen Kojen schnarchte jemand ungleichmäßig. Mit Mühe und trotz des nur schwachen Lichts versuchte der Motorenheizer, sich auf das Buch zu konzentrieren. Er las es bereits zum zweiten Mal. Doch er versuchte trotzdem, jedes einzelne Wort bewusst zu lesen. Er hatte nur dieses eine Buch, es war gewissermaßen sein Schatz. Aber schon ein Buch nahm einen nicht unerheblichen Teil des Platzes ein, der ihm für Privatsachen zur Verfügung stand.

Ein zweites hätte bedeutet, auf seinen einzigen dicken Pullover zu verzichten, und der hatte ihm um England herum schon gute Dienste geleistet.

»Achtzehn!« Einer der anderen Männer an der schmalen Back murmelte das erste Gebot einer neuen Skatrunde. Das Reizen nahm seinen Lauf. Wie alles an Bord, so waren auch die Karten längst fettig und schmierig vom Öldunst.

Wieder verstrichen Minuten, dann meinte Dörfler abwesend: »I frag mi, ob mer Afrika seh'n wern.«

Berger blätterte um und blickte über den Rand seines Buches. »Und was willste da sehen?«

»Weiberln natürlich! Schwarze Weiberln mit solchen Titten!« Dörfler deutete mit einer Handbewegung ein ziemliches Kaliber an.

»Oh Mann! Frauen!« Braunert verdrehte die Augen. »Ich weiß schon gar nicht mehr, wie die ausschaun!«

»Scheiße, vergiss es!« Berger versuchte wieder in seinem Buch zu versinken, aber das Stichwort Frauen ließ keine Ruhe mehr aufkommen. »Wir sind auf einem U-Boot, Mann!«

Dörfler sah ihn aus großen Augen fragend an: »Was moanst denn damit?«

»U-Boot, mit einem großen U. Wie unbefriedigt!«

Dörfler schnaufte: »Na famos, da hammas mal wiader! Koa Gerechtigkeit im Lebn!«

Jens Lauer steckte den Kopf aus seiner Koje. »Könnt ihr mal mit dem Geschwätz aufhör'n? Es gibt Leute, die versuchen hier zu pennen!«

Der Bayer drehte sich in Zeitlupe herum. »Ach Gott herrje, unser Moses.« Er zog die Augen etwas zusammen. »Koane Haare am Sack, aber im Puff vordrängeln! Hast'n überhaupt scho amal a Frau g'habt?«

Lauer lief rot an. Lieber würde er sich die Zunge abbeißen, als dem stämmigen Bayern gegenüber zuzugeben, dass er noch nie etwas mit einer Frau gehabt hatte. Stotternd meinte er: »Na ja, ich hab halt ne Freundin!«

»A Freindin hat'a, der Bua!« Dörfler grinste gehässig. »Sag amal, was machst'n mit der?«

Braunert legte das Messer weg und fixierte Dörfler. »Na ja, nur jemand wie du, der sich ne halbe Stunde einen blasen lässt und dann fragt, ob er gut war, kommt auf die Idee, ausgerechnet den Moses zu fragen, nich wahr?«

Der bayerische Seemann wandte sich zu Braunert um und sah das kalte Glitzern in dessen Augen. Abwehrend hob er die Hand. »Scho guat, i tu dem Kloana ja nix!«

Berger schmunzelte hinter seinem Buch und hob den Kopf. »Na klar, Alois, du tust niemandem was. Bist halt 'n altes Großmaul!«

»Bah!« Alois Dörfler sah sich um. Aber sehr viele Freunde hatte er hier nicht. »Was ihr nur immer mit dem Kloana habt's.«

Braunert begann, die etwa faustgroßen Brotbrocken mit Butter und Kunsthonig zu bestreichen. Er ignorierte Dörfler demonstrativ und sah zum jungen Lauer. »Magst auch was, Jens?«

Lauer schwang die Beine aus der Koje und quetschte sich durch zu Braunert an dessen Stammplatz bei den Bugrohren. Das Brot war schimmlig, die Butter fing schon an, ranzig zu werden, und der Kunsthonig würde ekelhaft schmecken. Aber wer machte sich darüber schon Gedanken, wenn sowieso alles nach Dieselöl schmeckte? Außerdem hatte er begriffen, dass es gar nicht um ein Brot ging. Der baumlange Braunert wollte ihn nur aus dem Weg haben, falls er Dörfler eine schieben musste. Er hatte selber keine Ahnung, warum der große Seemann ihn schützte, aber es half ihm, vor allem im Umgang mit Dörfler, der immer wieder Streit suchte. Dankbar ließ er sich neben den Rohren am Kopfende von Bergers Pritsche nieder und angelte nach einem der Brote: »Heißen Dank, Rudi!«

Weiter hinten in der Offiziersmesse saßen die beiden WOs. Leutnant Schneider versuchte, im Adlerstoßverfahren das KTB auf der Schreibmaschine zu tippen, während Hentrich ein Kreuzworträtsel löste. Er löste dasselbe Kreuzworträtsel schon zum wiederholten Male und kannte es so langsam auswendig. Aber immer wieder wurden die Lösungen sorgfältig ausradiert, bevor das Rätsel, ganz vorsichtig und mit Bleistift, erneut gelöst wurde. Es gab sonst nicht viel zu tun.

»Haustier mit fünf Buchstaben?«

»Katze!«, antwortete Schneider ganz automatisch.

»Danke verbindlichst, Herr Leutnant!« Hentrich sandte dem IIWO einen bösen Blick zu. Aber Schneider grinste nur und suchte nach dem nächsten Buchstaben auf der Schreibmaschine.

»Wo ist eigentlich der Alte?«

Schneider runzelte die Stirn. »Ich glaube oben! Warum?«

»Nur so! Und der ›Leidende‹?«

»Drückt sich im Dieselraum herum. Macht 'n Gesicht wie sieben Tage Regenwetter.«

Hentrich sah interessiert auf. »Gibt's Probleme?«

»Nicht dass ich wüsste. Er jammert wegen des Brennstoffverbrauchs, aber das ist normal. Deswegen ist er ja der Leidende Ingenieur.« Der Leutnant grinste gefühllos.

»Er war auch schon auf dem letzten Boot vom Alten?«

Schneider verzog das Gesicht. Da war sie wieder, die Erinnerung. Als würde es keinen Weg geben, ihr zu entrinnen. Er erinnerte sich, genau wie der Kommandant und zum Beispiel Braunert, der damals ebenfalls auf Turmwache gewesen war, nur an wenige Details. Der große schwarze Bug, das kalte Wasser und vor allem die Rufe der im Wasser treibenden Männer, die immer schwächer wurden. Unwillkürlich schüttelte er sich und sagte: »Ja, genau wie einige andere von der Besatzung.«

Hentrich legte das Kreuzworträtsel beiseite und sah ihn an. »Ich will nicht bohren, Rudi. Ich hoffe, Sie verstehen mich.«

Schneider musterte seinen Vorgesetzten ruhig. »Nein, Sie wollen es nur wissen, Herr Oberleutnant. Es war ein Unfall, wir wurden im Nebel von einem Dampfer über den Haufen gekarrt, das ist alles.« Er blickte Hentrich starr an. »Es ist vorbei, besser Sie fragen nicht mehr danach.«

Erschrocken senkte Hentrich den Blick. »Ich wollte niemandem zu nahe treten, Rudi!«

Schneider entspannte sich etwas. »Ich weiß, aber es war einfach so eine verdammte Scheiße. Lassen Sie die Geschichte ruhen, Herr Oberleutnant, lassen Sie sie einfach ruhen.«

Ziemlich achtern im Dieselmaschinenraum standen der LI Oberleutnant Wegemann und der Maschinenmaat Peters und lauschten dem Donnern der schweren Motoren.

Vorsichtig drehte der Leitende an einem Ventil und lauschte wieder. Das Donnern klang genauso laut wie zuvor, aber die beiden Techniker schienen trotzdem nicht zufrieden zu sein. Wegemann runzelte die Stirn, und Peters zuckte mit den Schultern.

Probeweise öffnete der Obermaat ein Testventil, und eine Stichflamme schoss heraus. Befriedigt drehte Peters wieder zu. Dann versanken die beiden Techniker wieder in Lauschen. Es war nur eine Kleinigkeit in dem vielstimmigen brüllenden Konzert der Maschinen. Ein leises Pfeifen, das einem Seemann gar nicht aufgefallen wäre unter all dem lauten Dröhnen. Doch für die Techniker sprachen die Motoren eine eigene Sprache, und die Besten von ihnen konnten sie verstehen. Wegemann, der Leitende, gehörte zu ihnen. Und Berger, der Maschinengefreite, der mit Motoren aller Art aufgewachsen war, weil sein Vater eine Werkstatt betrieb. Und zum Teil auch Maschinenmaat Peters, ein echtes Marineprodukt.

Sie alle verstanden, was der schwere Diesel an Steuerbord ihnen mitteilen wollte, und keiner von ihnen war glücklich darüber. Und noch viel weniger würde es den Kommandanten glücklich machen.

Der LI warf einen letzten Blick auf den Steuerborddiesel und machte eine Handbewegung, als wollte er jemanden erwürgen. Dann grinste er resigniert und wischte sich die Hände an einem Stück Putzwolle ab. Sehr viel sauberer wurden sie dadurch nicht. Er winkte Peters kurz zu und verschwand nach vorne. In der Zentrale trat er unter das Luk und rief nach oben: »Ein Mann auf Brücke?«

»Genehmigt!«

Er kletterte nach oben und sah sich um. Die See war nicht mehr grau, sondern eher graublau. Und der Wind war angenehm, auch wenn er im ersten Moment irgendwie seltsam roch, dachte jedenfalls Wegemann.

»Der Leitende! Welch seltener Besuch!«, meinte der Alte.

Wegemann wandte sich um. Von Hassel trug die Mütze verwegen schief und sozusagen schon traditionell verknautscht. Das Gesicht wurde von einem struppigen Bart verdeckt, aber offensichtlich war der Kommandant guter Laune. Schade, fand Wegemann, dass er ihm die verderben musste.

»Wir haben ein Problem, Herr Kaleun!« Er verzog gequält das Gesicht.

Von Hassels Gesicht wurde eine Spur starrer. »Was für eines, LI?«

»Der Steuerborddiesel macht ein Geräusch!«

Der Kommandant sah ihn verdutzt an. »Na, LI, das hoffe ich doch. Oder meinen Sie, ein Geräusch, das er nicht machen sollte?«

Der Steuermann, der die Wache hatte, griente, stupste aber zwei Seeleute, die sich grinsend ansahen, warnend an. Gehorsam hoben sie wieder die Gläser.

Oberleutnant Wegemann sah sich um. Trotz des dünnen Kesselanzuges fror er hier oben auf dem Turm nicht. Der Himmel war blau und die Luft angenehm warm. Auch das Meer sah anders aus als beim letzten Mal, als er hier oben gewesen war. Er runzelte die Stirn. So vor acht oder neun Tagen musste das gewesen sein, kurz nach der Sache mit dem Geleitzug.

Verblüfft wandte er sich an den Kommandanten: »Schönes Wetter haben Sie hier oben!«

»Ja ...«, der Kommandant ließ den Blick kurz schweifen, »... Sie sollten öfter mal raufkommen. Natürlich nur, falls die frische Luft Sie nicht um Jahre zurückwirft.« Er kratzte sich im Bart. »Also, was ist mit dem Steuerborddiesel?«

Der Leitende Ingenieur zuckte mit den Schultern. »Entweder, es ist ein Pleuellager oder es ist das erste Wellenlager hinter der Kupplung. Schwer zu sagen. Aber es verändert sich auch nicht, wenn ich die Drehzahl verändere.«

Der Kommandant brachte zwar relativ viel Verständnis für die Techniker auf, aber wenig Verständnis für die Technik an sich. Es war etwas, das man benutzte. Natürlich war ihm klar, was ein Lager war, und er hatte auch eine gewisse unklare Vorstellung, wo das Wellenlager sein musste, aber im ersten Augenblick sah er den LI trotzdem nur unsicher an. »Also? Was bedeutet das?«

»Ich fürchte, wir müssen den Steuerborddiesel stoppen, Herr Kaleun!«

Von Hassel blickte ihn an. »Wann? Sofort?«

»So schnell wie möglich, Herr Kaleun, oder ich kann für nichts garantieren!«

»Aber wir können mit dem anderen weiterlaufen?«

Der LI sagte: »Es wird einige Zeit dauern, Herr Kaleun. Und mit einer Maschine machen wir noch etwa sechs Knoten, sonst wird's knapp mit dem Brennstoff.«

Ergeben sah der Kommandant ihn an. »Also gut, aber beeilen Sie sich, LI!« Erneut kratzte er sich im Bart. »Das fehlte gerade noch. Ich will in drei Tagen am Treffpunkt sein.«

Seetag 22 – Der Versorger

Das Wetter wurde zuerst wärmer, dann regelrecht heiß. Es war erst Anfang April, aber immerhin näherten sie sich mehr und mehr dem Äquator, auch wenn ihr befohlenes Operationsgebiet immer noch nördlich der Linie lag. Aber das reichte auch aus.

Die schweren Lederpäckchen verschwanden und stattdessen tauchten kurze Hosen und Unterhemden auf. Abgesehen von den Schiffchen, die immer noch von den meisten Männern getragen wurden, meist knapp bis zwei Finger über die Nasenwurzel hinuntergeschoben, erinnerte nichts mehr an Uniformen.

Und da sie sich weit ab von den Schifffahrtslinien und außerhalb der Reichweite eines jeden britischen Flugplatzes befanden, wurde die Erlaubnis, an Deck zu gehen, recht großzügig gehandhabt.

Das sommerliche Wetter und der Anblick einiger fliegender Fische trug erheblich dazu bei, die Männer wieder aus ihrer Erstarrung zu reißen. Angeblich, aber dabei handelte es sich um ein unbestätigtes Gerücht, sollen sogar Heizer ihre schützende Stahlröhre verlassen und sich das Tageslicht angesehen haben. Immerhin ein Gerücht, das zu einigem kameradschaftlichen Spott Anlass gab.

Doch so schön diese Veränderungen für die Seeleute auch waren, für die Heizer bedeuteten sie eine zusätzliche Belastung. Das Boot, das in nördlichen Gewässern meistens kalt und feucht war, wurde nun heiß und nass. Kondenswasser sammelte sich in schier unglaublicher Menge. Es tropfte in großen schweren Tropfen von der Decke, es sammelte sich auf den Armaturen der Druckmesser, und es lief in regelrechten Strömen an den gerundeten Bootswänden hinab, um unter den Stahlplatten in der Bilge zu verschwinden.

Wenn die Sonne morgens aufging, dann dauerte es nicht lange, bis sie anfing, den stählernen Rumpf aufzuheizen. Am Nachmittag, zur wärmsten Zeit des Tages, konnte es leicht sein, dass in der Zentrale vierzig Grad und mehr herrschten. Aber vierzig Grad in der Zentrale waren weit über fünfzig im Dieselraum. Doch vierzig und fünfzig Grad bedeuten nicht immer dasselbe. Im Hochsommer in der freien Natur ist es heiß. Es bedeutet, dass man sich kaum noch bewegen kann oder mag. In einer Wüste ist es eine trockene Hitze und es ist noch schwieriger, den Wasserverlust durch Trinken auszugleichen. Wer eine Wüste durchquert hat, der gilt als harter Mann.

Im Maschinenraum eines U-Bootes vereinten sich Hitze, Feuchtigkeit, Öldunst und Enge zu etwas Neuem. Die Männer mussten viel trinken, um überhaupt auf den Beinen zu bleiben. Dazu kamen die ständige Belastung durch den Lärm und die saunaartigen Bedingungen. Es war nicht an der Grenze des Erträglichen, es war weit darüber hinaus. Es war härter als ein Wüstenmarsch, und es war gar nicht vergleichbar mit europäischem Hochsommer. Es war eine einzige ausgesuchte Qual, eine Qual, die über Stunden hinweg anhielt und dann, wenn die Männer bei Wachwechsel endlich durch das Schott taumelten, auch nur notdürftig gelindert wurde. Denn auch wenn ihnen die vierzig Grad im Bugraum im ersten Moment beinahe frisch erschienen, es war immer noch höllisch warm.

Und gleichgültig, wie viel sie von dem mehr als lauwarmen Kujambelwasser auch trinken mochten, nie schien es den brennenden Durst zu löschen.

Menschen brauchen Schlaf. Das ist eine altbekannte Regel. Auf einem U-Boot bedeutete das, in dickstem Mief, bei ständiger Geräuschkulisse in eine enge Koje gezwängt etwas Ruhe zu finden. Nun jedoch kam noch die Wärme hinzu. Alles klebte vor Schweiß und Fett. Die Haut juckte, denn es gab keine Möglichkeit, mal eben zu duschen. Die letzte Dusche hatte es vor dem Auslaufen gegeben.

Doch der Gedanke an ein kühles Bad im Meer, was ja ohnehin nur für die des Schwimmens kundigen Männer möglich gewesen wäre, schwand schnell wieder, wenn sie an die dreieckigen Rückenflossen dachten, die dem Boot folgten. Natürlich wurden die Haie von den über Bord geworfenen Abfällen angelockt. Es war nichts Neues, schließlich folgten diese Räuber auch Überwasserschiffen, und aus den gleichen Gründen.

Aber sicher war, dass sie einen über Bord gegangenen Schwimmer auch nicht verschmäht hätten. Also war es wieder mal Essig mit einem kühlen Bad.

Doch das Schicksal hatte noch immer etwas parat, um die Leiden zu steigern. In diesem Fall die Lager des Steuerborddiesels, die gewechselt werden mussten. Der Verdacht des Werftingenieurs schien sich zu bestätigen, denn nach drei Wochen Dauerbetriebes zeigte sich eine Vibration, und die geübten Ohren der Techniker hörten aus dem Wirrwarr unterschiedlicher Geräusche das Pfeifen der Welle deutlich heraus.

Das war kritisch. Denn wenn die Welle sich festfraß, dann konnte das nur eine Werft reparieren, und die nächste Werft, in der man nicht gleich auf sie schießen würde, war Tausende von Meilen entfernt. Also blieb nur eine Wahl. Den Diesel stoppen, den ganzen Kram ausbauen und das Lager tauschen. Zum Glück hatte ja der Leitende auf genügend Ersatzteilen bestanden.

Doch was sich so einfach anhörte, war in der Praxis ein Drama. Der Backborddiesel musste weiterlaufen, also wurde es auch nicht kühler. Aber nun kam die Arbeit mit den schweren Teilen und schwerem Werkzeug hinzu. Es gab kaum genügend Platz, um sich zu drehen, geschweige denn, um den vorderen Teil der Welle mitsamt der Klauenkupplung anzuheben. An das Lager heranzukommen erforderte bereits die Geschicklichkeit eines Taschendiebes und die Kraft eines Herkules.

Sie schafften es, auch wenn keiner der Männer länger als eine Stunde daran arbeiten konnte.

Zwei der Heizer wurden mit Kreislaufzusammenbruch aus dem Dieselraum getragen, aber die anderen gingen wieder an die Arbeit. Zäh, verbissen und, abgesehen von kurzen Kommentaren und gelegentlich hervorgepressten Flüchen, wortlos. Endlich, nach sieben Stunden, konnten sie den Diesel wieder anwerfen. Das Boot nahm höhere Fahrt auf, um die verlorene Zeit einzuholen.

»Dampferfahne, Herr Kaleun!« Oberleutnant Hentrich deutete auf den Horizont.

Von Hassel versuchte, die blendende Wasserfläche zu ignorieren. Die Sonne spiegelte sich auf den kleinen gekräuselten Wellen und warf Tausende und Abertausende von Reflexionen zurück. Es sah aus, als würde das Boot auf einer See aus geschmolzenem Metall schwimmen. Doch in Wirklichkeit machte das grelle Licht es schwer, etwas zu erkennen.

Auch der Kommandant hatte Mühe, die einzelne Rauchsäule zu sehen. Wie eine kleine dürre Feder stand sie am Horizont. Das dazugehörige Schiff war noch nicht sichtbar. Rund zwanzig Meilen. Nachdenklich ließ er das Glas sinken. »Er scheint direkt vor uns her zu laufen.«

Hentrich nickte. »Wir sind ziemlich abseits der Schifffahrtslinien. Es könnte die Kurland sein. Wir sind nahezu am Treffpunkt, und sie kommt ja auch von Norden. Vielleicht dampft sie auf dem gleichen Kurs, um sich von den Fliegern aus Freetown freizuhalten?«

»Sie könnten recht haben. Mal sehen, was unser Funker meint.« Er beugte sich über das Sprachrohr: »Funkmaat ans GHG! Frage: Wer sitzt jetzt dran?«

»Matrose Olm, Herr Kaleun!« Die Stimme des Zentralemaats klang neugierig.

Der Kommandant erwiderte: »Fragen Sie mal den Olm, was er in etwa Null-Eins-Null hat. So rund in zwanzig Meilen Abstand.« Er richtete sich wieder auf und sah seinen IWO an. »Olm ist jung, doch er ist nicht schlecht. Aber zwanzig Meilen und das Boot an der Oberfläche, da braucht er schon etwas Glück.«

Der Oberleutnant sah den Kommandanten prüfend an. »Was denken Sie, Herr Kaleun?«

Von Hassel zögerte. »Ich denke, wir sollten vorsichtig sein. Das ist eine helle, kaum erkennbare Dampferfahne. Eine moderne Maschinenanlage, die gutes Öl verbrennt.« Wieder blickte er zu der Rauchsäule hinüber. Sie war kaum zu erkennen und erschien sehr hell. Er nickte. »Die Kurland wurde in Vigo ausgerüstet. Glauben Sie, dort hat man ihr den besten Brennstoff gegeben?«

Der Oberleutnant betrachtete den Horizont. »Ein Engländer? Dann steht er aber genau da, wo die Kurland ...« Er brach ab und starrte von Hassel an.

Der Kommandant nickte zögernd. »Abwarten, ich kann mich auch täuschen. Aber Vorsicht ist die Mutter der Porzellankiste. Behalten Sie den Vogel im Auge, ich bin unten und höre mir mal an, was die Funker haben.«

»Jawoll, Herr Kaleun!«

Von Hassel beugte sich über das offene Turmluk: »Ein Mann nach unten!« Dann verschwand er auch schon in dem engen Schacht. Die Seestiefel trafen mit lautem Knall auf das Stahldeck. Er sah sich um. Die Männer in der Zentrale blickten ihn alle neugierig an, aber bisher hatte er ihnen wenig zu sagen.

Im Funkschapp saßen Olm und Rückert und lauschten angestrengt in die Kopfhörer. Als er sich näherte, streifte der Matrose den Kopfhörer ab und reichte ihn von Hassel. »Hier, Herr Kaleun, hören Sie selber!«

Der Kommandant streifte sich die Hörer über den Kopf und lauschte mit geschlossenen Augen. Zuerst hörte er gar nichts. Dann begriff er, dass das falsch war. Es gab Geräusche. Die vielen üblichen Geräusche unter Wasser. Aber nicht mehr. Verblüfft öffnete er die Augen und sah den konzentriert lauschenden Rückert an. »Ich höre gar nichts!«

Der Funkmaat lächelte flüchtig. »Ich höre ihn, aber sehr schwach. Wenn wir getaucht wären, wäre es besser.«

»Was haben Sie, Rückert?«

Willi Rückert verzog das Gesicht. »Das hört sich seltsam an. Ich denke, es sind mindestens zwei Schrauben und sie laufen mit kleiner Fahrt. Turbinenantrieb.«

Zwei Schrauben und Turbinenantrieb. Also kein normaler Frachter. Aber die Kurland war auch kein normaler Frachter. Zusammen mit ihren Schwestern war sie dafür gebaut worden, Kriegsschiffe weit draußen im Atlantik zu versorgen. Tausende von Tonnen Brennstoff, Munition und Versorgungsgüter aller Art. Das Ding war ein verdammtes schwimmendes Kaufhaus und eigentlich viel zu groß, um ein einzelnes U-Boot zu versorgen, aber sie waren nun einmal alle hier, ob sie wollten oder nicht. Oder sollten es sein. Zwei Schrauben und Turbinenantrieb. Die Beschreibung passte. Aber sie passte auch genauso gut auf die meisten leichten Kreuzer der Tommies. Es würde auch passen, dass das Troßschiff mit kleiner Fahrt hin und her kreuzte. Schließlich wartete die Kurland ja auf ein U-Boot.

Aber irgendwie hatte von Hassel trotzdem ein komisches Gefühl. War er grundlos nervös? Oder stimmte wirklich etwas nicht? Er konnte es nicht greifen. Aber irgendetwas musste er tun.

»In Ordnung, Rückert. Wir werden tauchen, vielleicht kriegen Sie ihn dann besser!« Von Hassel reichte den Kopfhörer an Olm zurück. Er würde sich blind auf die Funker verlassen müssen. Verdammt noch einmal, er hatte überhaupt nichts gehört! Natürlich, jene wurden unter anderem wegen ihres Gehörs dazu ausgebildet, Funker und damit auch Horcher zu werden. Das war ihm auch klar. Aber trotzdem widerstrebte es ihm, so hilflos zu sein.

Er straffte sich etwas und ging zurück in die Zentrale. »Zentralemaat! Stiller Alarm, wir tauchen!«

»Jawoll, Herr Kaleun!«

Männer verschwanden durch die beiden Kugelschotten. Der Maat selber gab durch das Sprachrohr den Befehl nach oben weiter.

Einer nach dem anderen kam die Turmwache die Leiter heruntergerutscht, noch während die anderen Männer ihre Gefechtsstationen besetzten.

Es dauerte alles erheblich länger als normalerweise, aber das war egal. Sie hatten Zeit ... und falls das fremde Schiff über ein leistungsfähiges Horchgerät verfügen sollte, dann bestand kein Grund, den Burschen zu wecken.

Der LI stand, immer noch auf irgendetwas herumkauend, hinter den Tiefenrudergängern. Erst als von oben die Meldung ertönte: »Turmluk ist dicht«, begann er seine Befehle herauszusprudeln: »Zellen eins, zwo ...«

Von Hassel wandte sich ab und nickte dem IWO zu, der als Letzter die Leiter herunterkam. »Wir wollen mal schau'n, ob wir den Burschen nicht besser hören können.« Über die Schulter hinweg befahl er: »LI, Schleichfahrt, bringen Sie uns auf sechzig Meter!«

»Jawoll, Herr Kaleun, sechzig Meter!«

Ruhe kehrte ein. Langsam, vergleichsweise gemütlich, glitt das Boot in die Tiefe, wo es der LI routiniert abfing. Von Hassel wandte sich an Hentrich: »Sie übernehmen, ich bin am Horchgerät!«

»Jawoll!«

Von Hassel ging zum Funkschapp. Willi Rückert hatte die Augen geschlossen und lauschte. Olm reichte ihm erneut die zweiten Kopfhörer. Für einen Augenblick horchte auch er angestrengt in die Leere dort draußen. Es war deutlicher. Ein gleichmäßiges Rumoren. Aber zu hell für Motoren. Auch die Schraubengeräusche klangen für ihn nicht gut. Ein helles Zwitschern, gar nicht zu vergleichen mit den tieferen Tönen der Dampferschrauben vor knapp zwei Wochen. Er räusperte sich. »Ein Kriegsschiff?«

Rückert öffnete die Augen, bevor er antwortete: »Ich glaube ja. Oder ein verdammter Turbinendampfer! Aber trotzdem seltsam. Er klingt anders als die Kriegsschiffe, die ich bis jetzt gehört habe. Ich komme nicht drauf, was es ist, Herr Kaleun!«

Von Hassel unterdrückte seine eigene Ungeduld. Es nutzte nichts, Rückert jetzt nervös zu machen. Betont gleichmütig meinte er: »Dann nehmen Sie sich Zeit, vielleicht kommen Sie drauf, Rückert. Immerhin sind wir ja auch noch keinem unserer Versorger bisher begegnet. Haben wir sonst noch was in der Umgebung?«

Der Funkmaat blinzelte. »Ich horche gleich noch mal rum, Herr Kaleun!« Er begann, am Handrad zu drehen, und das Geräusch verschwand aus von Hassels Kopfhörern. Mit einem Achselzucken nahm er sie ab und reichte sie an den Matrosen Olm zurück. »Ich bin wieder in der Zentrale. Alles melden, klar?«

»Völlig klar, Herr Kaleun!«

Von Hassel nickte. »Und koppeln Sie den Kurs aus, der Steuermann soll Ihnen helfen!« Er drehte sich um und kam in die Zentrale zurück.

Der IIWO hockte auf der Apfelkiste und sah ihn neugierig an: »Die Kurland?«

Der Kommandant nahm die Mütze ab und fuhr sich mit der Hand durch das fettige Haar. »Ich weiß es noch nicht. Irgendetwas stimmt nicht. Aber ich komme nicht drauf, was.«

Oberleutnant Hentrich löste sich von seinem Stammplatz neben dem Mannloch und trat zu ihnen. »Wenn es die Kurland ist, dann kreuzt sie langsam hin und her, bis wir auftauchen.«

»Richtig!« Von Hassel runzelte die Stirn. »Nur stehen wir immer noch zwanzig Meilen nördlich des Treffpunktes, und wir sind wegen unseres Ärgers mit dem Steuerborddiesel einen Tag später dran, als man auf der Kurland annehmen kann.«

Die beiden WOs wechselten einen Blick. In Schneiders Augen dämmerte Begreifen. »Also würde sie, wenn sie auf uns wartet, zwanzig Meilen weiter südlich kreuzen?«

»Richtig!« Von Hassel nickte grimmig und stülpte sich die Mütze wieder auf den Kopf. »Natürlich kann das auch alles einen Grund haben, aber bis wir den wissen, sind wir einfach vorsichtig.«

Vorne im Bugraum drückte man sich nicht ganz so gewählt aus. Daniel Berger, seit der letzten Motorenreparatur, die ihm etliche Schrammen eingebracht hatte, in »der Bepflasterte« umgetauft, verzog das Gesicht: »Also, ist das nu unser Trossschiff, oder ist es das nicht?«

Dörfler, der immer zu Streit aufgelegte Bayer, schüttelte den Kopf. »Naa, i glaab's net. Des müasst'n unsere Horcher doch scho lang g'horch't ham!«

»Toll, …«, Braunert starrte den Süddeutschen böse an, »… bist halt ein echtes Genie! Natürlich ist der Alte vorsichtig, was glaubst denn du?« Er holte tief Luft. »Also mir ist das lieber so. Ich glaube, wenn der Alte zu spät merkt, dass es ist nicht unser Dampfer ist, dann wäre ich ihm eher sauer!«

»Wieso?« Lauer, der Moses, blickte den großen Seemann fragend an.

»Wieso!«, echote Dörfler. Er schüttelte den Kopf. »Na da schau sich amal oaner unsern Hirnakrobaten o! Weil, wenn's a Tommy is, der uns den Oarsch wegblas'n tut, deshalb wieso!«

Lauer schwieg für einen Augenblick. Einer der Männer der Mittelwache, die mit dem Steuermann oben gewesen waren, räusperte sich. »Dörfler, mach nicht so 'nen Wind. Wir sind zwanzig Meilen weg, da hat er dann was zu blasen, der Tommy!«

»Zwanzig Meilen?« Lauer rechnete, ohne darüber nachzudenken. »Das bedeutet, wenn es ein Kreuzer ist, dann kann er in weniger als einer Stunde bei uns sein.«

Braunert nickte. »Ja, schnell sind sie, diese Pötte! Nur sehen müssen sie uns erst mal.«

»Können die uns nicht hören?«

Der lange Braunert verkniff sich einen bittenden Blick. Es würde wohl noch eine Weile dauern, bis Lauer alles durchblickte. Nur würde sich bis dahin wahrscheinlich sowieso wieder alles geändert haben. Langsam schüttelte er den Kopf. »Nein, können die nicht. Nach hinten sind die stocktaub. Die eigenen Maschinen machen zu viel Lärm, verstehst du?«

»Kapiert. Also kann er uns nicht hören, selbst wenn's unser Versorger ist, und wir wissen nicht, ob er es ist. Nur, ...«, Lauer kratzte sich am Kopf, »... was ist, wenn er es nicht ist?«

Für einen Augenblick hing Schweigen im Bugraum. Dann nickte Berger, der Bepflasterte, und sagte: »Dann wird's heiter! Kein Sprit, kein Einsatz. Dann hinken wir wieder zurück. Bis Spanien kommen wir immer. Dort das Boot versenkt und mit der Eisenbahn nach Hause. Und in der Heimat, in der Heimat, da gibt's ein neues Boot!«

Braunert gluckste: »Der alte Rees nach Backbord, Junge. Glaub ihm kein Wort, wir kommen nach Hause. Der will nur nach Spanien!«

»Lach nur weiter, aber ich mach das!« Berger stemmte scheinbar empört die Fäuste in die Seiten, aber sein Grinsen zeigte, dass es nicht ernst war. Auch wenn er tatsächlich über seinen Traum sprach: »Nach dem Krieg gehe ich nach Spanien und mach 'ne Werkstatt auf. Es gibt ja schon einige Deutsche da unten.« Genüsslich streckte er sich. »Stellt euch das mal vor: Sonne, Sangria und Señoritas!«

»Sonne?« Der Elektro-Willi sah ihn staunend an. »Sonne? Glaubst du, die verträgst du?«

Jens Lauer sah sich unauffällig um. Bei all dem Gefrotzel verbarg sich hinter den großen Sprüchen doch nur die Unsicherheit und die Angst. Was, wenn es nicht der gesuchte Versorger war? Wenn der vielleicht schon gar nicht mehr schwamm? Ein Versorger bedeutete auch jemand, der versorgt werden sollte, und das konnten sich ja auch die Tommies am Allerwertesten abfingern, oder nicht? Unsicher beobachtete er die umstehenden Männer. Manchmal wünschte er sich, er wäre so wie die anderen. Wie der ruhige Berger, der harte Braunert oder sogar wie Dörfler, der sich zwar immer wieder aufregte, aber an nichts wirklich zu stören schien. Sie alle konnten sogar jetzt noch grinsen. Das andere Schiff, das war ein Problem für den Alten und die Offiziere. Sie selbst konnten an dem ganzen Zustand sowieso nichts ändern, also warum aufregen?

Aber Lauer machte sich Sorgen. Er dachte zu viel, das sagte Braunert immer zu ihm. Vielleicht hatte der ja recht. Es kostete ihn etwas Anstrengung, das Grinsen der anderen zu erwidern, aber irgendwie schaffte er es, trotz der nagenden Unsicherheit.

Auch Korvettenkapitän Helmut Stülpe war beunruhigt. Nicht, dass er Brennstoffprobleme gehabt hätte, das war mit diesem Schiff und aufgrund der besonderen Situation nahezu unmöglich. Auch seine Besatzung war so gut, wie ein Kommandant es sich nur wünschen konnte. Und, nicht zu vergessen, bisher hatten sie eine Menge Glück gehabt. Dennoch war Stülpe beunruhigt, und er war es nicht ohne Grund.

Nachdenklich blickte er von der hohen Brücke herab auf das breite Vorschiff. Die Kurland, ein Trossschiff der Dithmarschen-Klasse, mochte nicht so aufregend aussehen wie ein Kriegsschiff, aber sie war auf ihre Weise eine der beeindruckendsten Einheiten der Kriegsmarine. Mit über zweiundzwanzigtausend Tonnen Verdrängung war sie größer als jeder normale Frachter, viel größer! Und mit über zwanzig Knoten Spitzengeschwindigkeit war sie schneller als jedes Geleit. In ihren Tanks ruhten beinahe achttausend Tonnen Dieselöl. Genug, um ein ganzes Geschwader U-Boote zu versorgen, oder, sollte das notwendig werden, noch ein paar Mal kreuz und quer über den Atlantik zu dampfen, denn sie konnte ohne Probleme den Brennstoff auch für sich selber nutzen. Außerdem waren in ihren Lagern Ersatzteile aller Art, Munition, und entgegen allen Ankündigungen, die U-68 erhalten hatte, sogar Torpedos.

Im Gegensatz zu ihren Schwestern hatte man während des langen Aufenthalts in Vigo das Schiff sogar mit einem Horchgerät ausgerüstet. Eine eigentlich nicht ganz unlogische Entscheidung, wenn man bedachte, dass die Kurland als Versorger für ein Langstrecken-U-Boot dienen sollte. Nur war Stülpe, wie so viele Seeleute, nicht daran gewohnt, dass es bei der Marine logisch zuging.

Die Lieferung von Wintermänteln für seine Männer war für ihn nach langer trüber Erfahrung zu einem Zeichen für einen bevorstehenden Einsatz im Südatlantik geworden. Wo sie ja nun auch waren, mitsamt Horchgerät, Brennstoff und auch den erwähnten Wintermänteln, die irgendwo in einem der Frachträume lagen.

Trotzdem sollte die Kurland nicht hier sein, aber dass sie hier war, war wiederum eine der Auswirkungen langfristiger Marinelogik. Sie war zu verletzlich, beinahe unbewaffnet und vor allem so groß und in ihrer Silhouette so unverkennbar, dass man gar nicht erst den Versuch gemacht hatte, sie als neutrales Frachtschiff zu tarnen. Ihr Heil lag darin, den Gegner früher zu sehen, als der sie sah und unauffällig zu verschwinden. Nur wie machte man das unauffällig, mit so einem Zossen unter dem Hintern?

Es gab andere Schiffe, die speziell als U-Boot-Begleitschiffe gebaut waren. Sie hatten zusätzliche Quartiere, zusätzliche

Duschen, Ausrüstung zur U-Boot-Versorgung und alles, was man sich vorstellen konnte. Nur eben nicht genügend Reichweite. Der Versuch, ein Trossschiff einzusetzen, war also nur ein Experiment, das zeigen sollte, ob man dem Mangel auf diese Art abhelfen konnte.

Wenn sich die Strategie bewährte, würden mehr U-Boote auch im Südatlantik operieren können und so die Engländer zwingen, auch hier ihre Kräfte zu verschleißen. Es ergab alles strategisch einen Sinn.

Aber nur, wenn das Trossschiff noch schwamm, und das war genau der Punkt, weswegen sich Korvettenkapitän Stülpe Sorgen machte. Denn die Kurland wurde verfolgt. Zumindest glaubte der Kommandant des Trossschiffes das. Gestern Morgen, als sie sich zum ersten Mal dem Punkt Lulu näherten, hatte ein starker Funkverkehr sie rechtzeitig gewarnt. Wer auch immer da gefunkt hatte, es musste ein großes Schiff mit einem starken Sender sein. Und das schnelle Stakkato der Morsezeichen hatte ihnen sofort verraten, dass es sich um ein Kriegsschiff handelte.

Wie die meisten Trossschiffe konnte die Kurland nicht nur Peilzeichen geben, sondern auch Funksprüche orten. Es ließ sich natürlich nicht die Entfernung feststellen, aber wenigstens die Richtung. Und wer auch immer da gefunkt hatte, er hatte gestern noch südlich von ihnen gestanden, genau da, wo sie hinwollten. Und auch wenn keiner genau sagen konnte, wie weit südlich, so konnte es bei dieser Sendestärke sicher nicht weit sein. Also hatte Stülpe sich erst einmal abgesetzt. Doch sehr weit konnte er sich nicht absetzen, wenn er das U-Boot, auf das er wartete, nicht ins offene Messer laufen lassen wollte.

Also blieb der Versorger in der Nähe von Lulu, einem jener streng geheimen Treffpunkte in den Weiten des Meeres, nicht mehr als ein winziger Punkt, den man ohnehin nur bei genauester Navigation finden konnte, und wartete. Nur, dass der unbekannte Funker auch noch in der Nähe war und ab und zu sendete, irgendwo südlich von ihnen. Der Stärke seiner Signale nach zu urteilen, war er nicht sehr weit hinter dem Horizont verborgen. Natürlich war die Position von Punkt Lulu geheim, aber was war schon geheim, wenn mehr als zwei Leute davon wussten?

Auf U-68 wusste man von alledem nichts. Die technischen Möglichkeiten des Funkschapps waren einfach nicht mit denen des großen Funkraumes an Bord der Kurland vergleichbar. Theoretisch und auf dem Papier hätten sie auch eine Chance gehabt, die englischen Funksprüche einzupeilen, aber in der Praxis sah es eher schlecht aus. Nun, in getauchtem Zustand, hatten sie gar keine Möglichkeit mehr.

Kapitänleutnant von Hassel dachte nach. Getaucht würden sie den Zossen, wer immer es auch war, bestimmt nicht einholen, dazu war er einfach zu schnell. Es gab die Möglichkeit, aufzutauchen und zu funken, aber das wollte er nach Möglichkeit vermeiden. Also musste er sich anpirschen, bereit, das unbekannte Schiff unter Wasser zu treten, falls es nicht das Trossschiff sein sollte. Zum Glück lief der andere nicht so eine hohe Fahrt, als dass sie damit ernste Probleme gehabt hätten.

Er wandte sich zum Funkraum um und öffnete den Mund … Maat Rückert saß wie erstarrt da. Nur seine Hände bewegten hektisch das Handrad des GHG. Verdutzt schloss der Kommandant den Mund wieder. Zwei Peilungen?

Im Kopf des Funkmaats rasten die Gedanken. Er hatte eine Peilung ziemlich genau vor ihnen. Vielleicht war es das Trossschiff, vielleicht auch nicht. Aber ein paar Meilen weiter und mehr an Backbord hatte er ein zweites Geräusch. Es war schwach, aber wenn er es auf diese Entfernung hören konnte, musste es ein ziemlicher Brummer sein. Noch einmal prüfte er nach, aber das Geräusch blieb, wo es war. Verdammt, verdammt, verdammt! Wenn er sich täuschte, dann verpassten sie vielleicht ihren Versorger und kamen in Schwierigkeiten.

Aber wenn er sich nicht täuschte, steckten sie bereits in Schwierigkeiten, und zwar in verdammt großen.

»Herr Kaleun! Kreuzer!« Er stieß die Meldung keuchend hervor, als sei er gerannt, und so fühlte er sich auch.

Von Hassel sah ihn an. »Unser Vordermann?«

»Nein, Herr Kaleun! T'schuldigung ...« Rückert versuchte, sich zu beruhigen. Er atmete tief durch. »Drei-Fünnef-Null! Ich bin nicht sicher, wie weit. Mindestens dreißig Meilen, wahrscheinlich mehr. Turbine und mehrere Schrauben. Aber ich kann nicht sagen, ob er allein ist!«

Im Kopf des Alten setzten sich die Peilungen zu einem Bild zusammen. Doch immer noch fehlte ihm ein winziges Stück des Puzzles. Also lauerte ein Kreuzer am Punkt Lulu. Dann konnte der andere Dampfer vor ihnen entweder ein zweites Kriegsschiff sein, das um Lulu herumpatrouillierte, oder es war das Trossschiff. Doch falls es das Trossschiff war, mussten die Burschen ziemlich blind und taub sein. Denn wenn sie den Kreuzer gesehen hätten, wären sie längst auf und davon. Oder nicht?

Oberleutnant Hentrich, der die Meldung des Funkers mitgehört hatte, starrte ihn erschrocken an. »Der läuft direkt in die Falle!«

»Zwanzig Meilen?« Von Hassel versuchte sich an etwas zu erinnern, das er irgendwann einmal in grauer Vorzeit während verschiedener Lehrgänge gelernt hatte. Schiffstypen, Artilleriekurs, Kaliber, Entfernungen, endlich hatte er es. Ein leichter Kreuzer hatte bei den Tommies normalerweise zwei Schrauben, Rückert sprach von mehreren. Also vielleicht ein schwerer Kreuzer?

Das erschien logisch, denn die Dickschiffe hatten die notwendige Reichweite, um hier draußen zu operieren, und schließlich mussten sie ja überall sein. Noch immer trieben sich deutsche Handelsschiffe überall herum und versuchten, in die Heimat durchzubrechen. Das wollten die Briten natürlich verhindern. Außerdem hatte ihnen die Admiral Spee ja bereits vorgeführt, was ein einzelnes Schiff anrichten konnte. Die Engländer hatten das Panzerschiff zwar kurz vor Weihnachten gestellt, aber noch immer warteten ihre Schwesterschiffe auf ihre Chance, und natürlich würden, nach den großen Erfolgen der deutschen Hilfskreuzer Möwe, Wolf und Seeadler im letzten Krieg, auch wieder Hilfskreuzer auslaufen. Im Grunde war klar, was passieren würde, und die Tommies wussten das genauso wie die Deutschen. Also bereiteten sie sich darauf vor! Es hatte die Logik eines Schachspiels! Kreuzer brauchten Versorger! Wenn die Briten die erwischten, dann war der Ofen aus!

»Zwanzig Meilen!« Von Hassel nahm die Mütze ab. »Ein schwerer Kreuzer kann mit seinen Zwanzig-Dreiern so etwa über zwanzig Meilen hinweg schießen!« Er überlegte fieberhaft. »Also gut, hoffen wir, dass es das Trossschiff ist! LI, auftauchen, aber klarhalten, sofort wieder im Keller zu verschwinden! IWO, Sie übernehmen die Zentrale! IIWO, Sie kommen mit nach oben. Keine Turmwache!« Er zögerte kurz. »Und, Schneider, nehmen Sie die Vartalampe mit!«

Oberleutnant Wegemann postierte sich hinter den Rudergängern. »Also! Zelle zwo und vier anblasen! Vorne unten zehn, hinten unten fünf!« Er wartete die gemurmelten Bestätigungen ab. Zögernd richtete sich der Bug auf, und U-68 begann, der Oberfläche entgegenzugleiten.

Korvettenkapitän Stülpe biss sich auf die Unterlippe. Irgendwo vor ihnen wurde gefunkt! Das war nicht Neues. Es zeigte nur, dass sich dort immer noch das Kriegsschiff herumtrieb. Also wurde es Zeit, hier zu verschwinden. Das U-Boot musste eben sehen, wo es blieb. Es herrschte Krieg, und in erster Linie war er für sein Schiff und dessen Besatzung verantwortlich.

Er blickte sich um. Der Himmel war immer noch strahlend blau. Kein Wölkchen trübte den Frühling etwa vierhundert Seemeilen westlich von Freetown. Auch die englischen Wetterberichte enthielten keine Warnungen vor aufkommenden Stürmen. Nichts, aber auch gar nichts deutete auf schlechtes Wetter hin, in dem er sich noch für eine Weile hier verstecken konnte.

Die anderen Männer auf der Brücke gingen still und leise ihren Aufgaben nach. Trotzdem konnte er ihre Anspannung fühlen. Wahrscheinlich dachten die meisten von ihnen, er riskiere zu viel. Unsicherheit wollte ihn übermannen. Hatten die Narren es noch nicht begriffen? Es würde schwer werden, wieder in die Heimat durchzubrechen, ob mit oder ohne U-Boot. So gesehen waren sie längst abgeschrieben!

Stülpe kam zu einer Entscheidung: »NO! Wir gehen auf Westkurs und setzen uns weiter in den Atlantik ab.«

Der NO, der Navigationsoffizier, der gerade Brückenwache ging, nickte verständnisvoll. Eine Kursänderung um nur knappe neunzig Grad, aber sie bedeutete, sie würden nicht mehr auf das U-Boot warten. Mit fester Stimme wies er den Rudergänger an: »Steuerbord zehn!« Seine Augen hingen an der tickenden Kompasstochter, deren Windrose sich zu drehen begann. Hinter ihm spähte sein Kommandant immer noch nach Süden.

Korvettenkapitän Stülpe sah nur die freie See, aber es war nicht schwer, sich den wartenden Kreuzer hinter dem Horizont vorzustellen, die hohen Gefechtstürme, den vergleichsweise niedrigen Rumpf und die schweren gepanzerten Geschütztürme, die wie kauernde Tiere auf Vor- und Achterdeck darauf warteten, dass sich ein Opfer in ihre Reichweite verirrte. Zwanzig Meilen bis zum Treffpunkt, das war das Äußerste, was er riskieren konnte. Stülpe wusste, dass er richtig handelte. Aber das Einzige, was er spürte, während er auf die leere See starrte, war ein schlechtes Gewissen.

»Turm kommt frei!« Die Stimme des LI klang ausdruckslos, als er seine Meldung machte. Von Hassel, der bereits bis zum Luk emporgeklettert war, begann, das große Handrad zu lösen. Er spürte, wie der entweichende Überdruck aus dem Bootsinneren ihn nach oben pressen wollte. Ein Schwall lauwarmen Wassers begrüßte ihn, als er den Deckel anhob und in den Turm schlüpfte. Suchend spähte er umher. Er musste nicht lange suchen. Rund zehn Meilen vor ihnen stand die dünne Rauchfahne am Himmel. Er hob das Fernglas. Sie waren näher, als er gedacht hatte. Mit dem Fernglas vermochte er bereits eine dunkle eckige Form auszumachen. Es musste die Brücke sein, während der Rest des Rumpfes noch hinter dem Horizont verborgen lag. Der Alte spürte die Erleichterung. Was auch immer dieses Schiff war, ein britischer Kreuzer war es nicht!

Leutnant Schneider trat neben ihn. »Was nun, Herr Kaleun? Soll ich ihn anrufen?«

»Versuchen Sie es, Leutnant!« Von Hassels Stimme klang nachdenklich. »Ich bezweifle nur, dass er unsere schwache Lampe bei dem Sonnenschein auf diese Entfernung überhaupt sehen kann. Aber Versuch macht ja kluch!« Er grinste.

Des Oberleutnants Stimme klang aus dem Sprachrohr: »Von GHG: Schiff dreht nach Steuerbord und erhöht Fahrt!«

Für einen Augenblick herrschte verblüfftes Schweigen. Dann beugte sich der Alte über das Sprachrohr: »Verstanden, Oberleutnant! Bringen Sie uns auf Parallelkurs und dann AK! Nur zu Ihrer Beruhigung, IWO, von hier oben sieht er ziemlich nach unserem Versorger aus. Ich denke, er hat endlich den wartenden Kreuzer mitbekommen. Nun setzt er sich ab, und wir müssen hinterherdackeln.«

»Verdammte Scheiße ... Verzeihung, Herr Kaleun!«

Von Hassel erwiderte resigniert: »Wenn Sie es sagen, Herr Oberleutnant? Also los, bevor er endgültig abhaut. Ich möchte nicht funken, wenn die Tommies hier rumhängen!«

Unten im Boot lauschte Funkmaat Rückert ins GHG und bekam nichts mit von der Unterhaltung, über die er sich sonst gewundert hätte. Schließlich war er sich sehr sicher, dass der

Kommandant nicht die geringste Vorstellung von den Gefahren übermäßigen Funkens hatte. Doch wie gesagt, er konzentrierte sich auf andere Dinge. Das Schiff vor ihnen drehte hart nach Steuerbord ab, während die Maschinen lauter wurden. Er hörte das höhere Geräusch der Turbinen deutlich über dem schneller werdenden Mahlen der Schrauben. Das andere Schiff kam beeindruckend schnell in Fahrt.

Minuten verstrichen. Leutnant Schneider versuchte immer wieder, das andere Schiff mit der Vartalampe anzurufen, aber über mehr als zehn Meilen hinweg bei hellstem Tageslicht war es mehr als unwahrscheinlich, dass jemand auf der hohen Brücke des Trossschiffes das winzige Licht sehen würde. Resigniert ließ er die Lampe sinken: »Die müssen Tomaten auf den Augen haben, Herr Kaleun!«

Von Hassel blickte kurz auf das lange Vorschiff. Der Seegang war niedrig, und das Boot ging mehr durch die Dünung als hinüber. Er spürte den Fahrtwind in seinem Gesicht. Sie mussten bereits ihre volle Fahrt erreicht haben. Auch ohne hinzusehen wusste er, dass sie eine breite Schleppe aus Kielwasser hinter sich herzogen. Es würde noch mindestens acht Stunden bis zur Dämmerung dauern. Acht Stunden! Soviel konnte er bei AK noch gerade riskieren. Wegemann würde, wie jeder gute Leitende, immer noch ein bisschen Brennstoff in Reserve haben. Aber AK schaffte was weg, ohne Frage!

Langsam wandte er sich zu seinem IIWO: »Ich fürchte, er kann bei AK schneller laufen als wir. Er gibt Fersengeld. Ich frage mich nur, wie energisch er das tun wird!«

»Wir bleiben dran?«

Von Hassel nickte. »Solange wir können!« Er dachte einen Augenblick nach: »Wenn es ganz schlimm kommt, können wir immer noch versuchen, uns Brennstoff bei den Tommies zu holen.«

Leutnant Schneider riss die Augen auf. »Krieg nach Prisenordnung?«

»Nun ja, ...«, von Hassel grinste etwas gequält, » ... prinzipiell genau das, was wir tun sollen, nicht wahr?«

Er beugte sich zum Sprachrohr. »An GHG: Frage, wie schnell ist der Bursche jetzt?«

Es dauerte einen Augenblick, bis Oberleutnant Hentrichs Stimme blechern aus dem Rohr klang: »Achtzehn Knoten jetzt, Herr Kaleun! Sieht so aus, als wolle er es dabei bewenden lassen.«

Achtzehn Knoten! Von Hassel schob sich die Mütze etwas weiter auf den Hinterkopf und sandte einen säuerlichen Blick in Richtung der fernen Dampferfahne. »Na, nun reicht's aber wirklich!«

Auch Leutnant Schneider machte kein besonders glückliches Gesicht.

Auf dem Papier konnte das U-Boot minimal höhere Fahrt laufen, aber in der Praxis verwischte sich das. Achtzehn Knoten bedeutete, sie konnten mit äußerster Kraft gerade noch dranbleiben, aber auf keinen Fall aufholen. Also lag nun alles beim Kommandanten des Trossschiffes. Bis der etwas anderes entschied, würden sie mit voller Kraft und parallel zu ihm durch den Atlantik rauschen und diese verdammte weiße Schleppe hinter sich herziehen.

Die seltsame Verfolgungsjagd zog sich über Stunden hin. Nach und nach verschwand der britische Kreuzer aus dem Horchgerät des U-Bootes. Korvettenkapitän Stülpe, der verständlicherweise keine Ahnung davon hatte, dass U-68 in etwa zehn Meilen Entfernung an seiner Steuerbordseite mitlief, gab nicht nur Fersengeld. Er hatte die Absicht, sich bis zum Einbruch der Nacht mit hoher Fahrt abzusetzen und dann zu funken. Nach acht Stunden sollten rund einhundertvierzig Seemeilen zwischen ihm und dem Treffpunkt liegen, an dem der Kreuzer lauerte. Selbst ein Kreuzer würde dann mehr als vier Stunden brauchen, um aufzuholen, und bis dahin wollte Stülpe seine Kurland bereits auf neuem Kurs in

Sicherheit bringen. Es war ein kalkuliertes Risiko. Doch der Kommandant des Trossschiffes hatte ein Detail übersehen.

Auf U-68 wurde wieder normale Turmwache gegangen. Um sechs Uhr abends löste die Backbordwache unter dem IIWO die Mittelwache des Steuermannes ab. Der Kommandant war den ganzen Tag oben geblieben und hatte sich nur belegte Brote auf den Turm bringen lassen. Äußerlich gelassen beobachtete er die Vorkommnisse. Die Männer waren fasziniert, denn während sie selbst vor Spannung beinahe platzten, blieb der Alte kühl wie ein Zofenkuss, wie es der Seemann Braunert so treffend ausdrückte.

Doch auch von Hassel war angespannt. Immer wieder, wenn er sich unbeobachtet glaubte, glitt sein Blick in den Südosten, dorthin, wo er den Kreuzer vermutete. Er zeigte es nicht, aber er befürchtete das Schlimmste. Und je näher sie an den Wachwechsel kamen, desto schwerer fiel es ihm, seine Unruhe zu verbergen.

Während die Männer der abgelösten Wache im Turmluk verschwanden, kalkulierte er alles wohl zum tausendsten Mal an diesem Tag durch – den blauen, wolkenlosen Himmel, die Tatsache, dass es noch mindestens zwei Stunden dauern würde, bis die Dämmerung einsetzte und das breite weiße Kielwasser. Als Dörfler, der Ausguck nach Backbord achteraus, zum Himmel deutete und rief: »Flugzeug! Fünfzehn Dez an Steuerbord!«, war das für von Hassel beinahe eine Erleichterung. Zumindest lagen die Karten jetzt auf dem Tisch.

Leutnant Schneider fuhr herum und hob das Fernglas. Das Flugzeug war noch weit entfernt, aber es war ein ziemlicher Brummer. Ein Flugboot! Eine Walrus! »Verdammter Mist!«

»Beruhigen Sie sich, Leutnant! Damit haben wir rechnen müssen!« Von Hassels Stimme klang unbewegt. Mit ruhiger Miene beobachtete er das große Amphibienflugzeug. Er kannte die Gefahr. Eine einzige Bombe konnte reichen, um sein Boot zu vernichten, oder zumindest, um es tauchunklar zu machen, was im Prinzip aufs Gleiche hinauslief. Denn sein Boot war viel empfindlicher als der dicke Brocken an ihrer Backbordseite.

Das Flugboot kreiste scheinbar unentschlossen weit an Backbord, aber der Alte wusste, dass der Eindruck täuschte. In Wirklichkeit würde der Funker nun die Meldung an den Kreuzer absetzen. Deutscher Versorger in Planquadrat sowieso. Das große Kriegsschiff würde mit voller Fahrt auf einen Abfangkurs gehen. Die Kurland hatte nur noch die Hoffnung, dass dem Flugboot der Treibstoff knapp wurde oder dass die Nacht kam. Nur war beides eher unwahrscheinlich. Das Flugboot konnte einen ganzen Tag dort oben herumhängen; die Stunden, bis der Kreuzer aufschließen konnte, waren kein Problem. Und selbst wenn die Dämmerung bald käme, so würde es doch nicht dunkel genug werden, um dem Spion am Himmel zu entkommen. Die Kurland war geliefert! Von Hassel spürte die Verzweiflung in sich aufsteigen. Nicht, dass es nicht auch andere Möglichkeiten für ihn gegeben hätte, an Brennstoff zu kommen. Es musste näher an der Küste Dutzende von Einzelfahrern geben, aus denen er sich versorgen konnte. Es war ein Risiko, aber es war möglich.

Nein, die Sorge des Kommandanten galt dem Versorgungsschiff und seiner Besatzung. Beinahe wünschte er sich, der andere Kommandant würde aufgeben, sein Schiff versenken und seine Besatzung vom Kreuzer retten lassen. Aber er wusste, das würde nicht geschehen. Die Kurland lief unter Marineflagge. Auch wenn von Hassel Korvettenkapitän Stülpe nie begegnet war, so kannte er doch die Traditionen der Marine. Er war ein Teil dieser Traditionen, genau wie sie ein Teil von ihm waren. Und genau wie die Engländer würden sich auch die Deutschen an diese Spielregeln halten, so wahnsinnig sie auch einem Landbewohner erscheinen mussten. Nur – U-68 war in die Rolle eines Zuschauers verbannt, es sei denn …

Von Hassel sah in das verblüffte Gesicht des IIWO und wusste, dass er grinste. Es war eine Art Wahnsinn, aber es war eben Krieg. Langsam nickte er. »Die Abendpatrouille! Der Bursche starrt wie ein hypnotisiertes Karnickel auf das Trossschiff und pfeift sein Mutterschiff herbei. Uns sieht er gar nicht!«

Rudi Schneider fragte: »Aber was ist mit der Kurland?«

Der Kommandant warf einen Blick nach Süden, wo die helle Rauchfahne am Horizont stand. »Die Kurland? Sie wird auf diesem Kurs weiterlaufen, eventuell weiter nach Norden auf uns zu drehen. Das bringt ihr den größten Abstand, auch wenn es das Unvermeidliche nur hinauszögert.«

Er wusste, dass jeder der Männer auf dem Turm die Ohren spitzte, und es kostete ihn Mühe, ruhig weiterzusprechen. »Ich hoffe jedenfalls, dass sie weiter nach Norden dreht. Dadurch kommen wir näher ran.« Seine Stimme wurde härter: »Wir wissen, aus welcher Gegend der Kreuzer kommt, und wir können uns ausrechnen, was er tun wird. Ich glaube nicht, dass die Kurland einfach die Flagge streicht oder sich selbst versenkt. Nicht, nachdem die Rawalpindi sich Scharnhorst und Gneisenau gestellt hat! Sie werden kämpfen, auch wenn es aussichtslos ist. Aber das gibt uns die Chance, vielleicht den Kreuzer vor die Rohre zu bekommen.«

»Sie wollen ...«, Rudi Schneider brach ab. Er schüttelte den Kopf. »Also der Kreuzer! Ich hätte es mir denken können. Glauben Sie, er hat eine U-Boot-Sicherung? So weit draußen, wie er operiert?«

Von Hassel grinste bösartig. »Sehen Sie, Leutnant! Auch die Engländer sind nicht perfekt! Also los! Bis wir den Kreuzer in Sicht bekommen, will ich, dass jeder gegessen hat und das Boot so gefechtsklar ist wie nur irgend möglich. Heute ist definitiv der falsche Tag, um es zu verbocken!«

Leutnant Schneider schluckte trocken und salutierte zur Überraschung seiner Männer: »Zu Befehl! Wir bleiben vorerst auf diesem Kurs?«

»Vorerst! Ich gehe runter und knoble mir das mal mit dem Steuermann zusammen aus!«

Verzweifelt beobachtete der Erste den winzigen Splitter am Himmel. Dann und wann schien das Flugzeug rötlich aufzublitzen, aber es war nur die sinkende Sonne, die sich auf der Aluminiumhülle spiegelte.

»Hoffentlich geht dem Sack der Sprit aus, ohne dass er es merkt!« Korvettenkapitän Stülpe trat neben seinen Ersten in die Brückennock. Die beiden Männer waren allein. Auf der Brücke ging nur eine reduzierte Wache. Stülpe hatte so vielen Männern wie möglich befohlen, zu schlafen. Bis auf das Maschinenpersonal waren die meisten Männer wachfrei. Aber natürlich schliefen nur die wenigsten, und das waren die ganz harten Fatalisten.

Die Vorratslasten waren geöffnet worden. Jeder der Männer konnte sich bedienen. Wenn hier schon alles absaufen sollte, dann war es besser, vorher wenigstens noch das gute Dosenobst zu essen. Jeder wusste, was geschehen würde. Die Männer hatten Angst, aber noch hielten Disziplin und Tradition sie zusammen. Sie wussten, ihr Kommandant würde das Schiff nicht kampflos selbst versenken, auch wenn die schweren Ladungen tief unten im Rumpf bereits klargemacht worden waren. Was auch immer geschah, zumindest würde die Kurland den Tommies nicht in die Hände fallen. Doch überall in den Gängen und Ecken standen die Männer. Manche sprachen leise miteinander, andere starrten nur ins Leere und grübelten über ihr Leben nach, über Dinge, die sie hätten tun oder nicht hätten tun sollen, über die Entscheidungen, die sie letzten Endes hierher an diesen Ort gebracht hatten. Sie warteten auf das unvermeidliche Ende, weil sie nichts anderes tun konnten, als zu warten. Und nicht wenige beteten, sie würden nicht die Nerven verlieren, bevor alles vorüber war.

Oben auf der Brücke blickten sich die beiden Offiziere

kurz an. Dann sagte der Erste Offizier: »So viel Glück werden wir wohl kaum haben, Herr Kap'tän! Was meinen Sie, Kurswechsel etwas mehr nach Norden? Zumindest macht das die Jagd interessanter.«

Stülpe zuckte mit den Achseln. »Von mir aus? Es macht sowieso keinen Unterschied.«

Der Erste senkte die Stimme: »Sie wissen, dass wir nicht kämpfen müssen! Wir müssen niemanden aufhalten und für niemanden Zeit gewinnen, Herr Kap'tän.«

»Sie meinen, das Schiff bei Insichtkommen des Feindes zu versenken und uns von den Tommies fischen zu lassen?«

Der Kaleun sah ihn ratlos an. »Ich weiß, ... aber andererseits ...«

»Wissen Sie, was alle Welt sagen wird? Sie werden sagen, dass wir versteckt mit unseren U-Booten hilflose Handelsschiffe angreifen können, aber wenn's hart auf hart kommt, den Schwanz einziehen.« Er atmete tief durch, um sich wieder zu beruhigen. »Nachdem die Spee sich auf allerhöchsten Befehl selbst versenkt hat, zerreißt sich die britische Propaganda ohnehin das Maul. Manchmal kommt es nicht nur darauf an, ob man gewinnt oder verliert. Auch das Wie ist entscheidend.«

Betreten sah der Erste ihn an, aber der Kommandant blickte hinaus auf die leere See, dorthin, von wo der Kreuzer kommen würde. Gnadenlos lief die Zeit ab. Mehr wie zu sich selbst meinte Stülpe: »Wir haben uns das nicht ausgesucht, wir müssen nun das Beste daraus machen. Vielleicht kommt der Tag, an dem die Achtung unserer Feinde das Einzige ist, was uns bleibt.«

Der Erste blickte in die gleiche Richtung wie sein Kommandant. Es war einfach, sich das große Kriegsschiff vorzustellen, das dort hinter dem Horizont heranpreschte. Noch war keine Rauchfahne zu sehen, und trotzdem erschien es dem Offizier so, als könne er es sehen. Das Heck tief im Wasser, alle Rohre auf größte Erhöhung gerichtet, um auf die maximale Entfernung das Feuer eröffnen zu können. Eine Kampfmaschine, ganz anders als ihre Kurland, die mehr oder weniger einem Frachter glich. Aber auch andere Schiffe, die nie für den Krieg gebaut worden waren, hatten bereits kämpfen müssen. Erst vor einigen Monaten, im November, hatte sich der britische Hilfskreuzer Rawalpindi, ein umgerüstetes Passagierschiff, im Schneetreiben der Dänemarkstraße Schuss um Schuss brennend und artilleristisch unterlegen mit den Schlachtkreuzern Scharnhorst und Gneisenau gemessen. Doch was in der Propaganda als Erfolg gefeiert wurde, hatte in der Marine nur die Achtung vor dem Gegner gesteigert. Nun war die Reihe an den Deutschen …

Seetag 22 – Bei Sonnenuntergang

Kurz vor Sonnenuntergang meldete der Posten backbord achteraus die Rauchsäule. Bereits Minuten später stiegen zuerst ein Mast, dann eine kleine, eigentümlich runde Brücke über den Horizont.

Etwas enttäuscht ließ Rudi Schneider sein Glas sinken. »Das sieht aber nicht nach viel aus, Herr Kaleun! Ich hoffe, das ist kein Zerstörer!«

Von Hassel antwortete nicht sofort. Ruhig hielt er das Glas auf das ferne Schiff gerichtet. Im Westen, also vor ihrem Bug, versank die Sonne in einem feurigen Schauspiel in der See und färbte alles rötlich, als glühten unter der Wasseroberfläche Vulkane. Im Osten hingegen dunkelte es bereits, und es war schwierig, Details zu erkennen.

»Na, dann schauen Sie mal zu, wie Ihr Zerstörer wächst, Herr Leutnant!« Ein grimmiger Unterton hatte sich in von Hassels Stimme geschlichen.

Rudi Schneider hob sein Glas erneut und richtete es auf den Tommy.

Verblüfft schluckte er. Was er für eine Kommandobrücke gehalten hatte, erwies sich nun als Artillerieleitstand. Darunter türmte sich Brücke über Brücke.

Der Rumpf war noch hinter dem Horizont verborgen, aber die dunklen Rauchfahnen aus mehreren Schornsteinen zeigten an, dass die Maschinen mit Höchstlast liefen. Aber das war keine Neuigkeit. Der Funkmaat hatte das schon vor einer Stunde gemeldet, als die rasenden Schrauben wieder in die Reichweite des Horchgerätes gerieten. Dieses Mal war es deutlicher. Turbinenantrieb und nicht zwei, sondern sogar vier Schrauben.

Unwillkürlich zog Rudi Schneider den Kopf ein, als die ersten Geschützrohre sichtbar wurden, nicht mehr als dunklere Schatten und eckige Konturen dahinter. Mehr war auf diese Entfernung und unter diesen Sichtverhältnissen nicht auszumachen, aber es gehörte auch nicht viel Fantasie dazu, sich die schweren gepanzerten Türme vorzustellen. Der Leutnant schluckte. »Drei Schornsteine?«

Der Kommandant nickte kurz. »Sieht so aus. Schwerer Kreuzer! London-Klasse oder Kent-Klasse.« Er beugte sich vor zum Sprachrohr: »Zentrale? Oberleutnant Hentrich, schicken Sie mal jemanden in mein Kabuff. Über dem Schreibtisch steht ein Vorkriegs-Jane's. Wir haben hier einen schweren britischen Kreuzer. Drei-Schornstein-Typ. Die sehen alle so ähnlich aus. Was gibt es Wissenswertes über die Burschen?«

Es gab etwas Unruhe. Gelassen wartete von Hassel ab. Die Engländer waren hinter dem Trossschiff her. Sie ahnten wahrscheinlich gar nichts von dem U-Boot. Und noch war die Zeit nicht gekommen, die Karten aufzudecken. Sie würden ohnehin nur dann eine Chance bekommen, wenn die Kurland endlich weiter nach Norden drehte.

»Morsezeichen vom Flugzeug!« Einer der Ausgucks deutete aufgeregt zu der immer noch kreisenden Walrus.

Rudi Schneider begann mitzulesen: »Stoppen Sie zur Untersuchung!«

Von Hassel richtete sein Glas auf das ferne Trossschiff, aber er konnte keine Reaktion erkennen. Oder doch? Er war sich nicht sicher, aber es schien ihm, als verkürze sich der lange Rumpf.

Die Kurland änderte den Kurs!

Die Stimme von Oberleutnant Hentrich hallte aus dem Sprachrohr: »Hier haben wir es. Achtmal Zwanzig-Drei-Zentimeter, sechzehnmal Zehn-Zwo-Zentimeter. Geschwindigkeit etwa zweiunddreißig Knoten. Zwei Flugzeuge.« Deutlich hörbar klappte er das Buch zu. Es gab dazu nichts mehr zu sagen. Ein Schlachtkreuzer en miniature war dabei, sich auf die Kurland mit ihren drei müden Fünfzehn-Zentimeter-Geschützen zu stürzen.

Wieder blitzten Morsezeichen am schnell dunkler werdenden Himmel auf. Rudi Schneider las laut mit: »Stoppen Sie sofort, wiederhole, sofort!« Er wandte sich zum Kommandanten: »Dieses Mal meint er es ernst!«

»Sieht so aus!« Der Alte dachte nach. »GHG: Was macht die Kurland?«

Die Antwort kam prompt: »Die Kurland dreht auf uns zu! Warten Sie, Herr Kaleun ...« Wieder hörte er einen kurzen Wortwechsel aus dem Sprachrohr, dann meldete sich der IWO: »Sie funkt. RRRR, Raider-Raider-Raider-Raider, TS Adelaide, werde angegriffen auf Position ...«

»Schick! Ich glaube nicht, dass sie den Tommy damit bluffen können, aber immerhin kostet es ihn etwas Zeit, bis er den falschen Namen überprüft hat!« Von Hassel kratzte sich im Bart: »Also gut, es wird Zeit, unseren Sold zu verdienen. Halbe Fahrt! Wir drehen auf Eins-Zwo-Null Grad. Alle Mann auf Gefechtsstation!«

Mit halbem Ohr lauschte er der Bestätigung von unten. Langsam begann sich das Boot zu drehen, während es gleichzeitig langsamer wurde. Mehr und mehr wanderte der ferne Kreuzer nach links, bis er nur noch eine Winzigkeit links vom Netzabweiser auf dem Horizont zu balancieren schien. Eine optische Täuschung, aber sie machte Rudi Schneider klar, was der Alte vorhatte. Wie von unsichtbaren Fäden gezogen, näherten sich der Kreuzer und U-68 einem Punkt, an dem der Kreuzer vorbeikommen würde, wenn er weiter der Kurland folgte.

Von Hassel schien die Gedanken seines IIWO zu ahnen. Er grinste freudlos. »Wissen Sie, das Problem bei diesem Spiel ist, dass keiner so genau weiß, wer Jäger und wer Gejagter ist, finden Sie nicht auch?« Er wurde ernst. »Wir haben eine Chance. Wenn wir es verbocken, dann ist das Trossschiff geliefert. Uns kann der Kreuzer nicht viel anhaben, wenn wir erst einmal unter Wasser sind.«

Rudi Schneider blickte zum Himmel. Wieder blitzten Morsezeichen auf, die er laut mitlas: »Stoppen Sie sofort, oder Sie werden beschossen!«

Von Hassel nickte, und für einen kurzen Augenblick zeigte sein Gesicht seine Verzweiflung. »Sieht so aus, als ob der Bart ab sei!«

Wieder verstrich eine Minute. Dann plötzlich ertönte ein tiefes Grollen, und der Kreuzer schien sich in eine Qualmwolke zu hüllen, aus der zwei grelle Feuerzungen hervorstachen. Heulend flogen die Granaten durch den Abendhimmel. Die Sonne war untergegangen, aber noch herrschte keine Dunkelheit. Anscheinend wollte der britische Kommandant nicht riskieren, dass ihm seine Beute im Schutz der nahenden Nacht doch noch entkam.

Von Hassel richtete sein Glas auf das Trossschiff, das nun, nach den verschiedenen Kursänderungen, als dunkle Silhouette an Backbord voraus stand. Er fühlte beinahe körperlichen Schmerz, als er die beiden hohen Wassersäulen sah, die dicht hinter dem Schiff aus dem Wasser sprangen. Vom Turm des U-Bootes aus erschienen sie sogar höher als die eckige Brücke des Trossschiffes. So dicht, wie die Schüsse lagen, mussten die achteren Aufbauten eine Menge Splitter geschluckt haben.

Unwillkürlich unterdrückte er den Schauder. Niemand achtete auf das U-Boot. Selbst das Flugzeug würde sie kaum noch entdecken, vor allem jetzt nicht, nachdem sie halbe Fahrt liefen und nicht mehr eine breite weiße Spur aus Schraubenwasser hinter sich herzogen. Und erst recht nicht, wenn es noch etwas dunkler würde. Und bei den Tommies waren alle Augen auf die Kurland gerichtet. Die Engländer wollten ihre Beute packen!

Der kurze Moment der Unsicherheit war vorüber. Er beugte sich über das Sprachrohr. »Für das KTB: Kreuzer eröffnet Feuer um 19:25 auf maximale Entfernung!« Er war wieder der Alte.

Der säuerliche Korditgeruch wehte bis zur Brücke der Kurland, als die Wassersäulen hinter dem Schiff in die Höhe fuhren. Korvettenkapitän Stülpe schnüffelte. Das war nahe gewesen. Die Tommies schossen gut!

Er fuhr herum, als ein Telefon schrillte. Der Brückenmaat hob ab und lauschte hinein, dann hielt er seinem Kommandanten den Hörer hin. »Der Erste Offizier aus der Schiffssicherungszentrale!«

Stülpe nickte und nahm den Hörer. »Kommandant!«

»Wir haben ein paar Splitter im Achterschiff, aber nichts Ernstes! Ich will die Männer trotzdem etwas nach vorne verlegen!«

Stülpe unterdrückte ein Seufzen. »Eine gute Idee, tun Sie das!« Er wusste, was sein Erster vorhatte. Überall im Schiff standen seine Männer in kleinen Gruppen, Stahlhelme, Werkzeugkästen und Tragen griffbereit. Alle warteten auf den ersten Treffer. Sie würden versuchen, das Schiff notfalls mit bloßen Händen zusammenzuhalten, Brände einzudämmen und Schotten abzustützen. Aber es bestand keine Notwendigkeit, die Gruppen in dem besonders gefährdeten Heckbereich zu lassen; sie konnten immer wieder dorthin vorstoßen, sollte der Kreuzer einen Treffer landen. Zornig blickte er nach achtern. Er tat alles, was er konnte. Nun waren die Engländer am Zug.

Wieder schrillte das Telefon, und erneut hielt der Brückenmaat ihm den Hörer entgegen: »Der Zweite Offizier, Herr Kap'tein!«

Die Kurland hatte keinen eigenen Artillerieoffizier, schließlich war sie nicht für Gefechte gebaut worden. Bei drei müden Fünfzehnern hatte man das wohl für übertrieben gehalten, und so hatte der Zweite diese Aufgabe mit übernommen. Er hielt den Hörer ans Ohr. »Kommandant?«

»Gegner ist auf zweihundert-hundert heran! Frage: Feuererlaubnis?« Die Stimme des jungen Oberleutnants klang überraschend ruhig und sachlich. Tatsächlich war es nicht schwer, sich den Mann hinter dem großen E-Messgerät vorzustellen. Zweihundert-hundert? Das waren nur noch etwas mehr als zehn Meilen!

Stülpe blickte aus der Brückennock nach achtern. Tatsächlich! Der Kreuzer schien mit rasender Geschwindigkeit näher zu kommen.

Dann konzentrierte er sich wieder auf den Zweiten. »Das ist maximale Reichweite, aber Munition haben wir ja genug! Tun Sie Ihr Schlimmstes, Oberleutnant!«

Der Mann am Telefon lachte leise. »Sie können sich auf mich verlassen, Herr Kapitän. Billig bekommen die uns nicht!« Der Zwote senkte die Stimme: »Und falls wir uns nicht mehr sehen, Herr Kap'tän ... es war mir eine Ehre, unter Ihnen zu dienen!«

Stülpe fuhr es kalt den Rücken herunter. Der Oberleutnant fühlte es, wie er es selbst auch fühlte! Er riss sich zusammen. »Danke, Oberleutnant! Dann brennen Sie ihm mal eins auf den Pelz! Ich drehe etwas nach Backbord, damit Sie wenigstens zwei Geschütze zum Tragen bringen können!« Er hängte den Hörer ein. Es hatte begonnen. Als er sich umwandte, war sein Gesicht wieder ausdruckslos. »Backbord fünfzehn!«

Kapitänleutnant von Hassel fuhr herum, als einer der Männer ausrief: »Die Kurland ändert Kurs!«

Tatsächlich verkürzte sich die Silhouette des Trossschiffes! Verblüfft beobachtete er das Manöver durch sein Glas. Der Abstand war doch noch viel zu groß! Aber aus den dunklen Aufbauten schossen zwei lange Flammenzungen hervor, und Qualmwolken hüllten die Aufbauten ein.

Augenblicke später sprangen zwei Wassersäulen weit vor dem heranstürmenden Kreuzer in die Höhe. Zu kurz, viel zu kurz! Der Alte stöhnte innerlich auf. Dann beugte er sich über das Sprachrohr. »Für das KTB: Kurland erwidert das Feuer! Frage an den Steuermann und das GHG, wie lange noch bis zum Tauchpunkt?«

Oberleutnant Hentrich antwortete nahezu sofort: »Noch fünf Minuten bis zum Tauchpunkt! Wir müssen sehen, dass wir möglichst nahe herankommen, Herr Kaleun!«

»Das weiß ich selbst, Herr Oberleutnant!« Von Hassel sah sich um. Sie mussten so lange wie möglich über Wasser bleiben. Unter Wasser würden sie nicht schnell genug sein, um sich an den Kreuzer anzupirschen. Andererseits mussten sie unter Wasser sein, bevor der Kreuzer sie ausmachte. Er mochte sich gar nicht vorstellen, wie es aussehen würde, wenn diese schweren Koffer rund um sein Boot herum einschlugen! Er beruhigte sich etwas. »Schon gut, IWO! Sagen Sie mir Bescheid!«

Die nächsten Schüsse fielen beinahe gleichzeitig. Das war an sich nicht verwunderlich, denn die schweren Zwanzig-Drei-Zentimeter-Geschütze des Kreuzers wurden nicht von Hand, sondern maschinell nachgeladen. Drei Salven pro Minute galten unter Artilleristen bereits als erstaunlich schnell und zeugten von einer gut eingespielten Besatzung.

Die kleineren Geschütze des Trossschiffes hatten bei weitem nicht die gleiche Reichweite oder auch nur annähernd die gleiche Trefferwirkung. Aber sie wurden von Hand nachgeladen. Natürlich bestand immer die Gefahr, dass die schweren Verschlussstücke einem unvorsichtigen Kanonier eine Hand abquetschten, aber unter diesen Umständen achtete keiner mehr auf übertriebene Sicherheitsmaßnahmen. Die verzweifelten Männer luden, so schnell es ging! Aber es gab keine zentrale Abfeuerung auf der Kurland. Alle Schusswerte mussten über das Telefon vom IIWO durchgesagt und die Kanonen von Hand gerichtet werden. Sie hatten das oft geübt, aber trotzdem senkte dieses umständliche Verfahren die Feuergeschwindigkeit.

Während das dritte Geschütz nutzlos nach Backbord zeigte, feuerten die beiden anderen Geschütze beinahe gleichzeitig. Auch der Kreuzer hüllte sich wieder in eine Rauchwolke. Deutlich waren vier Flammenzungen gegen den dunkleren Osthimmel erkennbar. Beide Türme auf dem Vorschiff feuerten gleichzeitig. Aber als die Wassersäulen um das Schiff herum aufsprangen, achtete keiner auf sie. Laden – feuern – wieder laden, das war alles, was interessierte! Splitter schlugen klirrend gegen die Aufbauten, aber wie durch ein Wunder wurde niemand verletzt.

Auf dem Peildeck spähte der IIWO der Kurland durch die Optik des Entfernungsmessers. Kein Treffer, aber beide Einschläge lagen nahe beim Bug des Kreuzers! Das würde dem Burschen zu denken geben!

Daniel Berger wischte sich die Hände an einem Stück Putzwolle ab. Nicht, dass sie dadurch sauberer wurden, aber wenigstens hatten seine Hände etwas zu tun. Hier unten im Boot hörten sich die Einschläge der Granaten in die See viel lauter an, so wie Schmiedehämmer. Er konnte nicht sagen, ob die Tommies bereits auf U-68 schossen, aber für ihn hörten sich die hallenden Schläge unangenehm nahe an.

Er wechselte einen Blick mit Obermaat Peters, der ebenfalls Wache im Motorenraum hatte. Es war beinahe unerträglich heiß in dem engen Dieselmaschinenraum, aber das war im Moment ihre geringste Sorge. Mit Argusaugen überwachten sie die Instrumente und lauschten.

Überall im Boot saßen oder standen die Männer und starrten auf die gerundete Bordwand. Jeder Einschlag war so deutlich zu hören, als gelte er dem U-Boot, das nach wie vor mit halber Kraft an der Oberfläche versuchte, in den Kurs des Kreuzers zu gelangen. Jedem war klar, das selbst ein Nahtreffer aus den mächtigen Rohren des Tommykreuzers reichen würde, ihr Boot tauchunklar zu machen, und dann waren sie geliefert.

Männer, die etwas zu tun hatten, waren besser dran. Ob es der Steuermann Franke war, der jede Bewegung der Schiffe und jeden Befehl für das KTB protokollierte und gleichzeitig auf die Zeit bis zum Tauchpunkt achtete, oder die Maschinisten, die ihre Maschinen zu überwachen hatten, sie waren die Glücklichen.

Andere, wie die Funker, hatten schon einmal unauffällig alles vorbereitet. Nur für den Fall, dass ... Leinenbeutel mit Bleigewicht lagen bereit, und die Spinde mit den Geheimunterlagen waren nicht verschlossen. Sollte das hier gut gehen, dann konnte man den Kram immer noch wieder wegstauen. Sollte es nicht gut gehen, nun, dann würden wenigstens die Schlüssel nicht in die Hände der Tommies fallen. Außerdem hatten die Funker mit dem Horchgerät und den Funkempfängern zu tun. Grell drang das Zirpen der Morsesignale aus den Lautsprechern. Während Maat Rückert am GHG saß, hatten die beiden anderen Funker sich vor die Geräte gequetscht und schrieben eifrig alles mit, was sie empfangen konnten. Olm notierte alles, was er vom Kreuzer aufzufangen vermochte.

Fast alles war sinnloser Buchstabensalat. Selbst unter Gefechtsbedingungen nahmen die Tommies sich die Zeit, ihre Sprüche zu verschlüsseln. Nur ein einziger Funkspruch war bisher im Klartext rausgegangen, als der Kreuzer alle Schiffe in der Nähe warnte, sich dieser Position zu nähern. Eine sinnvolle Vorsichtsmaßnahme aus Sicht der Briten. Nicht, dass noch ein allein fahrender Frachter versehentlich dazwischen geriet. Aber immerhin hatte der Tommy dabei seinen Namen verraten: HMS Wiltshire.

Der Alte hatte also mit seiner ersten Schätzung fast richtiggelegen, was aber auch kein Wunder war, denn schließlich hatten die Tommies nur zwei Klassen schwerer Kreuzer, auch wenn es Varianten gab, die im Detail voneinander abwichen. Es machte im Grunde auch keinen Unterschied, aber wenigstens hielt es die Funker beschäftigt.

Henke, der andere Funkgefreite, schrieb die Funksprüche der Kurland mit. Das Trossschiff funkte offen und mit höchster Sendeleistung. Der junge Funker wusste, dass die Funksprüche auf dieser Frequenz bis nach Deutschland empfangen werden konnten. In der Leitstelle Norddeich würden Funker nun ebenfalls atemlos dem letzten Akt des Dramas lauschen, von dem die unbekannten Kameraden auf der Kurland berichteten.

Es würde in diesem Krieg nicht selten passieren, dass Funker mit der Hand an der Taste auf Tiefe gingen, Engländer wie Deutsche. Aber noch war das alles neu und der Krieg noch jung. Umso mehr nahm es Henke mit, zwischen den nüchternen Zeilen der Funksprüche die Verzweiflung an Bord des Versorgers zu fühlen.

Es war ein aussichtsloser Kampf.

Die meisten der Männer der U-68 hatten nichts zu tun. Sie warteten, während außerhalb des Bootes wieder die schweren Salven über die See rollten. Sie warteten darauf, dass der Alte endlich tauchen ließ, darauf, dass er dem verdammten Tommy ein paar Aale verpasste. Auch wenn dem Dümmsten an Bord klar war, dass die Chancen nur hauchdünn waren – dazu war das britische Kriegsschiff einfach zu schnell. Dabei rechneten sie noch gar nicht mit den üblichen technischen Schwierigkeiten von U-68.

Das erste Anzeichen drohenden Unheils war ein dünner Rauchfaden, der irgendwo in der Nähe der Ventilhebel des Backborddiesels aufzusteigen schien. Doch keiner der beiden Maschinisten nahm dieses erste Warnsignal wahr. Erst als der Öldruck absank und sich der Klang des Diesels veränderte, wurde Daniel Berger aufmerksam, doch zu diesem Zeitpunkt war es bereits zu spät.

Maschinenobermaat Peters sah eine kleine blaue Flamme aufflackern und dann irgendwo in den Tiefen des schweren Aggregats verschwinden. Noch bevor er sich darüber klar wurde, was vor sich ging, entzündete sich aus einer Simmeringdichtung austretendes Öl. Normalerweise ist Dieselöl schwer entflammbar. Wer einmal versucht hat, normales Dieselöl für Fahrzeuge in Brand zu stecken, wird feststellen, dass es gar nicht so einfach ist.

Anders aber sieht es aus, wenn es sich um heißes Öl handelt, das auch nicht abkühlen kann, weil jeder Tropfen, der austritt, sofort auf heißes Metall trifft. Das Öl wird sich nicht sofort entzünden. Es wird langsam, aber sicher anfangen, Dämpfe zu bilden.

So, wie es das im Motorenraum von U-68 tat. Die Maschinen waren über Stunden mit AK gelaufen, und immer noch drehten die Diesel mit halber Kraft. Im Inneren des Rumpfes herrschten mehr als vierzig Grad, im Motorenraum, unter Gefechtsbedingungen, bei geschlossenen Schotten, etwas über fünfzig Grad. Und es gab keine Möglichkeit, die Abwärme der Motoren wieder loszuwerden. Überall lag der Geruch von Dieselöl in der Luft, aber dieses Mal war es nicht das Öl selbst, sondern dessen leicht verdunstende Bestandteile, und die waren hochentzündlich. Alles was fehlte, war ein Funke, und der ergab sich von selbst. Schließlich sind Diesel Selbstzünder.

Mit einem fauchenden Knall verpufften die Dämpfe, die sich im Inneren des Motors angesammelt hatten. Die Explosion war nicht stark und nicht sehr heiß, aber sie reichte aus, um den Backborddiesel zu beschädigen. Weitere Ölleitungen barsten und spritzten den schwarzen Lebenssaft des U-Bootes auf das heiße Metall, wo sich der Treibstoff nun sofort entzündete, denn dort brannte ja bereits Öl.

Der Maschinist Berger hatte Glück. Er trat gerade von dem Schott nach vorne, als das Unheil seinen Lauf nahm. So war er vor der Verpuffung größtenteils geschützt. Er reagierte schnell und mehr oder weniger automatisch: Er drehte die Ölzufuhr ab und gab über das Sprachrohr Alarm. Erst nach einigen Augenblicken – er hatte sich bereits den Tauchretter aufgesetzt und begonnen, zu löschen – wurde ihm klar, dass noch etwas anderes nicht stimmte. Seine Augen versuchten, die verqualmte Höhle, die Minuten zuvor noch der Maschinenraum gewesen war, zu überblicken. Dann sah er ein Bein auf dem metallenen Laufgang liegen.

Maschinenmaat Peters hatte genau vor dem Dieselaggregat gestanden, als das Öl verpuffte. Die Stichflamme hatte ihn voll getroffen und sein Gesicht verbrannt. Er war gar nicht mehr zum Schreien gekommen, weil der Druck der Verpuffung ihn einfach nach hinten geworfen hatte und er mit dem Kopf auf das Fundament des Steuerbordmotors geschlagen war. Bewusstlos blieb er liegen, bis Daniel Berger ihn fand. In der Zwischenzeit kam auch noch eine Rauchvergiftung hinzu.

Die erste Granate schlug auf der Kurland ein, gerade, als die Männer anfingen, doch noch etwas Hoffnung zu schöpfen. Der Tommy schoss auf große Entfernung, um sich außer Reichweite der deutschen Geschütze zu halten. Vor allem aber wollte er einem verzweifelt kämpfenden Gegner nicht ohne Not näher kommen, als es nötig war. Der Kreuzer mochte eine beeindruckende Kriegsmaschine sein, aber sie war weder gegen einen Glückstreffer gefeit, noch gegen Verzweiflungstaten.

Ein Glückstreffer jedoch konnte die empfindlichen Waffenleitsysteme lahmlegen und es dadurch den Krauts ermöglichen, in der immer weiter vordringenden Nacht zu verschwinden. Andererseits war es bisher nicht gelungen, einen direkten Treffer zu erzielen. Und nach wie vor pflügte das große Schiff mit über zwanzig Knoten durch die See und zackte alle paar Sekunden, sodass Treffer auf große Entfernung, vor allem bei den schnell schlechter werdenden Sichtverhältnissen, zu einem Zufall wurden.

Der britische Kommandant stand also unter Zeitdruck und musste aufschließen. Doch jedes Mal, wenn er näher als zehn Meilen kam, geriet er ebenfalls in die Reichweite der deutschen Geschütze. Er hatte noch keinen Treffer hinnehmen müssen, aber gezackte Splitterlöcher in seinem Vorschiff zeugten davon, dass die Krauts auch nicht schlecht schossen. Offenbar wollten sie es wissen, und nur ein Narr würde nahe genug herangehen, um dem Gegner eine Chance für einen letzten Akt der Verzweiflung zu geben. Denn obwohl der britische Kreuzer ein großes gepanzertes Schiff war, der deutsche Versorger war nahezu doppelt so groß und immerhin mit genügend Munition und Öl beladen, um beide Schiffe in die Luft zu jagen, sollte es zu einem Rammstoß kommen. Also feuerten die schweren Geschütze weiter über zehn Meilen hinweg auf den zackenden Gegner. Irgendwann würde es einen direkten Treffer geben, und Seezielschießen ist ja immer ein statistischer Vorgang.

Vierzig Minuten nach Beginn des ungleichen Gefechtes war es so weit. Die Kurland sah aus wie ein Pfefferstreuer. Rauchende gezackte Löcher im Schornstein und den Aufbauten des Achterschiffes bezeugten viele Nahtreffer.

Im Maschinenraum wurde eine der Wellen bereits von Hand geschmiert, da sie sich unter den Erschütterungen der schweren Detonationen etwas verzogen hatte und einige Schmierölleitungen von Splittern zerrissen worden waren. Durch die Bordwand, vor allem an der Backbordseite, konnte man durch einige große Splitterlöcher die See sehen. Aber noch hielt sich das Schiff! Auch wenn es von den Beinahetreffern ebenfalls Stück für Stück zerlegt wurde. Auch mehrere Männer der Besatzung waren bereits von Splittern getroffen worden.

Der erste direkte Treffer schlug in den unteren Brückenaufbau. Die schwere Granate sauste durch eine Offizierskammer an Steuerbord und schlug in die Funkkabine auf der Backbordseite, wo sie zwei Funker tötete, Geräte mit sich riss und dann, ohne zu detonieren, auf der anderen Seite wieder durch die Stahlwand hinaus in die See verschwand. Denn noch war das Glück der Kurland nicht zu Ende. Der Stahl ihrer Aufbauten war einfach zu dünn, um den Zünder einer Panzersprenggranate auszulösen. Wäre die Granate auf etwas Massiveres getroffen, hätte es schwerere Schäden gegeben, aber so hinterließ sie nur ein großes Loch, durch das man von einer Seite des Brückenaufbaus auf die andere sehen konnte. Und natürlich abgetrennte Kabel und ein paar Blutspuren an dem Ort, wo sie die unglücklichen Funker getroffen hatte.

Ein Deck höher, auf der Brücke, spürte Korvettenkapitän Stülpe den Einschlag wie einen körperlichen Schock. Ein paar Männer stürzten nach unten, um zu sehen, was zu tun war.

Er selbst konnte sich nicht darum kümmern, sondern musste sich auf die Führung seines Schiffes konzentrieren. Aber Minuten später kam die Meldung von der Schiffssicherungszentrale. Sein Erster war weit weg von der Brücke, nur für den Fall, dass diese getroffen wurde. Mit einem Nicken nahm er den Hörer des Telefons von seinem Brückenmaat entgegen. »Kommandant!«

»Schiffssicherung! Wir haben einen Treffer im Funkraum. Aber keine Explosion. Zwei Tote. Es wird etwas dauern, bis wir wieder funken können. Aber ansonsten hält sich das Schiff gut.«

»Wie sieht es sonst aus?« Stülpe zuckte zusammen, als in der Nähe erneut eine Granate in die See schlug. Irgendwo knallte wieder Metall in die Aufbauten.

Der Erste klang ruhig, als habe er aufgegeben, über alles andere nachzudenken. »Wir haben einen kleineren Brand in einer Farblast, aber der ist unter Kontrolle. Bisher zwei Tote und sechs Verletzte. Eine Welle ist beschädigt, aber der Leitende lässt sie weiterlaufen. Er will sich später darum kümmern.« Ein leises Kichern erklang. »Jedenfalls, falls wir dann noch schwimmen!«

»Also gut, bleiben Sie am Ball!« Ohne weiteren Kommentar legte er auf und wandte sich um. Er wollte in die Brückennock zurückkehren. Einen Vorteil hatten die Splitterlöcher im Schornstein: Dicker schwarzer Rauch quoll heraus und entzog sie immer wieder für kurze Zeit den Blicken des Gegners.

Noch hatten sie eine Chance, durchzuhalten, bis es Nacht wurde. Wenn die Briten sich entschließen sollten, näher heranzugehen, würde die aber auch dahinschmelzen.

Das schrille Klingeln des Telefons hielt ihn zurück. Automatisch griff er nach dem Hörer. »Kommandant!«

»Horchraum!«

Für einen Augenblick war Stülpe verblüfft, bis ihm einfiel, dass dort ja auch ein Horchfunker seine Gefechtsstation hatte. Als ob es jetzt viel zu horchen gäbe!

»Sprechen Sie!«

Die jugendliche Stimme klang nervös: »Ich habe einen Kontakt an Steuerbord achteraus. In etwa eins-drei-null Grad. Klingt wie ein U-Boot-Diesel, Herr Kapitän! Aber nur eine Schraube. Ich kann es nicht genau hören in diesem Durcheinander!«

Stülpe versuchte, sich an den Namen des Mannes zu erinnern. Schulz? Gefreiter Schulz? Das musste es sein. Aber sein Hirn war wie gelähmt. Verzweifelt versuchte er, seiner Stimme einen ruhigen Klang zu geben: »Hören Sie, Schulz. Ich möchte, dass Sie sich ganz auf dieses U-Boot konzentrieren. Ignorieren Sie alles andere. Welchen Kurs hat es? Wie schnell ist es?«

»Ich weiß es nicht, Herr Kapitän!« Die Stimme des jungen Mannes klang, als werde er gleich in Tränen ausbrechen, aber dann gab er sich plötzlich einen Ruck. »Ich brauche ein paar Minuten!«

Der Kommandant des Trossschiffes spürte eine aberwitzige Hoffnung. Vielleicht ... falls es ihm gelang, den Kreuzer auf das U-Boot zu locken ... dann bestand doch noch eine Chance. Es konnte doch nur das U-Boot sein, das sie erwarteten!?

Draußen donnerten wieder die beiden Fünfzehner ihre trotzige Herausforderung, und wie zur Antwort schlugen abermals vier Granaten deckend um die Kurland herum ins Wasser. Splitter schlugen in den Rumpf, und schrille Schreie verrieten, dass es dieses Mal nicht bei Blechschäden geblieben war.

Stülpe konzentrierte sich wieder auf den jungen Mann am Telefon. »Beeilen Sie sich! Ich versuche, Ihnen die Minuten zu verschaffen!« Dann legte er auf und atmete tief durch. Als er sich umdrehte, sahen die Männer verblüfft ein trotziges Lächeln in seinem rußgeschwärzten Gesicht. Er sah sich um. »Zeit für einen neuen Trick! Steuerbord zwanzig!«

Kapitänleutnant von Hassel spürte, dass etwas nicht stimmte, noch bevor die ersten Meldungen eintrafen. Die Fahrt ließ von einem Augenblick auf den anderen nach, und aus den Abgasöffnungen trat plötzlich dunkler Rauch.

Unten in der Zentrale ging es hektischer zu. Von dem Moment an, in dem eine Stimme laut rief: »Feuer im Motorenraum!«, bis zu dem Moment, in dem die ersten Männer mit Tauchrettern in den verqualmten Raum eindrangen, vergingen nur Minuten.

Auch Methusalem, der Leitende Ingenieur, hastete nach achtern, um zu sehen, was zu tun war.

Fluchende Männer schleppten eine bewegungslose Gestalt aus dem Motorenraum. Qualm begann, sich im Inneren der Röhre auszubreiten. Eine heisere Stimme schrie nach einem Sanitäter.

Für einige kurze Minuten schienen alle unentschlossen zu sein. Dann gewann der harte Drill der Agru-Front wieder die Oberhand. Maschinisten löschten den brennenden Backbordmotor, während der Steuerbordmotor auf volle Kraft aufgedreht wurde. Wieder lief das Boot mit etwa halber Spitzenfahrt durch die See. Minuten später stand fest, dass sie Glück im Unglück gehabt hatten. Ein Diesel funktionierte immer noch, und das Boot war tauchklar, auch wenn nach wie vor leichte Rauchschwaden durch die Röhre zogen. Nur hatten sie wertvolle Minuten verloren, Minuten, die ihnen fehlen würden, um sich an den Kreuzer anzupirschen.

Oben auf dem Turm nahm der Alte die Meldungen mit steinernem Gesicht entgegen. »Backborddiesel ausgefallen, Steuerbord läuft volle Kraft. Maschinenobermaat Peters schwer verletzt!«

Von Hassel nickte und sprach in die Röhre, die ihn mit der Zentrale verband: »Versuchen Sie, das Boot so gut wie möglich durchzulüften. Ich muss so oder so bald tauchen, denn einen Überwasserangriff kann ich nicht riskieren.«

»Verstanden, Herr Kaleun! Wir tun, was in unseren Kräften steht!«

»Das weiß ich, IWO. Glauben Sie mir, das weiß ich! Trotzdem, was für ein verdammtes Pech!« Er richtete sich auf.

Rudi Schneider blickte seinen Kommandanten besorgt an. »Wie sieht es aus, Herr Kaleun?«

»Nicht gut. Wir können tauchen und uns davonmachen. An den Kreuzer werden wir wohl kaum noch rankommen. Nun fehlt nur noch, dass uns die Tommies entdecken!«

Der IIWO schlug auf die Turmbrüstung. »Verdammt! Verdammt! Wenn die Kurland doch nur eindrehen würde. Sie könnte den verdammten Kreuzer direkt zu uns locken!«

»Dazu müsste sie wissen, dass wir hier sind!« Von Hassel blickte zweifelnd zu der Silhouette des Trossschiffes, das wieder von hohen Einschlägen umgeben war. Das Schiff kämpfte verzweifelt.

Wenn es noch eine Stunde durchhielt, würde es dunkel genug sein, um vielleicht doch noch zu entkommen. Aber der Kapitänleutnant wusste, dass er genauso gut ein Jahr hätte verlangen können.

Entschlossen wandte er sich um. »Also, wir kommen so oder so nicht mehr an den Kreuzer heran. Wenn das Boot durchgelüftet ist, tauchen wir.«

Rudi Schneider sah seinen Kommandanten entsetzt an. Es musste doch irgendetwas geben, um dem Trossschiff zu helfen. Irgendetwas, was sie tun konnten! Der Alte konnte die Männer auf der Kurland doch nicht einfach abschreiben!

Äußerlich ungerührt beugte von Hassel sich über das Sprachrohr. »Wie ist die Luft im Boot?«

»Soweit alles wieder im Griff. Wir sind tauchklar, Herr Kaleun! Noch fünf Minuten bis zum Tauchpunkt, aber Olm sagt, der Kreuzer steht ...«

»Ich weiß!« Von Hassel blickte nach vorne, wo der Kreuzer rechts voraus wieder auf das Trossschiff feuerte. Er wusste, dass die Männer auf dem englischen Schiff beinahe keine Chance hatten, das grau gepönte Boot bei diesem Licht zu sehen.

Trotzdem war es ein unangenehmes Gefühl, nur ein paar Meilen von diesen mächtigen Kanonen entfernt zu sein. Er sprach wieder in die Öffnung: »Ich weiß, Oberleutnant! Aber es sind über fünf Meilen! Klar zum Tauchen!«

Langsam richtete er sich auf und sah zum letzten Mal zur Kurland hinüber. Wieder schlugen die Granaten rund um das Schiff ein, und ein greller Blitz verriet ihm, dass mindestens ein direkter Treffer dabei war. Erschrocken wandte er sich ab und befahl: »Einsteigen, Männer!«

Nur zögernd verschwanden die Männer einer nach dem anderen im Turmluk. Als Letzter stieg der Alte ein und schloss den schweren Deckel, bevor er in die Zentrale rutschte. Das Boot kippte bereits langsam ab in die Tiefe.

Der Treffer erschütterte die Kurland bis hinunter in den Kiel. Die Granate schlug zwischen Brücke und achteren Aufbauten ein und entzündete ein Lager mit Bereitschaftsmunition für das Geschütz an Backbord. Mehrere Kartuschen explodierten mit lautem Knall, und Trümmer des darüber liegenden Decks wurden bis zu hundert Meter hoch in die Luft geschleudert. Dichter schwarzer Rauch nahm den Männern die

Sicht, aber irgendwo hinter der Rauchwand loderten hohe Flammen.

Die Männer der Leckwehr drangen mit Schläuchen gegen den Brand vor, mussten sich aber beinahe sofort zurückziehen, als weitere Kartuschen explodierten. Schweren Herzens gab der Erste Offizier den Befehl, den Raum zu fluten, um weitere Explosionen zu verhindern.

Auf dem Zwischendeck lagen mehrere Verwundete, die von ihren Kameraden in aller Eile in die Messe gebracht wurden, die gleichzeitig als Hilfslazarett diente. Ein Drittel der Besatzung war in der Zwischenzeit ausgefallen, aber darüber hatte zu diesem Zeitpunkt keiner mehr die Übersicht. Der einzige Sanitätsmaat, über den die Kurland verfügte, tat alles, was in seiner Macht stand, aber das war in den meisten Fällen zu wenig. Mit Händen, die mehr blutigen Klauen glichen, untersuchte er flüchtig ein Opfer, während sein Blick bereits auf die nächste Gestalt gerichtet war. Nur beiläufig nahm er das Donnern der Geschütze wahr. Er hatte seinen eigenen Kampf zu kämpfen.

»Ruder folgt nicht mehr!« Der Rudergänger versuchte mit aller Kraft, das Rad zu drehen, aber offensichtlich war durch den Treffer auch ein Teil der Ruderanlage beschädigt worden.

Stülpe streckte den Kopf aus der Brückennock herein. »Wie ist die Ruderlage?«

»Steuerbord fünfzehn, Herr Kapitän!«

Der Kommandant versuchte, der Verzweiflung Herr zu werden. Das Schiff lief mit verklemmtem Ruder einen Kreis nach rechts. Genauer gesagt, einen nicht sehr großen Kreis, der es irgendwann in den nächsten Minuten wieder näher an den Kreuzer heranbringen würde.

»Brückenmaat! Rufen Sie die Schiffssicherung an, die sollen sehen, was sie machen können. Rudergänger, umstellen auf Handruder. Sie gehen nach achtern. Maschinentelegraf, Backbord halbe Kraft voraus, Steuerbord voll voraus!«

Er atmete mehrmals tief durch, während die Männer bestätigten. Er hatte Zeit gewonnen, nicht mehr. Der Kreis würde größer werden, weil die Schrauben nun ungleichmäßig liefen. Aber wenn er die Backbordmaschinen weiter zurücknahm, würde die Kurland noch langsamer werden. Es war ohnehin schlimm genug, dass sie nicht mehr zacken konnten. Gedanken rasten durch seinen Kopf, aber erschrocken stellte er fest, dass ihm nichts Sinnvolles mehr einfiel. Noch so ein Treffer, und sie konnten sich die Selbstversenkung sparen.

Langsam richtete er den Blick nach achtern. Dicke Rauchwolken quollen immer noch aus den Lüftern. Das Schiff hatte überraschend wenig Schlagseite nach Backbord. Wahrscheinlich hatte der Erste gegenfluten lassen. Rote Tropfen fielen neben ihm auf das Deck, und unwillkürlich richtete er den Blick nach oben auf das Peildeck. Der Aufbau mit dem E-Messgerät war völlig durchlöchert, und aus einigen der Löcher lief das Blut der getroffenen Männer. Es sah aus, als würde seine Kurland selbst bluten.

An Steuerbord achteraus kam der britische Kreuzer vorsichtig näher, immer darauf bedacht, der Drehung des größeren Schiffes zu folgen. Offenbar wusste der englische Kommandant, wie schlecht es um die Kurland bestellt war, denn er legte mehr Wert darauf, kein großes Ziel zu bieten, als seine achteren Türme zum Tragen zu bringen. Erstaunt sah Stülpe, wie die Bugwelle des Kreuzers zusammenfiel. Er konnte es nicht genau erkennen, aber es sah so aus, als gehe das Kriegsschiff mit der Fahrt hinunter.

Verblüfft registrierte sein überreiztes Hirn, dass er keine Abschüsse von den eigenen Geschützen mehr hörte. Dann, mit etwas Verzögerung, begriff er, dass die große verdrehte Metallmasse an Steuerbord vormals ein Geschütz gewesen war.

»Sechzig Meter liegen an, Herr Kaleun!«

»Danke, LI.« Von Hassel wandte sich um und ging zum

Schott. »Ruhe im Boot!« Dann blickte er ins Funkschapp. Der Gefreite Olm saß hinter dem GHG und drehte immer wieder zwischen zwei Peilungen hin und her. Von Hassel griff sich den zweiten Kopfhörer. Die Schrauben der beiden Schiffe waren deutlich zu hören. In der Peilung der Kurland hörte er außerdem ein schrilles Pfeifen. Er tippte Olm auf die Schulter: »Was bedeutet dieses Pfeifen?«

Der Gefreite zuckte mit den Schultern. »Genau weiß ich es nicht, aber es klingt, als gehe eine Welle zum Teufel, Herr Kaleun!« Er wollte noch mehr sagen, aber er versteifte sich plötzlich.

Der Alte legte vorsichtig den Kopfhörer ab. Hier waren die Fachleute gefragt. Rückert, der beste Horcher an Bord, war wohl noch als Sanitäter beschäftigt. Verdammte Nebenaufgaben.

Aber im Augenblick war die Situation ohnehin nicht kritisch. Selbst wenn der Kreuzer sie entdecken konnte – es war zweifelhaft, dass er Wasserbomben an Bord hatte. Und selbst wenn, dann würde er mindestens dreimal so lange wie das U-Boot brauchen, um einen Kreis zu fahren. Für U-68 stellte der Tommy keine echte Gefahr dar.

Von Hassel versuchte, sich über seine Gefühle klar zu werden. Der Versorger war geliefert, und damit musste er entweder versuchen, anderswo Brennstoff zu finden, oder sich mit dem letzten Tropfen bis Spanien zurückzuhungern. Beides konnte ins Auge gehen.

»Die Kurland dreht nach Steuerbord, Herr Kaleun! Ich glaube, sie hat einen Ruderschaden.«

»Was macht der Kreuzer?«

Einen Augenblick lang lauschte der Funker, dann hob er den Kopf und sagte: »Der Tommy dreht ebenfalls nach Steuerbord. Er steht in Null-Vier-Fünf, Abstand achttausend Meter, Herr Kaleun! Wandert langsam nach links aus. Fahrt nur noch zehn Knoten.«

Achttausend Meter! Aber der Kreuzer kam zurück! Beinahe automatisch setzte von Hassels Gehirn die Peilungen in ein Bild um. Durch die Kursänderung würde das getauchte Boot bald zwischen den beiden Kontrahenten stehen, es sei denn, die Kurland würde ihren Kreis vollenden und wieder nach Westen dampfen.

Wenn sie allerdings nach Norden drehte, würde sie den Kreuzer doch noch vor seine Rohre locken. Es könnte klappen. Vor allem, wenn der Kreuzerkommandant wirklich nicht wusste, dass hier ein U-Boot lauerte!

Er fuhr herum. »LI, bringen Sie uns auf Sehrohrtiefe. Bugrohre fluten, Bugklappen öffnen!« Er musste kurz rechnen. »IWO, bringen Sie uns auf Eins-Sechs-Null, kleine Fahrt!«

Während hinter ihm die Bestätigungen geflüstert wurden, wandte er sich an Olm: »Also, was macht der Kreuzer?«

»Dreht immer noch und wird langsamer, Herr Kaleun. Warten Sie ...« Wie geistesabwesend starrte Olm gegen die Wand, aber von Hassel wusste, dass der Funker sich ganz auf sein Gehör konzentrierte. Endlich kam wieder Leben in die bewegungslose Gestalt. »Ich höre seine Maschinen nicht mehr, nur noch Hilfsaggregate.«

»Er stoppt?«

»Es hört sich so an, Herr Kaleun!«

Hinter ihnen kam Gemurmel auf. Alle hatten die Worte des Funkers gehört. Von Hassel richtete sich auf und blickte zu den Männern in der Zentrale. Bärtige hohlwangige Gestalten, und dabei hatte ihr eigentlicher Einsatz noch nicht einmal begonnen. Erwartungsvoll sahen sie ihn alle an. Wie würde er entscheiden, und was würde es sie kosten, das versuchten sie von seinem Gesicht abzulesen.

Er zwang sich zu einem Lächeln. »Ich glaube, der Gentleman wird übermütig. Er stoppt, um sein Flugzeug wieder aufzunehmen, bevor es völlig dunkel ist. Wahrscheinlich glaubt er, die Kurland könne ihm sowieso nicht mehr entwischen.« Er blickte kurz auf, als wieder das Rumpeln von an der Oberfläche krepierenden Granaten durch das Wasser hallte. Gedanken und Pläne formten sich in seinem Kopf. Es war möglich, sich an den gestoppten Kreuzer anzuschleichen, oder zumindest, sich ihm in den Weg zu legen. Selbst wenn sie ihn nicht versenken konnten, so konnten sie ihn doch treffen, wo es wehtat. Wenn nur die Kurland lange genug durchhielt.

Die Kurland starb und mit ihr ihre Besatzung. Ein weiterer Nahtreffer hatte eine der beiden Schraubenwellen völlig unbrauchbar gemacht. Eine Granate der Mittelartillerie hatte einen der Turbinenräume getroffen und einen weiteren Brand ausgelöst. Mit nur noch drei Knoten schleppte sich das Schiff durch die ruhige See.

Die Briten mussten nicht mehr befürchten, dass die Deutschen entkommen könnten. Das Schiff lag tief im Wasser, und aus einem großen Einschlagkrater schlugen haushohe Flammen. Nahezu achttausend Tonnen Öl brannten. Nur durch Glück war es nicht zu einer Tankerfackel gekommen. Die Kurland war stabiler gebaut als die meisten zivilen Tanker. Weder der Einschlag noch der Brand selber hatten den Tank bisher zerrissen.

Nur gab es keine Möglichkeit mehr, das Feuer unter Kontrolle zu bringen. Wie ein riesiges schauriges Leuchtfeuer schlugen die Flammen aus dem Deck.

Korvettenkapitän Stülpe blickte kurz nach oben, wie um sich zu vergewissern, dass die Flagge noch wehte. Aber er konnte es nicht genau erkennen. Die Dunkelheit war da, aber sie nützte der Kurland nichts mehr.

Das Telefon schrillte erneut. Stülpe wunderte sich, dass es in diesem Chaos überhaupt noch funktionierte. »Kommandant!«

»Erster Offizier!« Die Stimme des Mannes klang erschöpft, aber ruhig. Wie die meisten an Bord war er über Furcht lange hinaus. »Die Hälfte der Männer ist ausgefallen. Der Sani hat kein Morphin mehr. Und was das Schiff angeht ...«, er zögerte, »... die Pumpen schaffen es nicht mehr. Ich gebe uns noch eine halbe Stunde, wenn nichts mehr dazukommt.«

Das war das Ende. Stülpe nahm die Mütze ab und wischte sich über die Stirn. Seine Stimme klang ruhig: »Der Kreuzer hat gestoppt, um sein Flugzeug aufzunehmen. Danach wird er uns fertigmachen. Es wird Zeit!«

»Was ist mit diesem U-Boot, das Schulz gehört haben will?«

Der Kommandant verzog das Gesicht. »Keine Ahnung, aber wir können ohnehin nicht allzu viel tun.«

Draußen auf dem Achterdeck brüllte erneut ihr letztes verbliebenes Geschütz auf. Der Kreuzer war beinahe außer Reichweite. Die Munition musste auch schon knapp sein, nachdem sie nicht mehr an die Magazine tief unten im Rumpf kamen.

Es war eine nutzlose Geste des Widerstandes.

Ein Mann auf dem Peildeck brüllte: »Der Kreuzer nimmt wieder Fahrt auf!«

Die kurze Pause war vorbei. Stülpe zuckte mit den Schultern und wandte sich wieder an seinen Ersten, der immer noch am Telefon wartete: »Also dann: alle Mann von Bord. Sorgen Sie dafür, dass alle Geheimunterlagen versenkt und die Ladungen angerissen werden!«

»Zu Befehl, Herr Kapitän!«

Erneut rumpelten die Abschüsse schwerer Geschütze, und die Mündungsfeuer rissen den Kreuzer abrupt aus der Dunkelheit. Augenblicke später schlug die Salve rund um das waidwunde Schiff herum ein. Dieses Mal waren es sieben Wassersäulen, die rund um die Kurland emporgerissen wurden. Die achte Granate war ein Volltreffer.

Von Hassel warf nur einen kurzen Blick auf die Kurland, bevor er das Sehrohr wieder herumschwenkte. Langsam lief der Kreuzer in sein Fadenkreuz. Die Bugrohre waren geflutet, die

Klappen offen. Aber für einen Augenblick zögerte er. Der Wunsch nach Rache an dem englischen Kriegsschiff war groß, aber die Kurland lag tief im Wasser und brannte. Es war unwahrscheinlich, dass sich das Schiff halten würde. Die Pflicht verlangte, dass er seine Torpedos auf den Kreuzer abfeuerte, aber was würde dann aus der Besatzung der Kurland werden? Viele von der Besatzung konnten nach diesem Bombardement ohnehin nicht mehr am Leben sein. Von Hassel gab sich einen Ruck. »Gegnerfahrt fünfzehn, Abstand eintausend, Bug links!«

Unter ihm in der Zentrale wiederholte der IIWO alle Werte und stellte sie am Vorhaltrechner ein. Es war beinahe unmöglich, vorbeizuschießen. Der Alte verdrängte die quälenden Gedanken, als er sah, wie der Tommy wieder feuerte. Immer noch eine volle Salve, als ob die Kurland noch nicht genug eingesteckt hatte! »Rohr eins los! Weiterfeuern nach Stoppuhr!«

Ein Ruck ging durch das Boot, und in der Zentrale ließ der LI eilig gegenfluten, um das Gewicht der Torpedos auszugleichen. Für jeden verschossenen Aal musste eine Tonne Wasser mehr in die Trimmzellen, um zu verhindern, dass der Bug plötzlich aus dem Wasser brach. Noch dreimal ruckte das Boot, dann waren alle Torpedos auf der Reise.

Von Hassel drehte das Sehrohr noch einmal zur Kurland. Das große Schiff brannte mittschiffs und hatte schwere Schlagseite.

Die starke Optik des Angriffssehrohrs ließ ihn Details erkennen, obwohl das Schiff mehr als acht Meilen entfernt war. Erschrocken sah er, wie wieder Wassersäulen hochgerissen wurden. Deutlich konnte er die Einschläge der schweren Artillerie sehen, gefolgt von einer Reihe kleiner fedriger Wolken. Die englische Mittelartillerie hatte auch eingegriffen, obgleich es für die Zehner noch zu weit war.

Von Hassel begriff, dass er das Sehrohr zu lange oben ließ. Mit einer müden Handbewegung klappte er die Griffe nach oben und fuhr den Spargel ein. Dann raunte er nach unten: »Backbord fünfzehn! IWO, wir gehen auf Null-Null-Null!«

Von unten kam die geflüsterte Bestätigung. Dann folgte die Stimme des IIWO, der unten mit der Stoppuhr in der Hand in der Zentrale stand. »Laufzeit ist gleich um!«

Von Hassel fuhr das Sehrohr erneut aus. Durch die beginnende Drehung musste er den Kreuzer erst wiederfinden.

Dieses Mal klang der Torpedoeinschlag deutlich anders als bei einem Frachter. Lauter, mehr nach Explosion! Der Kapitänleutnant sah eine Wassersäule mittschiffs an der Bordwand des Kreuzers in die Höhe springen, dann, einen Augenblick später eine zweite, weiter achtern. Und verblüfft sah er eine dritte Explosion auf der abgewandten Seite des Kriegsschiffes! Wo der vierte Torpedo explodierte, konnte er nicht erkennen. Aber drei Treffer, daran hatten die Tommies zu kauen! Er fuhr das Sehrohr wieder ein.

»Was macht er! GHG?«

Von unten erklang die Stimme des Funkmaats, der wieder am GHG saß, nachdem er den verletzten Motorenmaat versorgt hatte: »Er dreht ab, aber er geht mit der Fahrt hoch!«

Also gut! Von Hassel konzentrierte sich wieder. Er hatte noch zwei Aale in den Heckrohren. Wenn er schnell war …

»IWO, Backbord zwanzig, bringen Sie uns auf Drei-Null-Null, AK! GHG, weiter melden, was er macht!« Er fuhr das Sehrohr wieder aus. Flammenzungen rissen den Kreuzer aus der Dunkelheit, dann dröhnte es auch schon, als würden Schmiedehämmer gegen die Stahlröhre schlagen.

»Er dreht, Herr Kal…«, Rückert blieb die Meldung im Hals stecken.

»Runter! Alarmtauchen! Runter auf sechzig Meter!« Von Hassel fuhr das Sehrohr ein und jumpte durch das Luk. Schnell verschloss er den zweiten Deckel, während das Boot steil in die Tiefe kippte.

An der Oberfläche schien das Stahlgewitter kein Ende nehmen zu wollen. Immer neue Explosionen hallten an der Wasseroberfläche. Aber schon nach wenigen Metern hörten die Erschütterungen auf, auch wenn der Lärm blieb.

Alle Augen richteten sich auf den Kommandanten. Von Hassel schob sich die Mütze tiefer ins Genick. »Na, das ist aber mal ein gewitzter Hund! Seine ganze Artillerie ballert einfach dahin ins Wasser, wo er uns ungefähr vermutet. Alle Kaliber!«

Er lauschte. Auch ohne Horchgerät waren die Einschläge der Zwanziger und der Zehner deutlich zu hören und dazwischen immer wieder eine Art schnellen Plätscherns. Anscheinend ballerte sogar die Flak hinter ihnen her. Besonders die Flak, korrigierte er sich! Besonders die! Ein einziger Treffer ins Sehrohr würde das Boot blind machen. Na ja, nicht völlig blind. Sie hatten noch zwei andere Sehrohre. Aber es würde sie zumindest behindern, und vielleicht sogar, darauf hoffte der britische Kommandant, zum Auftauchen zwingen. Abgesehen davon, dass seine schweren Koffer das Boot, solange es in geringer Tiefe fuhr, durchaus beschädigen konnten.

»Dreißig Meter gehen durch!«

Er entspannte sich etwas. Das wäre beinahe ins Auge gegangen! »Danke, LI! Bringen Sie uns auf sechzig. Da können wir in Ruhe abwarten, was weiter passiert. Aber wir haben ihn getroffen, Männer! Der hat jetzt andere Sorgen!« Mühsam zwang er sich zu einem Grinsen, obwohl er sich plötzlich todmüde fühlte. Doch die Nacht war noch nicht vorbei. Er setzte sich ins Schott. »Rückert? Wie sieht's aus, können Sie bei diesem Feuerwerk noch was hören?«

Der Funker zuckte mit den Schultern. »Nichts Genaues, Herr Kaleun! Er klingt anders, aber ich kann nicht feststellen, warum. Aber er hat es eilig, sich abzusetzen! Er läuft schon über zwanzig Knoten.«

»Was ist mit der Kurland?«

Eine weitere Reihe schwerer Explosionen hallte durch das Wasser, aber es waren Granaten, keine Wasserbomben. Damit konnte man ihnen nicht wehtun.

»Ich weiß nicht genau. Ich dachte, ich hätte ein paar dumpfe Explosionen aus ihrer Peilung gehört, aber jetzt höre ich gar nichts mehr bei diesem Durcheinander!«

Von Hassel nickte. »Schon gut! Bleiben Sie dran!«

Überrascht sah er eine Kaffeemug vor seinem Gesicht auftauchen. Adolf Schott, der Smut, griente verschmitzt: »Ich dachte, Sie könnten jetzt einen gebrauchen, Herr Kaleun!«

Dankbar nahm er einen Schluck und stellte fest, dass der Koch es gut gemeint und einen kräftigen Schluck Rum in den Kaffee gekippt hatte. »Danke, Smut! Der kommt jetzt gerade recht!«

Dann sagte er an den IWO gewandt: »Also gut, Oberleutnant! Wir fahren zur Kurland. In Null-Null-Null habe ich sie zuletzt gesehen!«

Der letzte Akt hatte begonnen! Kaum, dass Stülpe den Befehl gegeben hatte, traf eine Granate seitlich den Brückenaufbau und detonierte an einem Träger im Deck unter der Brücke. Damit war das Nervenzentrum des Schiffes ausgeschaltet. Den Männern des Schiffssicherungstrupps, die sich durch das zertrümmerte Deck nach oben vorkämpften, bot sich ein Bild des Grauens.

Der Rudergänger saß still an der Rückwand der Brücke, aber ein großer Blutstrom, der zwischen seinen Beinen hervorquoll, sprach eine andere Sprache.

Er starb, noch bevor einer der Männer begreifen konnte, was geschehen war.

Ein Melder war vom Druck der Explosion regelrecht zerquetscht worden. Seine Überreste hatten sich ziemlich gleichmäßig auf die Backbordseite der Brücke verteilt. Dann geschah, was die Männer später als das Wunder des Tages bezeichnen würden. Die abgerissene Tür zum Kartenraum hob sich plötzlich an, und der Fähnrich, der dem NO assistiert hatte, richtete sich auf und schüttelte sich wie ein nasser Hund. Er hatte einen Schock, war aber ansonsten unverletzt.

Korvettenkapitän Stülpe lag in der Steuerbordnock. Der Druck hatte ihn gegen eine Kompasstochter geschleudert und ihm das Rückgrat gebrochen. Trotz seiner Proteste packten die Männer ihn auf eine Trage und brachten ihn hinunter an Deck. Vom Rest der Brückencrew fanden sie keine Spur mehr.

Der Befehl, das Schiff zu verlassen, war an alle weitergegeben worden, die man erreichen konnte. Doch tief unten im Rumpf, im Artilleriemagazin, steckten noch drei Mann, die gar nichts mitbekamen. Andere wiederum erfuhren von dem Befehl durch Sprachrohre und Telefone. Aber als sie versuchten, an Deck zu gelangen, stellten sie fest, dass Schotten verklemmt, Räume geflutet waren oder das Feuer ihnen den Weg versperrte.

Hilflos irrten sie durch den Rumpf auf der Suche nach einem Ausweg.

Nachdem die Männer ihre Station verließen, brachen die Verbindungen zusammen. Niemand wusste mehr vom anderen. Aus einer Besatzung wurde ein Haufen Flüchtlinge, von denen nun jeder Einzelne für sich allein kämpfte.

An Deck versuchten einige Seeleute, Rettungsflöße zu Wasser zu bringen, weil die Splitter und das Feuer alle Boote zerstört hatten. Aber immer wieder schlugen Granaten ein, und Splitter sausten als tödliche Querschläger durch die Aufbauten.

Mehrere Männer halfen dem Sani, die Verwundeten an Deck zu bringen. Verwundet waren mehr oder weniger alle, aber es gab etliche Schwerverletzte. Der Sanitätsmaat tat, was er konnte. Er hatte im Laufe der vergangenen Stunde geschient, gepflastert, verbunden und seinen gesamten Vorrat an Morphin verbraucht. Er wusste genau, dass kaum einer der Männer überleben würde, selbst wenn sie auf dem britischen Kreuzer schnellstens in die Hand von Ärzten kamen. Aber er wollte nichts unversucht lassen.

Überrascht hob er den Kopf. Auch andere Männer hielten inne. Noch immer grollten die schweren Geschütze des Kreuzers. Das Getöse wurde sogar stärker. Immer wieder hob Mündungsfeuer die Silhouette mit den drei Schornsteinen aus der Dunkelheit hervor. Aber um sie herum krepierten keine Granaten mehr.

Von irgendwo aus dem Rauch kam der Zweite Offizier. Er trug den Arm in einer provisorischen Schlinge. Seine Mütze war bereits vor Stunden irgendwo verloren gegangen. Ein Splitter hatte eines seiner Rangabzeichen sauber von seiner Schulter gerissen. Er hinkte. Und aus einer Platzwunde an der Stirn sickerte etwas Blut. Aber er grinste. Denn Oberleutnant Werner Hintze, vierundzwanzig Jahre alt, hatte das ungleiche Gefecht überlebt. Mit lauter Stimme feuerte er die benommenen Männer an: »Hurtig jetzt! Die Flöße zu Wasser. Zwei Mann auf jedes Floß, erst die Verwundeten annehmen, dann den Rest!«

Bewegung kam in die Männer. Nun, da jemand da war, der ihnen sagte, was sie zu tun hatten, schöpften sie wieder Hoffnung. Unauffällig sah sich Hintze um. Vom Ersten konnte er keine Spur entdecken. Es war auch zu spät, zu suchen. Tief unten im Rumpf liefen die Zeitzünder der Sprengladungen gnadenlos ab. Er konnte nur versuchen, diejenigen, die an Deck waren, in Sicherheit zu bringen. Nicht mehr als ein Dutzend und dazu ein weiteres Dutzend Schwerverletzter.

Ein weiterer Mann kam aus dem Rauch und warf einen schweren Beutel mit Geheimsachen über die Reling. Dann fasste er mit an den Leinen an, mit denen die Rettungsflöße gefiert wurden. Aber so viel gab es nicht mehr zu fieren, denn die Kurland lag bereits tief im Wasser, und das Quietschen von Stahl zeigte ihm an, dass es nicht mehr lange dauern würde, bis das Schiff zerbrach. Schon schienen sich Vor- und

Achterschiff unterschiedlich in der Dünung zu bewegen. Er feuerte die Männer zu noch größerer Eile an. Minuten später versuchten sie, mit den Rettungsflößen vom Schiff wegzupaddeln. Es war eine schwere Arbeit, und nur langsam entfernten sie sich von der Bordwand.

Minuten später explodierten die schweren Sprengladungen und rissen den Rumpf weit auf. Auf den Flößen konnten sie hören, wie das Wasser in das geschlagene Wrack hineinströmte, um das Zerstörungswerk zu vollenden. Während das Vorschiff beinahe augenblicklich versank, hob sich das Heck ein letztes Mal aus dem Wasser, bevor es ebenfalls mit zunehmender Geschwindigkeit wegsackte. Trümmer sprangen aus dem Wasser. Zwei Seeleute, die im letzten Augenblick das Deck erreicht hatten und versuchten, schwimmend die Flöße zu erreichen, hatten Glück, nicht von Balken getroffen zu werden, die mit hoher Geschwindigkeit von unten auftrieben. Aber die gleichen Balken gaben ihnen auch Halt, als der Sog einsetzte. Zum Glück war er nicht mehr so stark, denn das Schiff war ja bereits zu einem großen Teil mit Wasser gefüllt.

Für diejenigen, die immer noch im Rumpf gefangen waren, war die hereinstürzende Flut die gnädigste Weise, zu sterben. Andere saßen hinter verzogenen wasserdichten Schotten fest, als die Kurland auf Tiefe ging. Sie sollten erst später in der Dunkelheit vom Druck zerquetscht werden.

Dann, mit einem lauten Zischen, als ließen Dutzende von Kesseln Dampf ab, erlosch das Feuer auf dem Mitteldeck, erstickt von der lauwarmen See. Plötzliche Dunkelheit umfing die Männer auf den Flößen. Mit Rufen versuchten sie, die beiden im Wasser treibenden Kameraden zu finden, aber nur einer konnte gefischt werden, den anderen verloren sie in der Nacht.

Noch immer feuerte der Kreuzer, aber gleichzeitig entfernte er sich auch. Mit mäßigem Interesse sahen die Männer, dass auch der Brite brannte. Worauf er auch immer schoss, dieses Mal war er nicht ungerupft davongekommen. Aber sie waren zu erschöpft, um dafür noch großes Interesse aufzubringen. Selbst die ständigen Forderungen des Zweiten Offiziers, die Flöße aneinanderzubinden oder sich um die Verletzten zu kümmern, empfanden sie als Qual.

Dann, eine kurze Zeit später, stellte der Kreuzer das Feuer ein und verschwand nach Osten. Eine Viertelstunde später schien das Wasser in der Nähe der Flöße plötzlich zu kochen, und nach und nach erschienen ein Turm und ein flacher Rumpf. U-68 hatte die Überlebenden der Kurland gefunden, zu früh für die ersten Haie, die noch unentschlossen um die Öllache kreisten, die von dem gesunkenen Trossschiff übrig geblieben war.

Seetag 23 – Entscheidungen

»LI nach oben!« Die Stimme des Kommandanten klang deutlich angesäuert aus dem Sprachrohr.

Der Leitende und der IWO in der Zentrale sahen sich für einen kurzen Augenblick überrascht an, dann nickte Hentrich und sagte: »Die Stimme unseres Herrn und Meisters, besser Sie sputen sich, LI!«

Oberleutnant Wegemann klappte sein Notizbuch zu. »O.k., die Trimmlage stimmt wieder! Dann sehe ich mal zu, was der Alte will!« Er drehte sich um und begann, die Leiter emporzusteigen.

Der IWO sah sich in der Zentrale um. Es war relativ ruhig. Der Zentralemaat schien zu dösen, und die Rudergänger hatten im Augenblick auch nichts weiter zu tun, als den befohlenen Kurs zu halten. Er lehnte sich etwas bequemer gegen den Kartentisch. Die Müdigkeit lag wie Blei in seinen Knochen, aber trotzdem brachte er es nicht fertig, sich auf die Koje zu legen und zu schlafen. Abgesehen davon, dass er nicht wusste, ob die Koje gerade frei war.

Überall im Boot schliefen oder dösten die Männer. Alle Kojen waren belegt. Oberleutnant Wegemann hatte Mühe, sich den genauen Ablauf der Ereignisse wieder ins Gedächtnis zu rufen. Zuerst war die Aufregung gewesen, als sie den Kreuzer angegriffen hatten. Die Explosionen der Torpedos. Alles erschien dem IWO wie eine Aneinanderreihung von Schlaglichtern. Der Schrecken, als der Kreuzer blind auf sie schoss. Die Meldung, dass der Brite sich beschädigt zurückzog. Der Kreuzer war schwer angeschlagen, ohne Zweifel. Aber er schwamm noch, und er war immer noch weit schneller als das U-Boot. Die Frage nach einer Verfolgung stellte sich also gar nicht. Aber es würde Monate dauern, bis er repariert war. Für einige Zeit war er so gut wie versenkt.

U-68 hatte sich unter Wasser in Richtung der letzten Position der Kurland bewegt. Erst als der Kreuzer das Feuer einstellte, waren sie wieder aufgetaucht, immer noch jubelnd angesichts ihres Sieges über den Kreuzer.

Doch sie fanden das Trossschiff nicht mehr. Während ihres Kampfes mit dem Kreuzer war das Schiff gesunken, versenkt von seiner eigenen Besatzung.

Der Jubel wich dem Schrecken, als sie die beiden Rettungsflöße fanden.

Ein Mann nach dem anderen wurde in die Stahlröhre geholt. Ein scheinbar endloser Strom von verbrannten, verstümmelten Männern. Nur wenige waren unverletzt, aber die standen unter Schock.

Das Boot war gefährlich überladen. Jede Koje war belegt. Männer schliefen auf der Back, andere in den engen Gängen. Noch konnte der LI die Trimmlage des Bootes durch das Leeren einiger Trimmzellen unter Kontrolle halten, und sie waren weiterhin tauchfähig. Aber was geschehen würde, wenn sich in dem voll gestopften Boot im Gefechtsfall jemand schnell bewegen musste, war eine andere Frage. Selbst optimistisch betrachtet war das Boot nur eingeschränkt gefechtsklar.

Oberleutnant Hentrich versuchte, sich zu erinnern. Er hatte sich bemüht, die Namen der Überlebenden zu erfahren, damit diese in die Heimat gefunkt werden konnten. Maat Rückert hatte dem Spruch auch einige medizinische Fragen beigefügt. Immer noch kämpfte er zusammen mit dem Sanitätsmaat des gesunkenen Schiffes um das Leben der Männer. Trotzdem musste man kein Prophet sein, um zu wissen, wie viele dieser Fälle ausgehen würden.

Schwere Verbrennungen, Infektionen oder auch einfach Erschöpfung würden ihren Tribut auch von den letzten Überlebenden der Kurland fordern.

Der Oberleutnant raffte sich auf. Vielleicht sollte er noch einmal durch das Boot gehen. Es gab immer etwas, das man geschickter stauen, oder einen Verwundeten, dem man irgendwie helfen konnte. An Arbeit herrschte auf U-68 derzeit kein Mangel.

Der Alte stand inmitten der Turmwache und blickte nach achtern. Die leichten Bootsbewegungen glich er beinahe automatisch mit den Knien aus. Er wirkte überraschend wach, aber als Oberleutnant Wegemann in die Augen des Alten sah, erkannte er eine Rötung. Kein Wunder, der Alte war hier oben, seit sie die Rettungsflöße gefunden hatten. Noch immer kreuzte das Boot um die Untergangsstelle herum, da keiner der Geborgenen genau hatte sagen können, ob es nicht vielleicht noch ein drittes Floß gab.

Von Hassel verzog das Gesicht. »Ah, da sind Sie ja, LI!« Er zögerte kurz. »Ich fürchte, wir haben ein neues Problem! Schauen Sie mal nach achtern!«

Der Leitende sah in die angegebene Richtung. Das Boot fuhr mit kleiner Fahrt. Die Sonne war bereits seit einer Stunde aufgegangen, und alles sah so aus, als würde es wieder einen dieser recht heißen afrikanischen Frühsommertage geben. Eigentlich ein ansprechendes Bild, wäre da nicht die breite Ölspur gewesen, die das Boot hinter sich herzog. Eine Spur aus buntschillerndem Öl, kein echter Ölteppich, wie ihn die Kurland hinterlassen hatte. Es konnte gar nicht einmal so viel Brennstoff sein, der da auslief, aber es war auf alle Fälle genug, um eine sichtbare Spur zu hinterlassen, die ihr Versteck in der Tiefe verraten würde.

Oberleutnant Wegemann biss sich auf die Lippen. »Verdammte Scheiße!«

»Ja, das habe ich mir auch gedacht.« Von Hassel blickte säuerlich auf die Ölspur. »Als der Kreuzer auf uns geschossen hat, muss ein Splitter in eine Ölzelle gegangen sein. Unglaublich, immerhin lagen ein paar Meter Wasser zwischen der Oberfläche und dem Boot. Das sollte eigentlich genügend Schutz sein.«

Der Leitende schüttelte den Kopf. »Nicht, wenn die Granate sowieso erst unter Wasser gezündet hat. Dann war sie nah genug dran. Unwahrscheinlich, aber offensichtlich möglich.« Er zwinkerte und versuchte, die Benommenheit zu vertreiben. Wie jeder Mann an Bord hatte er nicht geschlafen. Nun kam also diese neue Schweinerei dazu. Hoffentlich war das Loch nicht zu groß! Wenn Seewasser in der Ölzelle war, konnten sie den kostbaren Brennstoff womöglich auch noch abschreiben! Langsam musterte er das schmale Deck, bevor er feststellte: »Das muss Zelle drei sein. Backbord achtern. Wir haben sie heute gepeilt, und die Menge stimmte. Es kann also noch nicht viel Öl ausgelaufen sein.«

»Wieviel war drinnen?« Von Hassel sprach, als interessiere ihn das alles nur am Rande, aber der Leitende wusste genau, was den Kommandanten bewegte. »Noch fast dreißig Tonnen! Ich habe die vorderen Zellen entlasten lassen, weil wir im Bugraum das meiste Übergewicht haben. Männer, Torpedos, Vorräte!« Er blickte betreten auf das Stahldeck. »War wohl nicht meine schlaueste Idee! Wir könnten jemanden mit einem Tauchretter ins Wasser schicken, um den Schaden anzusehen. Vielleicht können wir ihn irgendwie abdichten und ...« Er hielt inne, als der Kommandant den Kopf schüttelte.

»Nein, LI, das ist keine gute Idee.« Er deutete nach Steuerbord. »Der Bursche folgt uns schon seit dem Sonnenaufgang. Wahrscheinlich sind noch ein paar andere von seiner Art in der Nähe.« Angewidert spuckte der Alte über Bord. »Kein Wunder, bei all den Appetithappen, die unsere Sanis über Bord geworfen haben.«

Es dauerte einen Augenblick, bis der Ingenieur verstand, was der Alte meinte. Mit einem Schauder sah er die dreieckigen Flossen. Natürlich! Die beiden Sanis hatten Arme und Beine amputieren müssen und sie im Wasser entsorgt. Er fühlte die Übelkeit in sich aufsteigen. Nur mit Mühe konzentrierte er sich auf die anliegenden Dinge. Die frische Seeluft half ihm etwas.

»Das wird was Größeres, Herr Kaleun!« Oberleutnant Wegemann zog die Brauen zusammen, und versuchte, keinen Punkt zu vergessen. »Wir müssen umstauen. Außerdem müssen wir prüfen, ob das Öl in Zelle drei noch verwendbar ist. Wenn ja, muss das Zeug in die anderen Zellen. Der Rest muss mit Seewasser ausgespült werden.«

Von Hassel nickte sorgenvoll. »Wieder weniger Sprit! Wie macht sich das im Trimm bemerkbar? Wir können nicht auch noch auf Zelle vier verzichten, nur um Schlagseite zu vermeiden!«

Wegemann blies die Backen auf. »Um ehrlich zu sein, ich habe keine Idee, Herr Kaleun. Wir werden das vorsichtig ausprobieren müssen!«

»Dann beeilen Sie sich, Herr Oberleutnant! Ich muss schleunigst wissen, wie viel Öl wir noch haben!« Der Kommandant verzog das Gesicht. »Was macht der Backborddiesel?«

»Die Männer arbeiten noch dran. Ich wollte wieder dazustoßen, sobald die Trimmung stimmt.« Der LI fuhr fort: »Jetzt kann ich mir aussuchen, was wichtiger ist.«

»Zuerst das Öl!« Von Hassel verzog erneut das Gesicht. »Wir können uns auch mit *einem* Diesel langsam davonschleichen, aber nicht ohne Öl!«

»Zu Befehl, Herr Kaleun!« Der LI grinste schief. »Immerhin haben wir bei alledem noch Glück gehabt! Es hätte ja auch schlimmer kommen können.«

Von Hassel sah ihn überrascht an. »Ja, wenn man es so betrachtet? Nun ab mit Ihnen, tun Sie Ihr Bestes. Wenn Sie zusätzliche Männer brauchen, wenden Sie sich an den IWO!«

»Ich kümmere mich darum, Herr Kaleun!«

Funkmaat Willi Rückert, im Nebenberuf Sanitäter von U-68, sah zu, wie der Sanitätsmaat der Kurland vorsichtig den Puls von Maschinenmaat Peters fühlte. Er wusste bis jetzt nicht viel über den anderen Mann, außer dessen Namen: Heinrich Zieblowski. Sie hatten auch wenig Zeit gehabt, miteinander zu reden. Mit dem Maschinenmaat von U-68 hatten sie nun zwanzig Verletzte zu betreuen.

Sie waren keine Mediziner, nur Sanitäter, aber was sollten sie machen? Niemand hatte jemals von ihnen erwartet, Operationen durchzuführen, trotzdem hatten sie es getan. Sie hatten Arme und Beine abgesägt, mit Werkzeug, das eigentlich eher für Reparaturen am Boot bestimmt war, sie hatten mit einer Tastlehre nach Splittern in offenen Wunden gesucht, und sie hatten geschient und genagelt, was das Zeug hielt. Sie hatten sich taub stellen müssen gegenüber dem Flehen der Verwundeten, gegenüber Schmerzensschreien und Leid.

In der Zwischenzeit waren alle Betäubungsmittel an Bord verbraucht. Verbandszeug hatten sie vor allem deshalb noch etwas, weil Männer Uniformstücke, die sie wegen des warmen Klimas nicht benötigten, in Streifen geschnitten hatten. Adolf Schott, der Smut, hatte in seiner engen Küche beinahe ständig Verbände und Werkzeuge ausgekocht.

Zieblowski schüttelte leicht den Kopf, aber Rückert hatte nichts anderes erwartet.

Jens Lauer warf einen kurzen Blick auf die ausliegende Karte. Vor allem während der langen Gammelfahrt hatte er dem Steuermann immer wieder über die Schulter gesehen. Tatsächlich, obwohl er das immer wieder vor seinen Kameraden zu verheimlichen suchte, war der Matrose ein durchaus neugieriger und intelligenter Bursche. Wenn der Krieg nicht dazwischen gekommen wäre und damit einige Gründe, freiwillig zur Marine zu gehen, würde er wohl immer noch die Schulbank eines Gymnasiums drücken. Er lernte gern, auch wenn das vielen seiner Altersgenossen, ebenso wie seinen Kameraden an Bord, eher als Schwäche erschien. Hätte er bereits sein Abitur gehabt, hätte er vielleicht den Versuch gemacht, Offizier zu werden, aber dazu hatten ihm bei Kriegsausbruch noch zwei Jahre gefehlt.

»Na, Junge, was treibst du hier?«

Die Stimme des Schmadding ließ Lauer herumfahren. »Nichts, Herr Bootsmann! Wollte nur mal schauen, wo wir sind.«

Der Bootsmann brummte nachdenklich. »Und? Wo sind wir deiner Meinung nach?«

Lauer griff nach einem Stechzirkel und dem großen Übersegler. Tausend Mal hatte er gesehen, wie Obersteuermann Franke Entfernungen nahm. Nur er selbst hatte es noch nie getan. Nicht, dass er nicht gewusst hätte, wie es ging, so schwierig war das nicht.

Er nahm auf der großformatigen Karte zehn Meilen in den Zirkel und begann, damit auf der Karte geradewegs nach Osten zu zählen. Bei neunzehn erreichte er beinahe Freetown. Er legte den Zirkel wieder in das Fach und drehte sich um. »Knappe zweihundert Meilen, Herr Bootsmann.«

Er schielte nach dem Fahrtmessanzeiger. Gerade einmal sechs Knoten, aber an der Backbordmaschine wurde ja auch noch gearbeitet. Er lächelte vorsichtig und sagte: »Bei dieser Fahrt noch mindestens dreißig Stunden, bis wir vor der Küste stehen.«

Bootsmann Volkert sah den Jungen prüfend an. »Wer sagt, dass wir zur Küste fahren?«

»Im Augenblick zeigt der Kompass Kurs Null-Neun-Zwo, Richtung Küste.« Lauer grinste. »Außerdem hat der Steuermann den Kurs eingezeichnet!«

»Soso!«, brummte Volkert in den dichten schwarzen Bart. Dann sagte er: »Na, aber leg dich jetzt hin! Du hast in ein paar Stunden wieder Wache!«

Der Matrose entgegnete etwas ratlos: »Wenig Chance da vorne! In meiner Koje liegt einer von der Kurland, alle anderen Kojen sind auch gerade voll!« Er dachte laut nach: »Irgendwo werde ich schon eine Ecke finden!« Dann zögerte er: »Bootsmann ...«

»Ja?«

»Ich habe die Männer von der Kurland gesehen. War es das alles wert?«

Bootsmann Volkert sah sich unwillkürlich um. Die Rudergänger und der Zentralemaat waren in der Nähe. Er senkte die Stimme: »Es ist nicht die Art der Marine, sich kampflos zu ergeben, Matrose! Wir sind keine Feiglinge, die bei echter Gefahr ihr Schiff versenken und sich vom Feind fischen lassen. Die Engländer müssen uns erst nehmen! Deshalb musste die Kurland kämpfen!«

Die beiden ungleichen Männer sahen einander in die Augen. Dann senkte Lauer den Blick. »Ich verstehe!« Aber sie wussten beide, dass sie gelogen hatten. Denn der Matrose verstand es nicht, und der Bootsmann wusste, dass der Kampf nichts verändert hatte.

Am Nachmittag verließ der Kommandant endlich den Turm. Doch auch er fand keine Ruhe. Beginnend mit dem Maschinenraum, ging er durch das ganze Boot. Noch immer arbeiteten Daniel Berger und andere Maschinisten an der Backbordmaschine. Andere Heizer peilten Ölbunker, pumpten um oder versuchten herauszufinden, wieviel Öl eigentlich wirklich mit Seewasser vermischt in den Zellen schwabberte. Bisher zeigten sich die Ergebnisse ihrer Bemühungen darin, dass das Boot mal Schlagseite nach Backbord, mal nach Steuerbord hatte. Für kurze Zeit war das Boot auch so stark vorlastig getrimmt, dass der Bug beinahe schon unter Wasser war, was bei der Turmwache immer den seltsamen Eindruck erweckte, dass sie gleich nach vorne fallen würde.

Der Kommandant ging durch jeden Raum und sprach mit den Männern. Sie alle hatten nicht geschlafen, stanken zum Gotterbarmen und reagierten mehr wie Maschinen denn wie Menschen. Was von Hassel zu sehen bekam, waren hohlwangige bärtige Gestalten. Höhlenmenschen. Und er wusste, dass er nicht besser aussah.

Zu all dem kam der Schock. Die Männer, die sie von den Rettungsflößen geborgen hatten, sprachen die gleiche Sprache, wenn sie nach Müttern, Frauen oder Freundinnen riefen. Die Reste der Uniformen, die sie von den verbrannten Körpern geschnitten hatten, waren die gleichen, wie sie selbst sie trugen. Dieses Mal war es nicht der Feind, der im Wasser trieb, dieses Mal waren es die eigenen Leute. Dadurch war der Krieg nähergerückt. Der Tod war nicht mehr etwas, das nur die anderen traf.

Doch von Hassel brauchte keine schockierte Männerschar, er brauchte eine Besatzung! Während er durch das Boot ging und hier und dort mit jemandem sprach, oder wenn er einem Verletzten lauschte, dann rasten die Gedanken immer noch in einem wilden Reigen durch seinen Kopf. Die Ereignisse der Nacht hatten ihn genauso mitgenommen wie jeden an Bord, aber diesen Luxus konnte er sich nicht leisten. Er am allerwenigsten.

Nach und nach machte er sich ein Bild vom Zustand der Verletzten und auch von dem des Bootes, vor allem vom Stand der Reparaturen. Am kritischsten war das Ölproblem. Doch auch wenn sich das Problem in der Zwischenzeit im Boot herumgesprochen hatte, so sah doch keiner an einer Geste oder seiner Miene, dass er sich Sorgen machte. Er machte Witze, er trieb an, er gab Befehle. Die Teile der Mannschaft, die mehr oder weniger in Lethargie verfallen waren, vor allem die Seeleute, die wenig bei den technischen Arbeiten helfen konnten, wurden wieder an die Arbeit getrieben. Es gab viel zu tun: Umstauen, Handreichungen für Rückert und Zieblowski bei der Pflege der Verwundeten und Überprüfen der vielfältigen Funktionen des Bootes. Wenn der Platz nun noch beengter war, dann half nur, ihn noch besser auszunutzen. Kojen wurden neu verteilt. Drei gesunde Männer teilten sich eine Koje. Die Verletzten, soweit gehfähig, teilten sich zu zweit eine Koje im Wechsel. Nur die schwersten Fälle bekamen eine Koje für sich, abgesehen von einem Mann, der sitzend an ein Torpedorohr gebunden war. Die beiden Sanitäter hätten ihn auch gerne in eine Koje gelegt und ihn in Frieden sterben lassen, aber er hatte einen Splitter in der Lunge und würde nur am eigenen Blut ersticken. So dauerte sein Sterben nur noch länger, aber er war ohnehin nicht bei Bewusstsein.

Von Hassel sah das und noch viel mehr. Einige der Männer, die sie geborgen hatten, würden noch sterben. Und er konnte sich vorstellen, wie das auf seine Besatzung wirkte, denn die Männer starben mitten unter ihnen. Es gab keinen ruhigen, abgeschiedenen Platz auf einem U-Boot, an dem sie in Würde gehen konnten. Der Seekrieg und das U-Boot ließen keinen Raum für Würde.

Den Männern, die ihren Alten durch das Boot gehen sahen, erschien er ruhig, aber natürlich wussten sie auch, dass viel davon Schein war. Nicht einmal der Kommandant hatte auf einem U-Boot so viel Abgeschiedenheit, dass er sich mit seinen Zweifeln und Ängsten irgendwo verstecken konnte. Immer war er den Augen der Männer ausgesetzt, die er führen sollte.

Sie kannten ihn, und sie kannten seine Stärken und Schwächen. Vertrauen und Loyalität wurden nicht mit den Rangabzeichen geliefert. Sie mussten verdient werden, auf einem U-Boot noch viel mehr als auf einer großen Einheit.

Doch gerade die Tatsache, dass er sich nie schonte, dass er Sterbenden die Hand hielt und mit ihnen sprach, brachte ihn seinen Männern wieder näher. Was auch immer kommen würde, solange der Alte die Nerven behielt, würde es wohl schon irgendwie klargehen. Dass von Hassel ihren Optimismus nicht ganz teilte, sagte er den Männern vorsichtshalber nicht. Denn sie saßen ganz gehörig in der Patsche und würden mehr als nur Können benötigen. Was sie jetzt brauchten, war Glück, pures, dummes Glück!

»Wir können das Öl abschreiben!« Oberleutnant Wegemann zuckte resignierend mit den Schultern. »Das Leck muss größer sein, als ich zuerst angenommen habe. Es ist zu viel Seewasser drinnen. Wenn wir das Öl verwenden, sind die Filter sofort zu.«

Von Hassel, die unvermeidliche Kaffeemug in der Faust, beugte sich etwas vor. »Also, LI, Butter bei die Fische! Wie viel bleibt uns?«

»Rund siebzig Tonnen. Das macht über den Daumen gepeilt dreitausend Seemeilen bei sparsamster Fahrt.«

»Das klappt nie! Ein Sturm, eine einzige Jagd, und wir machen nicht einmal die dreitausend. Abgesehen davon, dass die dreitausend uns auch nicht nach Hause bringen würden!« Von Hassel war sich der sorgenvollen Gesichter der Offiziere bewusst.

Vor allem der Neuzugang in der Offiziersmesse, Oberleutnant Werner Hintze, der Zwote der Kurland, wirkte immer noch wie versteinert. Natürlich hatte er nicht erwartet, dass seine Rettung nur der Auftakt zu neuen Gefahren sein würde. Alles, was er wollte, war, zurück in die Heimat zu fahren. Doch genau dafür hatte das Boot nicht mehr genügend Brennstoff. Wie also sollte es weitergehen?

Dieter Hentrich brachte es auf den Punkt: »Also woher Brennstoff nehmen, wenn nicht stehlen?« Der IWO lehnte sich zurück: »Krieg nach Prisenordnung?«

»Einen Versuch ist es wert. Aber die Tommies wissen nun, dass wir hier rumhängen. Als wir den Kreuzer torpediert haben, haben wir gewissermaßen unsere Visitenkarte hinterlassen.« Von Hassel sah sich um. Seine Offiziere wirkten ratlos. In diesem Augenblick war das für ihn ein gutes Zeichen, denn wenn schon sie nicht auf die richtige Idee kamen, dann würden es die Tommies vielleicht auch nicht tun. Er grinste, obwohl es ein Gefühl war, als sei sein Gesicht gefroren. »Nun, die britischen Gentlemen haben Sprit genug. Rund zweihundert Meilen von hier. Entweder wir haben Glück und können uns aus einem ihrer Dampfer bedienen, oder wir müssen direkt an die Quelle, meine Herren!«

Für einen Augenblick herrschte verblüfftes Schweigen. Alle starrten ihn an.

Rudi Schneider, der Jüngste in der Messe, brach die Stille: »Na, da soll mich doch der Teufel holen!«

Von Hassel musterte ihn kalt. »Passen Sie auf, was Sie sich wünschen, Leutnant! Es könnte eintreffen.« Seine Stimme klang fast sanft, aber die Worte ließen ihnen Schauer über den Rücken rieseln. »Ich will, dass dieses Boot morgen im Laufe des Tages wieder so einsatzklar ist wie irgend möglich! Meine Herren, wir haben einen Krieg zu führen, also an die Arbeit!« Er zögerte. »Vielleicht, aber nur vielleicht, haben wir auch mal Glück! Dann müssen wir nicht in die Höhle des Löwen!«

Seetag 25 – Die Jagd beginnt

Sie hatten länger gebraucht, die Küste zu erreichen, als Jens Lauer ausgerechnet hatte. Aber das lag vor allem daran, dass von Hassel zuerst die notwendigen Arbeiten abschließen wollte, bevor er sich wieder in die Reichweite der in Freetown stationierten Flieger wagte. Sie wussten nicht, welche Art von Flugzeugen dort stationiert war, aber auch ein Langstreckenaufklärer mit ein paar kleinen Bomben konnte tödlich sein, wenn er sie an der Oberfläche erwischte. Und dunkel war es noch lange nicht.

Getaucht schlich sich U-68 näher an die Küste. Im Augenblick betrug die Wassertiefe laut der Karte des Steuermannes noch rund zweihundert Meter, aber ein paar Meilen weiter würden es nur noch etwa achtzig Meter sein und kurz vor der Küste nur noch dreißig. Von Hassel hoffte auf einen Einzelfahrer, und er hoffte auf den Abend. Die Nacht war nicht nur für ein U-Boot verlockend, die schützende Dunkelheit mochte auch einem Skipper dienen, der glaubte, allein besser klarzukommen. Hier, vor Afrika, gab es noch kein durchgehendes Konvoisystem, jedenfalls hoffte von Hassel das. Andernfalls konnte er die Idee, sich aus einem Dampfer zu versorgen, gleich wieder aufgeben.

»Noch vier Stunden bis Sonnenuntergang!« Steuermann Franke wischte sich verstohlen den Schweiß aus dem Gesicht, während er den Kopf in das Kabuff des Kommandanten steckte. In der Röhre war es mal wieder unvorstellbar heiß, obwohl sie bereits seit einer Stunde getaucht waren. Normalerweise wäre er jetzt oben auf dem Turm auf Wache gewesen, aber da sie getaucht liefen, konnte er nur in der Zentrale seinen Arbeiten nachgehen.

Von Hassel nickte ruhig. »Danke, Steuermann!« Betont gleichmütig wandte er sich wieder seinem Buch zu. Es war beinahe typisch, dass der Kommandant der Einzige an Bord war, der tatsächlich noch nicht durch die beiden Bücher durch war. Denn der Kommandant hatte zwar etwas mehr Platz, aber auch mehr zu tun. Genau genommen hatte er noch nicht einmal das erste ganz gelesen. Doch auch jetzt nahm sein überreiztes Gehirn den Inhalt gar nicht auf.

Eigentlich konnte er zufrieden sein. U-68 lag wieder gut im Trimm, die verschossenen Bugrohre waren wieder geladen, der Backborddiesel war wieder klar, und vor allem zogen sie keine Ölspur mehr hinter sich her. Der LI hatte die Zelle stundenlang mit Seewasser vollgepumpt, nachdem sie das Öl ins Meer verloren hatte. Endlich, nach Stunden, konnten sie keine Spur des verräterischen bunten Schimmers mehr erkennen. Nun hatten sie zu wenig Brennstoff, um die Operation abzubrechen.

Wenigstens mit den anderen Vorräten sah es gut aus. Im Laufe des Tages hatten sie die letzten Kartoffeln verbraucht. Also gab es in Zukunft Makkaroni, Makkaroni und nochmals Makkaroni.

Sie würden von Trockenwaren und Dosenfutter leben müssen, aber aus Erfahrung wusste von Hassel, das selbst die Erbsen und Bohnen aus der Dose nach Dieselöl und Schimmel schmecken würden. Eine der weiteren kleinen Gemeinheiten des U-Boot-Lebens.

Er prüfte seine Gefühle. Es war ein verzweifelter Versuch, aber nicht so verzweifelt wie die Idee, in Freetown Brennstoff zu stehlen. Er mochte gar nicht daran denken, wie hoch dieses Risiko war.

»Kommandant in die Zentrale!«

Überrascht hob er den Kopf. Es war noch viel zu früh! Dennoch legte er das Buch beiseite und erhob sich. Als er in die Zentrale trat, wirkte er so ruhig wie immer. »Was liegt an?«

Jens Lauer lauschte dem gelegentlichen Stöhnen eines verwundeten Seemannes von der Kurland. Mehr hatte er im Augenblick nicht zu tun. Sogar die Skatrunden ruhten. Alle wussten, dass sie sich der Küste näherten. Noch war nicht Schleichfahrt befohlen, aber trotzdem war das Leben in der engen Röhre zum Erliegen gekommen.

»Na, da hamma ja vielleicht amal Glück g'habt!«, kommentierte Dörfler die plötzliche Aufregung weiter achtern.

Braunert zog die Brauen in die Höhe: »Abwarten Loisl! Abwarten!«

»Na, wenn der Alte den Sprit hat, dann wird er wohl schaun, dass er wegkummt!«

»Ja, wenn!« Braunert schüttelte den Kopf. »Wenn er hier einen Dampfer anhält, dann haben wir in Null Komma Nichts die Tommies auf dem Hals.«

»Ich glaube, er stirbt!« Jens' Stimme klang, als könne er es selbst nicht glauben.

Braunert warf einen kurzen Blick auf die Gestalt in der Koje. Er hatte bereits Männer sterben sehen und kannte die Anzeichen. Der Funkenpuster und der Sani vom Trossschiff hatten dem armen Kerl beide Beine abnehmen müssen. Vielleicht war es besser so.

Nur, Jens würde das nicht verstehen, noch nicht. Braunert brummte leise: »Ja, sieht so aus!«

»Soll ich den Funkmaat holen, oder den Sani? Der Sani ist im Feldwebelraum!« Eifrig sah der junge Seemann sich um.

Braunert schüttelte leicht den Kopf. »Wozu? Lass den armen Kerl gehen, Jens. Er hat genug hinter sich!«

Jens sah Braunert erstaunt an. Für einen Augenblick schwiegen beide. Dann nickte der Junge unsicher. »Wenn du meinst?«

Der große Seemann sagte: »Schon gut, Jens.«

Funkmaat Rückert hob den Kopf. »Dampfer, Herr Kaleun. Etwa zehn Meilen in Null-Acht-Fünnef!«

Von Hassel nickte. »Lassen Sie mal hören!« Er presste sich den Kopfhörer gegen das Ohr und schloss die Augen. Ein dumpfes, gleichmäßiges Mahlen klang durch die See. Nicht besonders laut. Er öffnete die Augen wieder. »Eine Schraube?«

»Klingt so, Herr Kaleun! Scheint ein ganz normaler Frachter zu sein! Kommt näher!« Rückert sah den Kommandanten neugierig an und wartete auf eine Entscheidung.

»Frachter, soso! Irgendetwas anderes in der näheren Umgebung?«

Der Funkmaat schüttelte den Kopf. »Nichts, es sei denn ...« Er ließ den Rest offen. Der Alte wusste sowieso, was gemeint war. Es sei denn, ein Zerstörer läge mit abgeschalteten Maschinen oben und lauschte. Wenn er nahe war, würden sie vielleicht die Hilfsaggregate hören, vielleicht auch nicht.

Es war ein Risiko, und je flacher das Wasser wurde, desto schlechter wurden die Horchbedingungen.

Von Hassel kam zu einer Entscheidung. »Gut, behalten Sie ihn im Auge, Rückert.« Er grinste. »Besser im Ohr!« Mit langen Schritten verschwand er in der Zentrale. Hier war nur die diensthabende Wache. Besser, man ging auf Nummer sicher. Er wandte sich an den Steuermann: »Stiller Alarm, alle auf Station, danach Ruhe im Boot. Auf Schleichfahrt gehen.«

Von Mann zu Mann wurde der Befehl weitergegeben. Männer hasteten auf Station, und für Augenblicke war das Getrappel auf den Stahldecks zu hören. Dann versank das Boot in Schweigen. Je leiser sie waren, desto größer die Chance, dass sie den Feind hörten, bevor der sie hörte.

Von Hassel steckte den Kopf ins Funkschapp: »Rückert? Was Neues?«

Der Funker nahm sich Zeit, einmal rundherum zu horchen. Dann schüttelte er den Kopf. »Nichts!«

»Also gut!« Von Hassel ging zurück in die Zentrale. Der IWO stand am Kartentisch neben dem Steuermann, der LI hatte sich wie üblich hinter den Tiefenrudergängern platziert. Sie waren bereit, was auch immer er befehlen würde. Er lächelte bei dem Gedanken: »Dann wollen wir mal einen Blick auf den Burschen werfen! LI, bringen Sie uns hoch auf Sehrohrtiefe! IWO, Sie übernehmen das Luftzielsehrohr, ich versuche mein Glück mit dem Angriffssehrohr im Turm!« Entschlossen stieg er die Leiter empor. Sollten Flieger in der Luft sein, dann vor allem jetzt, für eine letzte Patrouille, bevor die Nacht kam. Aber der IWO würde aufpassen, damit er sich ganz auf den Frachter konzentrieren konnte.

Er hörte unter sich in der Zentrale die gemurmelten Befehle und das Zischen von Pressluft, als der Leitende Zellen anblasen ließ. Der zusätzliche Auftrieb und die Tiefenruder brachten das Boot wieder nach oben. Endlich kam die Meldung, zusammen mit der vertrauten leichten Nickbewegung des Bootes: »Sehrohrtiefe! Boot ist durchgependelt, Herr Kaleun!«

Er fuhr das Sehrohr aus und nahm einen schnellen Rundblick. Aber die See war leer. Nur an Steuerbord, ziemlich genau im Süden, stand eine einsame Rauchfahne am immer noch hellen Himmel. Von dem Schiff selbst konnte er nichts erkennen. Eine schöne, relativ helle Rauchfahne. Was immer der auch verbrannte, es konnte nicht der schlechteste Brennstoff sein.

Einen Augenblick lang wog er Chancen und Risiken gegeneinander ab. Dann fuhr er das Sehrohr wieder ein. Von unten rief der IWO: »Himmel ist frei!«

Von Hassel rutschte die Leiter an den Holmen herunter. Mit einem Knall trafen seine Stiefel auf das Stahldeck. Das plötzliche laute Geräusch ließ ein paar Männer zusammenfahren, aber der Alte sagte nur: »Also, ich habe ihn gesehen! Ein Einzelfahrer!« Er spürte, wie das Interesse der Männer stieg. Ein Einzelfahrer! Das war genau, was sie brauchten. Es musste ja gar kein fetter Tanker sein. Das, was so ein Frachter auf dem Weg nach England an Treibstoff benötigte, würde für das U-Boot mehr als ausreichen. Sie mussten nur drankommen und dann die wertvolle Beute in ihre Zellen pumpen.

»IIWO, Sie übernehmen die Wache! Steuermann, Sie koppeln jede Bewegung mit! Der Funker soll am Ball bleiben! Wir tauchen auf und laufen ihm mit voller Kraft entgegen. Leutnant Schneider, Sie wissen, was zu tun ist. Auf Flieger achten!«

In die Männer kam Bewegung. Die Männer von Leutnant Schneiders Wache sammelten sich unter dem Turm. Alles schien in Windeseile zu gehen. Das Turmluk schlug mit einem Knall auf, als der Überdruck entwich.

Dann sprangen auch schon die Diesel an, und das Boot nahm Fahrt auf.

Zufrieden wandte der Kommandant sich an den IWO: »Kommen Sie in mein Kabuff, Herr Oberleutnant!«

Die beiden Männer verließen die Zentrale. Das Boot war in guten Händen.

Nachdenklich setzte sich von Hassel auf seine Koje, während Oberleutnant Hentrich auf dem einzigen Stuhl Platz nahm und seinen Kommandanten ansah. »Sie wollen, dass ich das Prisenkommando übernehme?«

Der Alte nickte. »Sie haben die meiste Erfahrung, auch wenn so etwas in Wirklichkeit noch keiner von uns gemacht hat!«, griente er freudlos. »Aber es gibt ja immer ein erstes Mal!«

»Wie sieht es mit Waffen aus? Ein großer Frachter kann vierzig oder fünfzig Mann Besatzung haben, und in unser Schlauchboot gehen gerade einmal sechs Mann.«

»Ich gebe Ihnen meine Pistole! Außerdem haben wir vier Karabiner an Bord.« Der Kapitänleutnant kraulte sich verlegen im Bart: »Der Bootsmann hat sie weggestaut, ich muss gestehen, ich habe keine Ahnung, wohin!«

»Na, wir haben ja auch normalerweise nicht so viel Verwendung dafür.« Hentrich grinste den Kommandanten an wie ein Verschwörer. »Ich nehme Freiwillige, wenn Sie gestatten, Herr Kaleun!«

»Einverstanden!« Von Hassel zögerte. »Aber sorgen Sie dafür, dass Sie gute Leute haben. So eine Chance kriegen wir vielleicht so schnell nicht wieder!«

Oberleutnant Hentrich nickte. »Schon verstanden, Herr Kaleun, ich passe auf!«

Die halbe Stunde, die ihnen blieb, bis sie in Sichtweite des Frachters kamen, schien wie im Fluge zu vergehen. Noch immer war der Himmel strahlend hell, als wolle die Sonne nie untergehen. Licht war gut für das Prisenkommando, dessen Aufgabe es war, an Bord des Frachters zu gehen. Licht war aber auch gut für einen Flieger, der zufällig des Weges kam. Letzten Endes würde es eine Glückssache werden.

Unten im Feldwebelraum musterte Oberleutnant Hentrich noch einmal persönlich seine Männer. Braunert, den hatte er erwartet, ebenso Dörfler. Wenn Braunert dabei war, dann konnte der Bayer wohl kaum zurückstehen. Beides gute Männer, auch wenn sie im Augenblick etwas unsicher auf die ungewohnten Gewehre starrten. Lauer, der Moses. Was hatte den getrieben, sich freiwillig zu melden? Sein Gesicht zeigte wie immer einen Ausdruck naiver Entschlossenheit. Der Stahlhelm ließ ihn eher jünger erscheinen. Oberleutnant Hentrich unterdrückte seine Verblüffung. Immerhin schien der Junge mit dem Gewehr vertraut zu sein.

Hentrichs Blick glitt weiter: Daniel Berger, der Maschinist. Er würde aufpassen müssen, dass keiner der Tommies Ärger in der Maschine veranstaltete. Der Gedanke, sich der frischen Seeluft aussetzen zu müssen, schien ihn mehr zu erschrecken als die Aussicht auf eine Schießerei mit ein paar feindlichen Seeleuten. Der Letzte in der Reihe war der Funker Henke. Er trug kein Gewehr, sondern einen Verbandskasten und eine Vartalampe, um Nachrichten zum Boot morsen zu können.

Hentrich spürte das ungewohnte Gewicht der Pistole an seiner Hüfte. Er hatte genauso wenig Ahnung wie seine Männer, was ihn erwartete. Aber es war der falsche Moment, das zu zeigen. Für einen Augenblick spürte er den Blick des Bootsmannes, der vom Schott aus zusah. Volkert wäre auch mitgegangen, aber er wurde hier an Bord benötigt.

»Männer, wir machen keine Messe aus der ganzen Sache. Wir rudern mit dem Schlauchboot rüber. Ihr verteilt Euch an Deck und haltet alle Niedergänge im Auge. Ich gehe auf die Brücke und spreche mit dem Kapitän. Dann sehen wir weiter! Und bevor die da drüben Unfug machen, schießt lieber!«

Die Männer sahen einander unsicher an, aber keiner widersprach. Natürlich nicht. Wenn es da drüben zu einem Kampf kommen sollte, waren sie allein. Der Kommandant konnte kaum mit dem Decksgeschütz auf den Frachter schießen lassen, solange seine eigenen Leute drauf waren.

Oben auf dem Turm beobachtete von Hassel durch sein Glas, wie das Schiff langsam näher kam. »Sieht aus wie ein Tanker, kommt schnurstracks auf uns zu!«

»Er hat uns wohl noch nicht gesehen! Er zackt nicht einmal! Scheint so, als hätten die Engländer keine U-Boot-Warnung rausgegeben. Eigentlich dumm!«

»Abwarten!« Von Hassel spürte die nagende Unsicherheit. Hatte er etwas übersehen? Misstrauisch hob er das Glas erneut. »Hat er eine Flagge gesetzt? Ich sehe nichts!«

»Nichts! Er wird es tun, wenn wir ihn anhalten!«

Der Alte senkte das Glas. »Hoffen wir es! Es wird Zeit! Geschützbedienung ans Geschütz! Wir feuern ihm eins vor den Bug und fordern ihn zum Stoppen auf, wenn er auf zwei Meilen ran ist. Rückert soll die Notrufwelle abhören, ob er funkt. Olm mit der Vartalampe auf den Turm! Flak besetzen!«

»Drei Meilen noch!« Rudi Schneider gab die Befehle durch das Sprachrohr nach unten weiter.

Das Versorgungsluk auf dem Vorschiff klappte auf, und die Männer der Geschützbedienung sprangen heraus, gefolgt von Dieter Hentrichs Prisenkommando.

Die Männer begannen, das Geschütz klarzumachen und das Schlauchboot aufzublasen. Wenigstens hatten die großen Boote eines.

Das war der kritische Moment. Das große Versorgungsluk stand weit offen, Männer waren auf dem Vordeck beschäftigt und Munition wurde nach oben gemannt. Wenn jetzt ein Flieger auftauchte, dann würde das Boot nicht einmal tauchen können. Ein Seemann besetzte die Flak-Maschinenkanone im Wintergarten. Langsam schwenkte er die Rohre hin und her.

Unten auf dem Vordeck richteten die Männer die große Zehn-Fünf. Das Rohr schwang etwas aus der Mittschiffslinie und begann, sich zu heben, während der Richtschütze an den Handrädern kurbelte. Von Hassel, der sich über die Turmbrüstung streckte, sah, dass der Schmadding selber schoss. Außer ein paar Runden zur Übung hatten sie bisher noch nie mit dem Geschütz geschossen. Der Kommandant verzog das Gesicht. »Bootsmann! Einen Schuss vor den Bug!«

Beinahe sofort krachte die Deckskanone. Selbst hier oben war es laut, und der Kommandant konnte sich gut vorstellen, wie es in der Stahlröhre klang. Aber er hatte andere Sorgen. »Olm, rufen Sie ihn an: Stop immediately, don't use your wireless! This is a German warship! – Stoppen Sie sofort, funken Sie nicht! Dies ist ein deutsches Kriegsschiff!« Gleichzeitig hob er das Glas und blickte hinüber zu dem Tanker. Zwei Meilen! Verdächtig dicht vor dem Bug des Schiffes stieg eine Wassersäule auf. Da hatte es der Bootsmann wohl etwas zu gut gemeint.

Gespannt beobachtete er die weiteren Ereignisse. Die Bugwelle fiel in sich zusammen. »Er stoppt!« Rudi Schneider hörte sich atemlos an.

Von Hassel grinste trotz seiner Anspannung: »Der Schuss wird ihn überzeugt haben! Fragen Sie nach, ob er funkt! Leutnant, kleine Fahrt!« Er wandte sich an den Funker, der gespannt wartete, wie es weitergehen würde: »Na, Olm, dann wollen wir mal. Machen Sie rüber: What ship? – Welches Schiff?«

Immer noch näherten sie sich dem gestoppten Schiff, das sich nun mehr und mehr in den leichten Wind legte.

Leutnant Schneider richtete sich vom Sprachrohr wieder auf: »Er funkt keinen Notruf!«

»Danke!« Während die Vartalampe in Olms Hand klickte, beobachtete der Kommandant ihre Beute.

Unverkennbar ein Tanker mit seinen ganz am Heck konzentrierten Aufbauten. Kein überragend großes Schiff, aber auch nicht gerade klein, beinahe vollständig in einem dunklen Grauton gepönt, wenn man von einem breiten roten Ring am Schornstein absah.

Und noch immer zeigte der andere keine Flagge. Von Hassel fühlte Unbehagen in sich aufsteigen. »Keine Deckskanone! Ich dachte, die Tommies hätten inzwischen alle Frachter bewaffnet!?«

Der IIWO richtete sein Glas auf die Aufbauten. »Nein, tatsächlich nicht! Ein Neutraler?«

»Könnte sein!«

Kurze Zeit gingen Morsezeichen hin und her, während Olm die Signale des anderen Schiffes übersetzte: »Norwegischer Motortanker Storvikken, 6236 Tonnen, unterwegs von Libreville nach Narvik!«

»Scheiße! Also wirklich ein Neutraler!« Rudi Schneider entfuhr ein Fluch.

Der Kommandant blickte das norwegische Tankschiff mit einer Mischung aus Bedauern und Misstrauen an. »Also mit Rohöl von Liberia nach Norwegen? Könnte stimmen!« Er senkte das Glas und beugte sich über die Brückennock. »Oberleutnant Hentrich! Sie und Ihre Leute werden den Burschen genauestens kontrollieren! Sollte es Bannware sein, will ich es wissen!«

Der IWO salutierte kurz, und die Männer setzten das Schlauchboot aus. Vom Turm aus beobachtete der Kommandant das Manöver. Der IIWO trat neben ihn. »Verzeihung, Herr Kaleun, aber wenn es ein Neutraler ist, sollten wir ihn dann nicht besser …«

»Ich glaube ihm nicht!« Von Hassel klang ruhig, beinahe unbeteiligt. Er musterte den großen Bug des Tankers, der sich inzwischen nur noch vier Kabellängen entfernt in der See wiegte. »Rudi, stoppen Sie, aber die Maschinen in Bereitschaft halten!« Er zögerte kurz und setzte hinzu: »Und halten Sie uns von seinem Bug frei!«

Der IIWO gab die Befehle nach unten weiter. Immer wieder musste er die Männer der Turmwache ermahnen, ihren Sektor im Auge zu behalten.

Natürlich war das Schiff, das sie gestoppt hatten, interessanter. Dann beobachtete er zusammen mit dem Kommandanten, wie das kleine Schlauchboot sich an die Bordwand des Tankers schmiegte.

Von Hassel beugte sich über die Turmbrüstung: »Bootsmann, bereithalten. Wenn ich Befehl gebe, auf seine Aufbauten feuern!«

Volkert sah zu ihm hoch. Für einen Augenblick konnte von Hassel das Glitzern in den Augen seines Schmadding sehen. Volkert verstand auch ohne große Erklärungen. Anders als Rudi Schneider in diesem Augenblick. »Herr Kaleun! Unsere Männer, der IWO …«

»Ruhe auf der Brücke!«, unterbrach ihn von Hassel unwirsch. Schneider schloss den Mund und sah ihn verdutzt an. Der Kommandant konnte doch nicht auf den Tanker schießen lassen, wenn ihre eigenen Leute an Bord waren?

An der Reling erwartete sie bereits ein Offizier. Der große blonde Mann starrte wortlos auf das Schlauchboot hinunter.

Aber wenigstens ließen die Seeleute ein Seefallreep herab. Oberleutnant Hentrich rückte sich die Mütze etwas verwegener zurecht und zwang sich zu einem verbindlichen Lächeln. »Mein Name ist Oberleutnant Hentrich! Verzeihen Sie die Störung, aber wir müssen Ihr Schiff kontrollieren!« Sein Englisch klang etwas plump und zäh, aber er hatte auch nur wenig Gelegenheit, es auszuprobieren.

Der große Offizier nickte kurz. »Ich verstehe, Sie tun nur Ihre Pflicht. Der Kapitän ist auf der Brücke! Wenn Sie mir folgen wollen!«

Der IWO bemerkte aus den Augenwinkeln, dass seine Männer sich auf die strategisch wichtigen Punkte des breiten Decks verteilt hatten. Zufrieden folgte er dem großen Offizier zur Brücke.

Der Kapitän des Dampfers war ein alter Fahrensmann. Dichter grauer Bart umrahmte sein Gesicht und machte es schwer, zu erkennen, was er wirklich von alledem hielt. Unter dem Arm hielt er griffbereit eine Mappe mit den Schiffspapieren.

Hentrich grüßte korrekt und stellte sich erneut vor: »Oberleutnant Hentrich, Herr Kapitän! Ich habe die Aufgabe, Ihr Schiff zu kontrollieren!«

Die Stimme des Kapitäns klang mehr wie ein Grollen: »Na, dann tun Sie, was Sie nicht lassen können! Hier sind die Papiere!« Er stieß ihm die Mappe entgegen.

»Danke, Herr Kapitän!« Hentrich fragte sich, ob der Norweger sich wohl auch so verhalten hätte, wenn die Engländer sein Schiff kontrolliert hätten. Wohl kaum. Alle Welt war daran gewöhnt, dass die Tommies auf See machten, was sie wollten. Er trat etwas näher an die Brückenscheiben und begann, die Dokumente zu überfliegen.

Der Rudergänger des norwegischen Schiffes sah ihm desinteressiert zu.

Der Duft von frisch gebrühtem Kaffee hing in der Luft, das Schiff wiegte sich leicht in der See, und irgendwo in der

Nähe, vermutlich aus der Funkkabine, erklang Musik und das Tackern einer Morsetaste. Ganz normaler Alltag auf der Brücke eines Schiffes in See.

»Die Schiffspapiere sind in Ordnung«, stellte der Oberleutnant fest, »aber das hier mit der Ladung, das müssen Sie mir erklären, Herr Kapitän.«

Mehrere Männer hingen rauchend an der Steuerbordreling herum und straften das U-Boot an Backbord mit überheblicher Ignoranz. Braunert, der sich bei seinem Schützling Lauer aufhielt, runzelte die Brauen. »Ich weiß nicht, Jens! Irgendwas stimmt nicht!«

»Ich glaube, die mögen uns nicht besonders!«

Der ältere Seemann griente schmal. »Na, das sicher nicht. Die haben's mehr mit den Tommies. Haben sich ja auch nicht beschwert, als die Tommies in ihrem Fjord ein paar Jungs von der Altmark kaltgemacht haben! Aber sie sind zu ruhig, zu wenig neugierig! Das passt nicht!«

Lauer fühlte eine unklare Besorgnis in sich aufsteigen: »Eine Falle?«

»Vielleicht! Sollte es Ärger geben, halte dich hinter mir, Kleiner!«

Es dauerte alles zu lange, viel zu lange. Äußerlich ruhig, aber innerlich zum Zerreißen gespannt wartete von Hassel auf dem Turm die weiteren Meldungen vom Tanker ab.

Was trieb Hentrich dort nur so lange?

Bisher hatte er nur kurz per Signalspruch bestätigen lassen, dass es sich wirklich um die norwegische Storvikken handelte, die mit Öl von Liberia kam und nach Norwegen unterwegs war.

Er hob das Glas, als er Bewegungen auf dem Deck erkannte. Sein IWO und ein weiterer Offizier standen in der Brückennock des Tankers und diskutierten über irgendetwas. Unten auf dem breiten Deck standen Männer in kleinen

Gruppen herum. Im Großen und Ganzen wirkte alles friedlich und irgendwie gelangweilt.

»Henke, fragen Sie an, wie lange sie noch brauchen!«

Der Funker ließ die Vartalampe klappern. Es dauerte nur einen Augenblick, bis Olm von der Storvikken antwortete. Henke las laut mit: »Unklarheit in Papieren! IWO will Ladung kontrollieren! Brauchen mindestens noch zehn Minuten länger!«

»Na gut!« Von Hassel beugte sich über die Turmbrüstung und spähte über das lange Deck.

Unten standen die Männer der Geschützbedienung und warteten untätig. Wenigstens war jetzt das große Torpedoluk geschlossen.

Minuten verstrichen. Auf dem Turm wurde kaum gesprochen. Nur die Stimme von Rudi Schneider unterbrach manchmal die Stille, wenn er einen der Männer ermahnte, seinen Sektor im Auge zu behalten.

Auch unten im Boot warteten die Männer. Alles war tauchklar. Nun gab es nichts anderes zu tun, als abzuwarten. Im Funkschapp lauschte Rückert gespannt in den Äther, für den Fall, dass der Tanker doch noch auf der Seenotwelle einen Funkspruch absetzen würde. Aber auf dem internationalen Band war alles still.

In der Zentrale lauschten die Männer dicht neben dem Turmschacht auf jeden Wortfetzen von oben, um zu erfahren, was vor sich ging. Viele beneideten jetzt die Kameraden, die oben waren oder gar auf dem anderen Schiff. Sicher, es konnte immer etwas ins Auge gehen, aber wenigstens wussten sie, was los war.

»Flugzeug an Steuerbord!« Aufgeregt deutete einer der Ausgucks zum Himmel. Von Hassel fuhr herum und richtete sein Glas auf den dunklen Punkt.

»Noch einer! Und da! Noch einer!«

Der Alte hatte genug gesehen. »Alarm! Einsteigen!« Er

beugte sich über die Turmbrüstung. »Bootsmann, Alarm, Flieger!«

Die Männer verschwanden in Sekunden in dem engen Loch. Als Letzter stieg der Kommandant ein, während das Boot bereits Fahrt aufnahm und nach unten wegkippte. Kommandos wurden gebrüllt, und Wasser schoss in weitere Zellen, als die Entlüfter aufgerissen wurden.

»Alle Mann voraus!«, drang die Stimme des LI über das Durcheinander.

Siebenundzwanzig Sekunden! Siebenundzwanzig Sekunden! Siebenundwanzig ... in endloser Folge wiederholte sich diese Zeit in von Hassels Kopf. Siebenundzwanzig Sekunden. Genauso wie im Kopf eines jeden Mannes an Bord. Es war die magische Zahl, die Zahl, die jeder Mann kannte, die Zeit, die ein Boot des Typs IXB theoretisch zum Tauchen brauchte. Jene kurze Zeitspanne, in der sich das Boot in die schützende Tiefe schieben sollte, um sich damit feindlichen Blicken zu entziehen. Siebenundzwanzig Sekunden, die sich jetzt zu Ewigkeiten dehnten.

Tausend Dinge schienen auf einmal zu geschehen. Von Hassel nahm alles mehr schlaglichtartig wahr. Die gebrüllten Befehle des LI, dessen Mund im schwarzen Gestrüpp seines Bartes wie ein groteskes Loch wirkte. Die Männer, die von achtern mit affenartiger Geschwindigkeit durch das Mannloch jumpten und nach ein paar Schritten durch das Kugelschott nach vorne verschwanden. Alles spielte sich rasend schnell ab und schien doch eine Ewigkeit zu dauern.

Er konnte jetzt nichts tun; alles, was zu tun war, lag in den Händen des Leitenden. Von Hassel spürte die Vibrationen, die von den E-Maschinen ausgingen, die sich mit höchster Drehzahl quälten, Bewegung in das beinahe fahrtlose Boot zu bringen. Runter, nur runter! Weg von der sonnenbeschienenen Wasseroberfläche – hinunter in die schützende Tiefe.

»Zwanzig Meter gehen durch!«

Von Hassel wusste nicht, wer die Meldung gebrüllt hatte.

Es war auch gleichgültig. Die Männer der Wache waren nach vorne verschwunden. Der Zentralemaat starrte blicklos ins Leere, als habe er mit dem Leben bereits abgeschlossen. Der IIWO starrte mit gerunzelter Stirn auf die Kondenswassertropfen an der Decke. Der Leitende und die Rudergänger hatten genug damit zu tun, das Boot auf Tiefe zu bringen.

Der erste Schlag kam, als sie schon nicht mehr damit gerechnet hatten. Mit dumpfem Krachen krepierte die erste Bombe nicht weit vom Boot. Die Röhre schien sich auf die Seite legen zu wollen. Männer verloren den Halt, und von vorne kamen erschreckte Rufe.

Birnen zerbarsten, und von einem Augenblick auf den anderen wurde es stockfinster. Aus der Dunkelheit wurden weitere Meldungen gebrüllt.

»Wassereinbruch über Papenberg!«, »Stopfbuchse backbord achtern macht Wasser!«, »Autsch, Scheiße!«

Der Kommandant spürte, wie sich das Boot schwerfällig wieder aufrichtete. Eine Taschenlampe schickte ihr Licht durch die Dunkelheit. Ziellos ließ der Zentralemaat den Lichtstrahl wandern. Bootsmann Volkert, der von irgendwo aufgetaucht war, drehte mit zufriedenem Knurren ein Handrad zu, und der Wasserstrahl aus dem Papenberg versiegte.

Von Hassel kam in Bewegung: »Steuerbord fünfzehn!« Er lauschte. Noch immer drehten die E-Maschinen mit voller Kraft. Weitere Ladungen explodierten, aber weit ab vom Boot.

Das Boot legte sich in eine sanfte Kurve.

Rudi Schneider wandte sich um und sah ihn an. »Schöne Scheiße! Jetzt möchte ich aber nicht in den Schuhen unseres IWO stecken!«

Von Hassel nickte. »Der IWO wird sehen müssen, wie er klarkommt! Wir bleiben erst einmal im Keller!« Er hob die Stimme: »Schäden melden!«

Von vorne kam eine weitere Taschenlampe, und in der Dunkelheit schepperte etwas. Der Kommandant musste die

Augen leicht zusammenkneifen, um zu erkennen, wer hinter dem Licht stand – der Elektro-Willi! Äußerlich unbeeindruckt von dem Durcheinander begann er, sich darum zu kümmern, dass sie wieder Licht hatten.

Bootsmann Volkert meldete: »Papenberg ist wieder dicht!« Er zögerte. »Von achtern kam auch eine Meldung!«

Von Hassel erinnerte sich: »Ja, etwas mit der Stopfbuchse!« Er wandte sich um: »LI?«

Oberleutnant Wegemann antwortete, immer noch etwas bleich: »Ich gehe nach achtern und schaue mir das mal selbst an!«

Von Hassel sah sich um. Glasscherben knirschten unter den Seestiefeln. Weiße Gesichter allerorten, aber die Reparaturen waren bereits in vollem Gange. Er entspannte sich etwas. Alles in allem hörten sich die Meldungen wilder an, als es war. Der Druckkörper war unbeschädigt. Er atmete tief durch. »Das hätten wir! Frage, Kurs?«

»Drei-Zwo-Null geht durch!«, rief der Rudergänger.

»Sehr schön! Gehen Sie auf Null-Zwo-Null!« Er starrte auf den Tiefenmesser. Das Boot war bereits bei achtzig Metern und sackte langsam weiter. Na schön! »Festblasen! Tiefenruder null!« Ventile wurden geschlossen. Gespannt beobachtete er den Zeiger, der sich immer langsamer bewegte, bevor er bei der Neunzig stehen blieb. Gut. Stabile Verhältnisse so weit! Mit einigen Schritten ging er zum Schott und steckte den Kopf in das Funkschapp. »Rückert? Irgendwelche Aktivitäten an der Oberfläche?«

Der Funker lauschte konzentriert. »Ich glaube, der Tanker startet seine Maschinen! Keine weiteren Bomben!«

Von Hassel verzog das Gesicht. »Die werden oben kreisen wie die Geier, nur für den Fall, dass wir wieder hochkommen, um unsere Leute abzuholen. Sagen Sie die Peilungen zum Tanker durch. Im Notfall müssen wir versuchen, ihm einen Aal ins Achterschiff zu jagen!«

»Aber unsere Leute!« Rückert sah ihn zweifelnd an.

Der Alte zuckte mit den Schultern. »Ich hoffe, sie waren schlau genug, sich einzuigeln. Mit etwas Glück können sie sich dann absetzen.«

Oberleutnant Hentrich spürte das Rucken der Pistole und sah Funken fliegen, als er die Kante der Brücke traf. Zufrieden zog er sich in seine Deckung zurück. Bis auf Braunert und Lauer hatte er alle seine Männer bei sich auf der Backbordseite. Sie steckten zwischen den dicken Rohren in Deckung und gaben dann und wann einen Schuss ab, um die Norweger nicht zu mutig werden zu lassen. Soweit er es beurteilen konnte, hatten die auch nur zwei Schusswaffen, aber mehr Männer. Er würde sich also bis zur Dunkelheit hier halten können. Was ihm viel mehr Sorgen machte, war die Rauchwolke, die wieder aus dem Schornstein quoll. Anscheinend machte der Skipper wieder Dampf auf, und das konnte ja nur bedeuten, dass er entweder nach Freetown wollte oder aber einem britischen Kriegsschiff entgegenfuhr.

Was in beiden Fällen darauf hinauslief, dass er und seine Männer in Gefangenschaft gehen würden. Wenn er sich andererseits zum Schlauchboot durchkämpfte, das immer noch am Seefallreep hing, standen die Chancen nicht schlecht, zu entkommen, wenn es etwas dunkler wurde. Aber dann wiederum standen die Chancen schlecht, von U-68 gefunden zu werden. Wie er es machte, machte er es falsch! Wenn er wenigstens wüsste, wo Braunert und Lauer steckten!

Als plötzlich die Flieger auftauchten und der erste Schuss von der Brücke fiel, hatte Braunert reagiert, ohne zu zögern. Er hatte einen der rauchenden Männer ins Bein geschossen! Sofort war die ganze Meute auseinandergespritzt und hatte sich irgendwo Deckung gesucht. Wenigstens hatten sie den Verletzten mitgenommen.

Dann hatte der lange Braunert seinen jüngeren Kameraden einfach in Deckung gestoßen. »Kopf runter!«

Minuten verstrichen. Das Boot tauchte vor den angreifenden Fliegern weg. Was hätte der Alte auch sonst tun sollen? Braunert wusste, dass sie auf sich gestellt waren.

Für eine kurze Zeit wurde eifrig geschossen, ohne dass mehr dabei herauskam als Lärm.

Braunert entspannte sich etwas. Die Schießerei konzentrierte sich auf die andere Seite des Decks. Er dachte nach. »Jens, wie geht's dir?«

Der Junge rang sich ein gequältes Lächeln ab. »Daran muss ich mich erst gewöhnen! Was machen wir nun?«

»Eine gute Frage! So wie es aussieht, haben die noch gar nicht gemerkt, dass wir auf dieser Seite stecken!«

Jens blickte nach achtern zum Aufbau. »Das ist nett von denen! Was meinst du, was ist passiert?«

Braunert zuckte mit den Schultern. »Die Norweger haben Dreck am Stecken! Wahrscheinlich fahren sie für die Tommies! Die heuern doch jetzt jeden Pott an, den sie finden können.«

Jens nickte eifrig. Braunert sah es in seinem Gesicht arbeiten. Anscheinend überlegte der Junge, wie es weitergehen würde, dachte wenigstens Braunert. Aber da konnte der ältere Kamerad auch nicht weiterhelfen, weil er selbst keine Ahnung hatte, was zu tun war.

Braunert hatte sich getäuscht. Jens Lauer dachte zwar kurz darüber nach, was die Norweger wohl vorhaben mochten, aber vor allem dachte er bereits darüber nach, wie man den Leuten ein paar Steine ins Getriebe werfen konnte. Er hatte jedenfalls keine Lust, in Gefangenschaft zu verschimmeln.

Gedehnt meinte er: »Rudi, wir müssen etwas tun, solange alle nur auf die anderen achten. Kommen wir vor bis zum Aufbau, ohne dass uns einer sieht?« Sein schmales Gesicht nahm den Ausdruck von Entschlossenheit an, aber die verbissene Miene ließ ihn nur noch jünger erscheinen.

Rudolf Braunert sah ihn überrascht an. »Wir beide alleine? Da drinnen muss jetzt die halbe Besatzung stecken.«

»Nein ...«, Lauer schüttelte unsicher den Kopf, » ... ein Teil steckt irgendwo in der Zeche!« Er blickte zur Brücke, wo gerade wieder ein Schuss krachte. Aber der Schütze verschwand sofort wieder in seiner Deckung. »Sie achten alle auf das Deck, wenn wir von hinten kommen, ...«

Braunert seufzte. »Du willst das wirklich versuchen?« So ganz konnte er es nicht fassen, dass er sich überhaupt darauf einließ. Es war verrückt. Andererseits, es war verrückt genug, um zu klappen! Trotzdem zögerte er. »Wir können uns dabei eine Kugel einfangen, Junge!«

»Ja, das können wir!« Jens dachte nach. Die Aussicht war nicht so besonders erfreulich. Aber die Alternativen auch nicht. Entschlossen begann er, im Schatten der dicken Rohre, die sich das Deck entlangzogen, nach achtern zu robben.

Braunert warf einen letzten Blick zur Brücke, bevor auch er unter einem Rohr verschwand. Es war verrückt, das war total verrückt!

Neunzig Meter tiefer versuchte das Boot mit aller Kraft, Anschluss zu halten. Doch mit AK gaben die Elektromotoren gerade einmal 7,3 Knoten her. Und das auch nur für etwas über dreißig Meilen oder umgerechnet etwa vier Stunden Fahrt.

Der Tanker war schneller, er lief jetzt schon über sieben Knoten und nahm weiter Fahrt auf. Ein Schiff dieser Größe, vor allem ein modernes Schiff, konnte gut zehn Knoten oder mehr laufen.

Mit jeder Stunde würden sie in diesem Rennen an Boden verlieren, und am Ende mussten sie auftauchen, spätestens, wenn die Batterien leer waren.

Von Hassel wusste das alles, aber es gab wenig, was er tun konnte. Die Flieger würden weiter am Himmel kreisen, nur für den Fall, dass sie wieder auftauchten. Der Norweger versuchte, sich unter ihrem Schutz abzusetzen, bevor die Nacht kam, die U-68 Schutz bieten würde. Nur konnte er kaum hoffen, Freetown zu erreichen, bevor U-68 ihn einholte. Also ... Von Hassel fuhr herum. »IIWO, Steuermann, werfen wir mal einen Blick auf die Karte!«

Die drei Köpfe beugten sich über die mit Kaffeeflecken beschmutzte Karte. Von Hassel deutete auf die Kurslinien, die der Steuermann eingezeichnet hatte. »Er hält sich Richtung Freetown. Aber er kann den Hafen nicht erreichen, bevor wir ihn packen. Er muss wissen, dass die Flieger ihm nichts nützen, wenn es erst einmal dunkel ist. Was denken Sie?«

Steuermann Franke sah sich die Karte an. »Er hält sich frei von der Küste. Wenn ich an seiner Stelle wäre, würde ich versuchen, in flaches Wasser zu kommen. Aber vielleicht ist er ja nicht so schlau!?«

»Nein, der ist schlau. Er muss auf einer anderen Welle als der Seenotwelle die Flieger herangerufen haben. Das war nicht nur eine Patrouillenmaschine. Das waren mindestens drei oder vier Bienen. Fette Bomber.« Rudi Schneider beugte sich tiefer über die Karte und hantierte mit Kursdreieck und Stechzirkel. »Er hält auch nicht genau auf Freetown zu. Weiter westlich, erheblich weiter westlich. So fährt er ja einen Umweg, selbst wenn er später den Kurs wechselt. Glaubt er, er kann uns abschütteln? Vielleicht hat er ja vergessen, dass wir ihn hören können?«

Der Steuermann dachte nach. »Er hätte nach Lungi fliehen können, oder auch nach Kopra. Das sind kleine Häfen. Es hätte ihm ein paar Meilen erspart.«

»Na, es ist ein Norweger, kein Tommy. Sonst würde ich beinahe denken, der führt mehr im Schilde als nur einfach abzuhauen!« Der IIWO starrte nachdenklich auf die Karte.

Von Hassel sagte: »Ich glaube, genau das tut er! Wenn er die Zeit bis zur Dunkelheit ausnutzt und dann rund zwei Stunden dazunimmt, bis wir ihn wieder eingeholt haben, wo steht er dann? Schnurstracks auf diesem Kurs?«

Der Steuermann rechnete kurz und koppelte die Entfernung auf der Karte aus. »Hier! Mitten im Nichts, nicht ganz zwanzig Meilen südöstlich von Freetown. Was er da will, weiß keiner, vielleicht nicht mal er selbst.«

Rudi Schneider betrachtete die Karte. »Doch, er weiß es ganz genau. Er weiß es viel genauer als wir. Das ist nicht weit vom Lotsenpunkt entfernt, an dem ein Schiff von Süden einen Lotsen an Bord nimmt. Freetown ist ja kein ganz einfacher Hafen.«

»Ein Schiff?« Von Hassel runzelte die Stirn. »Wenn es ein Geleit wäre oder ein Verband Kriegsschiffe, dann ergäbe das einen Sinn, aber ein Lotse? Der würde uns wohl kaum hindern können, ihn in den Grund zu bohren.« Er dachte nach. »Leutnant, ich will, dass sie alle B-Dienst-Meldungen nochmal durchsehen. Alles, was wir haben! So langsam glaube ich, der Norweger weiß etwas, was wir nicht wissen!«

»Jawoll, Herr Kaleun!« Leutnant Schneider nickte und verschwand in der Offiziersmesse, wo die Berichte in einem der Stahlschapps verschlossen waren.

Obersteuermann Franke sah seinen Kommandanten nachdenklich an. »Sie glauben, er lockt uns zu einem Verband Kriegsschiffe?«

»Steuermann, wenn ich das wüsste! Aber wir können den IWO ja nicht im Regen stehen lassen.« Von Hassel wandte sich müde ab. »Ich gehe einen Augenblick in mein Kabuff. Melden Sie mir, wenn es oben dunkel wird!«

Walter Franke sah ihm hinterher. *Trotzdem hast du keine andere Wahl gehabt!*

Die beiden Seeleute gelangten ungesehen zum Aufbau. Irgendwo weiter vorne und auf der anderen Seite des Decks wurden immer noch sporadisch Schüsse gewechselt, aber allem Anschein nach wusste niemand so richtig, wie es weitergehen sollte. Norwegen war ein neutrales Land, aber viele Norweger fuhren für die Briten. Wenn sie erwischt wurden, dann blühte auch ihnen die Versenkung des Schiffes. Wie die Politiker darüber später entscheiden mochten, war eine andere Sache, aber hier und jetzt hatten natürlich alle ihre Gründe, zu kämpfen. Und dass die norwegische Neutralität genauso einseitig war wie die amerikanische oder die spanische, war auch keine Neuigkeit. Lauer und Braunert wussten also, dass sie mit erbittertem Widerstand zu rechnen hatten.

Braunert hielt das Gewehr im Anschlag. »Vorsichtig, und bleib hinter dem Schott!«

Jens öffnete die Vorreiber und zog das Schott auf, aber alle Vorsicht war unnötig. Leer lag der Gang zu den Wohnkammern vor ihnen. Lauer hob seinen Karabiner und stieg über das Süll. Alles war ruhig. Im Augenblick hörte man nicht einmal Schüsse.

Vorsichtig, immer eng an die Metallwände gedrückt, schlichen sie weiter, die Läufe der Gewehre in den Gang gerichtet.

Die Überraschung kam von hinten! Eine Tür öffnete sich unversehens, und ein norwegischer Seemann trat hinter ihnen hinaus in den Gang. In seiner Hand schimmerte metallisch ein Revolver.

Die beiden Deutschen fuhren herum und hoben die Gewehre, aber auch der Norweger riss die Waffe hoch. Die Schüsse krachten beinahe gleichzeitig in dem engen Gang. Wo Lauers Kugel hinging, sollte er nie erfahren. Sie zwitscherte irgendwo als Querschläger den Gang entlang, bis sie einfach liegen blieb, weil ihre kinetische Energie verbraucht war.

Die Kugel des Norwegers streifte den jungen Deutschen nur, aber die Wucht des Einschlages reichte, um ihn herumzureißen und gegen die Metallwand zu werfen. Für einen Augenblick benommen, sackte Jens an der hell gestrichenen Wand hinunter und hinterließ einen roten Schmierstreifen.

Braunert war der Einzige, der die Nerven behalten hatte. Sein Schuss krachte nur einen Sekundenbruchteil nach den anderen, aber diese kurze Zeitspanne reichte aus, um etwas genauer zu zielen. Noch bevor der Norweger dazu kam, erneut anzulegen, riss Braunerts Kugel auch ihn von den Beinen.

Aber der lange Seemann verschwendete keinen weiteren Gedanken an den Norweger, sondern kniete neben Jens nieder: »Hey, Kleiner, was ist mit dir?«

Benommen schüttelte der Junge den Kopf: »Mir ist gar nicht gut!« Er hielt sich die Schulter, und Blut tropfte zwischen seinen Fingern hindurch.

»Lass mal sehen!« Mit ruhigen, aber kräftigen Bewegungen löste Braunert Jens' Hand von der Wunde. Stofffetzen vom Hemd, Fleisch und Blut bildeten eine ekelhafte Masse. Vorsichtig zog Braunert das Hemd etwas ab und brummte: »Das ist nicht tief, nur ein Streifschuss! Da hast du aber nochmal Glück gehabt!«

»Glück?« Jens biss die Zähne zusammen. »Fühlt sich nicht so an!« Er bewegte probeweise seinen Arm. »Aber vielleicht hast du recht! Weiter!« Er versuchte, sich aufzurichten. Mit etwas Mühe und Braunerts Unterstützung gelang es. Unsicher stand er auf den Beinen. »Wohin nun?«

Braunert griff sein Gewehr und dachte endlich wieder an den Norweger. Mit vorgehaltener Waffe ging er zu der stillen Gestalt auf dem Deck. Der Mann bewegte sich immer noch und sah den Deutschen aus großen verängstigten Augen an. »Nicht schießen!« Sein Deutsch klang seltsam, aber verständlich.

Braunert bückte sich und griff nach dem Revolver, der achtlos am Boden lag. Dann sah er sich die Bescherung näher an. Der Norweger hatte beide Hände fest auf die Brust gepresst, aber ein dünner Blutfaden verriet Braunert, wohin er getroffen hatte. Die Augen des Mannes blickten ihn seltsam klar an, als erwarteten sie von ihm Hilfe. Ausgerechnet von ihm, dem Mann, der ihn in die Brust geschossen hatte.

Der Mann hustete gequält, und etwas mehr Blut sickerte aus seinem Mund. Jens, der hinzugetreten war, schaute ratlos auf den Sterbenden. Das war kein Ziel in einem Sehrohr, kein anonymer Feind, der irgendwo am Himmel kreiste. Was vor ihnen lag, war ein ganz normaler Mann, etwa um die dreißig, der sich das Leben aus dem Leib hustete. Er hätte genauso gut einer von ihnen sein können.

»Wir sollten ihn hinsetzen!« Jens erinnerte sich an den anderen sterbenden Mann, den man nicht hatte hinlegen können, weil er einen Splitter in der Brust hatte. Er schluckte schwer. Das war also der Krieg!

Braunert arbeitete, ohne zu sprechen. Vorsichtig richtete er den Mann auf und lehnte ihn gegen die Wand des Ganges. Mehr konnten sie nicht tun. Trotzdem beugte er sich noch einmal hinunter: »Wir kommen wieder. Versuch einfach, weiterzuatmen!«

Der verletzte Seemann sah ihn an. Braunert wusste nicht, ob er überhaupt verstanden hatte, was er gesagt hatte. Aber wenigstens fiel dem Norweger das Atmen sichtlich leichter. Er wandte sich um und sah Jens an. »Weiter?«

Auch der Junge war verletzt, wenn auch nicht schwer. Und er war schockiert vom Anblick dieses Sterbenden. Aber er biss die Zähne zusammen. Schließlich war er Soldat, und es herrschte Krieg. »Weiter! Ich glaube, wir müssen nach unten!«

»Nach unten? Ich dachte, auf die Brücke?«

Jens schüttelte den Kopf. »Maschinenraum!« Er streckte die Hand aus: »Gib mir den Revolver!«

Sie schlichen weiter, bis sie an den Niedergang kamen. Vorsichtig lauschte Braunert nach unten, aber außer dem Geräusch der Maschinen hörten sie nichts. Keine Schritte auf den eisernen Plattformen, keine Stimmen, nur das laute Dröhnen der Motoren. Konnte es sein, dass gar keiner dort unten war? Verblüfft sahen sie einander an.

»Ich zuerst! Du wartest ab – falls da unten plötzlich ein Feuerwerk losgeht!« Braunert wartete nicht ab, ob Jens Einwände hatte. Das Gewehr am Riemen vor der Brust hängend, packte er einfach die beiden Handläufe und rutschte hinunter. Jens spähte neugierig hinterher.

Erschrockene Rufe erklangen. Braunert hob das Gewehr und blickte unsicher in den Maschinenraum. Alles war hell erleuchtet und wirkte mit dem glänzenden Metall mehr wie eine Fabrikhalle. Der Maschinenraum war, verglichen mit dem höhlenartigen Dieselraum von U-68, groß wie eine Halle.

Aber Braunert hatte wenig Zeit für die Umgebung. Einige Meter vor ihm stand einer der Schiffsingenieure und las Zahlen von diversen Instrumenten ab. Ein anderer Maschinist lehnte ein Stück weiter an der Reling der Plattform.

»Los, an die Wand!«

Er wusste nicht, ob die Norweger Deutsch verstanden, aber sein Gewehr war offenbar genug der Erklärung. Die beiden Männer hoben die Hände und stellten sich an die Wand vor den Instrumenten.

»Jens! Komm runter! Ich brauche deine Hilfe!«

Lauer kam langsamer den Niedergang herunter als sein älterer Kamerad.

Aber er machte einen entschlossenen Eindruck, auch wenn immer noch Blut aus der Wunde an seiner Schulter sickerte. »Was soll ich tun?«

Braunert riskierte einen Seitenblick über die Reling hinunter in den eigentlichen Motorenraum. Er konnte niemanden sehen, aber das bedeutete gar nichts. Da unten gab es viele Verstecke.

Nachdenklich wandte er sich Lauer zu: »Du passt auf die beiden Helden hier auf. Sie sind unbewaffnet. Halte also einfach ein bisschen Abstand, damit sie dich nicht überrumpeln können!«

»Was machst du?« Lauer spähte auch kurz nach unten.

Braunert zwang sich zu einem Grinsen. »Ich treibe die Burschen zusammen, die sich da unten verstecken, und dann stelle ich die Maschinen ab. Irgendwie!«

»Lass das mal lieber sein!« Jens deutete auf eine lange Reihe Schalter und Hebel am Kontrollpult. »Ich glaube, damit geht das einfacher, und der Alte wird nicht glücklich sein, wenn wir hier einfach alles zu Schrott verarbeiten!«

Braunert verzog das Gesicht und studierte die Beschriftungen. Ein Stück weiter standen die beiden norwegischen Maschinisten immer noch mit erhobenen Händen an den Instrumenten.

Leise meinte er: »Das ist ja alles Norwegisch!«

Jens unterdrückte ein Lachen: »Englisch und Norwegisch!«

»Egal!« Der große Seemann sah ihn säuerlich an. »Du weißt, ich verstehe beides nicht!«

Lauer nickte. »Schon gut! Außerdem sollten die beiden Englisch können!« Er hob mit dem unverletzten Arm den schweren Revolver und ging auf einen der beiden Männer zu. »Stop the engines! – Stoppt die Maschinen! Now! – Jetzt!«

Die beiden Männer sahen ihn schweigend an. Feindseligkeit glitzerte in ihren Augen. Scheinbar ungerührt drehte Jens sich zu Braunert um. »Sie verstehen kein Englisch. Schade, dann nützen sie uns nichts. Erschieß sie, wir können uns nicht mit denen aufhalten!«

»Nicht schießen! Nicht schießen!« Einer der Männer senkte die Arme und war wohl drauf und dran, auf die Knie zu fallen.

Lauer war zufrieden. »Also, ich wusste es doch! Norweger, die kein Englisch und kein Deutsch sprechen, wer soll das glauben!«

Bewundernd sagte Braunert: »Tatsächlich, sie sprechen! Sogar Deutsch! Woher wusstest du das?«

»Schulunterricht, Geografie! Deutschland und England sind die größten Handelspartner Norwegens. Und dazu noch Seeleute, die sich also dauernd bei uns oder den Tommies rumtreiben«, grinste er etwas verzerrt. Dann wandte er sich wieder den Norwegern zu, deren Feindseligkeit der Furcht gewichen war. Wer wusste schon, was an der englischen Propaganda alles der Wahrheit entsprach? Angeblich machten die Deutschen ja keine Gefangenen und waren überhaupt der Ausbund alles Bösen. Auch wenn der junge Mann sich von ihrem eigenen norwegischen Moses gar nicht so arg unterschied. Nicht einmal der Bart wuchs ihm richtig. Aber immerhin, er war ein Deutscher! Vielleicht würde er sie ja wirklich einfach erschießen.

Für Braunert war es ein Wunder. Der Seemann war seit vielen Jahren in der Marine, war die Ränge hoch- und nach Prügeleien und Trunkenheit im Dienst auch wieder runtergewandert. Das Leben außerhalb der Marine war für ihn eine unbekannte Größe. Er hatte nie über Propaganda nachgedacht. Nicht über englische, und nicht über deutsche. Natürlich erzählten die Tommies der ganzen Welt Blödsinn über die Deutschen. Na und?

Für Lauer war es ein schlechter Witz. Da hatten die Engländer der ganzen Welt die Mär vom bösen Deutschen erzählt, und das so raffiniert, dass sich diese beiden Norweger fast ins Hemd machten.

Er war sich der Tatsache sehr bewusst, dass er im Gegensatz zu vielen seiner Kameraden eher schmächtig war. Aber er hatte auch etwas anderes begriffen: Mit Grips und Willen kam man trotzdem zum Ziel. Er grinste so irre wie möglich: »Also gut! Los, die Maschinen abschalten! Sofort!« Um seine Aufforderung zu unterstreichen, wedelte er etwas mit dem Revolver.

Oberleutnant Hentrich lag in seiner Deckung und spähte zum Himmel empor. Es begann zu dämmern. Das Ganze hier dauerte bereits Stunden. Er wusste genau, dass das U-Boot unter Wasser kaum mit dem Tanker mithalten konnte. Aber auftauchen und nachsetzen konnte es auch nicht, solange die Flugzeuge immer noch kreisten.

Endlich aber drehten die Bomber nach Osten und verschwanden in enger Formation. Ihre Enttäuschung war bis hierher zu spüren.

Daniel Berger, der Maschinist, sah den abfliegenden Maschinen ebenfalls hinterher: »Gut, die sind schon mal weg, Herr Oberleutnant. Was auch immer passiert, das Boot erwischen sie nicht mehr!«

»Wir müssen die Brücke stürmen!« Der IWO klang entschlossen.

Die Männer sahen ihn unruhig an. Olm fasste es in Worte: »Stürmen? Wie denn? Wir sind ja keine Stoppelhopser!«

Hentrich nickte nachdenklich. Er wusste genau, dass er sich keine Unsicherheit leisten konnte, oder die Männer würden ihm niemals folgen. Nicht, weil sie sich fürchteten. Nur ein Narr würde sich nicht fürchten, irgendwohin zu laufen, wo geschossen wurde, aber sie hatten bewiesen, dass sie ihre Furcht im Griff hatten, auch wenn das hier etwas völlig anderes war, als in einer Stahlröhre auf Wasserbomben zu warten. Aber es war ungewohnt. Er musste sichergehen, dass jeder verstanden hatte, was er zu tun hatte. Nur, was war das? Seine eigene infanteristische Grundausbildung war auch schon lange her. Er musste also improvisieren. »Wir brauchen eine Ablenkung! Die haben da oben nicht viele Waffen, wahrscheinlich nur zwei!«

»Aber g'nug Muni, um uns den ganz'n Tag hier festzunag'ln!«

Der Oberleutnant zwang sich zu einem Lächeln, trotz Dörflers Einwand. »Ja, das macht sie sicher. Deshalb eine Ablenkung. Olm, können Sie zum Bug kriechen und irgendetwas Sinnloses nach Steuerbord morsen? So, dass die Norweger es von der Brücke aus sehen?«

»Klar, Herr Oberleutnant, aber was soll das nützen?«

Hentrich antwortete: »Es ist Zeit, zu verhandeln. Sie wissen nicht, ob wir alle hier stecken. Wenn sie jetzt noch glauben, unser Boot sei in der Nähe, dann geben sie vielleicht auf.«

»Herr Oberleutnant!« Berger deutete auf den Schornstein, der von ihnen aus gesehen gleich hinter der Brücke in die Höhe ragte. »Sehen Sie!«

»Was?«

»Der Rauch, er wird weniger! Sie stoppen die Maschinen!«

Rückerts Stimme klang unsicher, als könne er nicht glauben, was er in seinen Kopfhörern hörte. »Der Tanker stoppt!«

Von Hassel fuhr herum: »Was?«

Rudi Schneider, der immer noch durch die Berichte blätterte und nun zum dritten Mal versuchte, aus den Meldungen schlau zu werden, kam aus der Offiziersmesse. »Er stoppt?«

Rückert lauschte zur Sicherheit ein weiteres Mal. »Er stoppt, ich höre nur noch Hilfsaggregate!«

Der IIWO sah seinen Kommandanten an. »Sollten unsere Leute die Norweger doch noch überwältigt haben? Es ist viel zu früh, wir sind mindestens noch dreißig Meilen von der Küste entfernt!«

Von Hassel versuchte, Ordnung in seine rasenden Gedanken zu bringen. Nur nichts übersehen. »Funkmaat, wie weit bis zum Tanker? Dann rumhorchen! Steuermann, Abstand bis zur Küste, wie dunkel ist es oben? IIWO, Turmwache mustern!«

Oberleutnant Hintze, der Zweite des gesunkenen Trossschiffes, kam in die Zentrale. Wortlos zog er den Arm aus der Schlinge und betrachtete den schmutzigen Verband. »Sie werden einen weiteren Offizier brauchen, Herr Kaleun!«

»Wir haben kein zweites Schlauchboot und keine Waffen mehr!« Von Hassel sah den Oberleutnant an. »Ich weiß noch nicht, wie wir vorgehen, aber danke für das Angebot!«

Eine nach der anderen trudelten die Meldungen ein: »Küste zweiunddreißig Meilen, Zeit bis zur Dunkelheit etwa eine halbe Stunde!«

»Turmwache gemustert!«

»Artilleriemannschaft klar zum Feuern!«

Von Hassel sah sich um. »Eine halbe Stunde bis zur Dunkelheit? Zeit, dass die Bienen sich verdrücken, wenn sie nicht bei Nacht landen wollen! ...Wir riskieren es! LI, bringen Sie das Boot auf Sehrohrtiefe!«

Der LI nickte knapp. »Vorne unten fünfzehn, hinten unten zehn, Zellen eins und zwo anblasen!«

Das Boot begann, sich aufzurichten. Der LI drückte es mit den Tiefenrudern ziemlich schnell aus der Tiefe empor, bevor er es dicht unter der Oberfläche abfing und mithilfe der Trimmzellen wieder ausbalancierte. »Boot ist auf Sehrohrtiefe, Herr Kaleun!«

Der Kommandant warf ihm einen kurzen Blick zu, bevor er sich zum Periskop umwandte. »Dann wollen wir mal schauen, was die Vögel machen!« Langsam fuhr er das Luftzielsehrohr aus und nahm einen schnellen Rundblick.

»Keiner mehr da!« Er kontrollierte noch einmal. »Sie sind wirklich weg!« In seinem Kopf schien sich der Plan selbsttätig zu formen. »Der Sanitäter soll sich bereithalten! Oberleutnant Hintze! Ich kann Ihnen keine Waffen geben, die sind alle schon drüben. Aber suchen sie sich ein paar Männer und halten sie sich bereit, den Tanker zu übernehmen!« Von Hassel trat an den Kartentisch und blickte auf die ausgebreitete Seekarte. »Hier, hundertzwanzig Meilen von der Küste entfernt, das wird unser Treffpunkt!« Er blickte den Oberleutnant prüfend an: »Da finden Sie sicher hin?«

»Ich denke schon, Herr Kaleun!«, erwiderte Hintze. »Navigation war schon immer meine starke Seite. Anders sieht es mit Gefangenentransporten aus. Wie viele Männer bekomme ich?«

»Die Leichtverletzten der Kurland und vier bis sechs von meinen eigenen Männern. Mehr kann ich Ihnen nicht geben.«

Hintze runzelte die Stirn. »Das wird reichen!«

»Gut, ich verlasse mich auf Sie, Oberleutnant!« Von Hassel wandte sich zum LI: »Wenn alle so weit sind: Auftauchen und hinterher mit dreimal AK! Hoffen wir, dass unser Zossen heute mal keine Mucken hat!«

Rückerts Stimme schnitt in die Unterhaltung: »Kriegsschiffe! Zwei oder drei! Mindestens dreißig Meilen, vielleicht mehr. Aber sie laufen auf uns zu!«

Der Alte, der bereits mit einem Bein auf der Leiter stand, war in Sekundenbruchteilen im Funkschapp. »Kriegsschiffe?«

»Drei! Genau in Null-Null-Null, Fahrt ungefähr achtzehn Knoten. Zwei Dieselantriebe und eine Turbine! Sehr dicht beieinander, hört sich an wie eine Formation.«

Noch deutlicher ging es nicht! Er wandte sich um. »LI, hoch! Wir haben etwa eine Stunde Zeit!« Er sah den verletzten Leutnant an. »Sie werden zusammen mit dem IWO entscheiden müssen. Wenn es zu eng wird, setzen Sie sich ab und ich blase den Tanker mit einem Torpedo in die Luft, bevor wir abhauen!«

Zischend schoss Luft in die Tauchzellen, und das Boot bewegte sich beinahe ruckartig aufwärts. Von Hassel stieg die Leiter empor und wartete. Er musste nicht lange warten. »Turmluk ist frei!«

Schnell kurbelte er das Handrad auf und klappte den Deckel hoch. Wie immer zerrte der entweichende Unterdruck an seiner Kleidung, und ein Schwall Wasser begrüßte ihn. Noch während er auf den Turm kletterte, sprangen bereits die Diesel an.

Oberleutnant Hentrich winkte mit seinem nicht mehr ganz weißen Unterhemd. Aber offenbar verstanden die Norweger, was gemeint war. Eine metallische Stimme, verstärkt durch eine Flüstertüte, dröhnte über das Deck: »Was wollen Sie?«

»Mit Ihnen reden!«

Der norwegische Kapitän schien kurz nachzudenken, dann antwortete er: »Kommen Sie näher. Sie allein und ohne Waffe!«

Hentrich richtete sich auf, das Unterhemd deutlich sichtbar in der Hand. Sein Uniformhemd war immer noch nicht richtig zugeknöpft. Irgendwie kam er sich einsam und gleichzeitig ziemlich dämlich vor. Wenn die Norweger jetzt schössen, dann würde er mit einem schmutzigen Unterhemd winkend sterben. Was für ein blöder Gedanke!

»Das ist nahe genug!«

Hentrich blieb stehen. »Unser Boot ist in der Nähe!«

»Und?«

Er seufzte leise, bevor er mit lauter Stimme antwortete: »Wenn Sie nicht aufgeben, ist mein Kommandant gezwungen, auf Ihr Schiff schießen zu lassen.«

Dreißig Meilen sind keine große Entfernung. Der britische Zerstörer Warlock, mit dem die Funker des Tankers Kontakt hielten, würde nur etwa eine Stunde brauchen, um sie zu überbrücken. Der norwegische Kapitän wusste das. Er wollte sein Schiff nicht verlieren. Norwegen war neutral, auch wenn viele Sympathien auf Seiten der Engländer lagen. Nur – er fuhr in englischem Auftrag. Die Deutschen würden sein Schiff also versenken, so oder so. Und sie würden dazu keine Stunde benötigen.

Der Engländer hatte gut reden. Immer wieder empfahl der britische Kommandant per Funk, Zeit zu gewinnen. Eine Stunde nur, eine verdammte Stunde. Aber in einer Stunde konnte ein Schiff versenkt werden und eine Besatzung sterben. Auch das wusste der norwegische Kapitän, wie so vieles andere. Zum Beispiel, dass sie auf über zwanzigtausend Tonnen Dieselöl standen, die er nach England transportieren sollte. Wenn da ein Torpedo einschlug, brauchte sich niemand mehr Sorgen zu machen. Und es gab noch etwas, das der Norweger wusste: Die Deutschen waren total plemplem. Total durchgedreht. Die englischen Radiosender, die sie hier nahe der Küste empfingen, brachten jeden Tag neue Geschichten darüber. Der Norweger war sich also völlig sicher, dass der deutsche Kommandant sein Schiff torpedieren würde, lange bevor die Tommies hier sein konnten. Der verrückte Nazi würde doch sicher keine Rücksicht darauf nehmen, dass ein paar von seinen Leuten mit in die Luft flogen!

Oberleutnant Hentrich versuchte es noch einmal. Es war für keinen Seemann eine einfache Entscheidung, sein Schiff aufzugeben. Der Kapitän würde mit sich zu ringen haben. Aber er hatte Probleme, sonst wären die Maschinen nicht gestoppt worden. Vielleicht ein Schaden, vielleicht waren Braunert und Lauer auch bis in den Maschinenraum gekommen. Schließlich wusste er seit Stunden schon nicht mehr, wo die beiden abgeblieben waren.

Hentrich wusste nichts von dem Zerstörer, er wusste nicht einmal, wo sein U-Boot war. Nur, dass der Alte irgendwann aufkreuzen würde, das wusste er! Und dass sie das Öl aus dem Tanker brauchten. Nicht das Rohöl, das er in den großen Ladungstanks vermutete, sondern den Dieselbrennstoff, den der Tanker für seine eigenen Maschinen an Bord hatte.

»Sie liegen gestoppt, niemand kann Ihnen zu Hilfe kommen. Also, warum setzen Sie das Leben Ihrer Männer weiter aufs Spiel?« Hentrich spähte zur Brücke empor. Hinter sich hörte er, wie sich seine Männer langsam in Richtung Aufbau vorarbeiteten, sorgfältig in Deckung der dicken Rohre bleibend, die sich über das gesamte Deck zogen. Er musste die Norweger nur noch ein paar Minuten beschäftigen, damit sie nicht merkten, dass seine Männer nicht mehr zurückschossen. Hentrich konnte sich nicht umdrehen, aber er wusste, dass auch Olm hektisch auf die leere See hinaus funkte. Auch das würde man von der Brücke aus sehen.

Für kurze Zeit herrschte Schweigen. Hentrich fühlte den Wind auf seiner Haut. Es wurde nun schnell dunkel, und die Sterne traten hervor. Er wusste, man würde auf der Brücke reden, und trotzdem würde der Kapitän das letzte Wort haben.

»Garantieren Sie für die Sicherheit meiner Männer?«

Der Oberleutnant blinzelte verdutzt. Wie sollte das gehen?

Aber irgendwie würde sich da sicher was arrangieren lassen. Er holte tief Luft: »Wenn Sie jetzt das Schiff übergeben, dann ja!«

Wieder verstrich eine Minute, dann sprach der Kapitän die erlösenden Worte: »Also gut! Ich habe meinen Männern befohlen, nicht mehr zu schießen! Wir ergeben uns! Wie geht es jetzt weiter?«

»Kommen Sie runter, alle! Die Waffen lassen Sie auf der Brücke!«

»Was ist mit den Männern im Maschinenraum? Offenbar haben Ihre Männer die ...«

Hentrich winkte ab. »Das ist ein anderes Problem, aber darum kümmere ich mich gleich!«

»Also gut, wir kommen dann an Deck!«

Der IWO wartete einen Augenblick, dann befahl er: »Also, jeden, der aus dem Schott kommt, gleich mit dem Gesicht nach Backbord hier an die Rohre. Passt auf, Jungs, die sind viel mehr als wir.«

Olm, der gesehen hatte, dass etwas vor sich ging, kam angerannt. »Was soll ich machen?«

»Mach dich auf den Weg in den Maschinenraum! Ich glaube, Lauer und Braunert haben sich da verschanzt. Ich brauche Meldung, so schnell es geht!«

»Jawoll, Herr Oberleutnant!«

Henke blinkte mit der Vartalampe in die Dunkelheit. Sehen konnte er den Tanker nicht, aber schon seit einiger Zeit blinkten Meilen vor ihnen Signale auf, die keiner lesen konnte. Sinnlose Buchstabengruppen! Was nichts Gutes bedeuten mochte!

»Keine Antwort, Herr Kaleun!«

Von Hassel schob sich die Mütze etwas tiefer ins Genick. »Verdammter Mist!«

»Vielleicht sind sie beschäftigt?«

»Rudi, vielleicht sind sie auch schon alle tot, und der Norweger morst irgendwas mit einem Tommy herum! Schon mal daran gedacht?« Wütend drosch er auf die Turmbrüstung ein. Dann sagte er: »Also gut, besser, man ist auf alles vorbereitet. Bugrohre fluten, aber noch nicht öffnen! UZO auf Brücke!«

Die Befehle wurden bestätigt, und ein Seemann brachte die schwere Optik nach oben. Dann verstrichen wieder Minuten, in denen keiner sprach. Endlich deutete einer der Turmwächter hinaus auf See. »Da, ich sehe ihn, Herr Kaleun!«

Nach und nach schälten sich Details aus der Dunkelheit. Es war tatsächlich der Norweger. Das Schiff lag bewegungslos in der See.

»Henke, rufen Sie ihn noch mal!«

Das Klappern der Vartalampe war das einzige Geräusch. Gespannt warteten die Männer, und dieses Mal wurde ihre Geduld belohnt. Hell stach das Licht des großen Signalscheinwerfers durch die Dunkelheit. Es war der vertraute schnelle Rhythmus, mit dem Kriegsschiffe morsten, nicht der langsame und behäbige Signalverkehr von Handelsschiffen. Ganz offensichtlich stand Olm an der Taste. Die Männer brachen in Jubel aus.

»Der IWO hat das Schiff unter Kontrolle, sie haben die Norweger überwältigen können, Herr Kaleun! Er fragt an, was er tun soll!«

Von Hassel atmete tief durch. Noch war die Gefahr nicht vorbei, aber er spürte die Erleichterung. »Sagen Sie ihm, wir schicken Oberleutnant Hintze und ein paar Mann rüber! Wir kommen längsseits!«

Minuten später schabte das Boot mit kleiner Fahrt am Rumpf des Tankers entlang und erzeugte einige Geräusche, die LI Wegemann unten in der Zentrale den Schweiß auf die Stirn trieben. Aber alles ging gut. Einer nach dem anderen sprangen die Männer auf das immer noch ausgebrachte Seefallreep und eilten hinauf an Deck. Viel Zeit hatten sie nicht. Der britische Zerstörer, den Rückert in seinem GHG hörte, würde nicht einmal mehr zwanzig Minuten brauchen, um ihre augenblickliche Position zu erreichen.

Oberleutnant Hentrich gab den Tanker an Oberleutnant Hintze ab und kehrte mit seinen Leuten zurück auf das U-Boot. Die Storvikken blieb unter der Obhut der ehemaligen Kurland-Männer, die sich auf dem großen Tanker eher zurechtfanden. Noch während die Luks auf dem Vordeck geschlossen wurden, begannen die Schrauben des Bootes wieder schneller zu schlagen, und der schlanke Bootskörper driftete von der Masse des Tankers weg. Auch die Storvikken begann, Dampf aufzumachen und drehte hinaus auf die offene See. In der Zwischenzeit war es beinahe Mitternacht.

Seetag 26 – U-Boot-Jäger

»... Abstand der beiden anderen noch sechzehn Meilen, Herr Kaleun!«

Von Hassel rief nach unten in die Zentrale: »Dann also los! Ruhe im Boot!«

U-68 lag getaucht auf Sehrohrtiefe. Noch immer versuchte der Kommandant vergeblich, den nahenden Zerstörer ins Blickfeld zu bekommen, aber das war bei über drei Meilen Distanz ein aussichtsloses Unterfangen.

Immer und immer wieder prüfte er in Gedanken seinen Plan und versuchte, sich in den Kopf des englischen Kommandanten zu versetzen. Was wusste der Tommy und was nicht? Er wusste, die Storvikken war entweder gesunken oder nicht weiter als fünf Meilen entfernt. Denn er hatte vor einer halben Stunde noch Funkkontakt mit ihr gehabt, wie Olm herausgefunden hatte. Fünf Meilen war zu weit, um sie zu sehen! Er konnte sie mit seinem Horchgerät aufspüren, aber eigentlich hatte er schlechte Chancen, es war eher gegen U-Boote verwendbar. *Nein, Herr Tommy, so einfach geht es nicht!*

Also, der Zerstörer würde kreisen, um Wrackteile oder Rettungsboote zu finden.

Der Tommy-Skipper würde wohl kaum damit rechnen, dass das deutsche U-Boot sich immer noch hier herumtrieb. *Und dann kriegen wir dich!*

»Zentrale: Frage Abstand und Peilung!«

Von unten kam die Stimme des IIWO zurück: »Drei-Vier-Fünnef, zwei Meilen, er geht jetzt mit der Drehzahl runter! ASDIC!«

Von Hassel hatte bisher nichts gehört, aber das wunderte

ihn auch nicht. Der Zerstörer konnte nur ungefähr in einem Winkel von fünfundvierzig Grad Backbord voraus bis fünfundvierzig Grad Steuerbord voraus etwas mit seinem pingenden Blindenstock anfangen.

Aber nicht einmal wenn sie direkt von den Impulsen getroffen wurden, hieß das zwangsläufig, dass der Tommy wirklich genau wusste, wo sie steckten. Die englische Wunderwaffe gegen U-Boote war alles andere als ausgereift. Jeder wusste das, man hatte es ihnen oft genug eingehämmert, in den Wachoffizierslehrgängen und später im Kommandantenlehrgang.

Es war von Hassel zwar klar, dass die Tommies mit aller Kraft daran arbeiteten, aber im Augenblick rechnete er sich noch gute Chancen aus, vor allem gegen nur einen Zerstörer. Zwei wären etwas anderes gewesen, aber die beiden anderen kleineren Kriegsschiffe würden noch eine Stunde brauchen, bis sie hier waren. Bis dahin war der Zerstörer so allein, wie es das U-Boot auch war.

Wieder einmal presste er das Gesicht gegen den Gummiwulst und spähte hinaus. Es war immer das gleiche seltsame Gefühl. Sein Körper war im Boot, aber sein Geist war dort draußen. Es war dunkel, aber nicht mehr ganz. Der Mond ging auf. Auch wenn er nichts hören konnte, war es nicht schwierig, sich vorzustellen, wie es dort draußen war. Der leicht aufkommende Wind kräuselte die glatte See etwas, aber noch herrschten gute Sichtverhältnisse.

Er hielt den Atem an. »Zerstörer backbord voraus, Bug links, ich schätze zwanzig Knoten, knappe zwei Meilen!« Er wusste, dass alle Daten sofort in den Vorhaltrechner gingen, eingeschlossen die Richtung, in der er das Sehrohr hielt.

Von unten kam die Meldung: »Er treibt, Herr Kaleun! Rückert hört nur noch die Hilfsaggregate!«

»Er treibt? Frage: ASDIC?«

Er hörte unten einen kurzen Wortwechsel, dann trat der IIWO wieder unter den Turmschacht. »Kein ASDIC mehr!«

Von Hassel presste das Gesicht erneut gegen den Gummiwulst. Leise murmelte er zu sich selbst: »Also treiben und lauschen?«

Der Zerstörer draußen gab ihm keine Antwort auf seine Frage. Nachdenklich beobachtete der Kommandant die niedrige Form mit der typischen kantigen Brücke und den vier Schornsteinen. Ein alter V&W-Zerstörer. Es hatte sich schon seit Monaten hartnäckig das Gerücht gehalten, die USA hätten überalterte Schiffe an die Tommies abgegeben, die deren Lücken bei den Sicherungsfahrzeugen schließen sollten. Aber es war das erste, das er im Einsatz sah. Das Schiff war wirklich alt, einer der Veteranen aus dem letzten großen Krieg. Bei schwerem Seegang fuhren sie wahrscheinlich mehr unter als über Wasser. Nur war jetzt ruhige See, und der Zerstörer konnte seine überlegene Geschwindigkeit voll einsetzen. Genauso wie seine schwere Bewaffnung. Ohne Probleme erkannte von Hassel die Schatten vor der Brücke und auf dem Achterdeck. Zehner, Zwölfer, was auch immer.

Groß genug und schwer genug, seinem Boot den Garaus zu machen, sollten sie an die Oberfläche kommen, doch völlig nutzlos gegen ein getauchtes Boot. Aber er würde natürlich auch Wasserbomben haben.

»Er treibt und lauscht!« Leise gab er seine Erkenntnis weiter an den IIWO, der unter dem Turmschacht wartete. »Scheint ein gewitzter Hund zu sein!«

Mit jeder Minute, die verstrich, entfernte sich der Tanker weiter, und die Chancen der Tommies, ihn zu finden, wurden geringer. U-68 musste die Tommies nur eine Weile beschäftigt halten.

Oder, wie von Hassel sich im Geiste korrigierte, diesen Zerstörer unter Wasser treten und sich absetzen, bevor die beiden anderen auftauchten.

Der IIWO meldete von unten: »Seine Maschine läuft wieder an!«

Der Alte beobachtete den Zerstörer. Eigentlich sollte man das Sehrohr nicht so lange oben lassen, aber unter diesen Bedingungen hatte der Tommy sowieso keine Chance, es zu sehen. Also konnte er sich den Luxus leisten, das andere Schiff nicht aus den Augen zu lassen. Den Feind!

Ein heller Schimmer am Bug verriet ihm, dass der Zerstörer schnell Fahrt aufnahm. Die Silhouette verkürzte sich. Drehte der andere auf sie zu oder weg?

»IIWO: Er dreht, aber ich kann nicht erkennen, wohin!«

Unten hörte er wieder leises Murmeln, dann kam Schneider wieder unter den Turm. »Weg von uns! Rückert meint, er entfernt sich!«

»Verdammt!« Von Hassel blickte wieder durchs Periskop. Ja, der weiße Schnauzbart wurde mehr und mehr von den schwarzen Schatten verdeckt. Der Tommy drehte ab. Das war kein Suchkreis, der drehte einfach ab! Als roch er die Gefahr! Verwundert blinzelte von Hassel. Er konnte doch gar nichts ahnen, oder?

Ein Ping traf unvermittelt die Stahlröhre. Ein lauter, stechender Ton, der in den Schädel fuhr wie ein Skalpell. Verdutzt spähte von Hassel durch das Sehrohr.

Der Zerstörer lag doch immer noch auf ablaufendem Kurs? Er kehrte ihnen das Heck zu, also womit, verdammt noch mal, ortete er sie?

Es war sicher der falsche Zeitpunkt, sich darüber Gedanken zu machen. Der Zerstörer wusste, wo sie waren. Das war alles, was zählte. Die altmodische Silhouette schwang herum, und der weiße Schnauzbart glitzerte im Mondlicht. Drei Meilen, eher weniger. Bei voller Fahrt rund fünf Minuten für den Zerstörer.

Von Hassel rang mit einer Entscheidung. Der Zerstörer würde geradewegs auf sie zu kommen. Lage Null. Ein ganz schlechtes Ziel. Die Trefferchancen waren gering, und wenn er zu früh schoss, dann würde das Horchgerät das Kriegsschiff rechtzeitig warnen, und der Zerstörer könnte einfach wegzacken! Nur, wenn er zu spät schoss, würde der LI das Boot nicht mehr rechtzeitig in die Tiefe drücken können, weg von den drohenden Wasserbomben. War es das Risiko wert? Der Zerstörer war beschäftigt, darauf kam es an. Nur, wenn sie sich nicht absetzen konnten, bevor die beiden anderen da waren, wurde es eng.

»Bugrohre öffnen!« Er hatte seine Entscheidung getroffen.

Vorne im Bugraum drückte sich Jens Lauer in den Raum zwischen Dörfler und den Spinden. Seit die Leichtverletzten der Kurland ausgestiegen waren, gab es wieder etwas mehr Platz hier. Trotz des Befehls »Ruhe im Boot« unterhielten sich die Männer flüsternd.

»I mog wiss'n, was die da vorn mal wieder anstell'n!« Dörfler verzog missmutig das Gesicht.

Lauer blickte unruhig von einem zum anderen. »Hat der Alte doch gesagt, wir verschaffen der Storvikken Zeit, um abzuhauen!«

»Ja, mir leg'n uns mit am Zerstörer o! So a Schmarrn, Sakra no amal!« Dörfler grollte weiter leise vor sich hin. »Hot a auf oa Mal d' Halskrankheit g'kriagt, unser Alter!«

Braunert sah Dörfler strafend an. »Der doch nicht, und das weißt du genau, Dörfler, also mach nicht so 'n Wind!« Aber auch er klang unsicher.

Niemand konnte ganz sicher sein, denn die Zentrale schien unendlich weit entfernt.

Auch der Elektro-Willi war unsicher. Er war mehr als das. Immer wieder glitten seine Blicke an der gerundeten Wandung der Röhre entlang. Das Schott zum Dieselraum war geschlossen, wie immer bei Gefechtsbereitschaft. Die Kugelschotten nützten nicht viel, die großen druckfesten Abteilungen waren eher eine Ostseekonstruktion. Denn wenn eine Abteilung voll lief, ging das Boot so oder so auf Grund. In der Ostsee konnte man dann noch aussteigen, aber hier?

Selbst am Rande des Küstenschelfs, wo das Boot den Grund erreichen konnte, ohne zerquetscht zu werden, würde es keine Chance mehr geben.

Die Männer in der abgesoffenen Abteilung würden die glücklicheren sein. Jeder wusste das, und daher war auch jeder damit einverstanden, dass die Kugelschotten nicht geschlossen wurden.

Aber das Schott zwischen Diesel- und E-Maschinenraum hatte einen Sinn. Sollte in der komplizierten Technik ein Brand ausbrechen, so würde nicht gleich das ganze Boot verqualmt. Deshalb blieb das Schott zu. Für den Elektro-Willi, der an Achtern im E-Maschinenraum auf Station war, bedeutete das, alleine in einer stählernen Gruft zu sitzen und zu warten.

Die großen Elektromotoren summten nur leise vor sich hin. Schleichfahrt! Doch für ihn klang es, als wollten sie ihn verhöhnen. Genau wie die See draußen. Sie wartete, sie wartete nur darauf, in sein kleines Refugium einzubrechen! Der Maschinenobergefreite Wilhelm Hochhuth, allgemein nur als der Elektro-Willi bekannt, spürte die Furcht, die Furcht, die immer stärker geworden war, von Woche zu Woche, von Tag zu Tag, bis zu diesem Tag, an dem er sicher zu wissen glaubte, das Schicksal werde ihn einholen, unentrinnbar wie die See selbst, die grün und nass außerhalb seines Gefängnisses wartete.

»Abstand tausendzweihundert, achtzehn Knoten!« Leise raunte der IIWO die Meldungen nach oben. Von Hassel blickte durchs Sehrohr. In der Vergrößerung wirkte der Zerstörer bereits riesig. Wenn er sich konzentrierte, konnte er auch ohne Horchgerät bereits seine Schrauben hören, ein gleichmäßiges Mahlen. Wie ein Herzschlag. Aber drohender.

Der Eindruck täuschte. Das Kriegsschiff stand bei dieser Geschwindigkeit noch beinahe zwei Minuten entfernt. Unsicher zackte der Tommy hin und her. Alle paar Augenblicke traf ein Ping ihre Hülle, aber oft genug auch, während sie achteraus oder querab zu dem Kriegsschiff standen. Unmöglich, dass er sie direkt einpeilte.

Vielleicht gab es etwas am Grund? Etwas, das die Impulse reflektierte und sie wie Querschläger durch das Wasser laufen ließ? Echos vielleicht. Das würde erklären, warum der Tommy so unsicher war.

»Du bist ein erfahrener Bursche, nicht wahr?«, hielt der Kommandant leise Zwiesprache mit seinem Gegner.

Unten murmelten Stimmen etwas, dann meldete der IIWO: »Gegner macht Fahrt auf!«

»Ja, ich sehe es!« Tatsächlich sah von Hassel, wie der weiße Schnauzbart der Bugwelle größer wurde und der Zerstörer trotz seiner altmodischen Form irgendwie elegant nach Steuerbord abdrehte, weg von ihnen. Zwölfhundert Meter! Näher kam er einfach nicht heran. Gerade eben zu weit für einen guten Schuss! Und die Zeit verrann! Die beiden anderen Kriegsschiffe konnten jeden Augenblick aus der Dunkelheit auftauchen.

Wieder rechnete er. Die Storvikken würde etwa acht Meilen weg sein, vielleicht zehn. Zu weit, sie zu sehen, und eine Verdoppelung der Entfernung bedeutete, dass der Gegner ein viermal so großes Seegebiet absuchen musste. Für die beiden kleineren Schiffe, die sich immer noch bemühten, zu ihrem großen Bruder aufzuschließen, ein echtes Problem. Es mussten Sloops oder Korvetten sein. Die Tommies setzten diese Blechbüchsen in ihrer Not ja überall ein, nicht nur in den Küstengewässern, für die sie entworfen worden waren. Etwa fünfzehn oder sechzehn Knoten Höchstgeschwindigkeit. Schneller als ein getauchtes U-Boot, aber über Wasser konnte er ihnen zur Not davonlaufen.

Nein, entschied er, sein Problem war der Zerstörer! Alt, aber mit seinen Hochdruckturbinen in der Lage, über dreißig Knoten zu laufen. So alt, wie er war, flogen ihm die Dinger dabei möglicherweise um die Ohren, aber wenn sie es nicht taten, konnte er in Windeseile einen Suchkreis fahren und die Storvikken finden. Eine einfache Rechnung. Zwei mal Pi mal r. Ein Kreis von zehn Meilen Radius ergab rund dreiundsechzig Meilen Strecke. Die Sloops oder Korvetten würden dafür vier Stunden brauchen, der Zerstörer nur zwei. Wenn er, was logisch war, zur offenen See hin anfangen würde zu suchen, würde er also wahrscheinlich noch nahe genug herankommen, um den Tanker mit seinem Horchgerät zu finden.

Von Hassel hatte auf ihn lauern wollen. Ein Zerstörer war eine Blechbüchse. Ein Torpedo würde reichen, ein einziger Treffer, und das Ding würde zerbrechen oder in die Luft fliegen! Vor allem so ein altes Schiff. Und wenn es auf tausend Meter heran gewesen wäre, sodass es sie mit seinem ASDIC sicher hätte orten können, dann wäre auch er bereits nahe genug gewesen, ihm einen Aal zu verpassen.

Aber immer, bevor er zu nahe kam, drehte der Zerstörer erneut ab.

Der Kommandant murmelte eine Verwünschung. Wieder drehte der alte Zerstörer und zeigte seine Breitseite mit den vier Schornsteinen. Aber wieder war der Abstand zu groß. »Du ahnst, dass wir hier sind und auf dich warten?« Der Gedanke kam ganz automatisch.

Vielleicht konnte er sie nicht orten, aber möglicherweise konnte sich der englische Kommandant einfach gut in ihn hineinversetzen? Für von Hassel ein mehr als unangenehmer Gedanke.

»Er treibt wieder und lauscht!«

Von Hassel beugte sich über das Luk. »Danke, IIWO!« Er wandte sich erneut dem Sehrohr zu. Immer noch Breitseite, beinahe eine Meile entfernt. Das perfekte Ziel, aber nur scheinbar. Er hatte seine Lektionen bereits mit seinem alten Boot gelernt. Einen Frachter konnte man auf eine Meile abtakeln, wenn notwendig. Mit Beschleunigen und allem Drum und Dran würde so ein Aal rund dreißig Sekunden laufen.

Für einen Frachter waren dreißig Sekunden nicht viel, selbst wenn er den Aal mitbekommen sollte, was sowieso schon unwahrscheinlich war.

Aber die alte Blechbüchse in seinem Fadenkreuz hatte vierzigtausend Pferdestärken und scharfe Ohren. Innerhalb von dreißig Sekunden würden diese Pferdestärken das an sich leichte Schiff um drei oder vier Knoten beschleunigen oder seine großen Ruder ihn um mindestens dreißig Grad herumdrücken.

Der Torpedo würde einfach vorbeilaufen, mochte das Ziel auch noch so schön aussehen. Es war ein Bluff! Der Bursche wartete nur, dass er schoss!

Bei dieser Erkenntnis fühlte von Hassel einen kalten Schauer. Der Tommy wollte, dass er feuerte! Die Torpedos würden seine Position verraten! Wenn er vielleicht dumm genug wäre, einen ganzen Fächer zu schießen, hätte er nichts mehr in Reserve. Das würde dem alten Kriegsschiff die Chance geben, mit voller Fahrt auf sie einzudrehen und sie mit Wasserbomben einzudecken!

Schlagartig war der Alte hellwach. Der Skipper dort drüben war erfahren und einfallsreich. Was der hier aufführte, stand in keinem Lehrbuch.

»IIWO, wo stehen die anderen beiden?«

Von unten kam die Stimme des Leutnants: »Vier und fünf Meilen, beide etwa in Drei-Vier-Null! Immer noch sechzehn Knoten!«

Also waren die beiden anderen fast da! Von Hassel bemühte sich, seiner Stimme einen ruhigen Klang zu geben. »Danke, IIWO!«

Er warf einen letzten Blick durch den Spargel. Der Zerstörer drehte gerade wieder und zeigte zur Abwechslung mal seine Backbordseite. Nur, näher kam er dadurch nicht! Wütend fuhr der Kapitänleutnant das Angriffssehrohr ein und stieg nach unten in die Zentrale. »Also, wir setzen uns ab! Das ist ein sinnloses Spiel!« Er sah sich um. »LI, auf achtzig

Meter runter, aber sutje! IWO, neuer Kurs wird Zwo-Sieben-Null!«

Er wartete, bis die beiden Oberleutnants bestätigt hatten, dann wandte er sich um und ging zum Funkschapp. Hinter sich hörte er gemurmelte Befehle: »Ruder Steuerbord fünfzehn!«, und die Stimme des Leitenden: »Vorne oben zehn, hinten oben fünf!« Er entspannte sich langsam. Der Leitende brachte das Boot ganz gemütlich auf Tiefe. Keine hektischen Manöver, keine Geräuschentwicklung. Sollte der Tommy sehen, wo er blieb!

Wieder traf ein Ping die Röhre, und er spürte das instinktive Schauern. Er wandte sich an Rückert: »Was macht er?«

»Ich weiß nicht genau, Herr Kaleun, ich höre ihn nicht richtig!«

Von Hassel angelte sich den zweiten Kopfhörer und lauschte. Zuerst hörte er gar nichts Ungewöhnliches, dann erkannte er ein leises, weit entferntes Geräusch. Aber er konnte es nicht einordnen. »Was ist das?«

»Könnte ein Generator sein, Herr Kaleun!«

Ein Generator! Das machte Sinn.

Er konnte nicht einfach alle Hilfsaggregate abschalten. Strom brauchte er zumindest, um die wichtigsten Geräte in Betrieb zu halten.

»Was ...?« Von Hassel blickte verwirrt auf. Ein neues Geräusch hatte das Boot getroffen. Schmerzhaft laut durch die Verstärkung des Horchgerätes.

Schnell nahm er den Kopfhörer ab, während Rückert das Gerät herunterdrehte.

»Was war das?«

»Ich ...« Aber Rückert kam nicht zum Ende. Wieder traf das seltsame Geräusch ihre Stahlhülle. Kein Ping! Es hörte sich eher so an, als habe jemand eine Handvoll Kieselsteine gegen ihre Stahlhülle geworfen. Auch ohne Horchgerät war das Geräusch deutlich zu hören, überall im Boot.

»Zerstörer läuft an! Er dreht!«

Von Hassel wartete nicht, bis sicher war, dass der Tommy ihre Spur aufgenommen hatte. Alle seine Instinkte warnten ihn. Er sah plötzlich wieder den großen Rumpf des Frachters, der sein altes Boot versenkt hatte. Die Ahnung dessen, was geschehen konnte, nein, dessen, was geschehen *würde!* »Runter, LI, hundertachtzig Meter, so schnell es geht! Beide AK!«

Die Männer sahen ihn verblüfft an, aber Disziplin und Drill verhinderten unnötige Fragen. »Trimmzellen eins und zwei fluten! Vorne oben fünfzehn! Hinten unten fünf! Alle Mann voraus!«

Nur wenige Männer stürmten nach vorne. Wie die Affen sprangen sie mit den Füßen zuerst durch die Kugelschotts, und dann gleich weiter, bevor der nächste kam. Aber die meisten wachfreien Männer waren sowieso bereits vorne. Im Gegensatz zu einem Überwasserschiff brauchte ein gefechtsklares U-Boot unter Wasser nur wenige Mann zu seiner eigentlichen Handhabung. Der Rest wartete.

U-68 schien sich auf den Kopf zu stellen. Schneller und immer schneller drückten Schrauben und Tiefenruder das Boot nach achtern.

Während er sich mühsam an einem Rohr festhielt, kommandierte der Leitende: »Hinten oben fünfzehn, vorne oben fünfzehn! Zellen sieben und acht fluten!«

Von Hassel verdrängte die technische Litanei aus seinem Kopf. Erst hatte der Leitende den Bug nach unten gesenkt, während er dem Heck sogar noch für einen Augenblick Auftrieb gegeben hatte. Nun musste er das Heck abfangen, bevor das Boot einen völligen Kopfstand machte. Steil schoss das Boot in die Tiefe, denn die Schrauben wirkten in dieser Lage mehr nach unten als nach vorne. Wenn man es genau nahm, war unten jetzt vorne für das Boot. Unter Wasser war die Längsstabilität gleich der Querstabilität. Mit anderen Worten, es war genauso einfach, das Boot auf den Kopf zu stellen, wie auf die Seite zu legen. Genau das, was der Leitende gerade wirkungsvoll vorführte. Es war ein irrer Anblick, nach unten durch das Kugelschott in den Feldwebelraum zu sehen!

»Steuermann, sind wir schon über dem Schelf?«

Franke klammerte sich mit einer Hand am Kartentisch fest und versuchte, mit der anderen Hand die losen Gegenstände festzuhalten, die nach vorne rutschen wollten. »Ich weiß nicht genau! Besser, Sie geben noch ein paar Minuten zu, Herr Kaleun!«

Ein paar Minuten zugeben? Wahrscheinlich würde der Tommy keine paar Minuten zugeben! Von Hassel spürte den Drang, in irres Gelächter auszubrechen, aber er wusste, dann würde er nicht mehr aufhören können!

Hatten sie nicht verstanden, dass der Tommy sie überlistet hatte? Nicht sie, ihn selbst, Kapitänleutnant von Hassel, den Kommandanten!

Wieder traf das Geräusch die Hülle. Wie Kiesel auf Stahl! Und dieses Mal folgte auch ein Ping.

»Hundertdreißig Meter gehen durch!«

Wieder ein Ping!

Von Hassel hielt sich so an einem Rohr fest, dass die Knöchel weiß hervortraten. Aber das kühle Metall gab ihm einen Rest von Selbstbeherrschung zurück. Hundertdreißig Meter! Noch etwa dreißig, bis der LI das Boot abfangen musste. Sie hatten immer noch etwas Vortrieb, nicht viel, die meiste Fahrt machten sie nach unten. Aber etwas ... »Backbord Zwanzig!«

»Backbord Zwanzig!« Der Rudergänger quittierte den Befehl mit ungerührter Stimme.

Die steile Tauchfahrt wurde zur Achterbahnfahrt, als das Boot gleichzeitig begann, sich auf die Seite zu legen. Von vorne kamen erschreckte Rufe.

Wieder traf ein Ping das Boot und gleich darauf noch eines. Von Hassel blickte auf.

»Das ist einer von den anderen, Herr Kaleun!«

Wieder ein Ping, aber ein anderes Geräusch war es, das die Aufmerksamkeit der Männer stärker auf sich zog. Ein gleichmäßiges Mahlen, das schnelle Schlagen der Zerstörerschrauben.

Weiße bärtige Gesichter richteten sich nach oben. Nur der LI und seine Tiefenrudergänger waren beschäftigt, das Boot wieder auf ebenen Kiel zu bringen. Sie hatten fast den Grund erreicht.

Hundertachtzig Meter! Hier unten war es schwarz, kalt und still, aber das würde es nicht bleiben. Laut der Karte des Steuermannes hatten sie noch zwanzig Meter Wasser unter dem Kiel. Aber man konnte sich nie ganz auf solche Angaben verlassen.

Wieder schnitt ein Ping durch seine Gedanken, und das Schlagen der Schrauben über ihnen wurde lauter. Das Boot kam wieder zurück auf ebenen Kiel.

»Kurs Eins-Sieben-Null geht durch!« Die Stimme des Rudergängers brach durch die anderen Geräusche.

»Weiter, neuer Kurs wird Eins-Fünf-Null!«, bellte von Hassel.

»Boot ist auf hundertachtzig Meter, Herr Kaleun! Maschinen laufen AK!« Der LI klang verzweifelt. Immerhin drehten sie dem angreifenden Zerstörer entgegen.

»Rückert! Wie weit?« Noch immer versuchte von Hassel, Ordnung in das Durcheinander zu bringen.

»Achthundert Meter, kommt schnell näher!«

»Melden bei dreihundert!« Von Hassel schob die Mütze etwas weiter nach hinten.

Achthundert Meter, mehr Zeit, als er gedacht hatte. Aber nicht allzu viel.

»Ruhe im Boot, verdammt noch mal!« Er hörte, wie der Befehl weitergegeben wurde. Das Mahlen über ihnen klang immer lauter, als fahre ein verdammter Güterzug über sie hinweg. Aber er war noch nicht über ihnen, noch nicht! Von Hassel zwang sich zur Geduld.

Es war nicht schwer, sich den ältlichen Zerstörer vorzustellen. Wie ein Terrier mit einem Knochen im Maul. Aber er würde volle Fahrt laufen, schon allein, um sicherzugehen, dass ihm die eigenen Wasserbomben nicht das Heck abrissen. Volle Fahrt! Das würde seinen Drehkreis auf über zwei Meilen ausdehnen. Wertvolle Zeit, die er jedes Mal verlor. Der Alte versuchte, sich die Situation vorzustellen. Eine der Sloops hatte sie ebenfalls kurz angepingt, aber im Augenblick hörte er nur den gleichmäßigen Rhythmus eines ASDICs. Vielleicht lauschten die anderen?

Einer allein würde sie jedes Mal aus dem Horchgerät und dem ASDIC verlieren, wenn er sie überlief, aber so konnte immer einer die Peilung halten, während die anderen warfen. Theoretisch keine Chance zu entkommen, aber zum Glück klaffte zwischen Theorie und Praxis meistens eine gewaltige Lücke.

»Dreihundert Meter, Herr Kaleun!«, drang Rückerts Stimme in seine Überlegungen.

Er holte tief Luft. Sollte er etwas übersehen haben, war es jetzt zu spät, darüber nachzugrübeln. »Steuerbord zwanzig! Backbord-E-Maschine kleine Fahrt zurück, Steuerbord-E-Maschine kleine Fahrt voraus!«

Es dauerte einen Moment, bis die Backbordschraube stoppte und dann rückwärts wieder anlief. Das Boot erzitterte unter den Kräften, die so ungleichmäßig an seinem Heck zerrten. Aber mit vereinten Kräften brachten Ruder und Schrauben das Boot in eine enge Drehung.

Komm rum! Komm rum! Immerzu wiederholte sich die Beschwörung in von Hassels Kopf. *Komm rum!* Und das Boot kam herum. Als der überrumpelte Zerstörer von der eigenen Geschwindigkeit weitergetrieben über das Boot fuhr, lag U-68 bereits rechtwinklig zu seinem Kurs, und die Schrauben begannen wieder, mit AK vorwärts zu drehen.

Zehn Meter pro Sekunde! So schnell sinkt eine Wasserbombe. Bis zur Tiefe, in der U-68 seine halsbrecherischen

Manöver ausführte, achtzehn Sekunden. Bei voller Fahrt waren das etwas mehr als sechzig Meter. Aber U-68 hatte keine volle Fahrt. Es nahm nach der engen Drehung gerade erst wieder Fahrt auf.

Achtzehn Sekunden bedeuteten für den Zerstörer an der Oberfläche knapp dreihundert Meter. So weit war HMS Warlock entfernt, als die Ladungen tief unten in der See explodierten. Aber trotz dreihundert Metern Abstand und hundertachtzig Metern Wasser zwischen dem alten Zerstörer und seinen Bomben schlugen die Druckwellen wie Hämmer gegen den Rumpf. Hinter dem Schiff schien im fahlen Mondlicht ein Vulkan auszubrechen.

Wie konnte es anders sein, als dass die Gewalt, die sie entfesselt hatten, alles, aber auch wirklich alles dort unten kurz und klein schlug?

Für U-68 war es wie der beginnende Weltuntergang. Als gleite das Boot unter Wasser durch ein Minenfeld. Das Wummern der schweren Ladungen schien von überall zu kommen. Druckwellen warfen das Boot herum. Wenn die Ladungen über dem Boot explodierten, drückten sie es nach unten bis fast in den schlammigen Grund. Wenn die tief eingestellten Wasserbomben am Grund unter ihnen explodierten, drückten sie es um etliche Meter nach oben.

Im Inneren der Röhre war es eigentlich unerträglich, aber keiner von ihnen konnte raus. Sie mussten es ertragen. Sie standen, saßen oder hockten in einer engen Stahlröhre, peinlich bemüht, nicht an den Außenwänden zu lehnen. Doch das war gar nicht so einfach, wenn man ständig herumgeworfen wurde. In einem Moment war eine Wand unten, im nächsten Moment die andere.

Das Einzige, was sich irgendwie nie unten zu befinden schien, war der Boden.

Das Licht fiel aus, wenn auch wie durch ein Wunder dieses Mal nicht vollständig. So herrschte eine düstere Beleuchtung, die in anderen Teilen des Bootes durch Notbeleuchtung ersetzt war. Je nachdem, wo man sich befand, war es also düster oder sehr düster.

Schäden traten auf. Die durch den Lärm und die Erschütterungen halb benommenen Männer sprangen auf und begannen, Ventile abzusperren, Stopfbuchsen fester anzuziehen und Außenverschlüsse zu kontrollieren. Es waren alles Bagatellen, aber im Inneren des Bootes vergrößerten sie den allgemeinen Schrecken nur noch.

Dann, ganz plötzlich, verebbte das Donnern der letzten Wasserbombe draußen in der Tiefe. Es schien eine Ewigkeit gedauert zu haben, aber als von Hassel auf die Tafel des Horchers blickte, sah er gerade einmal vierzehn Striche. Was den Eindruck einer Ewigkeit erweckt hatte, waren gerade einmal Sekunden gewesen. Er atmete durch. Also war es doch nicht so schlimm geworden. Er wandte sich an die Zentrale: »Na, das ging wohl daneben!«

Oberleutnant Hentrich wischte sich einige Glassplitter von der Schulter und nickte: »Der letzte Kurswechsel hat ihn aus dem Konzept gebracht, Herr Kaleun!«

Vierzehn Striche, also vierzehn Bomben, und keine hatte im tödlichen Radius gelegen.

Für einen Augenblick begegneten sich die Blicke der beiden Männer, und sie erkannten im Blick des anderen die Angst, die Angst, die sie hier nicht zeigen durften. Nicht vor den Männern!

Rudi Schneider trat hinzu und blickte auf die Tafel. »Vierzehn? Das sieht aus, als habe der Dritte sich auch beteiligt. Hat er vergessen, dass er lauschen sollte?«

Die Männer begannen langsam, sich zu erholen. Solange die Offiziere noch Witze machten, konnte es wohl nicht allzu schlimm stehen. Aber die aufkeimende Hoffnung wurde mit einem Schlag wieder zerstört.

Ping! Glasklar hallte der Ton durch ihre Metallröhre. Noch einmal ping!

»Zwei?« Oberleutnant Dieter Hentrich kratzte sich am Kopf. »Die werden sich da oben noch auf die Füße treten bei der Dunkelheit!«

Von Hassel lachte, und dieses Lachen war wahrscheinlich das Schwerste, was er jemals geleistet hatte. Es klang unecht und hohl für ihn, aber ein paar Männer stimmten zögernd ein. Dann sagte er: »Ich glaube, Sie haben mich gerade auf eine gute Idee gebracht!«

Wilhelm Hochhuth, der Elektro-Willi, wartete. Er wartete, wie er immer gewartet hatte. Seit jenem Tag, als der Frachter das alte Boot des Kommandanten übermangelt hatte, wartete er darauf, dass die See ihn holen würde. Nachts hörte er immer noch die Schreie seiner Kameraden.

Es war pures Glück gewesen, dass er noch die Zentrale erreicht hatte, denn diejenigen, die er auf dem Weg dahin zurückgestoßen hatte, die hatten es nicht geschafft. Er hatte überlebt. Aber manchmal, vor allem nachts, bedeutete das nicht mehr viel.

Immer noch hörte er ihre Stimmen, ihre Rufe. Sie riefen immer nur ein Wort.

Hochhuth wartete. Er wartete, wie er immer gewartet hatte. Er wartete, weil er nichts anderes tun konnte. Wie festgefroren hockte er auf der eisernen Trittstufe unter dem Schott und starrte auf seine Füße, die Arme fest um sich geschlungen. Immer nur auf seine Füße.

Das Wasser trat bereits über die Flurplatten! Es musste die Wellenabdichtung sein. Sein technischer Verstand arbeitete selbstständig weiter.

Aber er konnte sich nicht bewegen. Nicht mehr, seit die schweren Ladungen das Boot wie ein Blatt im Wind herumgewirbelt hatten. Nicht mehr, seit er wusste, sicher wusste, dass sie alle sterben würden. Und immer noch hörte er in seinem Kopf die Stimmen seiner abgesoffenen Kameraden ... »Mörder!«

Oben, auf der vom Mond beschienenen Meeresoberfläche, zogen die Kriegsschiffe ihre Kreise. Besonders der Zerstörer, bedingt durch seine Masse und seine höhere Fahrt, brauchte mehrere Minuten, bis er einen Kreis beschrieben hatte. Seine beiden Begleiter hatten es da einfacher.

Die geraden Linien und das einzelne Geschütz auf der Back wiesen die beiden anderen Schiffe als Vorkriegssloops aus. Geleitschiffe, die kleiner und sehr viel langsamer als der Zerstörer waren, aber dafür eine sehr viel höhere Seeausdauer aufweisen konnten. Aber für ein getauchtes U-Boot waren das minimale Unterschiede. Alle drei waren mit den besten U-Boot-Ortungsgeräten ausgerüstet, die England zu bieten hatte. U-68 hatte davon erst eine Kostprobe bekommen. Die Schiffe konnten ihr ASDIC nicht nur nach vorne, sondern auch nach hinten einsetzen, ein unschätzbarer Vorteil, obwohl der Empfang oft durch die eigenen Maschinen gestört wurde. Auch das Geräusch der aufprallenden Kiesel auf die Stahlhülle des U-Bootes war ASDIC, aber eines, das mit anderen Frequenzen arbeitete. Was den unbestreitbaren Vorteil brachte, dass ein getauchtes U-Boot das ASDIC der nahenden Schiffe nicht aus noch viel größerer Entfernung hören konnte als die Maschinen.

Denn was niemand auf U-68 wissen konnte, war, dass vor Freetown eine U-Boot-Jagdgruppe operierte, die neue Jagdtechniken und neue Geräte erprobte.

Die meisten dieser Geräte waren noch weit davon entfernt, in größeren Stückzahlen hergestellt zu werden. Sie fielen oft aus, waren bei schwerer See unzuverlässig, und ihre Bedienung war alles andere als einfach. Aber es war ein Schritt in die richtige Richtung, und bevor die Geräte in den regulären Einsatz kommen konnten, mussten sie einfach erprobt werden. Doch gab es einen besseren Test als die Praxis?

Das kam sicher darauf an, wen man fragte. Auf U-68, das nun zum Versuchskaninchen für eine Gruppe U-Boot-Jäger wurde, hätte man dazu sicher eine andere Meinung gehabt als auf den englischen Schiffen. Denn dort war man fest entschlossen, das Boot zur Strecke zu bringen. Es geschah schließlich selten genug, dass die englischen Schiffe ein U-Boot stellen konnten, jenen unsichtbaren Killer, der sie plötzlich überall zu bedrohen schien. Nur selten konnten sich englische Geleitboote sicher sein, dass kein U-Boot in der Nähe war. Es war ein Gegner, der aus dem Dunkel zuschlug, unvermittelt und ohne Vorwarnung. Der Krieg war noch neu. Die großen Bombenangriffe auf englische Städte sollten erst noch kommen, aber U-Boote, die hatten sie bereits hassen gelernt.

Die Zeit war abgelaufen. Die beiden Sloops hatten ihren Kreis vollendet und steuerten in Dwarslinie wieder die Position an, an der sich laut ihrem ASDIC das U-Boot langsam und leise davonzuschleichen versuchte. Der Killer! Doch dieses Mal war er der Gejagte! Dieses Mal würden sie es ihm heimzahlen. Als sie den Kontakt überliefen, flogen die schweren Bomben aus den Werfern, und jeweils zwei weitere rollten von den Heckschienen. Jede Bombe hatte nur etwa hundertvierzig Kilo Sprengstoff. Es waren einfache runde Fässer mit einem Druckzünder, der in der vorher eingestellten Tiefe die Ladungen zünden würde.

Alles in allem eine weder beeindruckende noch eine besonders präzise Waffe. Aber nun sanken ein Dutzend davon dem Meeresgrund entgegen. Weit über eineinhalb Tonnen Amatol machten sich auf den Weg, die schützende Tiefe in ein Inferno zu verwandeln.

»Wasserbomben!«

»Backbord zwanzig! Beide AK!« Von Hassel bemühte sich, seiner Stimme einen ruhigen Klang zu geben, aber wie jeder Mann, der die Warnung gehört hatte, griff auch er instinktiv nach Halt. Achtzehn Sekunden, sechzig Meter. Nur dieses Mal hatten sich die Tommies Zeit genommen, eine geradezu schulbuchmäßige Formation einzunehmen. Die beiden kleineren Schiffe hatten in einer dichten Dwarslinie, nur rund eineinhalb Kabellängen entfernt voneinander, angegriffen. Das Ergebnis war ein Teppich aus Wasserbomben. Alles, was von Hassel tun konnte, war, so schnell wie möglich den Teppichrand zu erreichen, indem er mit voller Fahrt auf den spitzen Winkel der Formation zudrehte. Er wusste sehr genau, dass die Tommies sein Boot gar nicht direkt zu treffen brauchten. Die Hülle stand durch den Wasserdruck sowieso unter einer hohen Belastung. Wenn eine Bombe nahe genug krepierte, würde allein der Explosionsdruck tödlich sein.

Niemand wusste genau, wie nah »nahe genug« war, und es änderte sich auch mit der Wassertiefe, denn die Hülle hatte in größerer Tiefe größerem Druck standzuhalten, andererseits hatte die Druckwelle einer Explosion ebenfalls den größeren Wasserdruck zu überwinden.

Es gab keine feste Zahl, die zwischen Leben und Tod entschied, und so sprach man meistens nur vom tödlichen Radius. »Tödlicher Radius« klang gut, irgendwie technisch sauber. Das hatte nichts zu tun mit einem zerfetzten Druckkörper, auftreibendem Öl und Leichenresten der Besatzung, die plötzlich in dieser Brühe aufschwammen. »Tödlicher Radius« war ein schöner, sauberer Begriff.

Dieses Mal explodierten die Bomben beinahe gleichzeitig. Ein kurzes hartes Stakkato dumpfer Detonationen. Das Boot bäumte sich auf und geriet außer Kontrolle. Der Druckkörper verstärkte das Donnern zu einem Lärm, der allein schon gewaltigen Schlägen gleichkam.

Schwer rollte das Boot herum und richtete den Bug nach oben, der fernen Wasseroberfläche entgegen. Aber das Wasser im Heck, das durch die Wellendichtung eindrang, zog es nach unten in den Schlamm.

Die letzten Glühbirnen fetzten auseinander. Eine Niete wurde vom Wasserdruck herausgedrückt und sauste als Querschläger durch den Feldwebelraum. Für Augenblicke fiel auch die Notbeleuchtung aus, aber einige Männer hatten die Taschenlampen bereits griffbereit. Gespenstisch leuchteten die Lichtstrahlen durch die Finsternis und rissen einzelne Details heraus. Angespannte Gesichter, Salamis, die durch den Raum flogen, Glassplitter und Konservendosen, die aus der achteren Toilette rollten, deren Tür aufgesprungen war.

Männer fluchten, schrien und versuchten, in dem Durcheinander Halt zu finden. Irgendwo ertönte ein Unheil verkündendes Zischen. Jemand schrie: »Wassereinbruch!« Ein anderer Mann schrie schmerzerfüllt auf, als er in einen unter Druck stehenden Wasserstrahl geriet, der durch einen winzigen Riss eindrang. Bei fast zweihundert Metern Tiefe waren das zwanzig Bar Druck.

Genug, um Haut und Knochen zu durchtrennen, wie der unglückliche Seemann feststellte.

Von Hassel spürte, wie das Boot nach achtern wegsackte. Er wusste nicht, warum, aber er begriff, dass irgendwo achtern Wasser eindrang. Zwanzig Meter bis zum Grund! Nur zwanzig Meter! An der Unterseite achtern war das Boot am verletzlichsten. Dort lagen die meisten der Außenbordverschlüssc. »LI, Öl raus! Runter an den Grund!« Die letzten Explosionen verklangen.

Oberleutnant Wegemann sah ihn kurz an und sagte dann: »Los, Fischer, raus mit dem Zeug. Ordentlich, fünf Tonnen!«

Fischer, der Mann, der durch seine Verstopfung für Furore gesorgt hatte, begann, an den Ventilen zu drehen. Der LI strich ihn aus seinen Gedanken und kümmerte sich um das nächste Problem. »Zellen eins, zwo, drei, vier! Schnellentlüftung!«

Von Hassel wischte sich den Schweiß von der Stirn und nickte dem LI anerkennend zu. »Nicht schlecht, das müssten sie oben bemerken!«

Wegemann verzog das Gesicht. »Fünf Tonnen Öl und ein Blasenschwall. Das sollte sie etwas bluffen!« Er wandte sich um: »Maschinen stopp!«

»Ruhe im Boot!« Doch der Befehl war vergebens. Zu viele Männer arbeiteten gleichzeitig an zu vielen Stellen. Leiser ging es eben nicht!

Mit einem sanften Ruck schlug das Boot in den schlammigen Meeresboden.

Der IIWO war ohne Befehl nach achtern gegangen, um nach dem Rechten zu sehen. Bootsmann Volkert und ein paar Seeleute verkeilten im Licht zweier Taschenlampen den Riss in der Druckröhre mit einem Balken. Es ging vor allem darum, den Querschnitt zu verringern.

Ganz dicht würden sie den Riss sowieso nicht bekommen, aber sie konnten verhindern, dass mehr Wasser als notwendig eindrang.

Die Notbeleuchtung sprang wieder an. Viele der Männer sahen sich verdutzt an, als könnten sie es nicht fassen, noch am Leben zu sein.

»Rückert, was machen die Burschen?«

Die Stimme des Funkers am GHG klang fast verzweifelt: »Die beiden Kleinen drehen, der Zerstörer läuft an!«

Tatsächlich konnten sie die Schrauben des Kriegsschiffes bereits ohne Horchgerät hören. Der Zerstörer kam, um ihnen den Rest zu geben.

Schweigen legte sich über das Boot. Fäuste mit Werkzeug senkten sich langsam. Irgendwo murmelte eine Stimme: »Jetzt, wie auch in der Stunde unseres Todes!« Dann traf ein weiteres Ping den Rumpf. Von Hassel lauschte. Es hatte etwas dumpfer geklungen.

Lauter und immer lauter mahlten die Schrauben des altersschwachen Zerstörers. Dann entfernten sie sich wieder. Die Männer griffen nach jedem erreichbaren Halt.

Wieder wummerten die Wabos durch die Tiefe. Das Boot wurde erschüttert, rollte in seinem Schlammbett hin und her. Aber neue Schäden blieben aus. Nach ein paar Augenblicken erklang nur noch das Rauschen von Wasser, als die See in die Löcher zurückströmte, die von den Explosionen in den

Schlamm gerissen worden waren. Eine unheimliche Stille senkte sich über das Boot.

Aber die Ruhe war nicht von Dauer. Schwere Hammerschläge dröhnten von achtern und dann, völlig unvermittelt, hörten sie ein unmenschliches Heulen!

Von Hassel wandte sich zum achteren Kugelschott um und blieb mit offenem Mund stehen. Der Elektro-Willi, nur noch bekleidet mit seinem Tauchretter, stieß die Männer im Feldwebelraum beiseite und versuchte, sich seinen Weg nach vorne zu erkämpfen. Und die ganze Zeit heulte er dabei wie ein Tier! Seine Stimme hatte nichts Menschliches mehr. Erst als der Schmadding ihn mit einem Schraubenschlüssel niederschlug, verstummte er. Schockiert blickten die Männer auf das bewusstlose Bündel Mensch.

Willi Hochhuth saß allein in seinem abgelegenen Gefängnis und spürte, wie die Furcht unerbittlich von ihm Besitz ergriff. Er starrte auf seine Füße. Langsam stieg das Wasser weiter, aber er brachte es nicht fertig, die Füße anzuziehen. Er konnte nur zusehen, wie das Wasser langsam aber unaufhaltsam stieg. Sicherungen knallten heraus, und die Maschinen blieben von allein stehen.

Alle seine Gedanken mussten sich durch sein gelähmtes Hirn quälen wie durch einen dicken Brei. Die Zentrale wollte irgendwas. Es war Zeit, auszusteigen! Raus aus den Klamotten, die ihn nur nach unten ziehen würden, dann rein in den Tauchretter. Sie hatten das Anlegen tausend Mal geübt. Er konnte es, auch ohne nachzudenken. Ohne dass es ihm selbst bewusst wurde, hatte er sich aufgerichtet, ausgezogen und den Tauchretter angelegt.

Das Schott zum Dieselmaschinenraum sprang auf! Der IIWO starrte verdutzt auf den nackten Maschinisten: »Was zum Teufel, ...«

Der Mann, der einst Willi Hochhuth gewesen war, stieß ihn zur Seite. Heulend rannte er nach vorne. Eine Stimme in seinem Kopf schrie immer wieder: »Raus! Du musst hier raus!« Das Zentraleluk! Das war seine Fahrkarte ins Leben, die Zentrale, dann der Schacht und das helle Licht am Ende des Tunnels, die Oberfläche! Er stieß Männer zur Seite, die ihn aufhalten wollten. Hände griffen nach ihm. Er heulte laut, schlug um sich. Sie wollten ihn holen, diejenigen, die er damals zur Seite gestoßen hatte. »Mörder!« Er wusste nicht, wer es gerufen hatte. Er kam auch nicht mehr dazu, darüber nachzudenken.

Ein Schlag traf ihn am Schädel. Sie hatten ihn! Er würde für immer mit ihnen festsitzen in diesem stählernen Sarg. Dann wurde es endlich dunkel.

Von Hassel räusperte sich: »Ich weiß nicht, ob ich es wissen will, aber was ist hier los?«

»Wellendichtung macht Wasser, Herr Kaleun!« Rudi Schneider kam von achtern. Er warf einen kurzen Blick auf den bewusstlosen Hochhuth und den Bootsmann, der immer noch den Schraubenschlüssel in der Hand hielt. »Gute Arbeit, Schmadding. Besser, Sie binden ihn irgendwo fest und knebeln ihn, bevor er wieder wach wird.« Er atmete tief durch: »Blechkoller. Er hat einfach da drinnen gehockt. Als ich kam, hatte er sich schon in seinen Tauchretter geworfen!« Schneider grinste zerknautscht. »Na ja, eben nur in seinen Tauchretter!«

Von Hassel seufzte. »Wie sieht es achtern aus?«

»Berger hat sich drum gekümmert. Hat mit seinen Kumpels die Manschette so festgezogen, wie es geht. Aber die Steuerbordwelle wird ganz schön arbeiten müssen. Könnte sein, dass sie verzogen ist.«

Die beiden Männer blickten gleichzeitig zur gerundeten Decke, als wieder ein Ping die Hülle traf.

»Na, dann mal zu!« Von Hassel wandte sich ab und ging in die Zentrale zurück.

Rudi Schneider blickte auf den immer noch bewusstlosen

Elektriker hinab. »Dann sehen wir mal zu, dass er keinen Lärm macht! Fassen Sie mit an, Schmadding!«

Oben auf dem Meer kreisten wieder die Kriegsschiffe. Die Männer auf den Decks hatten das Öl gerochen. Sie wussten, der Gegner war schwer getroffen. Wie schwer? Sie konnten immer noch etwas Hartes am Grund des Meeres einpeilen. Zweihundert Meter tief.

Die Impulse, die sie zurückbekamen, waren unklar, irgendwie verwaschen, soweit man bei einem Ton von verwaschen reden konnte. Aber der Feind bewegte sich nicht mehr. Öl war an die Oberfläche gequollen. Das musste doch einen Treffer bedeuten? Sie mussten die verdammte Nazi-Röhre doch umgelegt haben, oder nicht?

Vorsichtig näherte sich eine der Sloops der Stelle des letzten Angriffs. Sie fuhr langsamer, aber immer bereit, wieder Dampf aufzumachen, wenn das U-Boot sich plötzlich vom Grund lösen sollte. Im Hintergrund stand Warlock, bereit, sich sofort wieder auf den Feind zu stürzen, sollte der ein Lebenszeichen zeigen.

Langsam, als würde es sich anpirschen, kam das kleine Kriegsschiff näher, genau inmitten des Ölteppichs, der sich gebildet hatte. Die Männer verzogen die Gesichter. Sie kannten den Geruch. Er weckte Erinnerungen an eigene Schiffe, die gesunken waren. An Ölteppiche und sterbende Männer, denen Öl in die Lunge geraten war. Niemand würde vergessen, wie es sich anhörte, wenn sie sich das Leben aus dem Leib husteten. Für die Männer der HMS Sorceress war es der Geruch des Todes, sie kannten es nicht mehr anders.

Unten im Boot schwiegen die Männer. Selbst der Elektro-Willi hatte zu toben aufgehört. Alle starrten nur aus weit aufgerissenen Augen zur Decke. Das Schraubengeräusch des englischen Kriegsschiffes war laut, bedrohlich, aber es war auch anders als vor dem letzten Angriff.

»Wasserbomben!« Rückert machte zwei Striche auf seiner Tafel. Insgesamt bereits über dreißig, fast vierzig Striche. Ein Lattenzaun aus Wasserbomben!

Die beiden Ladungen explodierten querab, aber ein Stück über dem Boot. Wieder einmal wurden sie durchgeschüttelt. In einem Schapp des Smuts zerbrach die letzte Flasche Korn, und die letzten verbliebenen Bierflaschen gingen ebenfalls den Weg alles Irdischen. Schäumend verschwand das kostbare Gebräu in der Bilge.

Achtern sickerte immer noch Wasser durch die Wellendichtung, aber sie wagten es nicht, eine Pumpe laufen zu lassen. Doch das waren Lappalien. Die Wabos lagen nicht besonders nahe.

Wieder erklangen Schrauben, und dieses Mal sehr langsam. Von Hassel entspannte sich etwas und nickte seinem IWO zu, der ihm gegenüber am Kartentisch lehnte. »Er ist zu langsam, er kann nicht werfen, weil er Angst hat, es reißt ihm den eigenen Arsch weg!«

Oberleutnant Hentrich zwang sich zu einem Grinsen: »Das wäre es fast wert, Herr Kaleun!«

Aber trotz der kleinen Witze wussten sie, wenn der Tommy warf, würde er sie irgendwann treffen. Sie saßen mit einem unklaren Boot im Schlamm fest und konnten nichts dagegen tun. Nur abwarten.

An der Oberfläche zuckten Lichtblitze hin und her. Die Signale zwischen den Schiffen verrieten ihre Unsicherheit. Die Jerries hatten nicht einmal gezuckt, als Sorceress testweise zwei Wabos geworfen hatte. Und Farlane, die andere Sloop, fand immer noch Öl, aber keine Wrack- oder gar Leichenteile. Das wäre ein endgültiger Beweis gewesen, aber es war dunkel, trotz Mondlicht. Farlane versuchte es mit einem Scheinwerfer, aber selbst als jemand rief, er sehe etwas, erwies es sich als unmöglich, den Scheinwerferkegel auf die fragliche Stelle gerichtet zu halten und gleichzeitig mit dem

Schiff zu manövrieren. Unsicher kreisten die Engländer. Aber als der Morgen graute, waren der Ölteppich und all die schaurigen Dinge, die in ihm verborgen gewesen sein mochten, bereits abgetrieben.

Nur auf dem Grund fanden sie immer noch das Echo eines Stahlkörpers. Selbst als sie weitere Bomben warfen, bewegte sich überhaupt nichts.

Endlich befahl der älteste Offizier an Bord von HMS Warlock, nach Freetown zurückzukehren. Die Deutschen waren erledigt. So gute Nerven hatten nur Tote. Mochte das Boot dort unten bis in alle Ewigkeit als rostendes Grab liegen bleiben!

Nicht wenige der Männer auf den britischen Schiffen versuchten instinktiv, sich vorzustellen, wie es sein würde, zweihundert Meter tief am Grund zu liegen, ohne Chance auf Rettung.

Es war ein grausiger Gedanke. Ein Gedanke, der den Sieg weniger großartig erscheinen ließ. Dieses Mal hatte es die Deutschen erwischt, nächstes Mal waren vielleicht sie selbst dran. Der Jubel hielt sich jedenfalls in Grenzen.

Es war eine lange Nacht für die Besatzung von U-68. Sie konnten sich nicht bewegen, mussten sich verstecken und vor allem jedes überflüssige Geräusch meiden. Sie waren wie Ratten in einem Loch, vor dem ein Hund lauerte. Kellerratten, wie jemand treffend flüsterte.

Durch das Leck rann Wasser herein, durch die Wellendichtung ebenfalls. Nur tropfenweise, aber über die Stunden sammelten sich die Tropfen zu Litern, die Liter zu Eimern und mehr.

Auch andere Dichtungen hielten nicht mehr. Aus dem Schacht des Luftzielschrohrs liefen ebenfalls Rinnsale, und eine Stopfbuchse machte Wasser.

Es gab einige weitere Stellen, an denen Wasser eindrang. Nicht viel und nicht direkt besorgniserregend. Aber alles sammelte sich in der Bilge, und sie konnten unmöglich die Lenzpumpen laufen lassen. Also mussten sie die Hände in den Schoß legen und warten, bis die Tommies die Lust verloren oder sie keine andere Wahl mehr hatten.

Und immer wieder hörten sie die Schrauben der Kriegsschiffe dort oben. Keiner wusste, was die Tommies da oben trieben. Sie schienen einfach nur zu kreisen. Auch das Ping des ASDICS verfolgte sie. Die Tommies mussten doch genau wissen, wo sie waren!? Warum kamen sie nicht und brachten es zu Ende?

Aber die Tommies kamen nicht. Nach endlosen Stunden des Wartens wurden sie zum letzten Mal überlaufen, und dann verhallten die Schraubengeräusche einfach in der Ferne. Das war es, weiter nichts.

Als hätten die Jäger plötzlich die Lust verloren. Ein irrwitziger Gedanke.

Nach etwas mehr als zwei Stunden verlor auch Rückert die Maschinen der Kriegsschiffe aus dem GHG. Steif richtete er sich auf und sah auf die Uhr. Es war kurz nach acht Uhr morgens. Vor rund neun Stunden waren sie getaucht. Die Luft im Boot war verbraucht, aber noch mussten sie nicht durch die Kalipatronen atmen, um das Kohlendioxid zu binden, das sie ausatmeten. Also vom Standpunkt des U-Boot-Fahrers aus ein noch durchaus atembares Gemisch aus Dünsten, Gerüchen und Restspuren von Sauerstoff.

Er fühlte sich steif und ausgelaugt, aber das ging jedem an Bord so. Doch sie hatten noch etwas Arbeit zu erledigen. Wenigstens konnten sie das jetzt in Ruhe tun. Er streckte sich und wandte sich dann zu einem seiner Funkgasten um: »Olm, übernimm mal! Ich sehe zu, ob ich mich nützlich machen kann!«

In der Zentrale lauschte der Leitende dem unregelmäßigen Brummen der Hauptlenzpumpe. Ganz in Ordnung war die auch nicht, aber für den Augenblick würde es wohl noch gehen. Sie mussten das Wasser aus dem Boot bekommen, denn sie hatten nur einen Versuch, wieder die Oberfläche zu erreichen. Mehr Luft hatten sie nicht in den Pressluftflaschen. Ein Versuch, und der musste klappen. Also musste das Wasser aus dem Boot.

Von Hassel sah seinen Leitenden an. »Probleme, LI?«

Der Oberleutnant nahm die schmierige Mütze ab und knautschte sie zusammen. »Ich werde zu alt für den Scheiß, Herr Kaleun!«

Der Kommandant sah den Oberleutnant prüfend an. »Sie doch nicht, Wegemann!«

»Na, wenn Sie es sagen, Herr Kaleun.« Er grinste schief und wandte sich an Oberleutnant Hentrich, der ebenfalls in der Zentrale stand: »Warten Sie mal ab, bis Sie auf meine Meilenzahl kommen, IWO!«

Hentrich nickte gelassen. »Wenn ich das erlebe, Methusalem, werde ich vor Freude tanzen!«

Der Alte sah sich um. Sie waren allein in der Zentrale, da die meisten Männer entweder mit Reparaturen beschäftigt waren oder erschöpft auf den Kojen lagen. Er sah Wegemann fragend an. »Und, wie sieht es wirklich aus?«

Der Oberleutnant zuckte mit den Schultern. »Wir müssen das Wasser in die Zentralebilge schaffen, irgendwie. Die Hauptlenzpumpe kann nur von dort aus das Wasser außenbords pumpen. Die Hilfspumpe ist zu klein und kommt nicht gegen den Druck an.«

»Also brauchen wir eine Eimerkette?«

Der LI nickte. »Später, wenn ich das Wasser hier raushabe!« Er sah sich um: »Das wird ein paar Stunden dauern, bis wir so weit alles erledigt haben, was wir hier unten erledigen können.«

»Wie sieht es achtern aus?«

Wieder musste der Ingenieur hilflos mit den Schultern zucken. »Die Wellenabdichtung kriegen wir hin, wenn wir oben sind. Wenn die Welle aber verzogen ist, dann muss eine Werft ran.«

Von Hassel verbarg seine Enttäuschung nur schwer. »Na, dann hoffen wir mal wieder das Beste!«

U-68 tauchte am frühen Nachmittag wieder auf. Über sechzehn Stunden waren sie getaucht geblieben. Es war ihnen allen klar, dass sie auch länger durchgehalten hätten, wenn es nicht anders gegangen wäre. Aber trotzdem fühlten sie sich alle wie neugeboren, als die frische Seeluft in das Boot strömte.

Während die Reparaturen weitergingen, begann das angeschlagene Boot, mit einer Schraube hinaus auf die offene See zu steuern, dem Treffpunkt mit der Storvikken entgegen.

Seetag 31 – Nachrichten

Die Reparaturen erwiesen sich als langwierig und kompliziert. Nicht selten war der Leitende drauf und dran, aufzugeben.

Aufgeben hätte bedeutet, nach Deutschland zurückzukehren. Das angeschlagene Boot hätte ihnen vielleicht den notwendigen Vorwand geliefert. Vielleicht auch nicht. Feigheit vor dem Feind war ein Verbrechen und wurde, wie in jeder militärischen Streitmacht, mit dem Tod bestraft. Also taten sie, was möglich war, um das Boot wieder zusammenzuflicken, und auch wenn am Ende nicht alles perfekt war, so konnte der LI dem Kommandanten doch nach ein paar Tagen das Boot wieder eingeschränkt klar melden. Wie dieses »eingeschränkt« zu verstehen war, lag letzten Endes ohnehin beim Kommandanten, niemand anderem. Kriegsschiffe und ihre Besatzungen sind nicht gerade von demokratischen Grundvorstellungen durchdrungen.

In der Zwischenzeit hatte der Seegang zugenommen, und aus dem Westen brauste ein Sturm heran. Kein besonders schwerer Sturm. Er hatte bei weitem nicht die Kraft wie der, den sie nördlich von England hatten abwettern müssen, aber er war immer noch schwer genug.

Aber nicht nur der Sturm war anders. Auch die Besatzung war eine andere als noch vor ein paar Wochen. Unmerklich waren den neuen Männern Seebeine gewachsen, und die alten hatten sich an das neue Boot und die geänderten Verhältnisse gewöhnt. Natürlich gab es immer noch Fälle von Seekrankheit. Der junge Lauer, den es nach wie vor mit am schlimmsten erwischte, litt sehr darunter, aber er hatte gelernt, damit umzugehen. Vieles, worauf die WOs vor Wochen noch achten mussten, geschah jetzt von selbst. Die ausgestandene Gefahr und die See selbst hatten mehr aus ihnen gemacht als nur gut ausgebildete Fachleute: eine Besatzung.

Von Hassel beobachtete seine Männer und konnte seine Zufriedenheit nicht ganz verbergen. Es gab wie immer viel zu tun, aber für welche Besatzung galt das nicht? Abgesehen von Wilhelm Hochhuth hätte er im Augenblick keinen einzigen seiner Männer austauschen wollen. Nur Hochhuth ...

Nachdenklich sah er sich in seinem engen Kabuff um. Das Boot bockte etwas im Seegang, aber der Sturm war bereits am Abflauen. Wieder griff er zu der Personalakte und blätterte darin. Rund herum erklangen Stimmen, Musik dröhnte aus den Lautsprechern, und irgendwo klapperte Geschirr. Alles zusammen machte dieses Gefühl von U-Boot aus. Aber er war in seinem Kabuff, getrennt durch einen Vorhang, so allein, wie man an Bord eines Bootes nur sein konnte. Abgesehen vielleicht von Wache achtern im E-Maschinenraum.

Willi Hochhuth, ein verdienter Mann. In Wirklichkeit brauchte er die Akte nicht, er erinnerte sich an so viele kleine Szenen. Hochhuth war bereits auf seinem alten Einbaum dabei gewesen. Ein Wunder, dass er damals noch aus dem kleinen Maschinenraum gekommen war.

»Verzeihung, wenn ich störe, Herr Kaleun!«

Von Hassel blickte auf und nickte seinem IWO zu. »Kommen Sie rein. Ich hadere gerade mit mir selber.«

Oberleutnant Hentrich quetschte sich in das enge Kabuff und setzte sich auf die Koje. Mit einer kurzen Geste deutete er auf das aufgeschlagene Kriegstagebuch. »Die Verfolgung durch die Tommies, die neuen Ortungsgeräte?«

»Wir wissen es nicht genau, aber alles sieht danach aus!« Von Hassel nickte langsam. »Sollten Sie jemals Kommandant werden, dann sehen Sie zu, dass der Papierkram Sie nicht auffrisst!« Mit einer abrupten Handbewegung schloss er das KTB. »Was haben Sie auf dem Herzen, Hentrich?«

»Die Funker kriegen gerade Radio Norddeich rein. Ich

habe es zufällig mitbekommen und ihnen erst mal Stillschweigen befohlen.«

Der Kommandant spürte, dass etwas Ernstes passiert sein musste. Nicht hier in ihrer kleinen Welt, sondern draußen, im richtigen Leben, das sie alle umfing, aber doch so weit weg zu sein schien. »Was ist passiert?«

»Radio Norddeich auf Langwelle. Sie sagen nichts Genaues, nur, dass deutsche Streitkräfte gestern in Norwegen gelandet sind. Auch Dänemark scheint angegriffen zu werden.«

»Norwegen und Dänemark also?« Von Hassel wunderte sich, wie ruhig seine Stimme klang. Also ein Angriff auf die Erzversorgung. Es war logisch. Entweder die Engländer oder die Deutschen, einer hatte zuschlagen müssen, um den anderen von der Erzversorgung abzuschneiden. Es war nur die Frage gewesen, wer.

»Norwegen? Das ist ein verdammt dicker Brocken für die Marine. Gibt es schon erste Berichte über Verluste?«

»Bisher noch nichts, Herr Kaleun!«

Der Kommandant sagte: »Die Funker sollen dranbleiben. Vielleicht bringen die englischen Sender auch etwas darüber.« Er schielte auf den Kalender. 10. April 1940. Ein Datum, das in die Geschichte eingehen würde. Falls England den Krieg gewinnen sollte, würde man es einen Überfall nennen, falls Deutschland gewinnen sollte, eine notwendige Kriegshandlung.

Es wäre nicht anders, wenn England zuerst zugeschlagen hätte. Die Geschichtsbücher werden von den Siegern geschrieben.

Mühsam schüttelte er die trüben Gedanken ab. »Halten Sie mich auf dem Laufenden, Oberleutnant. Ich denke, dann wird es bald auch neue Befehle für uns geben.«

Hentrich nickte. Zögernd stand er auf und blickte den Kommandanten an. »Jawoll, Herr Kaleun! Ich ... ich wollte fragen, was Sie wegen Hochhuth schreiben werden?«

Von Hassel zuckte mit den Schultern. »Er ist bei einem Angriff durchgedreht und hat das ganze Boot gefährdet!«

Der IWO senkte den Kopf. »Das bedeutet Kriegsgericht. In Friedenszeiten hätte man ihn einfach entlassen, aber nicht im Krieg!«

Zorn stieg in von Hassel auf. »Ja, wir haben Krieg. Ich weiß das! Es wäre einfach, etwas anderes zu schreiben, wir wissen das beide. Und es wäre ebenso einfach, die Wahrheit herauszufinden, das wissen wir auch beide.« Er hielt inne. »Nein, das ist nicht das Problem. Wenn ich etwas anderes schreibe, was schreibe ich dann beim Nächsten und beim Übernächsten?«

»Ich weiß, Herr Kaleun. Ich denke immer darüber nach, was ich an Ihrer Stelle schreiben würde, aber ich weiß es nicht! ... Vielleicht ... aber man könnte ihn nie wieder auf einem U-Boot einsetzen.«

Von Hassel sah ihn an. »Nein, und deswegen geht Garnichts-Schreiben auch nicht. Ich würde damit wissentlich jeden Mann an Bord dieses oder eines anderen Bootes gefährden. Habe ich etwa das Recht dazu?«

»Nein!« Oberleutnant Hentrich wich seinem Blick nicht aus. »Nein, natürlich nicht. Aber er ist krank, kein Feigling.«

»Würden Sie das schreiben?«

Oberleutnant Hentrich nickte entschlossen. »Ja, das würde ich!« Er sah sich kurz um, aber niemand befand sich in der nahen Offiziersmesse. »Ich glaube, dieser Krieg wird noch lange dauern, und er wird brutaler werden, als wir es uns alle vorstellen können. Das ist erst der Anfang. Begründen Sie es damit, dass der Mann nicht mehr U-Boot-tauglich ist.«

Von Hassel sah ihn sinnend an. »Soweit ich von der Storvikken gehört habe, hat er dort noch kein Wort gesprochen. Er starrt nur hinaus auf die See.« Er lächelte gequält: »Ja, nicht U-Boot-tauglich, nicht kriegstauglich. Wir alle haben schon einmal über den Tod nachgedacht, aber an diese andere Möglichkeit denkt man nie.« Er spürte den Schauer. Es war einfacher, als man meinte, über die Grenze zu treiben. »Also gut, so machen wir es!«

»Sehr gut, Herr Kaleun! Danke!«

»Schon gut!« Der Kommandant holte tief Luft. »Morgen, wenn der Seegang nachlässt, werden wir beginnen, Öl zu übernehmen. Wird ein hartes Stück Arbeit, aber der LI versichert mir, dass es an Bord der Storvikken genug Schläuche gibt. Eigentlich sind die Dinger zum Feuerlöschen, aber sie werden wohl durchhalten. Sie werden das Boot übernehmen, weil ich mich mit dem Kapitän unterhalten muss. Er ist jetzt nicht mehr ein Neutraler, der Bannware transportiert hat, jetzt ist er ein Feind. Einfach so von heute auf morgen.«

»Wir leben halt in einer verrückten Welt, Herr Kaleun!«

Von Hassel nickte und angelte nach seiner Mütze. »Da haben Sie ein wahres Wort gesprochen, IWO!«

Der nächste Tag verging mit der Ölübernahme. Wie von Hassel bereits prophezeit hatte, wurde es kein einfaches Manöver, denn U-Boot und Tanker wurden vom Wind immer wieder in unterschiedliche Lagen gedrückt, sobald die Maschinen abgestellt waren. Zum Schluss schleppte der Tanker U-68 einfach mit kleiner Fahrt hinter sich her. Es lief mehr Öl aus, als in die Bunker des U-Bootes gelangte, aber das war egal. Öl hatten sie jetzt genug für eine ganze Flottille.

Am Abend war U-68 wieder ausreichend beölt, und die Leinen wurden losgeworfen. Der Kommandant wurde von einem Boot der Storvikken zurückgebracht. Nach einigen kurzen Signalsprüchen trennten sich die beiden ungleichen Gefährten wieder. Viele Männer kamen noch einmal nach oben, um vom Wintergarten aus einen Blick auf die entschwindende Storvikken zu werfen. Das Schiff wurde als Prise in die Heimat geschickt, ein langer und gefährlicher Weg, der es weit nach Norden und durch die Dänemarkstraße führen würde.

Sie selbst hatten einen ähnlichen Weg genommen und würden ihn auch auf dem eigenen Rückmarsch nehmen müssen, aber, wie jemand richtig feststellte: Der Tanker konnte bei Gefahr nicht einfach wegtauchen. Die Männer auf dem Schiff würden also um schlechtes Wetter beten müssen. Jetzt, Mitte oder gar Ende April, wenn sie die englische Blockade erreichten – da würden sie wirklich ein Wunder benötigen.

U-68 blieb im Operationsgebiet. Achtzehn Torpedos, drei volle Armierungen, warteten noch auf Ziele. Die Reparaturen waren so weit abgeschlossen, und auch, wenn noch nicht alles perfekt war, so waren die Männer doch gespannt, was der Alte als Nächstes vorhatte. Sie hatten U-68 sowieso noch nie »perfekt« erlebt. Es war immer irgendetwas kaputt, dabei kaputtzugehen, oder es funktionierte einfach nicht so, wie es gedacht war. Aber wenn es darauf ankam, hatte das Boot sie noch nie im Stich gelassen. Und das war entscheidend. Es mochte seine Mucken haben, aber es war ein »glückhaftes« Boot. An ihnen würde es liegen, es auch zu einem erfolgreichen Boot zu machen.

»Ich habe mit dem Kapitän des Tankers gesprochen«, von Hassel lächelte bei der Erinnerung, »noch bevor ich ihm sagte, dass wir jetzt im Krieg miteinander sind.«

Die Offiziere beugten sich vor und lauschten neugierig. Aber der Alte nahm sich erst einmal Zeit, sein Bratwürstchen näher zu begutachten. Aus der Dose, dennoch schmeckte es irgendwie muffig. Bratwürstchen mit Makkaroni. Der Krieg würde ihm wirklich lang, zu lang vorkommen.

Er blickte auf und grinste. »Spüre ich da eine gewisse Neugier?«

»Nur ein bisschen, Herr Kaleun!« Rudi Schneider erwiderte das Grinsen.

»Na, dann sollte ich das Geheimnis wohl lüften!« Er schnitt ein Stück der Wurst ab und steckte es langsam in den Mund. Die Offiziere platzten beinahe vor Ungeduld. Endlich, nachdem er es geschluckt hatte, fuhr er fort: »Na gut, Spaß beiseite! Es wird interessant.« Er erwiderte ihre Blicke. »Der Norweger hat mir verraten, dass die Tommies einen Geleitzug von Südafrika her erwarten. Truppentransporter, Frachter mit Waffen und Munition. In Freetown liegen bereits weitere Schiffe, die sich dem Geleit anschließen sollen.«

Oberleutnant Wegemann verzog das Gesicht. »Bei so einem wichtigen Geleit werden die Tommies alles an Bewachern einsetzen, was sie haben!«

»So viel ist das auch nicht. Das Geleit kommt, nur von einem Kriegsschiff begleitet, von Südafrika. Kein Wunder, denn die Tommies haben da unten ja mit keiner Bedrohung zu rechnen. Also wird die eigentliche Sicherung erst hier das Geleit übernehmen.«

»Oh nein!« Rudi Schneider sah den Kommandanten fragend an.

»Oh doch!« Von Hassel nickte grimmig. »Genau die!«

Oberleutnant Hentrich blickte den IIWO von der Seite an. »Also ich weiß nicht, wie es Ihnen geht, Herr Leutnant, aber ich glaube, wir haben noch eine Rechnung mit den Burschen offen!«

Der LI legte seine Stirn in sorgenvolle Falten. »Moment mal! Die gleichen, mit denen wir uns vor ein paar Tagen herumgeschlagen haben? Die hatten alles an ASDIC, was man sich nur vorstellen kann, und mehr! Das ...« Er brach ab.

Von Hassel sagte ruhig: »Ja, das kann ins Auge gehen, ich weiß!« Er lächelte. »Andererseits wissen wir, mit wem wir es zu tun haben, während sie sich hier noch sicher fühlen. Sie glauben immerhin, sie haben uns versenkt. Ärger werden sie erst weiter im Norden erwarten, etwa ab Gibraltar.«

Oberleutnant Wegemann sah seinen Kommandanten prüfend an. »Also Truppentransporter, Frachter und Tanker? Ein gelungener Angriff kann so viele Schäden anrichten wie eine gewonnene Schlacht zu Lande. Ist es das, was Sie uns sagen wollen?«

»Wir sind hier, um Schiffe zu versenken!« Von Hassel zuckte mit den Schultern. »Bisher waren wir damit noch nicht sehr erfolgreich. Es wird Zeit, etwas für unsere Bilanz zu tun. Außerdem will ich die ganzen Aale nicht wieder heimschippern!«

Rudi Schneider entgegnete: »Achtzehn Aale, das bedeutet drei oder vier Angriffe. Verstehe ich Sie richtig, Herr Kaleun?«

Der Kommandant sagte: »Richtig, aber dieses Mal werden wir uns den Spielplatz aussuchen! Kein langes Gedöns, rein, umlegen, wieder raus!«

Der IIWO begann zu begreifen: »Sie wollen in das Geleit? Bei Nacht?« Er begann zu grinsen. »Mein Gott, sowie die ersten Frachter sinken, werden sie anfangen zu suchen, und alles, was sie finden ...«

»Richtig«, von Hassel nickte, »wenn erst einmal zwei oder drei Schiffe sinken, werden sie kaum noch in der Lage sein, die sinkenden Schiffe und ein getauchtes U-Boot zu unterscheiden. Was wir brauchen, ist eine dunkle Nacht.« Er wandte sich wieder seiner Mahlzeit zu. »Also dann, meine Herren, wir haben eine Verabredung!«

Seetag 33 – Jäger und Gejagte

Die Männer der Emerald starben. Sie starben, weil Krieg war, und sie starben ohne Würde, weil der Krieg auf See nur wenig Raum für Würde lässt. Die beiden Torpedos trafen das Schiff ziemlich genau um Mitternacht, als viele der Männer für den Wachwechsel auf ihren Stationen waren. Doch was normalerweise eine bessere Überlebenschance bedeutet hätte, kam auf einem Tanker nur einem noch schrecklicheren Tod gleich.

Das Maschinenpersonal starb als Erstes. Der große Maschinenraum mit seinem Geruch nach Öldämpfen, erfüllt vom Stampfen der schweren Kolbenmaschinen und der Hitze, die sie ausstrahlten, verwandelte sich nach dem Treffer von einem metallblitzenden Wunderland der Ingenieurskunst in ein tödliches Inferno. Die Ladung im Gefechtskopf des Torpedos riss ein Loch von mehreren Metern in die knapp halbzölligen Stahlplatten, durch das die See hineinstürzte wie eine glasig grüne Wand.

Der Albtraum aller Schiffsmaschinisten wurde Wirklichkeit, als sie versuchten, von den unteren Plattformen nach oben zu flüchten, verfolgt von dem lauwarmen Wasser des Südatlantiks. Panik brach aus. Jeder wollte der Erste auf dem schmalen Niedergang sein. Mit Schraubenschlüsseln und bloßen Fäusten wurde um das Recht gekämpft, zu überleben, denn in diesem Augenblick wurden Männer zu Tieren, die nur ihrem Urinstinkt folgten. Doch die meisten der Maschinisten auf der unteren Plattform starben. Das Wasser holte sie ein, bevor die ineinander verkeilten Körper der Kämpfenden nach oben gelangen konnten.

Als das Wasser schließlich die heißen Dampfrohre erreichte, verwandelte es sich in Dampf. Nicht in etwas Dampf, sondern in sehr viel und sehr heißen Dampf, der mit Druck nach oben hin entwich. Viele der Maschinisten, die im Leitstand auf der oberen Plattform Dienst getan hatten, wurden bei lebendigem Leib gekocht wie Hummer. Nur für kurze Zeit gellten die grellen, verzweifelten Schreie durch die Dampfschwaden, Schreie, die nicht zu beschreiben waren, weil sie all die Leiden der gequälten Kreaturen beinhalteten, die in diesem Augenblick schon nichts Menschliches mehr an sich hatten.

Dann erreichte das Wasser die heißen Kessel. In einer Reihe von Explosionen platzten die unter Druck stehenden Metallbehälter. Trümmer schossen durch den Raum, aber hier lebte ohnehin niemand mehr, der davon hätte verletzt werden können. Allerdings rissen die Kesselexplosionen den bereits geschwächten Rumpf nach unten hin auf, und noch mehr Wasser strömte mit triumphierendem Brausen in das tödlich getroffene Schiff.

Der zweite Torpedo traf einen der Tanks, und beinahe sofort entzündete sich das darin befindliche Öl. Wo vorher noch ein Geleitzug in der Dunkelheit ruhig durch das Wasser geglitten war, stand von einem Augenblick zum anderen ein loderndes Fanal am Nachthimmel. Dreihundert, vierhundert Meter hoch schlug die Tankerfackel in die umgebende Schwärze. Das rote Licht riss die anderen Schiffe aus dem schützenden Mantel der Dunkelheit. Hektisch wechselten sie den Kurs, um diesem Leuchtfeuer zu entrinnen, dieser tödlichen Bedrohung, die einen Augenblick zuvor noch ein Kamerad im Geleitzug gewesen war. Jeder Kapitän wusste, dass sie in diesem Licht sichtbar waren. Und sichtbar bedeutete verwundbar. Noch verwundbarer als ohnehin schon.

Die Reihen schließen, Geschwindigkeit halten und vor allem nie zurückblicken! Das waren die Regeln des Fahrens im Geleit. Eine Sloop der Eskorte musste einen Frachter mit einem Warnschuss bedrohen, als dieser stoppen wollte, um

Überlebende aufzunehmen, wie es das ungeschriebene Gesetz der See befahl. Wie es das Gesetz in Friedenszeiten befahl! Im Krieg galten neue Regeln.

Das zweite Geleitboot, ebenfalls eine Vorkriegskorvette, tastete sich vorsichtig an das brennende Wrack heran, das Minuten zuvor noch ein stolzes Schiff gewesen war. Zwei Bewacher, das war alles, was die größte Seemacht der Welt übrig hatte, um diesen Konvoi zu schützen, der von Südafrika mit einem Zwischenhalt in Sierra Leone nach England fuhr. Neunzehn Frachter und ein Tanker waren ausgelaufen. Aber nun kam das schwierigste Stück. Wenn fünfzehn der Frachter London erreichten, wäre das bereits ein großer Erfolg. Und selbst wenn nur zehn der tief im Wasser liegenden Schiffe London erreichen sollten, würde man das in der Admiralität immer noch als Erfolg verbuchen.

Aber weder die überlebenden Männer der Emerald noch der Sloop Sorceress, die versuchte, sich einen Weg an das brennende Schiff zu ertasten, sahen das aus diesem Blickwinkel. Die Seeleute der Emerald, ein kleines Häufchen Übriggebliebener, wurden von der Flammenwand immer weiter zum Heck hin abgedrängt, wo unbeachtet und völlig nutzlos das alte Geschütz stand, mit dem man das Schiff ausgerüstet hatte. Die Sorceress hingegen konnte ihnen nicht zu Hilfe eilen. Brennendes Öl lief aus den aufgerissenen Tanks und verwandelte die See in ein Flammenmeer. Immer wieder wurde das kleine Geleitboot von der Hitze zurückgetrieben.

Die Männer der Emerald sprangen am Heck ins Wasser, dort, wo der Flammenteppich sich noch nicht völlig geschlossen hatte, und versuchten, schwimmend das Geleitboot zu erreichen. Sie konnten das brennende Öl hinter sich hören, sein Knacken und Fauchen. Sie spürten die tödliche Hitze hinter sich näher kommen, immer näher. Das Öl war schneller. Zuerst erwischte es die schlechteren Schwimmer, aber am Ende war es auch zu schnell für die besten. Nicht einer der Männer erreichte die Sorceress. Sie verbrannten oder erstickten, wenn das Feuer allen Sauerstoff an der Wasseroberfläche in sich aufsaugte. Den Männern auf dem Geleitboot blieb nichts anderes übrig, als ihnen beim Sterben zuzusehen.

Ein Stück entfernt in der Dunkelheit, außerhalb des brennenden Infernos, lag das U-Boot. Der deutsche Kommandant war stur an der Oberfläche geblieben, und zwar so, dass ihn das ASDIC des eifrig suchenden Geleitbootes nicht finden konnte. Mit regungslosem Gesicht beobachtete der Kommandant den sterbenden Tanker. Für Augenblicke dachte niemand daran, den Geleitzug zu verfolgen, aber in spätestens einer Stunde würden sie trotzdem wieder hinter den Handelsschiffen her sein.

Im Augenblick warteten sie darauf, dass der Tanker sank, denn der BdU-Befehl lautete, das Sinken des Schiffes zu beobachten. Zweitausend Meter Abstand waren nicht viel, aber genug. Doch die starken Nachtsichtgläser oder gar die Vergrößerung der UZO zeigten ihnen immer noch Details. Und was sie nicht sahen, ergänzte die Vorstellungskraft. Schweigen hing über dem Turm, nur unterbrochen vom Plätschern der Wellen gegen den Rumpf. Es war Krieg, und sie hatten nur ihre Pflicht getan. Aber trotzdem war jeder im Stillen froh, dass der Kommandant nicht auch noch das Geleitboot angriff.

Hinter der Stirn von Hassels rasten die Gedanken, aber sein Gesicht zeigte nicht die geringste Spur davon. Das war nicht das erste Schiff, das er versenkte, und es würde auch nicht das letzte bleiben. Vorausgesetzt, sie blieben selbst lange genug am Leben. Er wusste, dass seine Männer beeindruckt und entsetzt waren. Vielleicht würden sie diese Bilder nie wieder loswerden. Er jedenfalls konnte sich noch an jedes Schiff erinnern. An diejenigen, die leise sanken, manchmal von der eigenen schweren Ladung und der Kraft der immer noch drehenden Schrauben innerhalb von Augenblicken in die Tiefe geschoben wurden, ohne dass die Besatzung auch nur eine Chance hatte, Boote auszusetzen, und an diejenigen, die wie dieser Tanker lautstark explodierten und sich in ein Inferno aus brennendem Stahl verwandelten.

»Wir geben ihnen noch ein paar Minuten!« Von Hassels Stimme klang unbewegt. Aber die Worte rissen die Männer aus der Erstarrung. Ohne weiteren Kommentar beugte der Alte sich über das Sprachrohr: »IWO, für das KTB: Der Tanker ist bisher nicht gesunken, aber Totalverlust!«

»Jawoll, Herr Kaleun!« Hentrich zögerte. »Wir wollen weiter?«

Von Hassels Zähne schienen in der Dunkelheit zu leuchten, als er antwortete: »Wollen vielleicht nicht, aber wir müssen. Also, beide kleine Fahrt. Backbord fünfzehn.« Er kontrollierte kurz den Kurs auf der Kompasstochter. »Sagen wir, neuer Kurs wird Drei-Null-Null. Der Steuermann soll schon mal den nächsten Kurs und die Geschwindigkeit berechnen.«

»Jawoll, Herr Kaleun! Übrigens Gratulation!«

Der Kommandant verzog das Gesicht. »Sagen Sie mir lieber, was mit den beiden anderen Aalen passiert ist!«

Aus dem Sprachrohr kam Gemurmel, und achtern sprangen die Maschinen an. Das Boot begann, langsam nach Backbord auszuscheren. Von Hassel nutzte den Augenblick, sich noch einmal umzuschauen. Aber er konnte nicht sehen, was er zu sehen erwartete. Besorgt beugte er sich wieder über das Sprachrohr: »Und der Funkmaat soll auch ab und zu mal rundhorchen! Irgendwo muss hier noch dieser Zerstörer rumhängen! Wir können nur die zwei Geleitboote sehen!«

»Rückert hat auch nicht mehr! Keine Truppentransporter, kein Zerstörer!«

Leutnant Schneider wandte sich um. »Kann es sein, dass der norwegische Skipper gelogen hat?«

»Warum? Ich meine, dass er lügen würde, war klar, aber warum diese Geschichte?« Von Hassel spürte eine immer stärkere Unruhe. Dabei schien alles nach Plan zu laufen. Sie hatten den Geleitzug einen Tag hinter Freetown abgefangen und sich erfolgreich angepirscht. Weithin sichtbar leuchtete das Fanal des brennenden Tankers. Es sah aus, als würde der Stahl selbst brennen. Die Bordwände glühten förmlich. Es würde nicht mehr lange dauern, bis das Schiff sank. Aber wieder waren zwei Torpedos irgendwo ins Leere gegangen. Von Hassel hoffte jedenfalls, dass es einfach nur Fehlschüsse waren. Nur – wenn es keine waren, gab es das nächste Problem.

»Ich weiß es nicht. Wieso sollte der Norweger uns etwas von Truppentransportern bei diesem Geleitzug erzählen, wenn keine dabei sind? Das ergibt keinen Sinn, Herr Kaleun!«

Der Alte wandte sich um und sah seinen IIWO an. »Es ergibt einen Sinn, aber wir kommen nicht dahinter, Leutnant!« Er schüttelte den Kopf. »Aber da hilft alles Grübeln nichts. Ich möchte, dass Sie runtergehen und noch mal alle Schussunterlagen durchgehen. Irgendwo muss ein Fehler sein.«

Rudi Schneider hatte den Kommandanten selbst schießen sehen. Er hatte im WO-Kurs und an der Agru selbst genügend Torpedos abgefeuert und kannte sich aus. Er glaubte nicht an einen Fehler, auch wenn der Kommandant zu befürchten schien, zwei Fahrkarten geschossen zu haben. Nur war das nicht der richtige Zeitpunkt, das dem Alten zu sagen. Nicht, wenn er in dieser Stimmung war. Also baute er nur Männchen: »Jawoll, Herr Kaleun! Sollte nicht zu lange dauern!«

Das Boot setzte sich mehr und mehr vom Geleit ab. Erst nach einer Weile ging von Hassel mit der Fahrt hoch. Bei AK zogen sie eine breite Schleppe aus weißem Kielwasser nach sich, die sich scheinbar unendlich hinzuziehen schien, bevor sie in der Dunkelheit verschwand. Der Mond stand im letzten Viertel. Es war nicht völlig finster, aber es herrschte ein unsicheres Licht. Irgendwo an Steuerbord stand der Geleitzug, und immer weiter achteraus leuchtete die Tankerfackel. Erst nach beinahe zwei Stunden verlosch das Licht am Horizont plötzlich.

Nicht, weil sie zu weit entfernt waren. Einen brennenden Tanker konnte man noch über hundert Seemeilen erkennen. Das Schiff musste gesunken sein.

»Brücke?« Die Stimme des IIWO klang aus dem Sprachrohr.

»Kommandant!« Von Hassel beugte sich über die Röhre. »Was gibt es?«

Schneider seufzte. Jedenfalls glaubte von Hassel, ihn seufzen zu hören. So, wie es sich durch das Sprachrohr anhörte, konnte es auch etwas ganz anderes sein.

»Ich habe es dreimal durchgerechnet, Herr Kaleun. In den Schussunterlagen finde ich nichts. Ich habe es auch mit Rückert kurz durchgesprochen. Er hatte alle Aale bis kurz vor dem Ziel im GHG. Dann übertönten natürlich die Schrauben alles.« Er wartete einen Augenblick, aber von Hassel gab keinen Kommentar von sich. Also fuhr er fort: »Hier unten glaubt keiner, dass sie danebengeschossen haben, Herr Kaleun.«

Wieder schwieg von Hassel einen Moment, dann nickte er müde. »Sie wissen, was das heißen kann, IIWO?«

»Ja ...«, unten in der Zentrale kratzte sich der Leutnant ratlos am Hinterkopf, »... nur – ich habe noch keine Ahnung. Entweder die Torpedos oder der Vorhaltrechner.«

»Kontrollieren Sie den Vorhaltrechner, IIWO! Ich glaube es nicht, aber wenn es die Aale sind, dann können wir abbrechen.« Von Hassel klopfte ungeduldig mit der Hand auf die Turmbrüstung.

»Jawoll, Herr Kaleun! Ich kümmere mich gleich darum!« Rudi Schneider wartete einen kurzen Augenblick. »Der IWO lässt fragen, ob er die Rohre nachladen lassen soll?«

Der Kommandant schob sich die Mütze tiefer ins Genick. »Na, viel Auswahl haben wir ja nicht! Was haben wir?«

»Noch zehn ATos und vier ETos. Jeweils die Hälfte mit Magnetzünder, Herr Kaleun!«

Von Hassel kratzte sich im Bart. »Gut, und achtern haben wir einen ETo und einen ATo mit Magnetzünder. Also geben Sie mir vier mit Aufschlagpistole. ATos, die laufen schneller.« Er grinste. »Rückert wird mir wieder nachsagen, ich sei aller modernen Technik gegenüber misstrauisch.«

Kurz vor drei Uhr morgens steuerte U-68 wieder die Küste an. Ihr Ziel war ein einfaches Kreuz auf der Karte: Conakry Point, eine weit ins Meer hinausragende Untiefe vor der Stadt Conakry. Sie würden sich hier nicht lange aufhalten können, denn wahrscheinlich würde es auch dort Bomber geben, die sich bei Tagesanbruch auf die Jagd nach ihnen machen konnten.

Aber an diesem Punkt musste das Geleit weit nach Westen ausholen. Die Wassertiefe lag hier bei weit über zweihundert Metern.

Es war der logische Ort für den nächsten Angriff.

»Geleit wechselt Kurs!« Der IWO gab die Meldung an den Kommandanten weiter, der immer noch oben auf dem Turm stand.

Von Hassel beugte sich über das Sprachrohr: »Sind Sie sicher, dass das nicht wieder ein weiterer Zacken ist?«

»Er zackt, aber der Generalkurs hat sich über die beiden letzten Schläge weiter verändert. Er hält mehr nach Westen, wenn auch nicht so weit, wie wir erwartet haben. Wenn er so weiterläuft, kommt er gerade mal zwei Meilen von der Untiefe frei.« Der IWO lachte leise. »Entweder der Geleitchef ist sagenhaft gut in Navigation, oder er verlässt sich auf sein Glück. Zwei Meilen bei Dunkelheit, das ist nicht viel!«

»Nein …«, von Hassel grinste, »andererseits hat er gerade erst einen fetten Tanker verloren. Da riskiert man schon mal was, um nicht wieder den bösen Deutschen vor die Rohre zu laufen!« Er wurde wieder ernst. »Sonst noch was zu hören?«

»Nichts, gar nichts! Es sei denn, einer liegt da draußen mit abgestellten Maschinen und lauscht.«

»Dazu müsste er wissen, dass wir kommen.« Von Hassel dachte nach. »Eine hässliche Idee, aber das Risiko müssen wir eingehen.« Er sah auf die Uhr. »Wie liegen wir in der Zeit?«

»Laut Steuermann gut!«

»Na schön, dann wollen wir mal! Alle Rohre fluten!«

Der Geleitzug schien eine Ewigkeit zu brauchen, um die letzten paar Meilen zurückzulegen. Ständig zackend kroch er seinen Generalkurs entlang. Elf Knoten! Eigentlich eine beeindruckende Geschwindigkeit. Große moderne Schiffe, die in einer Zeit, in der England alles einsetzte, was schwamm, die Wichtigkeit dieses Geleits zum Ausdruck brachten. Nur, wenn man alle Zickzackkurse abzog, dann kamen die schwer beladenen Frachter lediglich mit etwas über sechs Knoten voran.

Keine Truppentransporter. Gab es keine? Oder waren sie woanders? Wieder spürte von Hassel die Unruhe. Wahrscheinlich waren die Truppentransporter zusammen mit dem Zerstörer und mindestens einem Geleitfahrzeug allein unterwegs. Vielleicht mit einem zweiten Zerstörer. Das ergab Sinn. Truppentransporter waren meistens Passagierschiffe. Die konnten oft über zwanzig Knoten laufen. Manche der ganz Großen sogar mehr. Da kamen die kleinen Sloops und Korvetten nicht mehr mit, geschweige denn, dass sie kaum in der Lage wären, die Schiffe zu schützen. Aber das war auch nicht unbedingt notwendig. Die meisten Truppentransporter waren auch für die U-Boote zu schnell – wenn sie nicht gerade zufällig mundgerecht vor die Rohre liefen oder in einem langsameren Geleit mitlaufen mussten.

Von Hassel wusste das alles. Es ergab alles einen Sinn. Die Truppentransporter waren sicherer, wenn sie nicht in dem langsameren Geleit mitliefen. Es ergab wirklich einen Sinn, aber trotzdem spürte er die Unruhe. Spielten ihm seine Nerven einen Streich?

Auf dem Turm herrschte Schweigen. Jeder der Männer beobachtete wieder seinen Sektor. Auch Rudi Schneider, der die Wache übernommen hatte, sprach nicht. Es gab nicht viel zu tun und nicht viel zu reden. Von Hassel spürte den warmen Nachtwind auf seiner Haut, hörte das leise Plätschern der Wellen und ab und zu Gemurmel aus dem Sprachrohr. Und er spürte das Jucken, seinen struppigen Bart und die schmierigen Klamotten. Aber schließlich waren sie auch nicht hier, um sich wohlzufühlen.

»Brücke: Fünf Meilen, in Null-Vier-Acht!«

»Danke, IWO!« Von Hassel spähte nach Steuerbord voraus. Fünf Meilen, oder rund neuntausend Meter. Es war zu dunkel, er konnte nichts erkennen. Aber hören konnte man sie. Das gleichmäßige Stampfen der Maschinen, mehr ein Gefühl als ein echtes Geräusch. Er wandte sich um. »Anlauf beginnt, aber sutje! Wir lassen uns von vorne her ins Geleit sacken und picken uns dann die besten Happen raus! Beide Maschinen kleine Fahrt!«

Hustend erwachten die gestoppten Diesel zum Leben, und U-68 nahm Fahrt auf. Wieder einmal klangen die Maschinen laut. Auch wenn man wusste, dass die Tommies sie wegen des Lärms, den sie selbst veranstalteten, kaum hören konnten. Aber es klang einfach erschreckend laut.

»Kurs Null-Neun-Null!« Die Stimme von Hassels klang völlig ungerührt. Sollte er sich Sorgen machen, so zeigte er es nicht. »Leutnant, Sie übernehmen!«

Rudi Schneider schob sich dichter ans Sprachrohr, während der Kommandant sich im engen Turm etwas nach hinten drängte, um hinter die UZO zu gelangen. Suchend starrte er in die Dunkelheit, und das Boot schob sich mehr und mehr vor das nahende Geleit.

»Brücke: Geleit zackt nach Backbord! Vier Meilen!« Er wandte sich an den Kommandanten: »Sie wandern aus!«

»Immer mit der Ruhe! Sie werden auch wieder zurückzacken!« Die Stimme des Kommandanten klang gedämpft, weil er sich bereits hinter die Zieloptik gebeugt hatte. Langsam suchte er mit der starken Optik an Steuerbord nach den Schiffen. Vier Meilen nur noch! Langsam sollten sie zu sehen sein. Aber er sah keine Schiffe. Nur einen kurzen, schwachen Lichtschimmer. Verdutzt zog er den Kopf zurück. »In Null-Sechs-Null!«

Der IIWO richtete das Glas in die angegebene Richtung. Augenblicke lang spähte er vergeblich, dann sah auch er den Lichtschimmer. »Was ist das?«

»Ein nicht sauber verschlossenes Bullauge!« Von Hassel grinste. »Die machen uns die Sache einfach. Das Schiff bewegt sich in der See, und der Deckel öffnet und schließt sich mit den Bewegungen. Steuerbord zehn! Leutnant, behalten sie ihn im Auge! Direkt drauf zu, sonst verlieren wir ihn in der Dunkelheit wieder. Es muss das vorderste Schiff in der Backbordkolonne sein!«

Eine halbe Meile von Schiff zu Schiff, drei Kabellängen von Kolonne zu Kolonne. Achtzehn Schiffe. Alles in allem eine einfache Rechnung. Die Kolonnen würden etwa auf drei Meilen auseinandergezogen sein. Ein Bewacher würde voraus laufen, der andere an der Backbordseite des Geleits. Nur zwei, das sollte kein Problem sein, egal, wie gut ihre Geräte waren, um ein getauchtes U-Boot zu finden. Aber um ein *aufgetauchtes* Boot zu finden, würden sie auf eine halbe Meile herankommen müssen, wahrscheinlich weniger. Sie brauchten nur eine Lücke zu finden, und das sollte unter diesen Verhältnissen nicht allzu schwierig sein.

Minuten vergingen. Die Männer auf dem Turm starrten sich die Augen aus dem Kopf. Endlich erschienen die ersten dunklen Schatten. »Da!«

Von Hassel blickte auf. Es war der junge Lauer, der aufgeregt vorausdeutete: »Ich sehe zwei!«

Der Kommandant richtete die UZO in die Richtung. Einen Schatten erkannte er. Das Schiff mit dem schlampig verschlossenen Bullauge. Aber trotz der starken Vergrößerung blieb das zweite Schiff unsichtbar. Der Junge musste Augen haben wie ein Adler! Leise raunte er: »Ich sehe nur das erste! Lauer, was können Sie erkennen? IIWO, fragen Sie Rückert mal nach dem Abstand!«

Die Spannung stieg. Die meisten Männer konnten die Schiffe nicht sehen, weil sie sich auf ihre Sektoren konzentrierten. Sie hörten nur, was sich hinter ihrem Rücken abspielte. Schneider beugte sich über das Sprachrohr: »An GHG: Frage Abstand?«

Die Antwort kam überraschend prompt: »Der Nächste hat nur eine Schraube! Abstand viertausend Meter in Null-Null-Acht! Hinter ihm kommen noch fünf. Steuerbord von ihm sind zwei andere Kolonnen, aber bei dem Durcheinander hat Rückert noch nichts Besonderes rausfischen können!«

Der IIWO gab die Meldung an den Kommandanten weiter und beugte sich wieder über das Sprachrohr: »Wie sieht es mit Bewachern aus?«

Dieses Mal hörte er ein paar kurze, unverständliche Worte, als der IWO rückfragte, dann meldete Hentrich sich wieder: »Vor dem Geleit läuft eine Dieselmaschine. Könnte einer von denen sein. Vom anderen keine Spur!«

Gläser richteten sich voraus und nach Backbord. Aber falls das kleine Kriegsschiff dort war, dann sahen sie es nicht. Ein gutes Zeichen, denn wenn sie ihn nicht sahen, konnte er sie auch nicht sehen!

Wieder vergingen Minuten. Dann spähte von Hassel wieder durch die UZO. Der erste Frachter war deutlich näher gekommen. Ein ganz normales Frachtschiff von etwa sechstausend Tonnen, schätzte er. Alles verlief so einfach, so schrecklich einfach! Schliefen die Tommies?

»Auf Bewacher achten!« Seine Stimme klang etwas heiser. »Leutnant, sieht so aus, als könnten wir den Plan ändern. Die Tommies werden uns heute auf dem Silbertablett serviert!«

Jemand lachte, aber der Kommandant sprach weiter: »Die wertvollsten Schiffe werden innen im Geleit laufen, aber einen Tanker haben wir ja schon. Also nehmen wir den hier und den zweiten aus der mittleren Kolonne!«

Rudi Schneider spähte in die Dunkelheit. »Den ersten sehe ich, aber ich kann noch nichts von der mittleren Kolonne sehen!«

»Ich sehe einen dritten, steuerbord von dem ersten Schiff!« Lauers Stimme klang eifrig. Von Hassel sagte: »Das muss der vorderste sein. Versuchen Sie mal, ob Sie den zweiten aus der Mittelkolonne finden.«

»Jawoll, Herr Kaleun!«

Von Hassel blickte Rudi Schneider an und zuckte mit den Schultern: »Es macht so keinen Sinn, ins Geleit zu gehen! Bis wir drinnen sind, haben wir sowieso alle Aale verschossen! Also, bringen Sie uns auf Drei-Fünf-Null, IIWO! Ich schaue mal, was ich treffen kann!«

Der Leutnant beugte sich über das Sprachrohr: »Backbord fünf!«

»Oh, Scheiße!«, fluchte Braunert plötzlich.

Von Hassel fuhr herum: »Was ist?«

»Schatten backbord achteraus! Rechts achteraus! Kann es nicht genau erkennen, Herr Kaleun! Sind das zwei?« Der Seemann klang verdutzt.

Von Hassel warf einen Blick nach vorne. Noch über eine Meile! Tausendachthundert verdammte Meter! Er beugte sich hinter die UZO. »Gegner Bug links, Fahrt elf, Lage ...«, er rechnete kurz, »... dreißig, Tiefe vier Meter!«

Der IIWO warf ihm einen erstaunten Blick zu, gab aber die Werte nach unten weiter. Den Rest würde der Vorhaltrechner erledigen. Er wartete auf die Bestätigung aus der Zentrale, bevor er sich wieder umwandte. »Eingestellt, Herr Kaleun!«

Der Kommandant wartete nicht. »Rohr eins, los! Rohr zwei los! Weiter nach Stoppuhr!« Er richtete sich auf und ignorierte die erstaunten Männer um ihn herum. Das Boot ruckte unter ihren Füßen, als die Aale einer nach dem anderen die Rohre verließen.

Von Hassel drehte bereits die Zieloptik nach achtern und sprudelte gleichzeitig Befehle heraus: »Beide AK! Steuerbord fünfzehn! Wache einsteigen, Rudi, Lauer, Sie beide brauchen ich oben!«

Keiner fragte, die Disziplin siegte über den Verstand, der begreifen wollte, was eigentlich los war. Das Heck des Bootes grub sich tiefer ins Wasser, während die Männer bereits im Turmschacht verschwanden. Das Boot legte sich in eine enge Kurve nach Steuerbord.

»Brücke! Neues Geräusch backbord achteraus! Turbinenantrieb läuft an!« Die Stimme des IWO klang panisch.

Auch Rudi Schneider begriff. So ein verdammter Misthund! Sie waren zu sicher gewesen, zu verdammt sicher! Er sah plötzlich alles glasklar vor sich, den ältlichen Zerstörer, der in der Dunkelheit lauerte. Wahrscheinlich war noch mindestens ein anderes Kriegsschiff bei ihm. Und Lauer, der über jede Furcht hinaus zu sein schien, brüllte: »Bewacher backbord voraus! Dreht auf uns zu!«

Gleißende Helligkeit erstrahlte. Niemand hatte den Abschuss gehört, aber die Leuchtgranate hing deutlich sichtbar an ihrem Fallschirm am Himmel. Die Dunkelheit verschwand mit einem Schlag, und das U-Boot, seines schützenden Tarnmantels beraubt, lag für alle sichtbar auf der Wasseroberfläche.

Braunert, der letzte der Wache, zögerte. Das konnte niemals gut gehen! Er hörte bereits das Heulen der Granaten, bevor die ersten Geschosse einschlugen. Daneben! Aber ein Hagel von Splittern rauschte über ihr Achterschiff.

»Braunert, einsteigen!« War es der Kommandant, der rief, oder der IIWO? Egal!

Wie eine Perlenkette stieg Leuchtspurmunition von der Sloop vor dem Geleit auf. Viertausend Meter. Etwas weit, aber ein U-Boot war ein viel größeres Ziel als ein Flugzeug, und so viel langsamer! In einem hohen Bogen stiegen die Geschosse auf, um sich dann plötzlich wieder hinabzusenken. Wie eine eiserne Peitsche schlugen sie auf dem Vorschiff ein. Noch mehr säuerlicher Korditgeruch hing in der Luft.

»Backbord fünfzehn!«

Wieder stiegen Wassersäulen auf. Das musste der Zerstörer sein. Seine Geschütze feuerten unregelmäßig, und es sah aus, als würde er in der Dunkelheit hüpfen. Aber immer, wenn die Flammenzungen ihn beleuchteten, wurde seine kantige Brücke sichtbar und die altmodische Silhouette mit den vier Schornsteinen.

In von Hassels Hirn rasten die Gedanken. Tauchen? Er begriff, dass der Tommy genau das wollte. Wieder strahlte eine Leuchtgranate am Himmel auf. Aber hier oben würden sie auch nicht überleben!

Braunert sprang in den Wintergarten und zwängte sich in die Halterung der Flak. Zwo-Zentimeter-Zwilling. Mit einem Fluch schwang er das Geschütz herum und erwiderte das Feuer. Wieder schwangen sich die Perlenketten der Leuchtspurgeschosse in den Himmel und kreuzten sich. Funken sprühend schlugen die Geschosse gegen den Turm. Er spürte, wie etwas an seinem Hemd zupfte, aber das war ihm egal. Er sah nur die Stelle, an der sich das britische Flakgeschütz befand. Den Ausgangspunkt der Leuchtspurgeschosse auf dem kleinen Kriegsschiff.

Erneut riss er am Abzug. Es schien eine Ewigkeit zu dauern, aber in Wirklichkeit waren es nur Sekundenbruchteile, bevor seine eigenen Geschosse auf dem kleineren Kriegsschiff einschlugen und den anderen Schützen mitsamt seinem Geschütz zerfetzten.

»Tiefenruder unklar!«

Rudi Schneider fuhr herum, um die Meldung an den Kommandanten weiterzugeben. Aber der Alte hatte sich wieder über die UZO gebeugt. Er wollte doch nicht etwa auf den

Zerstörer feuern? Nicht jetzt noch! Sie konnten nicht mehr tauchen!

»Gegner Bug rechts! Fahrt dreißig! Tiefe fünf Meter! Rohr fünf los!«

Wieder ruckte das Boot. Rudi Schneider blickte nach achtern. Das waren mindestens sechstausend Meter! Der Torpedo schaffte das, aber das Kriegsschiff konnte in dieser Zeit dreimal den Kurs wechseln.

»Stützruder, recht so!« Von Hassel musste brüllen, um den Lärm zu übertönen. Rund um das Boot herum schien ein Wald aus Wassersäulen aus dem Meer zu wachsen.

Der IIWO gab den Befehl weiter. Irgendwo weiter vorne donnerte es ebenfalls. Schneider fuhr herum, in der Erwartung, das dritte Kriegsschiff zu sehen. Aber es waren ihre Torpedos, die er in der Aufregung völlig vergessen hatte. Zwei hohe Wassersäulen stiegen an einem Dampfer in der Mitte des Geleits auf.

Er drehte sich wieder herum, als er einen Schlag fühlte. Lauers Stimme schien von irgendwoher zu kommen: »Der IIWO ist getroffen!« Wieso getroffen? Es ging ihm doch gut? Wenn nur diese plötzliche Kälte nicht wäre! Er blickte an sich hinunter und sah den Blutstrom an seinen Beinen herunterlaufen. Komisch, es tat gar nicht weh. Vielleicht war Sterben doch nicht so schlimm? Langsam sackte er zu Boden.

Von Hassel hatte mitbekommen, dass Schneider zusammenbrach, wusste aber nicht, wie schwer er verletzt war. Er tippte Lauer auf die Schulter: »Runter mit ihm!«

Dann beugte er sich über das Sprachrohr: »Steuerbord zwanzig!«

Wie war das? Das Boot war tauchunklar!? Er musste sich zwingen, sich zu konzentrieren. Überall schien heißer Stahl herumzufliegen, und hinter ihm im Wintergarten jagte Braunert fluchend immer wieder kurze Feuerstöße zu der Sloop hinüber, die ihnen zu nahe gekommen war. Er konnte das Schiff kaum mit der Zwozentimeter versenken, aber offensichtlich gelang es ihm, die Besatzung von dem großen Geschütz auf der Back fernzuhalten.

»Ruder folgt nicht, Herr Kaleun!« Die Stimme des IWO klang überraschend ruhig. Noch jemand, der über alles hinaus war.

»Können wir tauchen?«

»Nein, Herr Kaleun! Ein Tiefenruder klemmt, vielleicht ein Splitter, der sich dort verkeilt hat. Der LI will ...« Wieder schlugen Geschosse mit höllischem Getöse auf das Vordeck. Von Hassel beugte sich tiefer über das Sprachrohr: »Was will der LI?«

»Er will sich darum kümmern!«

»Wie ... verdammt nochmal!« Während er sprach, hatte er sich aufgerichtet und auf das Vordeck gespäht. Das vordere Luk öffnete sich, und drei Männer krochen heraus. Er erkannte den LI an seiner Mütze. Die beiden anderen mussten Berger und Fischer sein. Was hatten die vor? Auf dem Vordeck konnte keiner mehr lange überleben. Dauernd prasselten Feuerstöße aus MGs und Flak von der Sloop dort nieder.

Der Kommandant warf einen Blick nach steuerbord. Die andere Sloop kam jetzt hinter dem Geleit hervor und eröffnete ebenfalls das Feuer. Verdammt, schossen die gut!

Eine Granate explodierte am Decksgeschütz und sandte einen Splitterregen bis zum Turm hinauf. Von Hassel spürte, wie etwas dicht an ihm vorüberflog. Wütend schlug er gegen die Turmbrüstung. Es war vorbei! Das Boot war manövrierunfähig und nicht mehr tauchklar. Sollte er die Männer aussteigen lassen?

Er sah nach achtern. Der Zerstörer hinter ihnen schoss aus einem Geschütz immer noch Leuchtgranaten. Der Torpedo hatte ihn wohl gezwungen, kurzfristig abzudrehen, aber er drehte schon wieder auf das waidwunde Boot ein. Er würde versuchen, sie zu rammen. Es wurde Zeit!

Jemand tippte ihm auf die Schulter, und er zuckte zusammen. Aber es war kein Splitter. Lauer, über und über mit Blut beschmiert, deutete nach vorne: »Herr Kaleun!«

Von Hassel erstarrte. Sie waren näher am Geleit, als er gedacht hatte. Im gleißenden Licht der Leuchtgranaten wirkten die Schiffe groß und unwirklich.

Er erstarrte. Vor allem das Schiff, das sie getroffen hatten, wirkte groß. Es schwamm immer noch und stand wohl unter Dampf. Aber es war aus dem Ruder gelaufen. Brennend und manövrierunfähig hatte es beinahe schon einen halben Kreis durch den Geleitzug beschrieben. Hektisch wichen die anderen Schiffe aus. Der ganze wohlgeordnete Konvoi hatte sich in ein Durcheinander verwandelt. Ein Durcheinander, in das er jetzt mit seinem steuerunfähigen Boot geradewegs hineinstieß. Aber von der Backbordseite kam dieser riesige Bug auf sie zu. Er konnte bereits die Ankerklüsen erkennen, die wie zwei große bösartige Augen auf sie herunterstarrten. Genau wie damals! Die Bilder vermischten sich, der Rauch wurde zu Nebel. Hörner gellten, als andere Schiffe auswichen – oder war es das getroffene Schiff, das vor der Gefahr warnte?

Eine weitere Garbe traf das Vordeck, und eine der Gestalten dort unten drehte sich in einem grotesken Tanz um die eigene Achse, bevor sie im Wasser verschwand. Aber schon tauchte jemand anders aus dem vorderen Luk auf, um die Sicherungsleine zu greifen.

Die Männer würden nicht mehr rauskommen! Über zweihundert Meter Wassertiefe ... Für einen Augenblick war er wie gelähmt, aber dann wallte der Zorn in ihm auf. Nicht dieses Mal, nicht dieses Mal wieder!

Er brüllte ins Sprachrohr: »Steuerbord rückwärts, Backbord voll voraus!« Er hörte keine Bestätigung, aber die Bootsbewegungen veränderten sich. Schaum wallte am Achterdeck auf. Langsam, unendlich langsam drehte das Boot nach Steuerbord. Sekunden schienen sich zu Ewigkeiten zu dehnen. Das Feuer ließ nach, als die ersten der Frachter zwischen das Boot und die englischen Kriegsschiffe gerieten. Eine letzte Granate explodierte vor ihrem Bug und wischte den Leitenden von seinem unsicheren Standort auf dem Steuerbord-Tiefenruder. Aber er zog sich an der Sicherungsleine wieder hoch.

Von Hassel wandte den Blick ab. Sie starben, sie starben alle. So oder so.

Einer der Frachter vor ihnen drehte nach Backbord auf sie zu. Nicht das schlaueste Manöver, aber er hatte keine andere Wahl, weil auf seiner Backbordseite ein anderes Schiff in seinen Kurs gelaufen war. Oder kein Schiff? Von Hassel wandte den Blick zu dem drohenden Bug. Das Boot drehte, der Dampfer stand bereits beinahe achteraus, und noch waren sie schneller. Ganze sieben Knoten schneller! Oder nicht mehr ganz, weil ja die Steuerbordschraube wie rasend rückwärts drehte. Sie wurden langsamer! Das würde niemals reichen!

Wieder kamen ein paar Granaten geflogen, aber aus einer anderen Richtung. Eine Kette Leuchtspurmunition ging weit voraus ins Leere. Die Rauchwand, die der brennende Frachter hinter sich herzog, gab ihnen beiden, Frachter wie U-Boot, Deckung. Das englische Feuer wurde ungenauer. Verdutzt blickten Lauer und von Hassel nach oben, als eine Granate in hohem Bogen über sie hinweg flog. Einer der Tommies hatte wohl ihren Kurswechsel nicht mitbekommen. Das musste der Zerstörer sein, der wie ein gereiztes Raubtier um das Geleit herum preschte, um das U-Boot auf der anderen Seite abzufangen!

Das angeschossene Frachtschiff hatte sie eingeholt. Noch immer drehten die Schrauben des U-Bootes mit voller Kraft gegenläufig, und ihr Bug zeigte schon wieder ziemlich genau nach Süden. Es fehlten nur ein paar Meter!

Achttausend Registertonnen entsprachen einem Gewicht von über zweiundzwanzigtausend Tonnen Stahl, die brennend und qualmend auf U-68 losstürmten. Der Rudergänger war wahrscheinlich genau wie der Rest der Besatzung von Bord gegangen, denn von Hassel, der jede Kleinigkeit überdimensional wahrnahm, sah die leeren Davids.

Der Winkel war zu flach! Der Koloss schob das steuerlose Boot einfach aus dem Weg, statt es zu überrennen. Er erwischte es am Heck und drückte dieses tief unter Wasser, bevor es wieder wie ein Korken hochsprang.

Stahl schrie gequält auf, und die Männer auf dem Turm verloren den Halt und stürzten zu Boden. Mit Gewalt drückte der Dampfer das Boot einfach zur Seite und scheuerte an ihrem Heck entlang. Aber er versenkte sie nicht. Das überließ er den wartenden Kriegsschiffen. Die Drehung wurde enger. U-68 verschwand im Rauchschleier.

»Herr Kaleun! Ruder folgt wieder! Aber die Backbordschraube ist hin!« Lauer richtete sich vom Sprachrohr auf. Von Hassel hatte die Meldung gar nicht mitbekommen.

Das Ruder folgte wieder! Mit dem letzten Stoß durch den Frachter musste es freigekommen sein. »Steuerbord fünf, Steuerbord AK!«

Wieder wallte Schaum am Heck auf, als die Schraube gegensteuerte. Das Boot hing etwas nach Backbord, aber es nahm Fahrt auf. Gedanken rasten durch von Hassels Kopf. Er musste den Männern vorne am Tiefenruder Zeit verschaffen. Irgendwie!

Er drehte die UZO nach achtern. Irgendwo hinter dem Rauch musste der Zerstörer lauern. Es konnte nicht mehr lange dauern, bis der Vorhang sich hob. Verwundert nahm er wahr, dass es bereits dämmerte.

Hinter ihm belferte wieder die Zwozentimeter, aber er ignorierte es. An Steuerbord sank ein weiteres Schiff, aber auch das war uninteressant, genauso, wie die Sloop, die hinter dem Geleit auf sie wartete, genauso wie die zwei ineinander verkeilten Frachter und die Granaten, die ziellos durch den Rauch schossen. Alles war uninteressant. Einzig und allein die altmodische Form des Zerstörers zählte, die sichtbar wurde, als der Rauch sich hob. Zweitausend Meter, vielleicht etwas mehr. Er stand genau da, wo von Hassel ihn vermutet hatte.

»Gegner Bug rechts, Fahrt fünfzehn, Tiefe fünf!« Beinahe automatisch ratterte er die Schussdaten runter. Von unten kam die Bestätigung. Wütend drückte er den Knopf und bellte: »Rohr sechs los!«

Ein Ruck ging durch das Boot.

Der Zerstörer ahnte das Unheil. Vielleicht hatte der Kommandant mit einem letzten verzweifelten Torpedoschuss gerechnet. Oder sein empfindliches Horchgerät hatte die Schraube des Aals erlauscht. Kielwasser wallte auf, als die Schrauben des Kriegsschiffes auf AK gingen und den flachgestreckten Rumpf in Fahrt brachten. Mit unnatürlicher Gelassenheit beobachtete von Hassel, wie sich die Silhouette verkürzte. Der Zerstörer zackte vor dem Torpedo weg. Zweitausend Meter Entfernung gaben ihm genügend Zeit für sein Manöver. Es war völlig unmöglich, einen alarmierten Zerstörer auf diese Entfernung mit einem Torpedo zu versenken. Er konnte einfach ausweichen.

Von Hassel glaubte, wieder das Lachen und die Worte des IWO zu hören: *»Er hält mehr nach Westen, wenn auch nicht so weit, wie wir erwartet haben. Wenn er so weiterläuft, dann kommt er gerade mal zwei Meilen von der Untiefe frei … Entweder der Geleitchef ist sagenhaft gut in Navigation, oder er verlässt sich auf sein Glück. Zwei Meilen bei Dunkelheit, das ist nicht viel!«*

Der Kommandant des Kriegsschiffes schien die Gefahr zu ahnen, aber zu spät. Verzweifelt drehte das Schiff zurück, aber es war bereits über der Untiefe. Vierzigtausend Pferdestärken schoben den ungepanzerten Rumpf auf die ersten Felsen, rissen Stahl auf und verbogen Spanten. Es sah aus, als steige der Zerstörer aus dem Wasser auf, aber in Wirklichkeit schoben ihn seine eigenen Maschinen immer weiter auf die Felsen.

Der Torpedo explodierte unbeachtet auf der Untiefe. Aller Augen waren auf das Kriegsschiff gerichtet. Abteilungen liefen voll Wasser, und die Aufbauten neigten sich nach Backbord. Das Feuer verstummte.

HMS Warlock starb einen harten, schnellen Tod. Immer weiter legte sich das Schiff über. Wahrscheinlich lebte in den Maschinenräumen schon niemand mehr, der die rasenden Maschinen hätte abstellen können. Immer weiter schoben und drückten sie gegen den Rumpf, der bereits auf den Felsen festsaß. Spanten brachen, und immer weitere Räume liefen voll Wasser. Nur wenige der flüchtenden Männer erreichten das Deck. Als das tödlich getroffene Schiff schließlich von den Felsen glitt, rollte es einfach über. Für Minuten trieb der gekenterte Rumpf noch an der Oberfläche.

Das Gefecht verstummte. Auch bei den Engländern war für kurze Zeit alle Aufmerksamkeit auf das plötzliche Ende des Zerstörers gerichtet. Selbst Braunert hatte das Feuer eingestellt.

Von Hassel wandte sich um und lehnte sich über die Turmbrüstung. Männer sprangen aus dem Luk und zerrten den Leitenden aus dem Wasser. Von Berger und Fischer war keine Spur mehr zu sehen. Einer war gefallen. Der Kommandant erinnerte sich an die Gestalt, die von einem MG erwischt worden war. Vielleicht war der andere schon drinnen?

»Zentrale, wie sieht es unten aus?«

Der IWO zögerte: »Wir haben ein paar Löcher im Druckkörper, aber alles soweit provisorisch abgedichtet. Tief tauchen sollten wir nicht, aber das Tiefenruder funktioniert wieder.«

Von Hassel sah sich um. Eine Sloop schlich sich bereits durch die flüchtenden Frachter. Aber der Rauch war immer noch dicht. Es wurde höchste Zeit, zu verschwinden. Er wandte sich an Lauer: »Einsteigen! Dalli!«

Der junge Seemann sah ihn nicht an. Seine Augen waren auf Braunert gerichtet, der immer noch in den Gurten der

Flak hing. Aber seine Arme baumelten leblos herab, und in seiner Stirn klaffte ein blutiges Loch. Lauer nickte kurz, als würde er Antwort auf etwas geben, das von Hassel nicht gehört hatte. Dann wandte er sich ab und verschwand im Turmluk. Sie hatten keine Zeit mehr.

Von Hassel warf einen letzten Blick auf den Seemann, bevor auch er einstieg. Sekunden später verschwand U-68 von der Oberfläche. Sie mussten auch das untere Luk schließen, weil der Turm komplett durchlöchert war. Die Tommies folgten ihnen nicht, sie hatten zu viel damit zu tun, den zerstreuten Geleitzug zu sammeln. Erst Stunden später trauten sie sich wieder auf Sehrohrtiefe. Der Zerstörer, der Frachter, den sie getroffen hatten, und zwei weitere Schiffe, die miteinander kollidiert waren, waren in der Zwischenzeit gesunken. Das Geleit war weitergefahren. Nur am Himmel kreisten immer wieder Flugzeuge auf der Suche nach dem beschädigten Boot. U-68 verschwand abermals in der Tiefe.

Seetag 51 – Heimkehr

Rudi Schneider ließ den Blick über das Boot gleiten. Von hier oben sah es immer noch verheerend aus. Viele Schäden hatten sie mit Bordmitteln nicht reparieren können.

Er bewegte sich unbehaglich, weil der dicke Verband scheuerte. Rückert hatte einen Splitter von der Größe einer Weintraube aus ihm rausgeholt. Es war das erste Mal seither, dass er auf dem Turm war. Andere Verwundete lagen immer noch unten auf ihren Kojen, und wieder andere waren auf dem Wege der Besserung, wobei man manchmal nicht sicher sein konnte, ob das gut war. Obermaat Peters würde sein Leben lang Brandnarben im Gesicht haben. Manche, wie Daniel Berger oder Oberleutnant Wegemann, gingen bereits wieder Wache.

Und es gab einige, die nicht zurückkommen würden, auch wenn es irgendwie immer noch schien, als wären sie da. Braunert, Fischer und Adolf Schott, der Smut, der an Deck gegangen war, um den LI aus dem Wasser zu fischen und sich dabei eine Kugel eingefangen hatte.

Es war Ende April. Die Kämpfe in Norwegen dauerten noch an. Im Nordatlantik hatten etliche Geleitzugangriffe stattgefunden. Leutnant Schneider blickte hoch zum ausgefahrenen Sehrohr, an dem mehrere weiße und ein roter Wimpel flatterten. Fünf Handelsschiffe und ein Zerstörer. Rein zahlenmäßig betrachtet weder überdurchschnittlich gut noch unterdurchschnittlich schlecht.

Nachdenklich wandte er sich an den Kommandanten: »Was meinen Sie, Herr Kaleun? Großer Empfang mit Blaskapelle?«

Von Hassel sah sich um. Sie befanden sich bereits im Jadebusen, und über ihnen kreisten zur Abwechslung mal die eigenen Flugzeuge. Er nickte. »Wahrscheinlich, ist ja so üblich!«

Die beiden Männer sahen einander an. Natürlich würde keiner von ihnen die Frage stellen, ob es sich gelohnt hatte. Denn diese Frage durfte man im Krieg nie stellen.

Schweigend standen sie auf dem Turm zwischen den Ausgucks, denn bis zum letzten Augenblick wachsam zu bleiben, war alles, was sie tun konnten, um zu überleben.

Auch wenn die Männer nicht mehr völlig konzentriert waren, denn U-68 war heimgekehrt. Es würde Urlaub geben, vielleicht Änderungen in der Besatzung. In einigen Wochen würden sie das Boot repariert und frisch gestrichen übernehmen und wieder hinausfahren. Aber daran wollte im Augenblick noch niemand denken.

Glossar

Aal: Spitzname für Torpedo

Achtern: Hinten

Adlerstoßverfahren: Auch bekannt als Zwei-Finger-Suchverfahren. Bezieht sich auf das Schreiben auf einer alten Schreibmaschine mit zwei Fingern, ist aber kein spezieller Marineausdruck.

Adju: Kurz für Adjutant

Agru-Front: Ausbildungsgruppe in der Ostsee. Dort übten die neuen Besatzungen den Einsatz gegen Geleitzüge. Auch die Rudeltaktik wurde dort spätestens ab 1937 geübt.

AK: Äußerste Kraft! Das ist tatsächlich mehr als »volle Fahrt«, da volle Fahrt immer noch einen Blick auf die Sicherheitsventile beinhaltet. »Dreimal Wahnsinnige« bedeutet im Grunde das Gleiche, nur kümmert sich dann keiner mehr um Drehzahlbegrenzung, Druck oder derartige Messwerte.

Amatol: Spezieller militärischer Sprengstoff mit großer Wirkung, der vor allem im Zweiten Weltkrieg Verwendung gefunden hat. Amatol entspricht im Prinzip TNT mit Ammoniumnitrat (also Kunstdünger).

ASDIC: Heute Aktivsonar. U-Boot-Ortungsgerät, das einen Schallimpuls aussendet und aus der Zeit, bis das Echo zurückkommt, den Abstand errechnet

ATo: Pressluftgetriebener Torpedo. Hinterließ eine Blasenbahn, war aber schneller als der ETo (elektrisch getriebener Torpedo) und konnte weitere Strecken laufen

Aufklaren: a) Wetterbesserung, b) aufräumen

Back: a) Vorschiff, b) Tisch

Backbord: In Fahrtrichtung links

Bannware: Alle kriegswichtigen Güter. In erster Linie Waffen, Munition, Geld, aber auch Kartenmaterial, Rohstoffe und alle Energieträger wie Öl und Kohle

B-Dienst: Deutsche Funkaufklärung. Die meisten alliierten Geleitzüge wurden durch die Deutschen entdeckt, weil ihr Funkverkehr eingepeilt wurde. Zu den Aufgaben der Funkaufklärung gehörten neben dem Einpeilen auch Versuche der Entschlüsselung, eine Lageanalyse auf der Basis von Funksprüchen und ein Vergleich mit geheimdienstlichen Informationen. Die Quintessenz aus all dem wurde als »B-Dienst-Bericht« auch den U-Booten mitgeteilt, allerdings selten vollständig.

BdU: Befehlshaber der U-Boote: Admiral Dönitz

Bilge: Hohlraum unter den Stahlplatten. Hier sammelt sich alles Wasser, das ins Boot eindringt. Deshalb muss die Bilge ab und zu gelenzt (leer gepumpt) werden. In den meisten U-Booten in drei Abschnitte unterteilt, also nicht durchgängig

Brückennock: Offenes Deck, welches über den Aufbau hinaus bis an die maximale Breite des Schiffes ragt und dem Brückenoffizier zu einem besseren Überblick vor allem bei An- und Ablegemanövern verhilft

Crew: a) Besatzung, b) Jahrgang in der Offiziersausbildung, »Crew '36« bezeichnete z. B. die Offiziere, die 1936 ihr Patent erhalten haben.

Davids: Ausleger, an denen die Rettungsboote befestigt sind. Die Davids können ausgeschwungen werden, um das Boot ins Wasser zu lassen.

Der Dicke: Bezeichnung für Herrmann Göring, den Luftwaffenbefehlshaber

Deutscher Blick: Der »deutsche Blick« ist ein politischer Witz von etwa 1939 an, eine Anspielung auf die zunehmende Überwachung. Gemeint ist damit der vorsichtige Blick über die Schulter, ob der Staat vielleicht mithört.

Dez: Winkel von zehn Grad. Vier Dez an Steuerbord sind

also vierzig Grad rechts von der Kurslinie des Bootes. Natürlich nur als ungefähre Richtungsangabe

Dünung: Lange Wellen, wie sie nach einem Sturm auslaufen

Durchpendeln: Nachdem der Leitende das Boot auf Sehrohrtiefe gebracht hat, lässt er es eine leichte Nickbewegung mit den Tiefenrudern vollführen. Dadurch können eventuell in den Zellen gefangene Luftblasen entweichen.

Dwarslinie: Spezielle taktische Formation von Kriegsschiffen, wenn sie parallele Kurse mit gleichen Abständen auf einer um neunzig Grad zum Kurs liegenden Linie fahren

Edelwild: Schiffe von besonderer Wichtigkeit für die Alliierten, aber keine regulären Kriegsschiffe. Edelwild waren vor allem Tanker, Passagierschiffe, die meistens als Truppentransporter fuhren, und Kühlfrachter wegen ihrer Wichtigkeit für die Nahrungsmittelversorgung Englands.

Einbaum: Spitzname für die kleinen Küsten-U-Boote des Typs II

ENIGMA: Chiffriermaschine in Form einer Schreibmaschine. Die Enigma erzeugte mit jeder Einstellung für einen Text eine andere Verschlüsselung. Auch wurde der gleiche Buchstabe nicht einfach immer gleich umgesetzt, sondern je nach seiner Position im Text unterschiedlich, was die Entschlüsselung durch die Engländer sehr schwierig machte, aber nicht unmöglich, wie uns die Geschichte zeigte.

ES: Erkennungssignal. Leuchtraketen bzw. -patronen einer bestimmten Farbe, wobei der Farbcode sich von Tag zu Tag änderte. Wer also am Mittwoch grüne Sterne schoß, war ein Freund – wer am Donnerstag grüne Sterne schoß, bekam eine Bombe, weil dann das ES vielleicht weiß und rot war.

ETo: Elektrisch angetriebener Torpedo

Fender: Schutzkörper, der die Außenhaut des Schiffes schützen soll

Fieren: Tau langsam und kontrolliert ablaufen lassen

Freiwache: Zeit zwischen zwei Wachwechseln. Das Besatzungsmitglied hat jedoch nicht frei, es ist nur nicht auf seiner Wachstation. Die Freiwache wird z.B. genutzt für Kartenberichtigungen durch das Navigationspersonal, Reinschiff oder auch sehr viel »pönen« (= anstreichen).

Funkgast: Funker im Mannschaftsdienstgrad

Funkmeister: Bootsmann einer Funkverwendung, also Funkmeister, Oberfunkmeister etc.

Funkschapp: Sehr kleiner Funkraum

Gammelpäckchen: Gammelnde, d.h. unbeschäftigte Seeleute (siehe auch Päckchen)

Geige: Matrosenanzug der Mannschaftsdienstgrade. Die »erste Geige« bezeichnete den Ausgehanzug, die »zweite Geige« wurde meist für die Wache verwendet. Die »dritte Geige« war während des Krieges kein Matrosenanzug, sondern der normale Bordanzug mit Schiffchen als Kopfbedeckung.

Gelatinebubis: Bezeichnung für die Piloten der Luftwaffe, die in den Augen der Marine durch ein gewisses Übermaß an Eitelkeit auffielen

GHG: Gruppenhorchgerät. Drehbares Horchgerät mit verschiedenen Gruppen von Druckdosen, mit welchem man Richtungen feststellen konnte

Gneisenau: Deutscher Schlachtkreuzer

Gräting: Gitterrost, dessen Öffnungen der Lüftung der unteren Decks dienen

Haubo: Hauptbootsmann (Hauptfeldwebel), meist in der Dienststellung eines Kompaniefeldwebels, also der berüchtigte Spieß

Heizer: Pauschalbezeichnung für alle Schiffstechniker der verschiedenen Fachrichtungen. Natürlich gab es auf einem Schiff im Zweiten Weltkrieg nichts mehr zu heizen, aber der Begriff hat sich erhalten und führte zu so widersinnigen Bezeichnungen wie »E-Maschinen-Heizer«.

IIWO: Gesprochen Zwo-We-Oh. Der zweite Wachoffizier

IWO: Gesprochen Eins-We-Oh. Der erste Wachoffizier

Jane's: Bis heute bekanntestes Nachschlagewerk für Schiffe. »Jane's Fighting Ships« ist speziell für Kriegsschiffe. Viele deutsche Kommandanten führten dieses Nachschlagewerk ergänzend zu den offiziellen Unterlagen mit sich.

Kaleu, Kaleun: Abkürzungen für Kapitänleutnant. Kaleu ist eigentlich eine moderne Form.

Kettenhund: Feldjäger, Militärpolizei

Klapphose: Die Hose der »ersten Geige« (siehe unter Geige), die sich praktischerweise einfach nach vorne aufklappen lässt

Klar zum: Klar zum Anlegen, klar zum Kurswechsel. Meldung, dass eine Tätigkeit vorbereitet ist und die benötigten Männer nur noch auf den Befehl warten. »Klar zum« ohne weitere Angabe bedeutet in diesem Zusammenhang »gemustert und bereit«, aber es ist noch nicht klar, wofür eigentlich. Wird manchmal auch als Kurzform gebraucht

Kommandant: Kapitän eines Kriegsschiffes. Der Begriff »Kapitän« wird nur in der zivilen Schifffahrt und innerhalb aller Marinen als militärische Rangbezeichnung verwendet.

Koppelnavigation: Ortsbestimmung (Ortung) eines Schiffes durch Messung von Kurs, Fahrt und Zeit unter Einbeziehung empirischer Werte wie Strömung, Kompassmissweisung oder Wetterlage. Wird von Navigatoren auch gerne als »Schätzung mit Gottes Hilfe bezeichnet«

Korvette: Kleines Eskortenfahrzeug mit schwacher Artilleriebewaffnung, nur zur U-Boot-Abwehr geeignet. Eigentlich waren die britischen Korvetten der Flower-Klasse bloß für Küstengewässer geplant, aber als der Krieg ausbrach, wurden sie auch im Atlantik eingesetzt. Die Beschreibung, dass diese Schiffe »bereits auf einer nassen Wiese rollten«, trifft es recht gut.

Krauts: Im Zweiten Weltkrieg Bezeichnung der Engländer für die Deutschen (abgeleitet von »Sauerkraut«)

KTB: Kriegstagebuch

Last: Lagerraum

Lenzpumpe: Leistungsfähige Pumpe, wird zum Abpumpen großer Wassermengen aus einem Schiffskörper eingesetzt

Kujambelwasser: Limonade aus eigener Herstellung

LI: Leitender Ingenieur

Löwe: Bezeichnung der U-Boot-Fahrer für den BdU, Admiral Dönitz

M-Offizier: Funkspruch mit doppelter Verschlüsselung. Der zweite Entschlüsselungsvorgang musste von einem Offizier mit anderen Einstellungen der Chiffriermaschine ENIGMA durchgeführt werden.

Malhalla: Eine Menge oder auch ein großer Schiffsverband

Mannen: Von Mann zu Mann reichen

Messe: Wohnraum, auf großen Schiffen auch Speiseraum der Offiziere

Mittschiffs: Stelle eines Schiffes, die sich auf der Hälfte des Rumpfes zwischen Bug und Heck befindet. Für den typischen Frachter des Zweiten Weltkriegs also etwa auf Höhe des Brückenaufbaus

Mixer: Ursprünglich der Torpedomixer, also ein Fachmann für die Torpedofeuerleitung. Der Begriff dehnte sich während des Krieges mehr und mehr auf andere Fachrichtungen aus, vorzugsweise auf alles, was irgendwie mit Schaltungen zu tun hatte. So entstand neben dem Begriff des Torpedomixers vor allem der des E-Mixers, auf modernen Schiffen auch abgekürzt Emi (Plural: Emis).

Mug: Becher, Kaffeepott, Trinkgefäß. Alles mit einem Henkel und einem halben Liter oder mehr Fassungsvermögen

Netzabweiser: Eine Art Säge auf dem Bug vieler U-Boot-Typen, die dazu dienen sollte, U-Boot-Abwehrnetze zu zerschneiden und zur Seite zu drücken

NO: Navigationsoffizier

O-Messe: Offiziersmesse. Bei kleineren Einheiten auch manchmal mit der PUO-Messe (Puffz-Messe, Messe der Unteroffiziere mit Portepé) zusammengelegt

Päckchen: Alles, was entweder eingepackt war oder im weitesten Sinne zum Einpacken diente. Als U-Boot-Päckchen bezeichnete man das Lederzeug, den Bordanzug der U-Boot-Fahrer in nördlichen Gewässern. »Gammelpäckchen« nannte man die U-Boot-Fahrer selbst, die eingepackt in ihr U-Boot auf den langen Patrouillen vor sich hin »gammelten«. Auch das Liegen mehrerer U-Boote an einer Pier oder längsseits eines Schiffes wird als »Liegen im Päckchen« bezeichnet.

Papenberg: Glasröhre, in der die Tauchtiefe angezeigt wurde. Zusätzlich gab es einen weiteren Tiefenmesser mit Skala, aber der Papenberg war zentral angebracht und wegen seiner technischen Primitivität meistens zuverlässiger. Der Nachteil war, dass bei Erschütterungen häufig die Glasröhre zerbrach und Wasser machte.

Pick: Abneigung. »Einen Pick auf jemanden haben« bedeutet, diesen mit Vorliebe zu schikanieren.

Pönen: Anstreichen

Puffz: Unteroffizier mit Portepé, also Feldwebel- bzw. Bootsmannsränge (Plural: Puffze)

Puffz-Messe: Messe der Puffze

Rawalpindi: Britischer Hilfskreuzer (umgebautes Passagierschiff), der nach einem Gefecht mit den deutschen Schlachtkreuzern Scharnhorst und Gneisenau am 23. November 1939 sank. Dem Kommandanten der Rawalpindi wurde posthum das Viktoriakreuz verliehen.

Rollen: Schiffsbewegung um die Längsachse, d. h. wenn sich das Schiff durch den Seegang mal auf die eine, mal auf die andere Seite legt

RRRR: Kurzzeichen britischer Schiffe im Funkverkehr, um einen Angriff durch einen Handelsstörer, also ein Überwasserschiff (Kriegsschiff, umgebautes Handelsschiff), das Handelsschiffe angreift, anzuzeigen. Vergleiche SSSS

Schanzkleid: Erhöhung der Bordwand über das freiliegende Schiffsdeck hinaus

Scharnhorst: Deutscher Schlachtkreuzer

Schelf: Küstennaher Meeresboden bis zu etwa zweihundert Meter unter dem Meeresspiegel

Schleichfahrt: Schleichfahrt bedeutete nicht nur, sehr langsam zu fahren (knapp einen Knoten, je nach Typ), sondern vor allem auch, alle unnötigen Geräte abzustellen, sich möglichst wenig im Boot zu bewegen und zu schweigen. Denn natürlich konnte nicht nur das Geräusch der E-Maschinen, sondern auch ein Lüfter oder eine Lenzpumpe gehört werden.

Schmadding: Dienstältester, für seemännische Arbeiten (Tauwerk, Schiffspflege) verantwortlicher Unteroffizier

Schott: Hermetisch schließende Trennwand, in engerem Sinne auch der verschließbare Durchgang durch eben solch eine Trennwand

Schwell: Wellen, die durch vorbeifahrende Schiffe erzeugt werden. Wird auch alternativ für Dünung verwendet bzw., wenn die Dünung nicht als Sturmrest, sondern z. B. durch Strömungen und dazu quer gehende Winde erzeugt wird

Seefallreep: Ein Fallreep (eine Art Kreuzung zwischen Treppe und Steg), das außenbords an einem großen Schiff mitgeführt wird, um z. B. Boote dort anlegen zu lassen

Seekuh: Spitzname für die großen Fernkampfboote des Typs IX. Nicht zu verwechseln mit den »Milchkühen«, den Versorgungs-U-Booten des Typs XIV

Sitzkrieg: Bezeichnung für die Zeit zwischen dem 3. September 1939 und dem 10. Mai 1940, als es an der Westfront – trotz Kriegserklärung von Frankreich und England an Deutschland – zu keinen Kampfhandlungen kam

Sloop: Englische Bezeichnung für die Vorkriegskorvetten, manchmal auch für die Korvetten der Kriegsbaureihen. Ein kleines, relativ langsames Kriegsschiff, das ausschließlich als Eskorte und gegen U-Boote eingesetzt wurde

Smut: Schiffskoch

Spant: Tragender Teil der Schiffskonstruktion. Querspanten sehen aus wie Rippen (außer auf modernen U-Booten, wo sie dann ganzen Ringen entsprechen), Längsspanten verlaufen als lange Träger über die gesamte Schiffslänge. Die Schiffshaut hängt im Grunde nur an den Spanten, genau wie die Decks im Inneren nur auf dieser Trägerkonstruktion ruhen.

Spargel: Spitzname für alle Sehrohre

Spatenpauli: Bezeichnung für das Heer und dessen Soldaten

Sperrbrecher: Ein großes, meist mit leeren Fässern oder auch Kork beladenes Schiff, das vorausfährt, um Minen zur Explosion zu bringen. In späteren Kriegsphasen zusätzlich mit einem Magnetfeldgenerator ausgerüstet, um auch Magnetminen zu zünden

Spring: Vor- bzw. Achterspring. Eine Leine, die entweder vom Bug des Schiffes nach achtern hin vertäut ist, oder vom Heck hin nach vorne

SSSS: Kurzzeichen britischer Schiffe, um einen Angriff durch ein U-Boot anzuzeigen

Stahlschapp: Stahlschrank

Stauen: Etwas verladen oder unterbringen. Päckchen werden gestaut.

Stampfen: Schiffsbewegung um die Querachse, d. h. wenn der Bug im Seegang hoch- bzw. runtergeht

Steuerbord: In Fahrtrichtung rechts

Steuermann: a) Der für die Navigation verantwortliche Unteroffizier. Ein Offizier mit gleicher Aufgabe würde als NO (Navigationsoffizier, gesprochen Enn-O) bezeichnet werden.

b) Ein Bootsmann einer Navigationsverwendung, also Steuermann, Obersteuermann etc.

Stoppelhopser: Bezeichnung für das Heer und dessen Soldaten

Stützruder: Das Gegensteuern nach einem Kurswechsel, um den immer noch vorhandenen Drehimpuls abzustoppen

Süll: Hervorstehende Einfassung (Schwelle) von verschließbaren Durchgängen in einem Schiff, die verhindern soll, dass Wasser durch die Tür schwappt

Tankerfackel: Das explosionsartige Aufflammen getroffener Tanker nach einem Torpedotreffer. Eine solche Tankerfackel konnte mehrere hundert Meter hoch sein und war vor allem bei Nacht über viele Seemeilen hinweg sichtbar.

Tauchretter: Atemschutzgerät, das es seinem Träger ermöglicht, eine Zeit lang an einem Ort ohne ausreichend atembare Luft zu überleben

Tommy: Bezeichnung der Deutschen für die Engländer

Trimmzelle: Teil des Trimmsystems, der dazu dient, das Boot auf ebenen Kiel zu steuern

Übersegler: Großformatige Karte, die zwar keine navigatorischen Einzelheiten anzeigt, aber dafür eine Übersicht gibt

U-Boot-Päckchen: Siehe unter Päckchen

UZO: U-Boot-Zieloptik. Eine schwere, in einem wasser- und druckfesten Gehäuse eingebaute Zieloptik, die auf einen Sockel auf dem Turm aufgesteckt werden konnte und so das Zielen auch vom Turm statt von der Zentrale aus mit Hilfe des Sehrohres ermöglichte

Vertäut: Angebunden, befestigt

Vorhaltrechner: Eine Art Rechenmaschine, die anhand von Gegnerfahrt, Gegnerkurs und eigenem Kurs ausrechnet, mit welchem Vorhaltewinkel ein Torpedo zu einem bestimmten Zeitpunkt geschossen werden muss. Die Vorhaltrechner auf den deutschen Booten waren in ihrer Zeit führend. Sie konnten auch im Abdrehen noch Fächerschüsse berechnen, bis zu vier Torpedos auf bis zu vier Ziele parallel kalkulieren und galten darüber hinaus als sehr präzise.

Vorreiber: Ein- oder zweiarmiger Hebel zum wasserdichten Verriegeln von Schotten und Luken

Vorspring: Leine, die von achtern nach vorne an der Pier vertäut wird

Wabo: Wasserbombe

Walrus: Auch »tanzende Fledermaus« (Dancing Bat) genannt. Wasserflugzeug, das auf großen Kriegsschiffen als Bordflugzeug mitgeführt wurde. In erster Linie überzeugte die Maschine durch große Reichweite und Stabilität. Das Flugzeug wurde übrigens vom gleichen Konstrukteur wie die optisch sehr viel beeindruckenderen Jäger Spitfire und Seafire geschaffen.

Wellenabweiser: Eine Art Kragung an der vorderen Brüstung des Turmes, die verhindern sollte, dass Wellen in den Turm schlugen. Doch große Brecher konnten durch den Wellenabweiser nicht nur *nicht* aufgehalten werden, sondern auch an ihm entlang seitlich besser in den Turm einfluten.

Wintergarten: Das mit einer Reling versehene kleine Deck hinter dem Turm, in dem sich bei den meisten Booten eine Zwillingsflak befand. Der Wintergarten diente auch als Raucherzone und Freilufttoilette.

WO: Wachoffizier. Neben IWO und IIWO fuhr meist der Steuermann als dritter WO.

Wuling: Durcheinander. Im Gegensatz zum »Zustand« mehr ein physisches Durcheinander, während »Zustand« mehr ein logisches oder auch geistiges Durcheinander bezeichnet

Zeche: Auch »Zeche Elend« genannt. Abfällige Bezeichnung des seemännischen Personals für den oder die Maschinenräume eines Schiffes

Zehn-Fünf: Decksgeschütz vom Kaliber 10,5 Zentimeter, wie es auf den großen Booten eingesetzt wurde

Zossen: Abfälliger Ausdruck für ein Schiff

Zwozentimeter: Flakgeschütz im Wintergarten

Zustand: Durcheinander

Weltbild Buchverlag –Originalausgaben–

Steinerne Furt, 86167 Augsburg
3. Auflage 2007

Projektleitung: Almut Seikel
Redaktion: Dr. Thomas Rosky
Umschlaggestaltung: bürosüd°, München
Umschlagillustration: Viktor Gernhard
Satz: avak Publikationsdesign, München
Druck und Bindung: CPI Moravia Books s. r. o., Pohorelice

Gedruckt auf chlorfrei gebleichtem Papier

Printed in the EU

ISBN 978-3-89897-490-5